Scarlet

스칼렛

Scarlet

스칼렛

노예
별을 따다

노예
별을 따다

1판 1쇄 찍음 2013년 8월 20일
1판 1쇄 펴냄 2013년 8월 26일

지은이 | 달빛의 선율
펴낸이 | 정 필
펴낸곳 | 도서출판 **뿔미디어**

편집장 | 이재권
기획 · 편집 | 주종숙
편집디자인 | 이진선

출판등록 | 2002년 9월 11일 (제1081-1-132호)
주소 | 부천시 원미구 상3동 533-3 아트프라자 503호 (우)420-861
전화 | 032)651-6513 / 팩스 032)651-6094
E-mail | scarlets2012@hanmail.net
카페 | http://cafe.daum.net/scarletR

값 9,000원

ISBN 978-89-6775-462-4 03810

장편소설 달빛의 선율

HALLO! (:

노예
별을 따다

Te amo para amarte y no para Ser amado,
pueSto que nada me place tanto como verte a ti feliz.

SCARLET ROMANCE STORY

contents

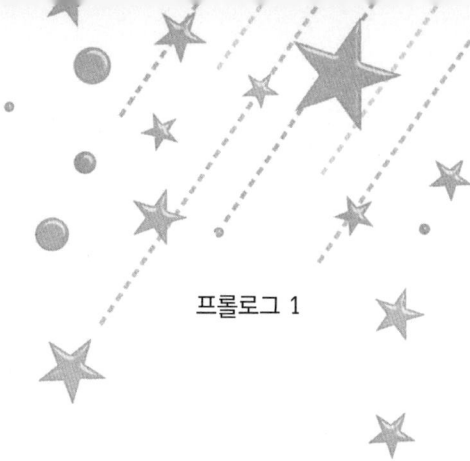

"참나, 날씨가 왜 이 모양이야. 비 온단 예보도 없었는데. 거긴 어땠어?"

"그냥 급하게 비닐 막 씌워서 넘겼죠, 뭐."

갑자기 들려오는 말에 멈칫한 윤조가 힐끗 뒤를 돌아보곤 다시 휴대폰으로 시선을 옮겼다. 두런두런 이어지는 말은 창문의 바깥쪽에서 들려왔다. 오늘은 영화 '암행어사 리턴즈'의 크랭크인 날. 고사를 비롯한 행사가 끝나고 잠시 휴양림의 관리 사무소 안에 앉아 매니저인 재준을 기다리던 중이었다.

"그나저나 윤조 씨가 액션이라니, 괜찮은지 모르겠어요. 저기 팬들도 다 그걸 바라는 거 같진 않은 눈친데. 윤조 씨 하면 뭐랄까, 로코? 멜로?"

"그러게. 난 이거 사실 레이 강이 할 줄 알았거든. 참, 이거 알아? 윤조가 레이 강 무지하게 견제하잖아. 요즘 마초 병이 들었는지, 남자다운 거 되게 하고 싶어 했는데 마침 딱……."

어느덧 화제는 그의 이야기로 옮겨 갔다. 하지만 남의 입에 오르내리는 거야 대수롭지 않았기에 윤조의 눈빛은 여전히 무심했다. 그저 창밖의 꾸물꾸물 흐린 하늘을 보며 또 비가 오리란 걸 예상했을 뿐.

"그런데 저긴 왜 저리 몰려 있죠? 문제 생긴 건가?"

"보니까 제작부…… 박 부장님 같은데 아까 들어 보니 이번에 신인배우 있잖아요. 그 황제경이라던가?"

그 순간, 굳어 있던 윤조의 표정이 미세하게 움직였다.

"아, 그 사람이 왜?"

"숙소 때문에 좀 시끄러운가 봐요. 명단에서 누락됐다던가. 근처에 쓸 만한 숙소가 없어서 좀 난처해진 모양이던데."

"쯧쯧. 박 부장 일 처리 하는 거 보면 내 그럴 줄 알았다니까, 사람이 좀 덤벙……."

그 순간 자리를 박차고 일어선 윤조가 사무소 밖으로 나왔다. 느닷없이 나타난 윤조의 모습에 재잘거리던 스태프들이 그 자리에 얼어붙었지만 그의 시야엔 들어오지 않았다.

그는 곧장 저만치에 모인 사람들에게로 향했다. 그리고 심상치 않은 분위기로 웅성거리는 그들 사이에서 제 덩치보다 큰 백팩을 메고 캡 모자를 깊게 눌러쓴 앳된 남자를 발견했다. 그다지 눈에 띌 것도 없이 마르고 볼품없는 녀석인데 묘하게 눈에 띄는.

'황제경…….'

그 이름을 되뇌자 달갑지 않은 기억이 그의 머릿속을 스쳤다.

—툭.

'앗, 죄송…….'

주, 조연급 연기자의 오디션이 있던 날. 화장실로 향하는 모퉁이에서 누군가와 부딪쳤다.

'아!'

그 바람에 흘러내린 선글라스를 벗자 녀석의 눈이 더욱 커졌다.

'잘 보고 다녀야지.'

게다가 멋대로 남의 얼굴에 손가락질이다. 벌어진 입에서 침이라도 흐르지 않는 게 다행이지. 물론 그를 알아본 사람들의 지극히 흔한 반응이었다. 다만, 그 시간이 조금 긴 게 문제였을 뿐.

'신기해하는 건 알겠는데, 난 바쁘거든. 그리고 초면에 손가락질은 좀 그렇지 않나?'

'엇, 죄, 죄송합니다.'

그제야 당황한 녀석이 후다닥 손가락을 내리더니 길을 비켜 줄 요량인지 잽싸게 옆으로 빠져나왔다. 그 단순한 반응에 절로 터져 나오는 웃음을 참으며 걸음을 떼려는데 갑자기 쾅, 하는 소리가 났다.

'으헉!'

그리고 묘하게 집어삼키는 비명 소리가 이어지자, 그만 호기심을 못 참고 돌아봤다. 그냥 봐도 무슨 상황인지 알 것 같았다. 가만히 있는 벤치에 로우킥은 왜 날린 걸까. 제 다리를 싸안고 몸을 웅크린 게 되게 아파 보인다.

'괜찮아?'

후다닥 뒤를 돌아보는 녀석의 눈가엔 눈물이 그렁그렁했다. 그런 얼굴로 고개를 끄덕이는 걸 보고 있자니 절로 헛웃음이 터졌다. 돌아서는 순간 웃어 버린 건 아마 그 탓이었다.

'저기 자, 잠깐만요.'

그런데 채 두 걸음을 떼기도 전에 녀석이 다급히 불러 세웠다. 어차피 저런 녀석들의 용건이란 건 별 게 없다.

'왜? 사인이라도 해 줘?'

가볍게 돌아보며 물었는데 들려온 답은 뜻밖이었다.

'아니요. 그건 필요 없고, 뭔가 착각하신 모양인데 거긴……'

필요 없고. 착각하신 모양인데. 어쩐지 녀석의 입에선 기분 나쁜 말이 줄줄 튀어나왔다. 절로 표정을 굳힌 윤조는 뭔가 더 말을 하려는 듯 입을 벙긋거리는 녀석을 둔 채 그대로 돌아서 버렸다.

그리고 약 2초 후.

'까아아악!'

'꺅! 꺄악!'

소름 끼치는 비명과 함께 날아든 파우치와 화장품들이 그의 가슴팍에 명중했다.

'……'

잠시간 얼떨떨한 채 서 있던 윤조의 눈에 보인 건 여자들.

그럼, 여긴 설마…….

충격과 공포였다. 여자화장실에 나타난 윤조라니! 심지어 변태 중의 상변태를 보는 듯한 눈빛의 그 어디에도 대스타 윤조를 향한 경외감 따윈 없었다. 이어지는 생각을 끊어 낸 윤조는 저도 모르게 이를 뿌드득 갈았다. 아직도 제 얼굴을 보며 법석을 피우던 여자들의 비명 소리가 귓가에 아른거리는 것 같다. 일생에 다시없을 창피스러운 순간이었다.

"그럼 황제경 씨는 한 일주일만, 아니 5일만 연출부 숙소에서 같이 지내는 걸로 할게요. 정말 미안해요, 제경 씨."

마침 제작부장의 말에 제경은 시무룩한 얼굴로 고개를 끄덕였다. 그 이후로 몇 번 마주치긴 했지만, 녀석도 뭔가 잘못되었다는 걸 아는 건지 볼 때마다 꾸벅꾸벅 고개만 숙이곤 눈에 띄지 않게 숨으려 드는 기색이 역력했다. 한눈에 봐도 얌전하고 소심한 녀석이 왜 그런 짓을 한 건지 이해할 수 없었다. 더 문제는 녀석의 이름만 듣고도 신경이 쓰여 이렇게 보러 온 저 자신의 태도였다.

어차피 다 결정된 이야기였다. 괜한 깨달음에 기분이 찜찜해진 윤조가 돌아서려는데 또 누군가의 말이 이어졌다.

"그러지 말고, 나랑 같이 지내지? 나 숙소 넓은데."

그 목소리의 주인공은 주연급 연기자인 강우빈. 나름 국위를 선양 중인 한류스타는 모두의 시선을 받으며 해맑게 웃어 보였다.

"네? 아닙니다. 그러실 필요까진 없는데…… 말씀은 참 고맙네요."

말과는 다르게 제작부장은 이게 웬 떡이냐, 하는 얼굴이다. 도리어 이상하게 당황한 녀석이 황급히 손을 내저었다.

"아니! 전 괜찮습니다, 선배님! 잠깐만 지내면 되는 거니까, 신경 쓰지 않으셔도……."

"형이라고 부르라 했잖아. 난 말까지 놓기로 했는데 네가 그렇게 나오니까 섭섭하다, 야."

"네? 아, 저기 형님. 그러니까 전 굳이 그렇게 좋은 곳은……."

"짐은 그거밖에 없는 거야? 아, 하긴 뭐 필요한 거 있으면 새로 사면 되니까. 일단 가자."

"잠깐, 잠깐만요. 그게 아니라……."

우빈의 오지랖이야 그렇다 쳐도 녀석은 여전히 이상했다. 저게 저렇게 얼굴까지 붉혀 가며 극구 사양할 일인가. 게다가 사이좋게 형, 동생 놀이를 하는 두 사람의 모습이 썩 마음에 드는 건 아니었다. 다시 걸음을 뗀 그가 정확히 제경의 등 뒤에 멈춰 섰다. 약속이나 한 듯 그 자리의 사람들이 동시에 입을 다물었다.

"어, 윤조 씨?"

그리고 누군가가 내뱉은 말에 눈앞의 녀석은 눈에 띄게 흠칫해선 바짝 굳었다.

"너, 담배 피워?"

돌아보지도 못하는 녀석의 뒤통수에 대고 묻자 녀석은 뻣뻣하게 고개를 저었다.

"콜. 내 방에다 짐 풀어."

"네? 아니 전 괜찮습……읍!"

당연히 거절할 거라는 건 알고 있었다. 녀석의 입을 틀어막은 건 단지 거절하는 게 기분 나빠서였는데, 녀석의 입술이라 추정되는, 말랑한 감촉이 손바닥에 느껴지는 순간, 묘하게 움찔하고 말았다. 하지만 내색할 순 없는 일. 그대로 훅 당기자 휘청한 녀석이 이번엔 그의 가슴팍에 뒤통수를 댔다. 왠지 이건 더 이상하다. 그 기묘한 감촉에 눈살을 찌푸린 사이 우빈이 의아한 얼굴로 끼어들었다.

"그러실 필요까진 없습니다. 제 동생이니까 제가 챙길게요."

"동생? 그쪽한테 동생도 있었습니까? 처음 듣는 소린데."

"흠. 윤조 씨야말로 잘 모르는 사람이랑 지내는 거 별로 안 좋아하는 걸로 압니다만."

"그랬죠."

"그런데……?"

우빈의 말은 불편하게 핵심을 파고들었다. 생각해 보면 누가 봐도 이 상황에서 제일 이상한 사람은 저 자신이 아닌가.

하지만 윤조는 서늘하게 웃으며 대꾸했다.

"내 노비를 내가 데리고 있겠다는데 뭐 잘못됐습니까?"

보통은 절대로 말이 되지 않는 상황이지만 이 바닥에서는 묘하게 납득이 되는 경우였다. 영화의 맡은 배역상 그는 암행어사, 품 안의 녀석은 노비.

"귀여운 후배랑 호흡도 맞춰 볼 겸. 좋은 기회잖아요."

그렇게 그의 얼굴에 한결 차가운 미소가 떠오른 순간,

우르릉.

천둥소리가 하늘을 울렸다. 그 섬뜩한 광경에 모두 약속이라도 한 듯 시선을 피하며 고개를 끄덕거렸다.

　네, 암요. 그러셔야죠.

　중얼중얼 대답하던 사람들이 하나, 둘 뒤도 돌아보지 않고 자리를 떴다. 산 제물로 바쳐진 어린양의 처연한 눈빛 따윈 신경 쓸 겨를도 없는 것처럼.

프롤로그 2

콰르릉.

"그럼 황제경 씨는 한 일주일만, 아니 5일만 연출부 숙소에서 같이 지내는 걸로 할게요. 정말 미안해요, 제경 씨."

제작부장의 말이 날벼락처럼 내리꽂혔다. 그야말로 감전이라도 된 것처럼 입도 뻥끗 못한 제경은 묵묵히 고개만 끄덕였다. 대체 일이 왜 이 지경이 된 건지 알 수가 없었다. 다만, 이럴 때 쓰이는 적절한 말이 있다.

제 팔자 제가 꼰다.

생각해 보면 신이 열지 말라고 한 판도라의 상자도 판도라가 열었고, 암만 꾐에 넘어갔다지만 선악과를 따먹으려 마음을 먹은 건 이브다. 원인이야 어떻든 결과적으로 다 제 손으로 저지른 일이란 거다. 지금의 이 곤란한 상황도…….

그 시작은 어느 날 걸려 온 아버지의 전화부터였다.

[뭐든 열심히 하는 거야 좋은 일이다만, 다른 방법도 천천히 생각해봐. 난 이제 우리 딸도 예쁜 드레스 입고 결혼하는 걸 보고 싶은데…….]

수화기 너머로 들리는 아버지의 헛헛한 웃음소리에 제경은 아무런 대답도 할 수가 없었다. 기분 좋은 날이라 가볍게 약주를 하셨다며 씁쓸한 속내를 감추려는 듯 다정한 목소리로 했던 말이었다.

언제가 될지는 몰라도 이런 날이 올 거란 것도 예상은 했었다. 철들 무렵부터 자립해 온 그녀의 지난 세월을 미안해하던 아버지와 그의 쑥스러워하는 성품을 꼭 빼닮은 딸. 잦은 연락을 주고받진 못했어도 그 묵묵함의 의미가 응원이라는 것쯤은 잘 알고 있었다.

그러나 현실은 변변한 커리어 하나 없는 무명배우. 이어질 미래도 크게 달라질 건 없었고, 점점 기울어 가는 집안의 형편과 어느덧 다 자란 동생들의 대학 등록금이 신경 쓰이기 시작한 지도 좀 되었던 것 같았다.

그렇게 주변만을 돌고 돌다 아동극에 오르기 시작한 지도 벌써 일 년째. 그날도 작은 소극장의 대기실에서 통화를 마쳤고 눈을 들었을 땐 커다란 거울 앞이었다. 그녀가 맡았던 역할은 후크선장. 험상궂은 분장을 한 남자가 그녀를 마주 보고 있었다.

그리고 씁쓸한 마음으로 극단을 그만두고 나온 지 얼마 되지 않았을 때였다.

"야, 너처럼 연기 잘하는 애가 어디 있다고 그래? 긴장하지 말고, 하던 대로만 하면 되는 거야. 알았지?"

해맑게 웃는 민수의 머리에 삐죽이 솟아오른 저 물건이 악마의 뿔은 아닐 것이다.

"그러엄! 야, 네 연기 생활 마지막이 후크선장이면 그건 너무 가슴 아프잖아."

애교 있게 살랑거리는 혜미의 등 뒤로 길게 늘어진 저것도 구미호의 꼬리는 아닐 것이다.

애초에 너희들이 연기로 성공하지 못한 건 다 이유가 있는 거야! 그 말이 목구멍까지 차오른다. 아니, 어쩌면 붕어 똥처럼 붙어 지내 온 지난 15년의 세월이 주는 경고가 그들의 연기력을 상회하는지도.

두 사람을 번갈아 바라보는 제경의 눈가엔 잔뜩 미심쩍은 기운이 묻어났다.

"야, 어쭈! 이 자식 인상 안 풀어? 이게 어디서 오빠가 하는 일에 그런 표정이야. 응? 이 좋은 날씨가 너의 앞길을 축복하잖아. 이 좋은 날에 외출도 하고, 강남 구경도 하고."

"그러게. 얼어 죽기 딱 좋을 날씨네."

시큰둥한 제경의 대답에 민수는 짐짓 눈을 부라렸다.

"이게 다 누굴 생각해서 한 건데? 고마워하진 못할망정."

"진짜 면접이었으면 정말 고맙긴 했을 거다."

조용히 이를 갈아 보이자 이건 아니다 싶었는지 혜미가 잽싸게 끼어들었다.

"미리 말해 두지만 내가 한 거 아니다. 민수가 혼자서 한 거지. 그리고 너 극단 그만두고 기운 하나도 없었잖아. 혹시 알아? 이번 기회로 뭔가 또 잘 풀릴지."

"글쎄다."

"왜 그렇게 회의적이야? 긍정적으로 생각해. 긍정의 힘, 시크릿. 몰라?"

긍정적인 미래라. 왠지 그 순간 된장 묵히듯 묵혀 온 그들의 우정사가 떠오르기 시작했다. 아니, 취소다. 더 생각하고 싶지도 않다.

"……여길 데려온 사람이 너희들이라는 게 나한텐 제일 부정적이거든?"

남은 건 뿌리 깊은 불신뿐.

"허, 이 사람이! 야야, 늦겠다. 얼른 들어가."

"어머, 벌써 시간이 이리 됐네. 우린 여기 앞에 카페서 기다릴 테니까 잘하고 와. 알았지? 파이팅! 힘내!"

무슨 꿍꿍이인지 도무지 알 수가 없었다. 묘하게 재촉하는 두 사람에게 떠밀리듯 건물로 들어선 제경은 불안한 기색이 역력한 눈으로 뒤를 돌아봤다. 판에 찍은 것처럼 똑같이 웃는 얼굴. 아무리 생각해도 조짐이 좋지 않다.

—대기번호 44번.

숫자도 심상치 않고.

그 심상치 않은 느낌은 막상 오디션장에 들어섰을 때가 피크였다.

"의석이 역할에 지원하셨네요. 일단 자기소개부터 시작할까요?"

"네?"

저도 모르게 되묻던 제경은 심사위원들의 따가운 눈총을 받으며 입을 다물었다.

'마, 말도 안 돼.'

의석이란 암행어사의 노비. 즉…… 남자다. 27살이나 먹은 여자가 도전하기엔 번지수가 틀려도 한참은 틀렸단 소리! 게다가 저만치 창가에 기대선 채 심기 불편한 시선을 보내고 있는 남자를 본 순간 제경은 그 자리에서 기절이라도 하고 싶었다.

왜 오디션장에 배우가, 그것도 윤조가 있는 거야!

하지만 아무리 생각해도 멋대로 남의 성별이나 오인한 사람이 잘못이지 내 탓은 아니다! 그렇게 다소 뻔뻔한 마음가짐으로 혼미해진 정신을 수습하고 보니 이젠 기가 막혔다. 벌써 오늘 하루만 몇 번이나 오해받은 건가. 화장실에서 마주친 여자들을 놀래키고, 화장실 앞에선 윤조를 엉뚱한 길로 인도를 하고 말았다.

대체 뭐가 문제란 말이냐!

물론, 프로필상 175cm지만 실상은 177cm나 되는 키! 센스라곤 보이지 않는 —그보단 돈이 없어서지만— 앞부분이 헐렁하게 늘어난 티셔츠와 빈티지가 아닌 빈티가 도는 청바지. 거기다 민수의 점퍼를 대충 걸쳐 입고 나온 것이 그야말로 백만 년 만에 면접 나온 동네 백수총각 같긴 하다.

그렇다 해도 그렇지, 세상에 아무리 키가 커도! 아무리 꼴이 거지 같아도! 머리가 짧아도! 어떻게 멀쩡한 여자를 남자로 오인할 수가 있느냐 말이다! 눈앞엔 멀쩡한 남자가 넷이나 떠억하니 있는데! 거기다 제대로 된 '여자' 역할을 연기해 본 적이 거의 없는 그녀의 경력사항이 원서에 그대로 적혀 있……

'여자라고 생각하는 게 더 이상하지!'

그 와중에 짧게 찰랑이는 머리까지, 눈에 보이는 모든 것은 그야말로 총체적 난국. 그렇게 비참한 현실을 깨닫기까진 몇 초도 걸리지 않았다.

그나마 하얀 피부와 얇게 쌍꺼풀 진 기다란 눈매. 풍성하게 그늘진 속눈썹 밑의 맑게 빛나는 갈색 눈동자가 그녀의 여성스러움을 보이려 애썼지만, 알아봐 주는 이가 별로 없다는 게 문제였다. 그래도 요즘은 정체가 뭔지 물어봐 주기라도 하는 추세였는데 오늘따라 이리 완벽하게 오해를 받을 줄은 정말 몰랐다.

"저기, 전……."

"게이."

그래, 남자도 모자라 이번엔 게이? 기가 막혀 목소리의 주인공을 찾곤 금방 후회했다. 싸늘하게 저를 바라보던 윤조와 눈이 딱 마주치다니. 심장이 쪼그라든다는 게 무슨 말인지 알 것만 같다.

"……라는 분석이 있어."

"네?"

"집안이 몰락한 탓에 노비가 된 거라 사실 뼛속까지 노비라고 하기엔 세상에 대해 반항심이 좀 남아 있는 녀석이지. 그런 놈이 알게 된 지 얼마 되지도 않은 양반을 그렇게 쉽게 따르고 목숨까지 바치게 되는 이야기가 되는 건데…… 그런 충성심이 쉽게 자랐으리라곤 생각하지 않거든."

조용한 오디션장을 메운 그의 목소리는 이럴 때도 듣기엔 참 좋았다. 어째선지 다른 심사위원들도 별다른 제지를 하거나 난처해하는 기색이 없었다. 도리어 어떻게 하나 두고 보자는 듯 팔짱까지 낀 채 관망하는 태도였다.

"첫눈에 반한 거지. 남자인 의석이 남자인 암행어사 유혁에게."

"……"

"과연 어떤 얼굴로 따라나섰을까?"

그녀가 준비한 건 전혀 다른 역할이었기에 달리 생각하면 대단한 정보였지만, 이런 식으로 말을 꺼내는 의도는 명백했다. 멀쩡한 역할이 불시에 게이 역할이 돼 버렸는데 세상 어떤 남자가 반가워할까. 꺼지라는 소리지.

하지만 이쪽은 여자라는 게 함정.

어느새 그녀의 머릿속에선 잘 알지 못하는 누군가의 인생이 물 흐르듯 지나가기 시작했다. 억울한 사연을 가진 젊은 노비. 그의 죽어 버린 눈동자에 빛이 깃든 순간. 처음으로 자신의 인생을 모두 걸어 지켜 낼 것을 찾은 기쁨. 그것이 존경과 동경의 마음이건 정말 사랑하는 마음이건, 그것은 인생의 지표를 얻은 사람의 눈빛이었다.

밝은 조명이 가득한 무대에 첫 발을 디뎠던 그 순간의 자신처럼…….

"언제까지 머뭇거릴 건데? 여기 지금 시간낭비나 하려고 앉아 있는 거 아니야. 할 맘이 없으면 당장 나가."

"아닙니다! 하, 하겠습니다."

저도 모르게 뱉은 말에 당황했지만 그것도 잠시였다. 어쩐지 무심하기 짝이 없는 시선으로 앉아 있는 그에게 뭔가 보여 주고 싶었다. 그래, 어차피 붙을 일도 없는 오디션이라면 마음껏 하고 싶은 연기를 하면 되

는 거잖아. 그렇게 생각하면,

"시작하겠습니다."

차라리 마음 편할 테니까.

딱, 거기까지 생각했을 무렵.

"어, 윤조 씨?"

누군지도 모를 스태프의 말에 제경은 순식간에 현실로 돌아왔다. 정신이 번쩍 드는 저 이름이 갑자기 여기서 왜 나오는데! 게다가,

"너, 담배 피워?"

느닷없이 뒤통수를 때리는, 분명 저를 향한 이 목소린 뭐냐고!

불길한 예감과 함께 제경의 안색이 하얗게 질렸다.

1화.
노예, 임자를 만나다

날씨는 무던히도 변덕스러웠고 기어이 또 한 차례의 비가 쏟아졌다. 내내 망설이며 미적거리던 그녀를 삽시간에 윤조의 밴으로 밀어 넣은 얄궂은 비였다.

제경은 최대한 차창 쪽으로 들러붙은 채 몸을 웅크렸다. 멍하니 차창 밖을 내다보는 제경의 눈에 듬성듬성 서 있는 가로수의 그림자가 휙휙 지나쳐 갔다. 놀리는 건지 어느새 화창해진 하늘도 눈에 띈다.

'이제 어떡하지?'

할 수만 있다면 지금이라도 뛰어내려 도망가고 싶은데 그것도 쉬운 일은 아니었다. 제 손으로 도장을 찍어 낸 계약서와 이미 아버지의 통장으로 들어간 계약금이 머릿속에 아른거리자 답은 쉽게 나왔다.

'어떻게든 버텨야 한다'라고. 물론 '정체를 들키지 않고'.

달라질 것도 없는 현실에 더욱 기운이 빠지고 만 제경이 어깨를 축 늘어뜨렸다.

그사이, 강변으로 난 작은 길을 따라 달리던 밴은 예쁘장한 건물이 드문드문한 펜션촌에 도착했다. 몇 대의 차가 서 있는 넓은 주차장으로 들어서는 동안 제경은 눈을 휘둥그렇게 뜨며 주변을 바라봤다.

"내려."

그리고 다분히 명령조의 말투가 들려왔다. 눈을 돌리자 윤조의 얼굴이 이쪽을 향해 있었다. 선글라스를 썼는데도 기분이 무지 더러워 보인다. 잽싸게 시선을 피한 제경은 무릎 사이에 끼고 있던 백팩을 들어 올렸다. 그 와중에도 심장이 덜컥거리며 뛰어 댔지만, 이건 저런 비상식적인 외모의 인간이랑 함께 있으면 어쩔 수 없는 반응일 뿐이다. 이를테면 방귀 같은 생리현상.

'제길, 생각하는 거 하고는!'

다시 자괴감에 빠질 무렵 윤조의 전담 매니저인 재준의 목소리가 들려왔다.

"아 참, 시나리오 받아 오는 거 깜빡했네요. 형, 저 얼른 감독님한테 갔다 올게요. 일단 들어가 있으세요."

"그래? 야."

말이 떨어지기가 무섭게 윤조가 입을 열었다. 설마 이쪽을 부른 건 아니겠지 싶어 무시하고 나가려는데 그는 재차 야야, 불러 댔다. 혹시나 싶어 돌아보자 그는 턱짓으로 뒤쪽 좌석을 가리켰다.

"저거."

덩그러니 놓인 여행가방 두 개. 흘깃 바라보던 제경이 눈을 둥그렇게 뜨며 물었다.

"설마 저거…… 아니, 제가 가져가라고요?"

"그럼 너 말고 또 누구 있어?"

"그게 왜 그렇게 됩니까?"

"뭘 따져? 노비 주제에."

22

기가 막혀 입만 벌리고 있자 그는 왠지 한심하단 얼굴을 했다.

"한 번에 들기 힘들면 하나씩 옮겨. 너 바보야?"

"아니 그러니까 이걸 제가 왜……. 그리고 저도 이름 있습니다. 자꾸 야, 너 그러지……."

"이름 부를 만큼 친한 사이도 아니잖아."

"그럼 저기, 말 놓는 것도……."

"그런 자잘한 것까진 신경 쓰지 말고."

제정신이 맞는지 의심스럽다는 눈으로 바라보자 윤조는 30억짜리 미소를 짓더니 말했다.

"웃고 있을 때가 움직일 때다. 난 두 번 말 안 해."

왠지 등골이 오싹해진 제경은 후다닥 뒷좌석에서 짐을 꺼냈다.

'석 달만 참고 살자. 백 일도 안 되잖아. 난 참을 수 있어.'

그런데 그렇게 마음을 먹기가 무섭게 윤조가 뭔가를 툭 던졌다. 엉겁결에 받아 낸 제경은 대충 묶인 검은 비닐봉투를 바라봤다. 이건 아무리 봐도,

"가는 길에 버리고."

쓰레기잖아! 이 빌어먹을 대스타 놈아!

제경은 올컥하는 심정을 꾹꾹 눌러 담았다. 이미 경험으로 알고 있지 않은가. 새삼스럽게 화를 내고 실망할 이유 따위도 없는데…….

'그만.'

줄곧 그녀의 목소리만 이어지던 오디션장에 윤조의 목소리가 끼어들었다.

'그럴듯하네.'

'네?'

'제대로 약 빨고 온 게이. 질척거리는 눈빛이 아주 괜찮아.'

칭찬인지 욕인지 언뜻 구별이 되지 않는 말에 제경은 그저 멍할 뿐이었다. 게다가 지독히도 그녀의 취향이었던 그의 목소리는 아주 차분하고 냉정했다.

'그런데 기본적으로 의석인 조선시대 남자잖아. 네 연기는 아주 낯이 익어. 극적으로 과장되고 희화화된, 현대의 매체에서 툭하면 튀어나오는 여성스러운 모습이잖아. 뻔하고 식상하다 못해 짜증스러운.'

'……'

'그게 네가 생각하는 게이고 네가 분석한 의석이야?'

'왜 그래? 괜찮게 잘하던데. 잘했어. 잘했다구.'

보다 못한 누군가가 끼어들었다. 하지만 윤조는 들리지도 않는다는 듯 그녀에게 시선을 고정한 채 독설을 이어 갔다.

'주관도 없이 단어 하나에 집착하고 편견이나 집어넣는 연기라니 끔찍하지 않나?'

'저기 저는……'

'그래, 취미 생활이라면 취미로나 즐겨야지. 그런데 이런 자리가 취미로 나올 자리야? 하루 종일 너 같은 놈을 보고 있어야 할 입장도 배려좀 하지?'

이루 말할 수 없이 비참했지만 모든 게 사실이라 입을 열 수가 없었다. 물론 이보다 더한 말은 수도 없이 들어 봤다. 직설적으로 '넌 안돼', '가망 없어'라는 말쯤은 애교였으니까. 그래도 이 사람에게만은 듣고 싶지 않았는데……. 어차피 붙을 거라 생각한 것도 아니고, 붙어서도 안 된단 것쯤은 알고 있는데도 오디션장을 나섰을 땐 눈시울이 뜨거워졌다.

하지만 무슨 일인지 오디션은 합격했다. 처음엔 합격 사실조차 당황스러웠지만 여러 가지로 곰곰이 생각한 끝에 결국은 참여하기로 마음먹었다.

그 많은 고민의 대부분이 사실은 윤조와 관계된 것임을 누가 알까. 그와 함께 영화를 찍을 수 있는 절호의 찬스였지만 어쩐지 그에게 미움을 받는 듯한 느낌. 아니, 정말로 미움을 받는 거라면 슬플 것 같은…….

하지만 얼마 지나지 않아 제경은 그 생각이 기우였음을 깨달았다.

'원래 좀…… 그런 사람이에요. 좀 지내 보면 알아요.'

첫 대본리딩 현장에서 알게 된 매니저 재준이 말했다. 그리고 그 말이 사실이라는 걸 한 시간도 되지 않아 납득했다.

본래 자신감 가득하고 밝은 성품이 바탕에 깔려 있다면, 그것에 예의와 약간의 개념이 섞인 것이 대외적으로 알려진 윤조였다. 예의와 개념을 치워 버리면 남는 건 거침없는 막말과 안하무인한 태도뿐. 생각해 보라. 자기 잘난 줄 아는 인간이 내뱉는 직설적인 비하 발언들을. 심지어 그 말에 틀린 점이 없고, 그것을 제재할 사람이 아무도 없다면?

'기본은 좀 하죠? 정말 공부하고 온 사람 맞습니까? 그만큼 읽어 봤으면 캐릭터가 어떤지 감이 와야지. 대체 그 머리로 대학은 어떻게 가신 건지. 아, 참. 연예인은 특기전형이 있던가?'

실수가 몇 번 이어지자 그 특유의 비꼬는 대사가 거침없이 쏟아졌고, 하나둘 질려 나가떨어졌다. 첫 대본리딩 현장 특유의 화기애애하고 즐거웠던 분위기는 그렇게 급추락. 스태프들과 여타 배우들의 창백한 안색을 바라보던 제경은 슬그머니 들어 올린 대본으로 얼굴을 가리며 생각했다.

이 영화가 끝날 때까진 그저…… 죽은 듯이 살자.

이렇듯 공적인 면모와 사적인 면모가 현저히 다르다는 걸 과연 몇 명이나 알까. 아, 한때 동지였던 팬들이여, 너네는 혹시 알고도 좋아하는 거니?

무거운 짐을 들고 간신히 숙소에 들어선 제경이 한시름 돌리며 숨을 내쉬었다. 먼저 들어와 적당히 내부를 훑어보던 윤조가 마침 마시고 있던 음료수를 식탁에 내려놨다.

"이, 이거 어디다 놓을까요?"

그의 손가락이 적당히 소파 뒤 쪽의 방을 가리켰다. 마음에 드는 방을 찾은 모양이었다. 다시 끙끙거리며 짐을 옮겨 놓고 나오니 그는 어디론가 사라지고 없었다.

"아, 제발 숙소 좀 빨리 구해 줬으면 좋겠다."

당분간 이 신세로 살아야 한다 생각하니 머리가 지끈거린다. 거기다 갈증이 인 제경은 식탁으로 다가가 반쯤 남은 음료 병을 집어 들었다. 남긴 거 한 모금 마신다고 설마 죽이진 않겠지. 그런데 조심조심 입구에 입술을 댄 순간 윤조의 목소리가 들려왔다.

"야, 잠깐 이것 좀……."

"풉!"

얼결에 돌아본 제경은 그대로 입 안의 것을 뿜고 말았다. 세상에, 이게 뭐야! 골반에 겨우 걸쳐진 반바지 하나를 빼곤 온통 살색이다! 대체 왜 집 안에서 홀렁홀렁 벗고 다니는 거냐고! 춥지도 않냐?

게다가 한참 기침을 하며 괴로워하는 걸 바라보던 윤조는 묘하게 업신여기는 듯한 표정을 짓더니 손가락으로 제 턱 부분을 툭툭 쳤다.

"그건 무슨 수술 부작용이냐? 여긴가?"

"수, 수술이라뇨!"

하는 소리하고는! 제경은 당황하며 제 입가를 닦아 냈다.

"저, 저기 선배님. 옷은 좀 제대로 입고 다니시는 게 좋지 않을까요? 언제 누가 올지도 모르고……."

"씻을 거야. 남자끼리 별걸 다 따져, 따지긴."

"그래도 그렇지, 잘 모르는 사이끼리 사는데 이건 좀……."

"억울하면 너도 벗든가."

"네?"

이건 또 뭔 소리야! 놀란 제경이 흠칫하며 물러서자 마침 자리를 옮기려던 윤조가 미심쩍다는 듯이 눈을 가늘게 떴다.

"수상해. 계집애같이 생겨 가지고…… 야, 솔직히 말해. 너 진짜 남자 맞아?"

"당연하죠!"

"벗어 봐."

"으악! 아니 됐어요! 그냥 마음대로 하세요. 젠장!"

이건 도무지 감당이 안 된다. 부리나케 자리를 피하는 제경의 등 뒤로 헛웃음 소리가 이어졌다.

"소심하기는."

그 와중에도 저를 욕하는 소린 기가 막히게 찾아 듣는다는 게 슬프다.

물론, 남들에게 잘 보일 이유도 없고, 예쁘게 보여서 좋을 것도 없었다. 그래도 새로이 보게 될 사람들에게 최소한 깔끔한 모습으로 보이고는 싶었다.

아니, 생각해 보면 나름 여자로서의 본능이었던 것도 같았다. 혜미와 나란히 동대문을 돌며 옷을 고르는데 괜히 설레고 즐거워 저도 모르게 귀여운 프린트가 그려진 티셔츠를 집어 들다 등짝을 처 맞았던 걸 생각하면 말이다.

하지만 눈앞의 현실은 그저 암흑의 다크니스. 혹은 혼돈의 카오스.

"에이 씨. 이게 뭐야."

기껏 없는 돈을 털어 산 회색 후드티셔츠의 앞판은 아주 곱게도 물이 들어 있었다. 다시 구질구질 낡은 티셔츠를 꺼내 입으려니 어쩐지 슬퍼졌다. 그래도 어쩌랴. 일단은 응급처치를 해야 할 시간이다. 비어 있는 욕실을 확인한 제경은 곧장 세면대 앞에 자리를 잡고 선 채 얼룩을 빼는 것에 열중했다. 그런데 벌컥 문이 열렸다.

"뭐하냐?"

게다가 들리는 목소리라니!

온몸의 털이란 털은 다 곤두서는 기분이었다. 분명 문을 잠갔는데 왜 열리는 거냐고!

하지만 문제될 건 없었다. 볼일을 보던 것도 아니고 씻던 것도 아니니까. 애써 침착하게 옷에다 시선을 고정한 제경은 아무렇지 않은 척 대답했다.

"보, 보면 모르세요? 아까 옷 망친 거 빨고 있잖아요."

"그래? 잘됐네."

잘되긴 뭐가? 의아한 말에 돌아보려는 순간 뭔가가 이마에 툭 떨어졌다. 흠칫한 제경이 머리 위의 물건을 낚아챘다. 뭔지 모르게 손에 닿는 감촉이 불길하다. 이상하게 보들보들하고 스판기가 도는…….

"그것도 빨아."

"히익!"

동시에 손에 든 물건이 공중을 날았다. 믿을 수가 없었다. 지금 이 손으로 뭘 들고 있었던 건데!

'헉, 치, 침착. 침착해, 황제경!'

"왜 그래? 팬티 첨 봐?"

"유, 윤 선배님……!"

너무도 태연히 그것의 정체를 말해 주는 윤조의 태도가 기가 막혀 돌아본 순간 제경은 할 말을 잃고 말았다. 아니, 너무 놀라 비명을 지를 수조차 없었다.

'엄마! 저, 저게 뭐야! 저게 뭐야!'

당당히 허리에 양손을 올린 채 바라보고 있는 남자는 온통 살색, 아주 깔끔하게 살색뿐이었다. 한류스타의 돈 주고도 못 볼 나체쇼라니. 심지어 그 와중에도 제경의 시선은 그의 가슴팍과 두 팔을 지나 배로, 그리고 그 아래로 향했다.

저런 거였나? 저게 저렇게 큰…… 아니, 지금은 그런 생각을 할 때가 아니다. 제경은 가까스로 눈을 내리깔며 그것에서 시선을 떼었다. 아, 젠장! 절대로 아무것도 묻고 따지고 싶지도 않고 보고 싶은 마음 따위도 없단 말이다!

"뭘 그리 보고 있어?"

"네?"

그 와중에도 후광이 비쳐 보이는 건 절대로 팬심 탓은 아닐 것이다. 그야말로 그리스에서 직접 공수한 조각상이래도 이상할 게 없다. 세상에, 어쩌면 저렇게 알몸일 수가 있어!

"왜? 크고 아름답냐?"

크고 아름다워? 크고 아름다워? 어디가? 대체 뭐가?

"아니! 전…… 그런 건 그다지 관심 없는데요!"

혼미해지는 정신을 추스르며 재빨리 고개를 저었다. 그 와중에도 이 남자, 위풍도 당당하게 허리에 손을 짚고 서서는 그녀의 허리 쪽을 훑어 보며 피식 웃었다.

"하긴, 그러고 보니 넌 티도 안 나더라."

"네?"

"뭐, 임포만 아니면 되는 거지. 크기가 대수겠냐. 너도 아침에 반응은 올 거 아냐."

도무지 뭔 소린지 알 수가 없다. 눈만 끔뻑이던 제경이 저도 모르게 입을 열었다.

"네? 이, 임……포? 임포메이션…… 은 아니구나."

"농담하냐? 발.기.불.능. 그런 것도 몰라?"

"……."

"대답이 없네. 설마 진짜야?"

어쩐지 주변이 새하얗게 산화해 바스락거리며 부서졌다. 이어지는 짧은 웃음. 조금의 안타까움과 비웃음이 가득한 저 표정은 또 뭔데!

눈을 둘 데가 없어 잽싸게 고개를 돌리긴 했지만 어쩐지 울컥했다. 뭐 그 크기가 남자의 자부심이냐? 그리고 작은 게 어때서? 아니, 작은 게 아닌데. 없는 건데. 하지만 그렇게 말하고 연상하려니 뭔가 대략 좋지 않은 뉘앙스다. 없으면 안 되는 거 아닌가?

'아니 난 남자가 아니잖아!'

"그, 그럼 저 나가 볼……."

"너도 씻을 거냐?"

"네? 아, 아니요! 전 오늘 추, 춥습니다!"

"그럼 그거나 빨고 가. 그 티셔츠도 빨던 거 아니었어?"

하지만 너무한다. 아무리 남자로 알고 있다 한들 시집도 안 간 처녀한테 이거 정말 해도 해도 너무한다. 하느님 부처님! 보고는 있나?

"그, 그그, 그런 건 본인이 하셔야죠! 왜 남한테 그런 걸 시킵니까?"

"이게 어디서 반항이야?"

"더럽게 진짜! 사람 머리에다 그딴 거나 던지고!"

"하, 뭐? 더러워? 나 이거 하루밖에 안 입었거든?"

"하루건 열흘이건 그 엉덩이…… 윽, 아, 아무튼 더럽다고요!"

"야!"

아무래도 이쯤해서 참았어야 했다. 발끈하던 살색의 생명체가 성큼 다가선 순간, 기겁한 제경이 몸을 틀다 쭉 미끄러졌다. 그렇게 하늘과 땅의 위치가 순식간에 뒤바뀌고, 생각했다.

아, 망했어요!

그런데 어딘가 부딪치는 고통 대신 뭔가 탄탄한 느낌이 몸을 감쌌다. 함께 풍겨 온 싱싱한 땀 냄새. 뭔지 모르게 기분 좋은 체향. 이상하다. 왜…… 기분이 좋지?

"이 멍청아. 그러다 세상 하직하고 싶냐?"

그리고 그때 얼굴 언저리를 건드리는 따뜻한 숨결과 속삭이듯 나직한 목소리……. 그제야 상황을 파악한 제경이 저도 모르게 움찔하며 팔을 접었다. 그 순간 그녀의 손바닥 안에 뭔가 물컹한 게 한가득 잡혔다.

그것의 심상치 않은 위치, 그리고 뭔지 모르게 까칠한 감촉은…….

♠   ♠   ♠

집에만 가도 남자는 아버지를 포함해 넷이나 된다. 그 와중에 나이 차이가 좀 나는 남동생 세 명은 바쁜 부모님 대신 제 손으로 키우다시피 했고, 친구는 90% 이상 남자들뿐. 이놈의 인생은 좋든 싫든 항상 남초 구역의 한복판이었단 소리다.

가끔은 남자로 태어날 걸 잘못 태어났다고도 생각했다. 특히 길을 걷다 예쁜 글씨체의 전화번호를 받다 보면 정말이지 안타까워 눈물이 핑 돌 지경이었다. 그럴 때마다 속으로 외쳐 댔다. 아, 어머니. 왜, 대체 왜 날 이렇게 낳으셨어요?

그래서 쉬울 거라 생각했다. 가만히 있어도 남자로 보는 걸 뭘 더 고민하나 싶은 생각도 들었다.

하지만 인생은 생각처럼 만만하지 않았다. 동생들이 초등학생일 무렵 접해 봤던 풋고추는 정말이지 '귀여운 것들'일 뿐. 그녀의 인생에 불시에 들이닥친 '크고 아름다운 것'에 대한 첫 감상은 경악, 그리고 공포였다.

"하아……. 이젠 무슨 일을 겪어도 놀라진 않을 거 같아."

언제부터 나와 있었을까. 정신을 차려 보니 펜션의 마당이었고, 커다란 편백나무 그늘이 짙게 드리워진 무뚝뚝한 나무의자에 엉덩이를 붙이고 있었다. 일주일 날밤을 새운 것처럼 눈앞의 풍경에서 이질감이 느껴진다. 더불어 극도의 피로감이 온몸을 감싸들었다.

생각해 보면 모든 일에는 반드시 대가가 따르기 마련이었다. 일생 동안 세 번은 찾아온다는 기회. 아니, 그녀에게 이번 영화는 그 세 번을 모두 합한 것만큼의 기회이자 분에 넘치게 큰 기회다. 그런 큰 먹이를 삼키는 거라면 입이 찢어지는 고통쯤은 감내해야 하는 법. 어차피 쉽지 않은 인생이었고, 달라질 것도 없다.

그래, 군대라고 생각하자. 까짓것 남자라면 2년은 갔다 오는 군대, 본인은 두 달만 갔다 온다 생각하면 될 일 아닌가. 저 빌어먹을 윤조는 내일모레면 집에 가는 말년 병장이라 생각하면 되고.

하지만 이상스레 찜찜한 기운은 뭘까. 인생은 되로 주고 말로 받는다거나, 공수래공수거라거나. 단순한 두 달이 아닌 2년 치의 고난을 압축한 두 달이 될지 모른다거나…… 하는 네거티브한 생각들은 그녀가 살아온 인생과 지나치게 밀접했다.

"아…… 나 이거 정말 괜찮은 거야?"

울고 싶다.

"뭐가?"

웃음기 섞인 목소리가 끼어들었다. 재준이었다. 꼭 구세주라도 만난 기분에 제경은 벌떡 일어나며 울먹였다.

"흐엉! 형! 어디 갔다 이제 오시는 거예요? 네?"

"왜, 왜 그래? 그보다 왜 그러고 있어?"

대답도 못 하고 고개를 숙이자 재준은 알 만하다는 듯 고개를 끄덕였다.

"뭐…… 첨엔 다 그래. 익숙해질 거야."

그 크고 아름다운 게…… 아니, 얼버무리는 말투만큼이나 미심쩍은 이야기지만 그럴듯하다. 지독한 냄새를 맡던 코가 무뎌지듯이 뭐든 익숙하면 덜하게 느껴질지도 모를 일이니까. 물론 익숙해진다고 해서 윤조라는 인간이 위험하지 않다는 건 아니겠지만.

"저 그냥 나가서 살면 안 될까요? 요 앞에서 텐트 치고 자도 괜찮을 거 같은데. 아니면 침낭만 있어도 되니까⋯⋯."

"글쎄다. 춥지 않겠냐? 게다가 이유도 없이 배우를 밖으로 내돌리는 건 좀 문제 생길 거 같은데."

재준이 난처한 표정으로 제 턱을 긁적였다.

"무슨 일 있었어? 설마 쫓겨난 거야?"

"아니, 그런 건 아니고⋯⋯."

"뭐, 네 맘이야 백번 이해하고도 남는데, 현재로썬 내가 해 줄 수 있는 게 별로 없다."

"아, 괜찮아요. 저야말로 괜히 폐 끼쳐드려서⋯⋯."

"하핫, 그런 건 신경 쓰지 마. 그리고 너무 걱정 안 해도 될 거야. 신경만 안 거스르면 의외로 얌전하거든. 잘해 줄 때도 있고."

"⋯⋯."

"그리고 미리 얘기해 두지만, 무슨 말을 하건 네네, 대답해 버리고 그러려니 해."

아, 역시 그게 문제였다. 제경의 어깨가 한층 더 아래로 처졌다. 그깟 팬티 따위, 남동생들 거라고 생각하고 그냥 빨아 줄걸⋯⋯.

제 어깨를 토닥이는 재준의 손길이 따뜻한데 어쩐지 슬프다. 그 측은함 가득한 시선은 그만큼 암울한 미래가 다가오고 있다는 증거일 테니까. 허탈하게 웃자 가만히 바라보고 있던 재준이 제가 들고 온 꾸러미를 주섬주섬 뒤지며 말했다.

"야, 그런 얼굴로 보지 마라. 귀엽긴 한데 난 남자 취미 없다."

"네?"

"농담이야, 인마. 정색하기는."

뭔가 아쉬운 듯 입맛을 다시던 그가 캔 커피를 건넸다. 얼결에 받아 들긴 했지만 묘하게 찔리는 구석이 있어선지 쉽사리 입을 뗄 수가 없었다. 그사이에도 빤히 제 얼굴을 바라보는 재준의 시선이 불편하다 생각했는데 아니나 다를까.

"너 그 입가에 보조개 잡히는 거 괜찮다. 진짜 귀엽네."

"네?"

"대본리딩 할 때부터 쭉 봐 왔는데 볼수록 괜찮단 말이야. 키도 그만
하면 됐고. 너무 곱상한 게 탈이긴 해도 요즘엔 너 같은 두부상이 인기
고. 너 정도면 상당히 눈에 띄었을 텐데 왜 아직까지……."

"아하하……. 그, 그러게요. 여, 연극 쪽에서만…… 다녀서……."

찔끔한 제경이 난처하게 웃으며 고개를 저었다.

"윤조 형처럼 섹시하고 카리스마 넘치는 그런 이미지는 안 되더라도
좀 더 다듬으면 제대로 물건 나올 거 같은데. 잘생긴 애들이야 솔직히
많긴 하지만 넌 느낌이 좀 묘하거든. 너 나중에 따로……."

"그, 그런데 그건 뭐예요?"

숙련된 매니저의 시선을 받으며 당황하던 제경이 잽싸게 말을 돌렸
다. 그녀가 가리키는 곳을 따라 눈을 돌리던 재준이 아, 하고 입을 벌리
더니 웃었다.

"저녁때 회식 겸 술 파티 있어. 아, 맞다. 그렇잖아도 차에 짐 더 있
거든. 옮기는 거 좀 도와줄래?"

"네? 회식이라뇨? 이렇게 갑자기요?"

제경이 놀란 얼굴로 입을 벌리자 재준은 씩 웃더니 자리에서 일어섰
다. 그러더니 옆에 놓아 둔 짐 꾸러미를 들며 말을 이었다.

"안 감독님이랑 영화하면 느닷없이 쳐들어와서 새벽까지 술 마시다
한두 시간 자고 촬영 들어가는 게 일상이야. 몇 번 당해 보면 좀 익숙해
질 거야."

"몇 번이라면……."

"아, 뭐 솔직히 말하면 술 되게 좋아하셔. 틈나는 대로 놀러 올 거야.
아마."

그러고 보니 여기저기서 영화판에 도는 안 감독의 술 관련 일화를 들은 적이 있는 것도 같다. 어쨌거나 이건 희소식이었다. 모두 모여서 MT 분위기로 먹고 마시고 놀다 보면 윤조를 의식할 필요도 없고 남자답지 못한 저의 어색한 태도 정도는 눈에 띄지 않을 테니까. 저 같은 조연배우는 얌전히 심부름이나 하다 구석진 데 숨어서 잠들면 되는 거다. 제경의 얼굴에 잠시 화색이 돌았다. 그런데,

"어? 벌써들 오시네."

"네?"

이건 너무 이르잖아!

♠　　　♠　　　♠

반들반들하고 고른 자갈이 깔린 널찍한 마당. 듬성듬성 서 있는 기다란 편백나무의 잔가지가 살랑거리는 바람에 잘게 흔들린다. 아직은 황량한 화단 옆엔 예쁘장한 벤치까지. 언뜻 봐도 제법 괜찮은 수준의 펜션에 딱히 불만은 없었다. 다만, 그 배경에 어울리지 않는 거지처럼 추레한 인간 군상들의 모습에 할 말을 잃었을 뿐.

테라스 건너편을 물끄러미 바라보는 윤조의 입에선 잠시간 말이 나오지 않았다. 시원하게 한기를 내뿜는 그의 곁에서 재준만이 안절부절 몸이 달았다.

"형, 그러니까 오늘은…… 처, 첫날이잖아요. 그렇죠?"

"쫓아내."

"그, 그건 곤란하니까 그러지 말고 그냥……."

"당장 내일이 촬영인데 제정신이야?"

"뭐 언젠 안 그랬을까요? 포기하면 편해요."

"그래서 프로정신을 발휘해 몸매 관리 중이신 내 앞에서 그렇게 술잔

치, 식도락잔치를 꼭 하고 싶으시다?"

"……"

"분위기를 지옥으로 만들어 줄까, 내일 촬영을 펑크 내 줄까? 어느 쪽이 네 인생에 후회가 덜할 거 같은지 선택해."

무섭도록 현실적인 이야기가 흘러나왔지만 숙련된 매니저는 이에 굴하지 않았다.

"어차피 이 지경 된 거 까놓고 말할게요. 이미 쫓아내긴 늦었고, 이렇게 집에 있다간 안 감독님이 분명 그 술 다 싸 들고 들어와서 집 안에다 술판 벌일 건 뻔하구요, 나중엔 취했다 핑계대면서 옆에서 껴안고 주무실지도 몰라요. 안 감독님 잠버릇 시망이고 발 냄새 최악인 거 아시죠? 말릴 수 있는 사람 아무도 없다는 것도 아시죠? 형이 못 말리는 사람 1호가 안 감독이니까. 아니 형이라면 어떻게든 뒤집기야 할 수 있겠죠. 그런데 모양새가 안 좋잖아요. 형, 우린 이미지로 먹고살아요. 나이 든 분을 질질 끌어내는 거 아주……."

결국 있는 대로 눈살을 찌푸린 윤조가 밖으로 나왔다.

"어, 윤조. 이리 와, 앉아. 앉으라구."

슬그머니 피하기 바쁜 스태프들 사이에서 안 감독이 손을 흔들었다. 이미 근처의 술이란 술은 혼자 다 마셔 낸 것처럼 얼굴이 벌겋다.

"시작부터 술입니까?"

"무슨 소리. 시작이니까 술부터지. 얼른 앉아. 자자, 뭐 해. 시원하게 마시라고."

막 집어 건네는 맥주 캔을 받아 들며 윤조는 눈살을 찌푸렸다.

"이번엔 또 누굴 잡으려고……."

"글쎄. 누굴까. 왜? 어떤 놈인지 년인지 내 마음에 쏙 들어올까 봐 무섭냐? 설마 질투해?"

이놈의 영감탱이가 미쳤나! 이가 갈렸지만 윤조는 대답 대신 그 자리에 주저앉으며 캔 뚜껑을 열었다. 어차피 말이 통할 사람이 아니니 이야기 섞어 봤자 입만 아프다.

"걱정 마라. 세상천지 너같이 독한 놈이 또 있나. 그보다 어때? 시나리오 보낸 건 봐 봤어?"

시큰둥한 반응이 재미없었는지 안 감독이 은근히 말을 돌렸다. 윤조는 보란 듯이 옆에 둔 종이뭉치를 들어 보였다.

"지금부터 볼 겁니다. 귀찮으니 말 시키지 마세요."

"재미없게 뭐 이런 데서 그걸 보고 있어?"

"볼 시간이나 주셨습니까? 당장 내일이 첫 촬영인데 이 난리 통을 만들질 않나."

"아, 이놈은 나이 들수록 재미가 없냐. 알았다, 알았어. 실컷 봐라."

빙글빙글 웃으며 타박하던 안 감독이 슬슬 일어나더니 다른 스태프들과 섞여 들었다.

그래서 좀 조용해지나 생각했지만 오산이었다. 어디서 술기운이 솟는 모양인지 여기저기서 경쟁하듯 목청을 높여 대는 통에 귀가 쩌렁쩌렁해 도무지 집중을 할 수가 없다.

"그러니까, 이 정도는 돼야 사기 소리 듣는 거죠. 급하게 헬프 쳐서 계약하고 보니 동물이 주인공이고, 시나리오 받았는데 촬영 장소가 차량 진입도 안 되는 야생원시림이고."

"왜? 우리도 계곡 날아다녀야 되는 씬 있잖아. 그 추격하는 거. 빡세게 굴릴 거야 각오해."

한 스태프의 말에 안 감독이 씩 웃으며 대꾸했다.

"그렇게 말씀하시면 좀 무섭긴 한데…… 이미 현장 검증했습니다. 산 중턱까지 차 올라가던데요? 길 좋아요. 그만하면 천국이죠, 뭐."

그리고 누가 더 힘들게 일을 했는지, 혹은 말도 안 되는 상황들에 대한 성토가 이어졌다. 내일 있을 촬영 따윈 뇌리에서 지워 버린 듯한 태도들이었다.

"그러니까 일단은 마셔, 마시라고! 나중엔 기운 빠져서 마시지도 못할 테니까!"

잔을 든 채 호쾌하게 웃는 안 감독의 말을 끝으로 와아, 하고 웃음소리가 퍼져 나갔다.

"망할 영감탱이. 독하긴 누가 독하다는 거야, 자기가 한 일은 생각지도 않고."

나지막하게 중얼거리던 윤조가 허탈하게 웃었다.

"황제경! 황제경 이리 와!"

하지만 이어진 안 감독의 외침에 윤조의 인상이 절로 구겨지고 있었다. 왜 하필 저 자식이냐!

"우리 제경이한테 내가 아주 기대가 커."

"아? 네, 네."

"이번 영화의 히든카드라고. 알아듣겠어?"

"네? 네, 네."

"처음부터 딱 찍었다니까. 얘는 뭔가 되겠구나. 얘한테는 기대할 게 있구나. 내 기대할게. 정말. 진심으로."

이 양반이 몇 잔 마시지도 않은 술에 벌써 취했나! 적잖이 부담스러운 단어들이 귀에 꽂히니 등골이 오싹오싹했지만 제경은 열심히 대답하며 고개를 주억거렸다.

하지만 그게 또 나쁜 기분이 아니었다. 중학 시절 선배들의 손에 이끌려 처음으로 무대에 섰을 때 이후, 줄곧 무명으로 연극판을 돌고 오디션을 보고, 아동극에 서기까지……. 제 연기에 그토록 관심을 보인 사람은 없었다.

비록 이번에도 조연이고, 심지어 남자 황제경의 연기를 기대하는 게 안습이지만, 이건 처음으로 받아 보는 관심이었다. 그러나 그런 즐거움이나 만끽하고 있을 때는 아니었다. 적어도 지금 모습으로 주목을 끌어서 좋을 일은 절대로 없을 테니까.

일단 배부터 채우고 도망치자는 생각에 나무젓가락을 집은 제경은 눈앞에 놓인 접시로 시선을 돌렸다. 그리고 큼지막한 소고기 덩어리를 바라봤다. 역시 고기란 아름다운 거다. 그런데 그 옆에 곁들인 아스파라거스와 큼지막한 새송이가…… 묘하게 더 크고 아름답다.

제기랄, 너희들은 왜 그렇게 생겼냐! 하필 닮을 게 없어서 왜 그딴 걸 닮고 있는 거냐고. 어째서냐고!

뚫어져라 새송이를 바라보던 제경의 눈동자가 스르륵 움직였다. 왠지 모르지만 저 뒤편 나무 그늘에 있는 똬리를 튼 독사, 아니 테이블과 의자를 세팅해 놓고 고고하게 앉아 있는 윤조를 흘깃거리며 괜스레 얼굴이 훅 달아올랐을 때였다.

"으이? 우리 황제경이! 술 없어? 없어? 마셔! 실컷 마셔!"

"흐악!"

또 어디선가 나타난 안 감독이 느닷없이 제 등을 두드리며 술잔을 내밀었다. 하, 귀신같은 사람. 어찌나 놀랐는지 심장이 벌렁거린다. 게다가 순순히 술을 마시지 않으면 유혈사태라도 낼 기세다.

"네, 마, 마실게요. 마셔요."

잽싸게 받아 든 맥주에 입을 댔다. 그사이 소고기 덩어리는 어디론가 사라지고 남은 건 또 새송이뿐. 제길! 저걸 어떻게 먹냐고!

그렇게 울며 겨자 먹기로 빈속에 맥주를 털어 넣었다. 미묘한 쓰라림이 솟구친다. 그 와중에 이 먹성 좋은 인간들의 입으로 새송이가 꾸역꾸역 들어가는 걸 보고 있자니…… 기분이……. 그래도 참을 수 있었다. 저 윤조만 곁에 없다면야.

"어이, 윤 조! 술 떨어졌어."

그런데 이건 또 뭐냐고! 아연한 제경의 눈빛이 옆자리의 안 감독에게 향했다.

"잠깐만요. 금방 갑니다."

어딘가에서 대답이 들려왔지만 그 자리에 있는 사람들은 약속이나 한 듯 뒤쪽을 돌아봤다.

그리고 맥주 캔을 입에 대려던 윤조가 눈살을 확 찌푸린 순간, 모두의 시선이 동시에 제자리로 돌아왔다. 어쩐지 동병상련이 느껴진 제경은 차마 웃지도 못하고 입술을 깨물었다. 조개처럼 입을 꽉 다문 사람들 사이에서 혼자 신이 난 안 감독의 모습이 이젠 제일 무섭다.

게다가 잘그락, 밟히는 자갈 소리가 천둥소리처럼 들리는 경험은 또 처음이었다.

"어? 나 이 윤조한테 말한 게 아닌데."

"돌려서 까는 거 이제 식상하다 못해 화날 거 같습니다."

"아니, 혼자 그러고 있지 말라니까. 대체 언제 또 그리 가 있었던 거야?"

"아까 말했을 텐데요."

"그랬어? 언제?"

정말 몰랐다는 듯 되묻는 안 감독에게 윤조는 특유의 미소를 지어 보였다. 그 순간 제경의 눈엔 기묘한 광경이 비치고 있었다. 정확히 둘로 딱 갈라진 공기. 한쪽은 냉기가 흘러넘치고 한쪽은 광기로 가득 차 있다. 그 가운데에 불씨라도 던졌다간 그대로 펑! 터져 나갈 것처럼. 그리고 조연출, 윤경호가 나타났다.

"안 감독님. 제발 윤조 씨 앞에서 저 그렇게 부르지 마세요. 민망해 죽겠는데."

"아니, 윤 조랑 몇 년을 같이 다니다 보니까 입에 배어 버렸는데 난들 어떡해. 안 그래, 윤조?"

히익! 저 재미도 없고 감동도 없는 말을 농담이라고 지껄이다니. 그 썰렁함은 둘째 치고 윤조의 눈치가 심상치 않다. 침팬지한테 수류탄을 맡겨 놓은 기분! 도망치고 싶어 엉덩이를 움찔거리던 그때였다.

"이거 뭐예요, 감독님?"

앙칼진 여자의 목소리가 끼어들었다. 이런 자리엔 여간해서 끼지 않는다는 도도한 여배우 심소원의 목소리였다. 아주 급하게 달려왔는지 분홍색 트레이닝복 차림이었다.

"오, 소원이 잘 왔어. 앉아 한잔해."

"지금 그게 문제가 아니잖아요! 이거 대체 어떻게 된 거예요? 내 비중이 너무 줄었잖아요?"

"난 또 뭐라고. 앉아, 앉아. 그냥 술이나 마시고 같이 놀다 가."

"감독님!"

"우리 소원이가 왜 또 그래? 원래 추리물이건 액션물이건 여배우 역할은 다 그래. 제임스 본드도 본드 걸은 그냥 눈요깃감에 서브. 그냥 예쁜 얼굴이나 몇 번 비쳐 주라고. 개런티가 줄어드는 것도 아닌데 편하고 좋지, 뭘."

"좋긴 무슨 개뿔……! 이 정도면 조연이랑 다를 바가 없단 말이에요! 내 팬들이 얼마나 기대하고 있는데!"

"하여간 예쁜 것들은 까다롭다니까. 그냥 좋은 휴가지에서 쉬었다 간다고 생각해."

히죽거리며 대꾸하는 감독이 못마땅한 듯 파드득 떨며 따져 대던 심소원이 느닷없이 고개를 휙 돌렸다. 그 순간 제경은 저도 모르게 마른침을 삼켰다. 싸늘하기 그지없는 눈초리가 정확하게 그녀의 얼굴을 쏘아보고 있었다.

"아무리 그래도 그렇지, 저런 생 초짜 신인한테 뭘 그리 기대한다고……."

"아, 황제경이? 우리 제경이가 잘해야지. 그렇지."

이건 또 무슨 일인가. 순식간에 시선이 몰려들어 당황한 제경이 눈만 끔뻑거렸다. 그 와중에 술기운이 잔뜩 오른 안 감독이 마치 잊고 있었다는 듯 말을 이었다.

"재준이한테 시나리오 보냈었는데 아직 안 봤지?"

"아, 네? 조금 있다가 보려고 했는데……."

"이번 영화는 너 하기에 달렸어."

"네?"

"전부 네 능력에 달려 있다고. 네가 이 영화의 기둥이야, 이제."

"저, 저기 감독님 그게……."

도무지 무슨 상황인지 알 수가 없어 조심스럽게 입을 열려는 순간, 그녀의 옆으로 뭔가가 다가와 섰다. 흠칫하며 고개를 돌리니 어느 틈에 윤조가 있었다. 혼비백산하며 물러앉았지만 그는 신경도 쓰이지 않는다는 듯 시나리오를 들여다보다 천천히 안 감독에게 시선을 돌렸다. 그의 표정도 그다지 좋지가 않은 게 영 심상치 않다 생각하던 찰나,

"……내 액션이 없는데."

음산한 목소리가 흘러나왔다.

"응, 없어."

산뜻하게 대답하던 안 감독이 웃음을 터뜨렸다.

암행어사 리턴즈. 안 감독의 네 번째 작품이자 전작인 '명탐정 암행어사'의 후속작이다. 다소 무거운 추리물이었던 전작과는 달리 액션과 추리를 적절히 버무려 넣어 가볍게 대중에게 다가설 예정이었다. 그렇게 기본적으로 액션물을 깔고 들어간다면 주인공인 암행어사의 활약으로 이야기를 끌어가는 건 지극히 당연한 소리 아닌가.

"그럼 암행어사 유혁은 주로 머리를 쓰는 스마트함을 보이고 액션은 그 수행노비인 의석이가 다 한다는 겁니까?"

제작부장이 먼저 포문을 열었다.

"그렇지. 전작처럼 정통 추리극을 버리고 나니까 뭔가 쫙 끌어당기는 게 부족해. 지금 상황으로 봐선 사실 이도저도 안 되고 겨우 배우 이름값에나 기대야 할 형편이거든."

"그야 뭐, 잘못하면 액션도 추리도 빛을 못 볼 가능성도 있긴 한데……."

혼잣말하듯 이야기하던 촬영감독이 적당히 고개를 끄덕였다.

"그래. 그러니까 서로의 맛을 강하게 만드는 거야. 가령 이렇게 느끼한 삼겹살만 먹다가 김치 하나 먹으면 개운하듯이 두 사람이 서로 상응하게 만드는 거지."

말을 마친 안 감독은 보란 듯이 삼겹살을 김치로 싸서 한입에 넣었다.

"설령 그렇다 치더라도 제경 씨는 신인인데 위험부담이 크지 않습니까? 게다가 심소원 씨 비중이 줄어든다는 건 좀……."

말을 뱉자마자 곧장 침울해진 제작부장이 골똘히 생각에 잠겼다. 당장 협찬이나 투자자를 끌어들이고 제작비를 집행해야 하는데 사소한 것에도 일이 틀어지기 십상이니 그의 고민은 충분히 이해할 만했다.

"우리 소원이는 얼굴이 예쁘니까, 얼굴 비쳐 주기만 해도 그 팬들 다 몰려올 거야. 그러니 걱정 말고."

못마땅한 듯 입술을 삐죽이는 심소원에게 히죽 웃어 보인 안 감독은 다시 말을 이었다.

"이렇게 허를 찔러 보는 거야. 겉보기엔 연약해 보이는 노비가 화려한 액션 보이면서 충직한 모습으로 보좌하고, 건장해 보이는 암행어사는 몸치에다가 머리만 좋지. 그림 나오잖아."

절반의 수긍과 절반의 걱정이 어우러진 수군거림이 이어졌다. 시나리오를 보자며 손을 내미는 모습들도 눈에 띄었다. 그 사이에서 느긋하게 주변을 둘러보던 안 감독이 말했다.

"불광불급(不狂不及)이라고 했다. 나 미친놈인 거 알지? 미친놈이 미친 짓 하는 것엔 이유가 없어. 미쳐야 살거든. 그러니까 미친놈이 하는 이야기가 납득 안 되겠으면 그냥 같이 미쳐 봐, 이번만. 무슨 수를 써서든, 뭘 해서든 이번에 천오백만 해 보자. 이대로 달려 보자고."

그 미친 인간이 오늘따라 지나치게 진지한 것부터가 이미 문제가 있는 건데 아무도 그것을 지적하진 않았다. 심지어 그런 것에 점점 물이 드는 판국이다. 어디선가 '천오백만을 위하여!' 라 외치는 소리가 들렸다. 그리고 여기저기서 웃음소리가 터져 나왔다.

"잠깐 따라와, 이 영감탱이."

"엇!"

화장실에서 생포당한 안 감독이 무자비하게 끌려간 곳은 한적한 뒤뜰. 농구대 하나가 보이는 시멘트 바닥에 주저앉은 안 감독이 죽는 시늉을 했다. 그리고 윤조가 그 앞에 떡하니 버티고 섰다.

"아이고, 아이고. 인마! 노인 공경도 모르냐? 아이고, 나 죽네."

"공경? 받침 하나 바꿔서 노인 공격으로 가기 전에 닥치고 설명이나 하지?"

"에이, 설명은 다 했잖아. 그렇게 됐다니까."

정말로 귀찮다는 듯 안 감독이 파리 쫓는 것마냥 손을 휘적거렸다. 이 인간을 제정신으로 상대하는 것 자체가 병신 짓이라는 것쯤이야 잘 알지만 윤조는 지금, 진심으로 울컥했다.

"아, 그렇게 통보하고 끝내시겠다? 이거 어쩌나. 당장 촬영 들어가야 할 주연께서 마음이 바뀌실 거 같다는데?"

"어허. 그럼 쓰나. 열심히 찍어야지."

"그럼요, 열심히 뛰어야지. 지금부터 배우 섭외하려면. 나 이만 간다."

"아이고, 아이고. 심장이…… 노인네 죽네. 아이고."

"죽든가 말든가. 아니지. 옛정 생각해서 확 파묻어 줘?"

"아, 자식 살벌하게 굴기는. 알았다, 알았어. 이리 앉아 봐."

빠드득 이 갈리는 소리를 듣고서야 더는 안 되겠다 싶었는지, 안 감독이 주섬주섬 주머니를 뒤져 휴대폰을 꺼냈다. 뭐가 잘 안 되는지 한참을 끙끙거리던 안 감독이 '됐다'를 외친 건 시간이 꽤 흘러서였다.

"뭔데?"

"우리 황제경이가 보내 준 영상."

또 그놈이다. 여기서 그놈 이야긴 왜 나오는지 알 수가 없지만, 어느새 그를 지칭하는 앞에 '우리'가 붙어 있었다는 걸 깨달은 윤조가 눈살을 찌푸렸다.

"내가 왜 이런 거까지……!"

"그냥 좀 봐라. 봐."

어디서 그런 기운이 솟았는지 안 감독이 윤조의 목에 덥석 매달렸다. 얼결에 주저앉은 윤조의 눈동자엔 이미 움직이기 시작한 한 사람의 모습이 비치고 있었다. 윤조는 저도 모르게 '아' 하고 신음을 내뱉었다. 3층 높이의 베란다에 매달려 있던 그림자가 그 아래층 베란다로 툭 뛰어 들어가는 순간이었다. 재주 좋게 뛰어든 그림자는 다시 옆의 가스관을 붙잡더니 쭉 타고 내려와 가볍게 낙법으로 착지했다.

저도 모르게 입이 벌어졌다. 정말 깃털처럼 움직인다는 게 뭔지 알 것 같은 저 움직임! 놀랄 새도 없이 곧장 일어난 녀석은 저만치 보이는 벽으로 뛰어가 날듯이 벽을 차고 올라 휙 사라졌다. 누군가의 감탄 어린 목소리가 흘러들었고 거기서 영상은 끊어졌다. 입을 다물 수가 없었다.

"독립영화에 참여했었는데 그때 본인이 직접 했던 액션이란다. 안전 장비 하나도 없이 한 거 봐라. 죽지 않냐?"

말이 끝나기가 무섭게 또 다른 영상이 이어졌다. 쿵쿵 울리는 음악소리가 먼저 들려오고 두 명의 남자가 춤을 추고 있었다. 난해한 동작들을 선보이며 호흡을 맞추다 엇갈려 선 두 사람이 한쪽 손을 맞잡은 채 남은 손으로 바닥을 짚고 다리를 치켜 올렸다. 프리즈라고 하는 동작이 몇 초간 이어졌고 두 사람이 땅을 툭 차고 일어선 순간 환호성이 이어졌다.

"그때 오디션 끝나고 합격 통보 보내면서 생각했는데…… 뭔가 그림이 팍 떠오르더라고. 그래서 따로 연락해서 뭐 보여 줄 거 없냐 물어봤더니 이걸 보내 주네? 몸 쓰는 게 특기라고 말은 했어도 저 정도일 줄은 몰랐지. 그리고 너 말이야. 너도 봤지? 뭔가 봤으니까 오디션 때도 그 지랄 떤 거잖아. 안 그러냐?"

할 말을 찾지 못했다.

이상한 호기심이었다. 오디션장에 딱 들어온 녀석을 본 순간, 다시 만나면 반쯤 죽여 놓겠다는 생각 따윈 이미 사라지고 없었다. 소년인지 성인인지 잘 구별되지 않는 곱상한 외모와 중성적인 목소리. 그런 외적인 요건은 차치하더라도 묘하게 긴장된 그 얼굴에서 보인 간절함과 처연한 느낌은 보통 남자에게선 보기 힘든 감성이었다. 왠지 더 보고 싶다는 생각이 들었다.

그렇게 숫기 없이 주저하는 모습을 본 순간 저도 모르게 입을 열었다. 그리고 혹평을 늘어놨고, 결국은 그의 원서를 집어냈다. 모든 것이 제 의지가 아닌 것처럼 행동하고 있었다.

물론 지금 안 감독의 말을 듣기 전까진 아무도 그의 이상한 행동에 대해 언급하진 않았다. 그러나 가슴 한구석이 묘하게 따끔거려 한동안 누구 앞에서도 관련된 이야길 하지 않았다는 것도 사실이었다. 도대체 제 행동의 의미도 머릿속의 생각도 통 알 수가 없었다. 괜스레 찝찝해진 윤조가 투덜거렸다.

"내가 애초부터 이 시나리오 선택한 게 뭐 때문인데?"

"그야 알지. 대한민국 최고 꽃미남, 우리 윤조가 이미지 변신 좀 하고 싶다는 거. 내가 아주 잘 알다마다."

"그런데 이 지경을 만들어?"

"어허, 나도 다 생각이 있다니까 그러네. 내가 누구야. 안효중이야, 안효중."

기막혀하는 윤조의 앞에서 안 감독은 더욱 의기양양하게 목소리를 높였다. 그 뻔뻔한 얼굴을 노려보며 이를 갈던 윤조가 결국 한숨을 내쉬었다. 이 작품을 선택하게 된 건 액션이라는 두 글자의 비중이 크긴 했지만, 그에게 그것보다 더 중요한 건 바로 그 안효중이란 이름이 주는 신뢰였다.

"그럼 진작 어떻게 할 거라 말이라도 좀 하든가. 헛고생이나 안 하게."

"그래도 만약이라는 게 있잖아. 나 정말 생각 많이 했어. 혹시 뭔가 흠 잡을 게 있거나 하면 또 말 바꾸기 곤란하니까. 그래서 일단은 아무 말 안 하고 둔 거지. 그런데 볼수록 애가 괜찮단 말이야. 왠지 뭔가 될 거 같은 기분 있잖아."

"……하여간 그 망할 머릿속엔 뭐가 들었는지 모르겠다."

"푸흐흐……. 너 액션하고 싶어서 안달한 건 내가 잘 알지. 크크큭…… 너 또 레이 강한테 지긴 싫어서 죽어라고 연습하지 않았냐?"

"아, 시끄러워! 젠장, 쪽팔려 죽겠네. 나 진짜 강냉이 이 자식, 어떻게 만나냐고! 어우! 빌어먹을! 확 망해 버려라."

"아, 자식. 악담하기는. 인마, 망하면 나 혼자 망하나? 너도 망해. 그리고 넌 레이 강 만날 때마다 두 배로 쪽팔릴걸?"

"됐어. 내 앞길은 탄탄대로니까 영감 걱정이나 해."

"걱정하는 거야? 걱정하는 거지?"

키득거리며 윤조의 어깨를 툭툭 치던 안 감독이 끙, 소리를 내며 몸을 일으켰다. 눈살을 찌푸리며 보고 있던 윤조가 자연스럽게 손을 뻗어 그의 팔을 붙잡았다. 그러자 안 감독이 싱긋 웃으며 말했다.

"참, 이상해. 이렇게 착한 녀석인데 왜 다들 그렇게 겁먹는 건지 모르겠다니까."

"뭔 헛소리야. 주정이나 할 거면 잠이나 퍼 자."

"자긴 뭘 자. 이제 해 졌으니 지금이 시작이지. 먹고 마시고 기운내서 달리자!"

응원하듯 양손을 번쩍 올리던 안 감독이 비틀비틀 걷기 시작했다. 조금 걱정스러운 듯 그 뒷모습을 지켜보던 윤조가 긴 숨소리를 섞으며 허탈하게 웃었다. 철없고 엉뚱하지만 싫지는 않은 이상한 사람이다. 뭔가 된통 당할 것 같은 기분이지만 어쩌겠는가.

어느덧 해는 뒷산을 넘어간 지 오래였다. 마지막 남은 빛마저 사라져 가는 시간. 뒤따라 걷는 그의 주변에도 점점 짙게 어둠이 내려앉았다.

2화.
노예, 인생이 떡지다

"저기, 전 그냥 이 영화에 참여한 것만으로 충분해요. 이건 저한테 너무 큰 역할이고, 사실 부담스러워요. 더군다나 선배님들이 계신데 왜 제가 그렇게……."

술자리는 더욱 질펀해졌다. 그 와중에 제경의 안색만이 창백했다. 내내 심소원의 눈치를 보며 쩔쩔매던 제경이 슬쩍 입을 열었지만 한창 술에 들뜬 분위기는 그런 제경의 심리를 감지하지 못한 채 엉뚱하게 번지고 있었다.

"와, 제경 씨 그런 생각도 할 줄 아는 사람이야? 겸손하네."

"갈수록 맘에 드네. 크게 될 사람이야. 보통은 자기 비중 못 늘려서 안달이지 않아?"

"그래, 뭐 처음부터 잘하는 사람이 어딨어. 열심히 노력하다 보면 되는 거지. 그리고 감독님도 다 생각이 있어서 했겠지."

"그럼 우리 노비를 위해서도 한 잔 해야지! 자자, 받아!"

그 당황한 표정이라니. 완벽하게 역풍이었다. 게다가 다시 술자리로 돌아오기 무섭게 신이 오른 안 감독까지 그 역풍에 가담했다.

"아이고, 우리 황제경이는 생긴 대로 술버릇도 참 얌전해."

껄껄 웃는 안 감독의 목소리에 고개를 돌려 보니 또 한숨이 나왔다. 거절도 못 하는지 스태프들과 안 감독이 건네는 술을 주는 대로 들이마시는 걸 본 게 한참 전이었다. 그사이에도 얼마나 퍼먹인 건지 결국 옆으로 털썩 누운 녀석은 그대로 잠이 들어 버렸다.

신인잡기. 그게 좋은 의미건 나쁜 의미건 안 감독과 처음 일을 하는 사람에겐 빼놓을 수 없는 관행이었다. 그렇다 해도 제경을 찾는 안 감독이 선뜻 이해가 가는 건 아니었다. 무뚝뚝하고 건방진 눈초리를 한 채 한창 고집이 셌던 자신의 옛날을 생각하면, 저렇게 구석에 숨어 눈에 띄지 않으려 애를 쓰는 저 녀석까지 굳이 잡을 필요가 있나 싶었으니 말이다.

"슬슬 쉬셔야죠, 형. 내일 나가셔야 하는데. 벌써 열두 시가 넘었어요."

재준의 말에 적당히 고개를 끄덕인 윤조가 몸을 일으켰을 때였다. 또 안절부절못한 태도가 의심스럽다 생각했더니 아니나 다를까.

"저기 근데, 감독님께서 숙소 좀 빌리자고……."

"마당에다 이불이나 던져 줘."

생각할 필요도 없다는 듯이 바로 튀어나오는 말에 재준이 움찔했다. 하지만 쫓아낼 방법도 없다는 것쯤은 잘 안다. 좀 더 현실적인 문제를 걱정해야 했다.

"내 방엔 못 들어오게 해."

"최대한 노력은 해 볼게요. 잘될진 모르겠지만. 그런데 제경이는 어떻게 할까요? 저랑 같이 자야 하는데……."

그러고 보니 녀석이 있었다. 그리고 좋은 생각이 떠올랐다.

"내가 데려갈게."

"네? 괜찮으시겠어요?"

"안 감독 데리고 자느니 노숙자라도 데려다 놓는 게 백번 낫지."

순식간에 납득한 재준이 잽싸게 안 감독에게 가서 시선을 끌었다. 재빨리 사라지는 게 순서다. 모두의 놀란 시선을 뒤로한 채 윤조는 무작정 제경을 들쳐 업었다. 작은 키가 아니라 제법 무거울 거라 생각했는데, 축 늘어져 있는 것치곤 그다지 무겁지가 않았다. 좀 이상하다는 생각이 잠깐 스쳤지만 대수로울 일은 아니었다.

그렇게 방에 들어오자마자 윤조는 등에 업혀 있던 제경을 내려놓았다. 체온이 높은 모양인지 등이 후끈거리는 게 찝찝해 던지듯 내려놓더니 철컹, 튀는 소리와 함께 설핏 잠이 깨 버린 녀석이 뭐라 중얼거리기 시작했다.

"정신 드냐?"

엉망으로 취해서 드러누운 녀석이 무슨 말을 알아들을까. 하지만 술 취한 놈 시중까지 들고 싶진 않았다. 이렇게 된 김에 잠이나 깨워 볼까 싶어 더 가까이 얼굴을 대며 말을 걸어 봤다. 그런데 이상한 기분이었다. 잔뜩 헝클어진 머리카락 밑으로 하얗고 깨끗한 피부가 눈에 띄었다. 술기운에 상기된 뺨. 술 냄새가 섞였지만 작게 내쉬는 숨결이…….

'뭐하는 거야.'

흠칫한 윤조가 손을 내렸다. 언제부터인지 말랑말랑한 녀석의 뺨에 제 손가락이 지그시 닿아 있었다. 묘하게 손끝이 찌릿해 잽싸게 주먹을 몇 번 쥐어 보던 윤조는 기막혀하며 헛웃음을 터뜨렸다. 질풍노도의 시기를 겪는 청소년도 아닌데 대체 왜 여기서 이런 엉뚱한 경험인가.

"야! 일어나!"

대뜸 녀석의 어깨를 잡고 흔드는데 이상하다. 크게 눈살을 찌푸리는 녀석의 얼굴도. 손에 한 움큼도 안 되게 잡히는 어깨도. 이상하다. 이상하기 짝이 없다. 애써 그 느낌들을 무시한 채 무작정 흔들자 작은 목소리가 들려왔다.

"으⋯⋯. 뭐야 진짜⋯⋯."

"뭐 인마? 정신 들었으면 일어나 빨리!"

"어우 씨⋯⋯."

"씨이?"

꿈틀거리며 이불을 잡아채던 녀석이 눈을 뜨더니 몽롱한 눈빛으로 한참을 바라봤다. 이 녀석은 또 왜 이런 얼굴을 하는 건가, 싶은 찰나.

"이씨⋯⋯ 나쁜 놈."

"뭐?"

하도 어이가 없어 그만 헛웃음을 지었다. 그러자 녀석은 또 웅얼거리며 말을 걸어왔다.

"웃지 마. 나쁜 놈아⋯⋯. 얼굴만 잘생겼으면⋯⋯ 다냐? 나쁜 놈."

순간 울컥한 윤조는 그대로 이불을 들어 제경의 얼굴에 덮어 버렸다.

"자라, 자. 하, 술 취한 놈을 깨우는 내가 병신이지."

"어우⋯⋯ 어우 씨이— 하지 말라고! 나쁜 놈, 나쁜 놈—"

"미치겠네. 야, 넌 아는 욕이 그것밖에 없냐?"

버둥거리며 이불을 걷어 낸 녀석은 하염없이 나쁜 놈을 부르짖어 댔다. 말끝이 질질 늘어지는 말투가 왠지⋯⋯ 저도 모르게 입가를 올리던 윤조가 흠칫했다.

'하, 나 제정신이야?'

저런 게 귀엽다니. 이젠 냄새로도 취하는 모양이다. 기가 막힌 윤조가 손을 들어 제경의 이마를 꾹 눌렀다. 그대로 버둥거리던 녀석이 이번엔 코까지 훌쩍이며 흐느꼈다.

"나쁜 놈아⋯⋯. 흐윽. 나한테 어떻게 그래⋯⋯. 나쁜 놈⋯⋯."

"그래, 그래. 내가 잘못했으니까 좀 자라."

이젠 눈물까지. 가관이다. 뭐 저리 맺힌 게 많은 거냐. 그러다 목소리가 점점 잦아들더니 그대로 잠이 든 건지 움직이지 않았다. 윤조는 가볍게 한숨을 쉬었다. 이렇게 무르게 대하는 줄도 모르고 누구더러 나쁜 놈이래. 조금 억울한 기분이었다.

"이불 깔아 주기도 귀찮다. 그냥 자자."

이상한 자기 합리화를 하며 중얼거리던 윤조가 그 옆에 누웠다. 딱 커플용으로 붙어 있기에나 좋은 그리 크지 않은 더블베드에 남자 놈이랑 누워 있는 게 썩 내키는 건 아니었지만 이부자리까지 대령해 가며 시중드는 것 역시 싫었다.

그런데 이상하게 잠이 오지 않았다. 왠지 몸이 후끈거리는 건 몇 잔 마시지도 않은 술 탓이려니 생각하다 문득 옆에 누운 녀석을 바라봤다. 그사이 뒤척이던 녀석이 이쪽을 보며 웅크렸고 마침 녀석의 얼굴이 보였다. 뭐가 그리 억울했던 걸까. 그렁그렁 눈물이 매달린 속눈썹을 보고 있으려니 슬슬 기가 막혔다. 여려 터진 놈. 남자 놈 주제에 저래서 세상을 어찌 사나. 아주 쓸데없는 걱정까지 하며 바라보는데…….

"내가…… 얼마나 좋아했는데……. 나쁜 놈……."

저도 모르게 발을 뻗었다.

―쿵.

"흐윽!"

묵직한 소리와 함께 굴러떨어진 녀석에게서 작은 신음 소리가 흘러나왔지만 그것도 잠시, 금세 조용해진 방 안에선 고른 숨소리만 들려왔다.

"뭐, 뭐야…… 깜짝이야."

한참만에야 입을 뗀 윤조가 중얼거렸다. 턱없이 크게 울리는 제 심장 소리가 귀에 들리는 것만 같았다.

♠   ♠   ♠

제경의 눈앞에서 시퍼렇게 날이 선 칼날이 **뻑뻑한** 새송이를 남김없이 동강 냈다. 끝도 없이 불판 위에 구워지고 구워지는 새송이들. 새송이 못 먹어서 죽은 귀신이라도 붙었나. 눈앞에 보이는 사람들이 모두가 새송이를 들고 즐거워하고 있었다.

　배고파 죽겠는데 주변은 온통 새송이뿐이다. 그래도 어째. 배는 고프고 먹을 거는 없고. 그렇게 젓가락을 집어 든 제경에게 또 한 번 시련이 닥쳤다.

　'노비 주제에 어딜 끼어들어? 마저 썰어 놔.'

　제경은 비꼬는 기색이 역력한 목소리와 함께 쏟아지는 새송이의 폭포를 맞으며 좌절했다.

　제기랄, 왜 하필 새송이야. 표고버섯도 있고 느타리도 있고 하다못해 비교도 안 되는 자연산 송이나 송로버섯도 있는데 왜 하필 널리고 깔린 새송이의 물결이냐고!

　억울하고 분통이 터져선지 속이 바짝 탔다. 입술이 쩍쩍 갈라지는 것만 같은 갈증에 목소리도 나오지 않았다. 제경은 급하게 옆에 있던 물병에서 물을 따라 마셨다. 이상하다. 이번엔 식도가 화악 타들어 갔다. 기겁하며 물병을 보는데…… 바카디151.

　아아, 소싯적 선배들 앞에서 호기롭게 들어 올렸던 그놈이다. 그 잔속에 들어 있던 바카디151. 알콜도수 75.5%의 바카디151. 야, 자식아! 네가 왜 여기 있는 건데? 응? 너무 느닷없잖아!

　그래서 생각했다. 혹시 이건 꿈이 아닐까, 하고.

　그래서 창밖을 바라봤다. 오오, 그래. 역시 이건 꿈이다. 꿈틀꿈틀 뭔가가 구름을 뚫고 올라가고 있잖아. 말로만 듣던 용이 승천하고 계셨다. 그래, 꿈에 용이 나왔으니 이쯤 되면 태몽인 거야. 그렇지? 비록 모태솔로라도 태몽은 꿀 수도 있는 거잖아.

　그렇지?

번쩍 눈을 떴다. 새벽빛이 파르라니 들어오는 시간이라선지 사물의 모습은 잘 구별되는데…… 알 수가 없었다. 여긴 어디며…… 저 사람은 누구?

그리고 저건…… 뭐지?

제경은 침대 위에 누운 남자를 바라봤다. 아니, 정확히는 불룩 솟은 뭔가에 시선이 그대로 꽂혀 있었다. 그놈의 용트림 꿈은 태몽이 아니고 예지몽이었냐. 눈앞에 보이는 이것은 말로만 듣던 건강한 남자의 상징, 모닝텐트…….

"텐트는 뭔 놈의 텐트…… 저건 천막이지."

열두 명은 거뜬하겠구만! 그렇게까지 생각했을 때 제경은 이미 정신을 가물가물 놓아 가는 중이었다. 그래, 그럴 리가 없다. 어딘지도 모르는 곳에서, 낯선 남자의 텐트나 보고 있는 이 상황이 현실일 리가 없다.

'그래, 아직 꿈일 거야.'

그렇게 마음을 놓은 제경은 그대로 엎드려 잠을 청했다. 여전히 목은 바짝 타들었지만 상관없었다. 어차피 꿈이니까.

그러나 그것도 잠시.

─쿵.

묵직한 뭔가가 목덜미를 덮쳤다.

"으아아─"

이건 또 뭐야! 운석이라도 투하된 건가! 소스라치게 놀란 제경이 벌떡 일어나 앉았다. 심장이 미친 듯이 벌렁거리는데 꿈인지 생시인지조차 구별이 잘 안 되는 기분이었다.

"뭐, 뭐야……."

그리고 곧 제 머리가 있던 곳에 널브러진 베개를 발견했다.

설마 이것이 머리 위에 떨어진 건가? 무슨 놈의 베개가 파괴력이 묘르닐급이냐. 머리통 터지는 줄 알았네.

그런데 멀쩡한 베개가 혼자 날아왔을 리는 없었다. 그 이야긴즉슨……

"일어나."

던진 놈이 있다는 말씀!

어쩐지 무지하게 익숙한 목소리다. 꿈에서 버섯이나 썰라며 저를 비웃던 그 목소리랑 비슷한데 자욱하게 깔리는 어둠의 기운이 심상치 않다. 심장이 얼어붙는 기분에 제경은 잔뜩 굳은 채 침대 쪽을 바라봤다. 아주 기분이 더러워 보이는 윤조가 그녀를 노려보고 있었다.

물끄러미 시선을 맞추던 제경은 한참만에야 겨우 입을 열었다.

"……잘 주무셨어요?"

그 5분 전. 파르스름한 빛이 새어 들어오는 시간. 먼저 눈을 떴던 윤조는 무심코 방 안을 훑어보다 흠칫하며 몸을 반쯤 일으켰다. 방구석에 뭔가가 있었다.

'뭐야 저건. 사람?'

사람은 사람이었다. 얇은 이불 하나를 다리 사이에 낀 채 모로 누워 있는 낯선 형체. 어리둥절한 눈으로 한참을 바라보던 윤조는 금세 어제의 기억을 떠올리며 실소했다. 저 목둘레가 조금 늘어난 낡은 티셔츠와 구제스타일이 아닌, 정말 구제가 필요해 보이는 청바지. 저런 거나 입고 다닐 만한 놈이 황제경 말고 또 있을까. 거기다 베개도 없이 방바닥에 모로 누운 채 머리를 처박고 있는 꼴이라니…… 정말 거지가 따로 없다.

그런데도 시선이 좀처럼 떼어지지 않았다. 어딘지 모르게 볼수록 이상한 느낌이었다. 하얗게 드러난 목덜미부터 가냘픈 어깨선이 한눈에 보이자 혼란스러웠다. 잔뜩 웅크린 채 튀어나온 등마저도 자칫 부러질 듯 가느다란 느낌이 여실한 데다…….

천천히 시선을 옮기던 그가 멈칫했다. 잠결에 구겨진 듯 조금 걷어 올라간 티셔츠. 그 밑으로 드러난 가느다란 허리와 묘한 굴곡이 이뤄진 골반에 정확히 시선을 고정하던 그가 잠시 후, 고개를 저었다.

'뭔 생각이야.'

문득 정신을 차리자 기가 막혔다. 저 스스로도 남에 대한 평가가 아주 박하다는 건 알고 있었고 여자에게 별 관심이 없던 것도 그 기준에 달하는 사람이 없기 때문이라 생각했었다. 하필 저 남자 놈을 핥듯이 훑어보며 관찰하고 있었다는 것도 충격인데 '제법 괜찮다'라는 제 머리에서 나올 가장 찬사에 가까운 평가를 내리고 있었다는 건 심지어 공포였다.

이상하게 찝찝했다. 그 찝찝한 느낌을 뭐라고 설명할 수가 없는 가운데 전날의 기억이 머릿속에 맴돌기 시작했다.

무심히 문이 열리기에 들어갔던 욕실. 그 안에서 발견한…… 저 녀석.

저도 모르게 흠칫하며 중요 부위를 가렸던 것도 기막힌데 계집애 같은 목소리로 불만을 내뱉는 녀석을 보니 정말 제가 뭔가 큰 잘못이라도 한 것 같았다. 하지만 둘 다 남자. 대체 뭐가 이상하단 건데!

그렇게 조금이나마 당황했다는 사실마저 인정하고 싶지 않아 더 당당하고 아무렇지 않게 행동했다. 그런데 녀석의 태도는 갈수록 가관이었다. 태초의 모습을 고스란히 보여 주고 있는 건 이쪽인데 왜 그쪽이 못 볼 것이라도 본 것처럼 당황하고 얼굴을 붉히는지 도통 알 수가 없었다. 여고생 앞에 선 바바리맨도 아니고!

게다가 위험하게 넘어지는 놈을 받아 냈을 땐 또 어땠던가. 나긋하게 착 감기던 가녀린 체구와 보들보들한 느낌이 품 안에 가득했고, 그 순간 아주 위험한 반응이 허리 아래로부터 올라오고 있었다.

심지어 뻣뻣해지기 시작한 그곳을 녀석이 덥썩…….

거기까지 생각을 마친 윤조가 저도 모르게 흠칫하며 몸을 떨었다. 다시 생각해도 끔찍한 경험이었다. 아니, 더 끔찍해졌다. 아침마다 건강히 생존신고를 해 온 놈이 유난히 꼿꼿하다. 이젠 기가 막히다 못해 울고 싶을 지경이었다. 편하게 주워 입은 면바지가 오늘따라 왜 이리 원망스러운지 모르겠다.

'망할……'

다급히 몸을 일으키려던 순간이었다. 갑자기 부스럭, 뭔가 움직이는 소리에 저도 모르게 다시 자리로 드러눕고는 또 혼란스러워졌다. 대체 이건 또 뭔 시추에이션?

'내가 저놈을 왜 피하는 건데?'

그렇게 생각하면서도 움직일 수가 없었다. 똑바로 누운 채 잠에서 깬 듯 불규칙해진 녀석의 숨소리를 들으며 이상하게 초조해 마른침을 삼킬 무렵…….

"텐트는 뭔 놈의 텐트…… 저건 천막이지."

"……."

나직하게 중얼거리는 목소리에 정신이 혼미해졌다.

뭐지. 저 자식 지금 무슨 소릴 한 거야. 뭘 보고 저러는 건데. 설마 날 보고 한 말은 아니겠지? 아닐 거야, 아마. ……아니라고.

하지만 얼마 후, 몸을 일으킨 윤조가 보고 있는 건 다시 엎드린 채 잠이 든 녀석의 모습이었고, 뭔지 모를 유기농 곡물로 가득한 그의 베개가 정확히 제경의 목덜미에 명중했다.

"형, 일어나세요. 식사하셔야죠."

그리고 언제 다시 잠이 들었던 걸까. 재준의 목소리에 눈을 뜬 윤조는 습관처럼 시계를 봤다. 오전 9시가 조금 넘고 있었다. 평균 6, 7시에 눈을 뜨는 바른생활 인간 윤조가 이렇게 늦잠을 잘 수가 있다니. 꼬여 버린 생활패턴 탓인지 기분이 아주 불쾌해졌다.

잔뜩 꿀꿀한 기분으로 욕실에 들어선 윤조는 곧장 세면대 앞에 선 채 거울로 시선을 돌렸다. 그런데…….

—찌덕.

"응?"

뭔가가 발에 눅진하게 밟혔다.

"……이건 또 뭐야?"

시선을 내리자 일회용 접시와 함께 뭔가가 놓여 있었고, 그걸 밟았다. 서둘러 발을 떼 보니 뭔가가 슬리퍼에 철썩 들러붙어 올라왔다.

"떡?"

기가 막힌 윤조가 절로 소리 내 물었다. 이런 게 왜 여기 있는 건지 알 수가 없었다. 잠시 멍하니 서 있던 윤조는 곧장 욕실 밖으로 나왔다.

"야, 재준아. 여기 이거……."

"아, 형. 다 씻으신 거예요? 속은 괜찮아요?"

뭘 대답할 처지가 아닌 듯 핼쑥한 얼굴을 보니 또 기가 막힌 윤조가 핀잔을 늘어놨다.

"그리 무식하게 마시니 속이 남아나냐? 난 맥주 한 캔밖에 안 마셨어."

"아, 그랬어요? 저는 우욱……."

술 얘기만 해도 괴로운지 재준이 입을 가린다. 그 모습에 잔뜩 눈살을 찌푸린 윤조가 재준을 외면했다.

"그럼 저 먼저 나가 볼게요. 해장해 두실 거면 해장국 있으니까 좀 드시구요."

그러고 보니 아까부터 북엇국 냄새가 거실을 가득 메우고 있었다.

"넌 안 먹고?"

"바빠서 먼저 먹었어요. 형 식사는 새벽에 받아다 놨으니까 그거 드셔도 되구요. 참, 해장국은 제경이가 끓였거든요. 기가 막혀요."

"누가 했다고?"

"저 요리는 잘 못하는 거 아시잖아요. 당분간 식사는 제경이 신세 좀

져야 할 거 같으니까 너무 구박하지 말고 좀 잘해 줘요."

"야, 내가 언제……."

"그럼 저 먼저 나갑니다."

눈살을 찌푸린 순간 눈치를 챈 재준이 잽싸게 밖으로 튀어나갔다. 눈치가 매니저의 덕목이긴 하지만 재준은 지나치게 빠른 편이었다.

화풀이할 상대를 잃어버린 윤조가 입맛을 다시며 식탁이 있는 곳으로 다가갔다. 술자리에서 어지간히 시달렸는지 창백한 안색의 제경이 앉아서 뭔가를 먹고 있다가 슬쩍 올려다본다.

그리고 그 시선에 윤조는 이상하게 흠칫했다.

"뭐 좀 드실래요? 해장국 좀 드려요?"

녀석의 목소리는 차분했다.

"재준이가 받아 놓은 거 있다며. 그거 줘."

퉁명스레 대답한 윤조가 맞은편 자리에 앉았다. 그런데 식탁 위에 묘한 게 보인다.

"뭐야 이건?"

"네? 떡이잖아요."

냉장고에서 투명한 락앤락 통을 꺼내 다가오던 제경이 심드렁한 말투로 대꾸했다.

"몰라서 물어? 아니, 설마 욕실에 그 떡이, 네가 놓은 거냐?"

"네. 제가 놨는데요."

"이 자식이 진짜. 그런 걸 거기다 왜 놓는데? 미쳤냐?"

"헐, 설마 밟았어요? 그거 그럼 안 되는데……. 부정 탈 수도 있는데……."

도리어 날벼락 맞았다는 표정으로 아쉬워하는 제경을 보고 있자니 이젠 기가 차다 못해 머리가 멍해질 지경이다.

"부정? 너 술 먹으면 머리가 좀 이상해지는 거냐? 아님 엿 먹이려고 작정했어?"

60

"네? 아니, 이건 그런 게 아니라 어제 저, 저기 욕실에서……."

"욕실에서 뭐?"

어제, 욕실. 불쾌한 키워드가 둘.

급 짜증스러워진 윤조가 화난 말투로 묻자 손에 든 걸 건네던 녀석도 뭘 떠올린 모양인지 슬쩍 뺨을 붉히더니 못마땅한 듯 눈을 치떴다.

"그게…… 암튼 저 넘어질 뻔했잖아요."

"그거랑 그거랑 무슨 상관인데?"

"네? 무슨 상관이라뇨. 화장실, 아니 욕실에서 미끄러졌으면 떡 먹어야죠."

대체 이건 또 무슨 황당하기 그지없는 소리인가.

"뭔 소리야. 너 외국 살다 왔냐? 그건 어느 나라 풍습인데?"

"네? 무슨 소리세요? 당연히 떡 먹는 거라구요."

"난 처음 듣는 말인데? 그보다 왜 하필 떡이야? 정말 그런 게 있기나 해?"

황당한 건 이쪽인데 녀석은 그야말로 컬쳐쇼크를 느끼는 얼굴이었다.

"별 헛소리를 다 들어 보네. 떡 같은 소리 하기는."

"네? 아닌데…… 맞는데……."

꼭 떡같이 생긴 녀석이 시무룩해져서는 자리에 앉았다. 뭔가 불만이 가득한 얼굴 내지는 뭐 저런 미개인이 있어, 라고 생각하는 얼굴인데 그러면서도 앞에 놓인 떡을 집어 들더니 야금야금 깨물어 댔다. 보기만 해도 목이 멜 것 같은 시루떡인데 잘도 입에 넣는다. 대체 저놈은 위장이 뭐로 구성된 거냐.

"넌 속 괜찮냐?"

"네에— 해장국도 좀 먹었고, 원래 이런 걸로 탈나고 그러진 않아요."

"하긴, 그러니까 아침부터 떡 같은 거나 처먹고 있겠지."

"윽."

"정말 맛있냐?"

"드, 드시고 싶으시면 드시고 싶다고 하시든가."

"난 원래 떡 안 먹어. 맛없게 생겼잖아. 생각할수록 기가 막히네. 아침부터 떡이 뭐냐? 떡이. 떡같이 생겨 가지고."

"에잇. 그러면 그냥 먹게 놔둬요! 나 혼자 먹고 콱 목메어서 죽어 버리게! 그리고 원래 아침밥으로 떡 먹는 사람도 많고, 술 많이 마시면 쌀 갈아 마시는 것도 좋거든요? 쌀 간 거나 떡이나 그게 그거지……."

"쌀을 갈아? 그건 또 어느 나라 풍습이냐? 너 정말 한국사람 맞아?"

"아, 정말! 유, 윤 선배님이야말로 대체 어디 살다 오셨어요?"

결국 토라진 녀석은 뻔히 얼굴이 다 보이는데도 몸을 휙 돌리더니 이젠 입모양으로만 뭐라뭐라 지껄여 댔다. 말주변도 없는 주제에 파르르 떨며 꼬박꼬박 반응해 주는 게 건드리는 재미가 쏠쏠하다.

저도 모르게 터져 나오는 웃음을 참던 윤조가 잔뜩 부풀어 상기된 뺨에 시선을 고정했다. 문득 그의 표정이 굳었다.

막상 생각을 떠올려서 그런 건지 이상하게 정말…… 여자 같다.

'……뭐하자는 거야.'

그야말로 망상이다. 멀쩡하게 남자 조연 오디션에 떡하니 등장해 잘 붙고 계약서까지 쓰고 등장한 놈이 여자라니. 어디 가서 말이라도 꺼냈다간 당장 머리 옆에다 동그라미를 그리며 쳐다보고도 남을 일이다.

"하여간 뭐 하나 괜찮은 데라곤 없어. 칠푼이 같은 놈."

"왜 또……."

"내 방 들어가면 침대 위에 티셔츠 있어."

녀석은 뻔히 이쪽을 보며 의아한 표정을 지었다.

"비싼 거니까, 살살 주물러서 그늘에 널어라."

"뭐를요?"

윤조는 가볍게 한숨을 쉬었다. 어쩐지 짜증이 확 올라왔다.

"너 몇 살이랬지?"

"스물일곱…… 이요."

"군대 갔다 왔어?"

"네? 가, 갔다 왔죠. 당연히!"

"군대도 다녀온 놈이 지금 뭐 하자는 거야. 네가 내 얼굴 빤히 쳐다볼 군번이야? 데뷔 년차로 따지면 까마득한 선배야. 그런 사람이 하는 말에 무슨 이유가 필요해?"

"……."

"간이 너무 무거워서 집에 모셔 놓고 다니는 건지, 하룻강아지 범 무서운 줄 모르는 건지, 제대로 확인 좀 해 봐?"

"아, 아니요!"

잽싸게 대답한 녀석이 허둥지둥 자리를 벗어났다. 그리고 홀로 남은 식탁 위엔 정적만이 감돌았다. 윤조는 그제야 샐러드에다 포크를 푹 찔러 넣었다.

"웃기는 자식."

제법 당돌한 시선으로 똑바로 바라보며 이야기하는 걸 보면 소심한 건지, 소심한 척하는 건지 구별이 조금 힘들다. 게다가 삐치고 화를 내며 제 감정을 여과 없이 드러내는데 미묘하게 그 성별과 매치되지 않는 게 기분 나빴다. 저것이 진심인지 연기인지 헷갈릴 만큼.

"이거 빨면 되는 거죠? 다른 건 더 없어요?"

그리고 이번엔 뭘 숨기는 듯 아주 무심한 시선이 닿았다.

'타고난 연기자라 이건가?'

대답 대신 턱짓을 하자 제경은 투다다 욕실을 향해 뛰다 뭐에 걸린 건지 휘청거렸다. 몸 쓰는 게 특기라는 녀석치곤 이상하게 허술하기 짝이 없다.

정말 이상한 놈. 별로 신경 쓰고 싶지 않은데, 이미 뭔가 말려들고 있는 듯한 기분을 지울 수가 없었다.

♠　　♠　　♠

오늘의 촬영 장소는 숙소에서 약 두 시간 거리에 있는 영상테마파크
였다. 입구에 선 채 한숨 돌리던 제경이 휴대전화를 꺼내 시간을 확인했
다. 벌써 점심시간이 넘어가는 2시다. 버스를 세 번이나 갈아타고서야
겨우 도착했지만 이미 늦을 대로 늦어 버린 상황을 타개할 방법 따윈 없
었다. 떨어질 불벼락을 생각하니 눈앞이 깜깜하다.

"대체 왜 오라고 난린데, 진짜! ……윽."

울컥해 소리를 내지르던 제경이 저도 모르게 몸을 구부렸다. 가뜩이
나 어제 술판 때문에 속도 안 좋고 잠도 부족했는데 시골길을 달리는 버
스기사의 곡예운전에 시달렸더니 속이 뒤집히기 직전이었다. 그나마 공
기 좋은 시골이기 망정이지. 깨끗한 공기를 마구 삼키니 그제야 좀 나아
지는 기분이었다.

"후…… 하. 제길. 혜미야, 나 어쩌지. 이 지경일 줄은 몰랐는데……."

길게 한숨을 내쉰 제경이 휴대폰을 집어넣었다. 몇 번이나 통화버튼
에 손가락을 올렸지만 결국 전화를 걸 수는 없었다. 장난 섞인 위로로
잠시간 위안을 받는 정도로 해결되는 일은 없고 괜한 걱정이나 끼칠 테
니. 전화는 되도록 기분 좋거나 컨디션 좋은 날에만 해야겠다고 마음먹
은 제경이 양손으로 제 얼굴을 툭툭 치며 심호흡을 했다.

'그래, 정신 차리자, 황제경.'

뭐가 되었건 본인이 선택한 일이었다. '남자 황제경'을 연기한 것도
자기 자신, 그 연기로 오디션에 합격한 것도 자기 자신.

쉬울 거라 생각한 건 아니었다. 들켰을 땐 어떤 일이 벌어질지도 장담
할 수 없었다. 하지만 남자 역할은 꾸준히 해 왔고, 일상생활로 그 연기

의 스펙트럼을 넓히는 것 정돈 힘들지 않을 것 같았다. 이 오디션에 합격했단 사실 자체가 그 가능성을 보여 준 셈이다.

게다가 그때만 해도 그 많은 출연 배우 중 무명의 조연에게 포커스가 맞춰질 일은 거의 없다고 생각했다. 얌전히 영화에만 출연한 후 잠적하면 될 일. 아무리 대단한 작품이라도 조금의 시간이 지나면 조연의 이름 석 자 기억해 줄 사람 따윈 없을 거라고.

잠시 가만히 서 있던 제경이 몇 주 전의 일을 떠올리며 머리를 긁적였다.

'할래.'

'미쳤어?'

혜미와 민수의 입에서 동시에 튀어나온 말이었다. 아마 누구에게 물어도 같은 말을 들었을 것이다. 하지만 이미 굳게 마음을 먹은 제경은 단호하게 고개를 가로저었다.

'솔직히 내 평생에 이런 기회가 또 올 것 같진 않아. 내가 무슨 재주로 저런 대단한 영화에 나오고 저런 대단한 사람들이랑 연기를 해 보겠어?'

'야, 그래도 그렇지. 그냥 어디든 취업한 후에 여건 좀 좋아지면 그때 다시……'

설득하려고 입을 열었던 혜미는 말을 채 잇지 못했다. 그녀가 생각하기에도 현실성이 없는 이야기였을 거다. 그것이 가능했다면, 이미 그들의 신세가 지금처럼 처량하지만은 않았을 테니까.

'아마 이거 하고 나면 다신 연기 못 할 거야. 나도 알아.'

그리고 며칠 후, 혜미가 던져 준 물건에 제경은 눈을 휘둥그렇게 떴다.

'이건 뭐야?'

'뭐 압박 조끼인지 뭔지. 조끼처럼 입는 거래. 아무튼 나도 이제 공범

이니까, 제발 들키지만 마라.'

'고마워.'

'아, 걱정돼서 위장이 꼬이는 거 같아. 넌 정말 너무 허술하다고!'

조금 뭉클해진 제경은 그녀의 타박에도 쑥스럽게 웃으며 손에 든 물건을 만지작거렸다. 어디서 이런 물건을 구해 오는 건지 참 신통한 친구였다. 게다가 막상 입어 보니 그럴싸하다. 완벽하게 눌려 흔적도 보이지 않는 가슴은 조금…… 슬펐지만.

─빵.

툭 치는 듯한 경적 소리에 흠칫하며 비켜나자 커다란 밴 하나가 섰다. 서너 명의 여자가 줄줄이 내리는 모습을 물끄러미 지켜보던 제경은 맨 마지막으로 내린 사람과 눈이 마주치자 기겁하며 고개를 숙였다. 심소원이다. 지금 그녀에게 심소원은 윤조만큼이나 어려운 상대였다.

그런데 뭐라 인사말을 건네기도 전에 그녀는 차갑게 바람을 일으키며 지나쳐 버렸다. 다행인지 불행인지 알 수가 없는 와중에 낯익은 얼굴이 알은척을 했다.

"어머, 오빠. 이제 오신 거예요? 지금 막 촬영 끝나고 점심들 드셨을 텐데, 오빠는 식사하신 거예요?"

제작부의 막내라던 세희였다. 정말 반가운 듯 웃는 얼굴로 연신 재잘거리던 그녀는 시계를 보더니 먼저 가야겠다며 부리나케 이동했다. 아무래도 그녀가 향하는 곳에 최종 보스가 있는 모양이었다.

아, 조금만 더 일찍 올걸. 밥이라도 먹게.

배가 고픈 건지 속이 안 좋은 건지 잘 구별이 되지 않았다. 힘없이 걸음을 떼려는데 또 누군가가 그녀를 불러 세웠다.

"저기요, 잠깐만요."

돌아보자 이번엔 예쁘장한 여자가 서 있었다. 또 한 대의 차량이 들어

오는 거 같았는데, 그게 이 여자의 차였던 모양이다. 조금 과한 화장과 전문가의 손길로 곱게 세팅된 헤어스타일이 눈에 들어오고, 뭔지 모르게 인공미가 가득한 얼굴로 그녀 앞에서 말을 한다. 엄청난 위화감에 눈을 휘둥그렇게 뜨자 그녀가 과장되게 웃음을 흘렸다.

그 순간, 민감해진 위장에 여자의 짙은 향수 냄새가 푹 파고든다.

'우와, 망할!'

제경은 필사적으로 헛구역질을 참으며 물었다.

"무슨 일이세요?"

"……."

왠지 당황한 듯 표정을 굳히던 여자가 경련하듯 미소를 지으며 제 옆을 가리켰다.

"아, 저기. 오늘 촬영하는 곳 알죠? 나 이거 무거워서 그런데, 거기까지 좀 들어다 줄래요?"

아, 빌어먹을 향수 냄새!

더 말을 섞으니 그냥 들어 주며 피하는 게 나을 거 같았다. 제경은 대답 대신 재빨리 짐을 들어 올렸다. 그런데 여자는 거짓말을 한 게 아니었다. 들어 올린 순간 저도 모르게 휘청한 제경이 안간힘을 쓰며 걸음을 떼었다. 그 상상을 초월하는 무게라니! 와, 이 여자. 대체 여기다 뭘 넣고 다니는 거야!

입으로만 숨을 쉬며 간신히 촬영장에 도착하자 여자는 어디선가 나타난 남자에게 짐을 받게 하곤 고맙다는 말도 없이 사라졌다. 제경은 얼떨떨한 얼굴로 한동안 그 자리에 서 있었다. 사라져 준 건 참 고마운데 이상하게 억울한 기분은 뭐지.

"야, 떡!"

그리고 벼락이 떨어졌다. 기겁한 제경이 뒤를 돌아봤다. 언제 왔는지 갓, 도포 차림의 윤조가 못마땅한 듯 눈살을 찌푸렸다. 그 표정을 보니 내가 왜 떡이냐고 묻지도 못하겠다.

"너 지금 시간이 몇 시야? 뭐하느라 이렇게 늦었어?"

"아…… 그게요."

제길. 화내는 얼굴은 또 왜 이렇게 멋진 거야. 몸이 명품이면 걸치는 게 다 명품이라더니, 190cm 키가 사극 의상과 어울릴 거 같진 않았는데 의외로 옷발이 단아해 한 마리의 고고한 학 같은 느낌이다. 그에 비하면 이쪽은 그야말로 한 마리의 까마귀……. 묘하게 비참해졌다. 고개를 푹 숙인 제경이 기어들어 가는 목소리로 입을 열었다.

"빨래 청소 다 하고 시간 맞춰서 나온다고 나온 건데……."

"그런데 왜 늦어?"

"분명 난 시간 맞췄는데 버스가 안 오잖아요. 삼십 분을 넘게 기다렸는데 지나가는 사람도 없고……."

왠지 그 얼굴을 보지 않아도 어떤 표정인지 알 것만 같다. 가뜩이나 몸도 안 좋은데 저 긴장되는 시선 앞에 서려니 목이 바짝 타들었다. 가만히 마른침만 삼키며 굳어 있자 윤조는 한심하다는 말투로 입을 열었다.

"물 가져와."

"네."

오자마자 심부름이다. 재빨리 근처의 티 테이블에서 생수통을 구해 오자 윤조는 두어 모금 마시더니 그녀에게 도로 내밀었다.

"미련하게 물 한 모금 못 챙겨 먹고 뭐하는 거야? 아무나 붙잡고 좀 물어보든가. 그런 거 대답 안 해 줄 사람 여기에 없어. 이런 거까지 말을 해 줘야 알아?"

"네?"

"빨리 안 마시고 뭐해?"

의외의 말에 놀란 것도 잠시. 암만 목이 타들어 간대도 그가 입술을

대고 마신 걸 그의 눈앞에서 마신다고 생각하니 손이 움직이질 않았다. 그런데,

"깔끔 떨고 컵 찾는 거면 진짜 죽는다."

"아, 아닙니다."

눈 딱 감고 잽싸게 마시긴 했지만 이상하게 눈을 들 수가 없었다. 더위 탓인지 아니면 다른 이유인지 피부 안쪽에서 열이 치솟아 얼굴이 화끈거렸다.

"전화는?"

"네?"

"출발할 때 재준이한테 전화 넣으라고 분명 이야기한 거 같은데."

"아, 맞다."

진짜 새까맣게 잊고 있었다.

"아, 맞다? 후, 이 떡 같은 놈을 대체 어디다 써먹나. 둔하지 멍청하지, 기억력은 붕어에 하는 짓은 괴상망측하고……. 너 솔직히 말해. 고문관이었지?"

"고, 고문관이라뇨! 저 사회생활은 나름 성실하게…… 으앗!"

갑자기 그가 손을 움직인다 싶더니 눈앞이 번쩍했다. 혼비백산한 제경이 이마를 감싸 쥐며 펄쩍 뛰었다. 무슨 손이 이리 매워! 딱밤 한 대에 황천 가게 생겼다. 어찌나 아픈지 눈물이 찔끔 맺힐 지경이었다.

"잘—한다. 생각해서 불러 줬더니."

툭 내뱉은 윤조가 픽 웃더니 눈앞에서 돌아섰다. 그렇게 멀어지는 그의 뒷모습을 바라보던 제경이 눈가를 슥슥 비비고는 한숨을 푹 내쉬었다.

"아이 씨…… 전 눈에 띄면 안 된단 말이에요."

정말 남의 속도 모르고……. 어쨌거나 오늘도 그는 위험이 충만하다. 저만치 보이는 카메라 몇 대를 흘깃 보던 제경은 스태프들 사이에서 낯

익은 얼굴을 발견하고 달려갔다. 이대로 스태프인 척 숨어 있다 보면 딱히 눈에 띌 일은 없을 거라 생각하며.

♠   ♠   ♠

오후의 촬영이 시작되기 전, 이미 일정에 있었던 인터뷰를 진행하기로 했다. 어차피 홍보를 위해 정해진 순서 중 하나였고, 시간도 짧게 끊기로 했지만, 윤조는 그다지 기분이 좋지 않았다. 리포터의 뻔한 질문에 시종일관 연예인 미소를 지으며 틀에 박힌 대답을 늘어놓는 동안에도 그의 신경은 줄곧 한 곳을 향해 있었다.

"저기요, 아까 제 차 있던 곳 알죠? 깜빡 잊고 놓고 온 게 있는데 좀 가져다줄래요?"

유난히 곱게 다듬은 목소리의 주인공은 이희선. 제법 유명한 연예프로그램의 MC를 맡고 있었고, 나름 잘나간다 여기는 모양인지 요즘 한창 콧대가 세다. 그런 그녀가 멍청하게 서서 구경하던 제경을 딱 지목했다.

"쟤 뭐야. 진짜 나 모르나 봐. 아까도 얼굴 빤히 보면서 알은척도 안 하더라니까?"

"그래요? 꼴 보니까 이제 고등학교 졸업해서 일 시작하는 애 같은데 너무 신경 쓰지 마세요."

"아니, 그리고 내가 부탁하는데 왜 저래? 표정 되게 기분 나빠 보이지 않았어?"

"에이, 그럴 리가요. 더워서 그렇겠죠. 이제 우리 차례예요."

어르는 듯한 카메라맨의 말을 끝으로 잠시간 그녀의 투덜거림이 이어졌다.

'멍청한 놈. 잘하는 짓이다.'

분명 아침만 해도 멀쩡하게 앉아 떡이나 먹고 있던 녀석이었다. 그런데 현장에 나타난 녀석은 어디서 뭘 한 건지 안색이 창백해서는 이희선의 짐을 든 채 허덕이고 있었다. 그것도 기가 막힌데 무명 주제에 건방진 건지, 아니면 지나치게 순박해서 욕심도 없는 건지. 조연급 신인에게는 공중파TV 프로그램과의 인터뷰 몇 마디도 절실할 텐데, 그렇게 얼굴이라도 한 번 더 노출해 보라고 불렀더니 녀석은 내내 숨어 코빼기도 보이지 않았다.

　그러다 스태프들 사이에서 발견한 것도 잠시, 한 여자애랑 시시덕거리나 싶더니 결국 저 독거미 같은 이희선에게 또 걸려들었다. 아무래도 스태프로 오해받고 있는 모양인데 녀석은 당황한 표정을 하면서도 아니란 말 한 마디 못 하고 쩔쩔매고 있었다. 이쯤 되면 문제는 저 녀석에게 있는 거다.

　아니, 저놈을 신경 쓰는 사람이 더 이상한 건지도 모르지만.

　"되게 오랜만이다. 그쵸? 드라마 끝나고 한참 쉬셨잖아요. 뭐하고 지내셨어요? 연락이라도 한 번 해 주시지."

　반 옥타브쯤 올린 간드러진 목소리가 굉장히 거슬렸다. 어느덧 이희선의 마이크와 카메라가 이쪽을 향하고 있었기에 윤조는 가볍게 웃음을 머금었다.

　"글쎄요. 우리가 오랜만이라는 인사 나눌 사이였던가요?"

　"네?"

　"아…… 맞다. 이제야 기억나네. '달이 내리는 밤'에서 한 번 봤었던가?"

　"아, 아니. 거긴 유혜인 씨…….."

　"이런. 미안해요. 제가 착각했나 봅니다. 두 분이 묘하게 닮은 구석이 있어서 저도 모르게 그만……. 이상하게 요샌 사람이 얼굴이 잘 구별이 안 되더라고요. 안경을 써야 하나."

농담 식으로 가볍게 이야기했지만 무슨 뜻인지는 알아차렸을 것이다. 전형적인 '청담동 성형 스타일'. 두 여자의 얼굴은 공장에서 찍어 낸 것처럼 닮아 있었다. 말뜻을 알아차린 누군가의 입에서 잠시 피식거리는 소리가 흘러나왔다. 이희선의 입가에도 억지웃음이 돌았다.

"아하하……. 윤조 씨, 말씀을 참 재미있게 하시네요. 예능감이 이리 좋으신데 영화에서만 보기도 너무 아까워요, 정말. TV에서 자주 뵙고 싶어요."

"칭찬으로 듣겠습니다."

"호홋…… 그럼 저도 재미있는 질문을 해 볼게요. 어차피 영화 관련 이야긴 다른 분들도 물어보셨고, 이제 좀 지겨우실 때도 된 거 같아서요. 괜찮으시죠?"

"괜찮습니다."

흔쾌히 대답한 윤조에게 희선이 기묘하게 웃어 보였다.

"아마 이건 저 말고도 전 국민이 궁금해할 질문인데요. 윤조 씨 하면 아무래도 우리나라 최고의 배우고 모두의 관심을 한 몸에 받고 계시잖아요? 이런 자리에서 묻긴 좀 그렇지만 국민의 알 권리를 위해서……."

"그냥 본론으로 들어가시죠."

"어머, 그래도 될까요? 하긴 뭐, 윤조 씨가 시선만 보내도 스캔들이 나는 마당이니 되게 익숙하시겠다— 그런데 심소원 씨랑 스캔들은 꽤 길게 지속됐잖아요. 사실 이런저런 자리에서 목격담이 자주 돌았죠. 정말로 어떤 사이인지는 두 분께서만 아실 일이지만, 그런 스캔들 이후에 또 같은 영화를 하시는 건 조금 부담스럽지 않으세요?"

입에 모터를 달았다. 게다가 스캔들이라는 말에 힘을 줘 가며 딴에는 아픈 곳을 살살 긁어 보려는 노력이 가상한 말투였다.

"오히려 도움이 될 것 같은데요. 심소원 씨가 미인인 건 눈에 보이는 사실이고, 그런 일이 있었던 만큼 더 감정이입이 될 수도 있구요."

다만, 그런 말투에 기분이 나빠지거나 할 만큼 그는 민감한 사람이 아닐 뿐이다.

"그거 너무 위험한 생각 아닐까요? 실망하시는 팬 분들도 분명 계실 텐데……."

"그거 좀 기분 나쁜데요. 그거 제 팬 분들 모욕하는 발언인 거 아시죠?"

이어지는 말을 조금 날 선 말투로 단호하게 잘라 내자 그녀가 흠칫했다. 그의 각별한 팬 사랑을 모르는 이는 별로 없었다. 그럼에도 굳이 저런 말을 꺼내는 건 명백한 도전. 도전자는 밟아 주는 게 예의다.

"십 년이 넘도록 꿋꿋하게 응원해 온 분들이고, 제가 행복하다면 설령 스캔들이 아닌 진짜 연애라고 해도 받아 주지 못할 분들 아닙니다. 제가 이렇게 믿는 만큼 그분들의 마음도 작진 않을 겁니다."

"하하……. 그, 그러네요. 제가 실언을……. 그렇지만, 사실 너무 잦은 스캔들은 일반적인 대중들의 시선으로 봤을 때 이미지에 조금 타격을 주지 않을까 걱정이……."

"걱정해 주시는 거야 고맙습니다만, 문제가 생기려면 진작 생겼겠죠. 괜찮습니다."

"흠흠, 그럼 다음 질문 넘어갈게요. 누구나 궁금해할 스타의 이상형. 다른 프로그램에서도 윤조 씨에게 이런 질문 참 많이 했던 걸로 아는데, 지금까진 딱히 없다고만 대답하셨어요. 그런데 또 죄송한 얘기지만 스캔들이 났던 분들을 보면 뭐랄까, 비슷한 느낌의 지적이고 약간 고양이상의 세련된 여성분들? 역시 그쪽이 취향이신 거죠?"

물고 늘어지는 걸 보니 전생에 도베르만이었나 보다. 아니면 빙의라도 했던가.

"딱히 취향은 모르겠고…… 싫어하는 타입은 있어요."

"네? 의외네요. 여자한테 악감정은 없는 분인 줄 알았는데……."

칭찬처럼 들리는 말이지만 '여자라면 다 좋은 거 아닌가요?' 라는 뜻이란 걸 왜 모를까. 피식 웃어넘기는 윤조의 눈앞에 마침 제경이 나타났다. 내내 뛰어갔다 왔는지 가쁘게 숨을 몰아쉬는 와중에 손에는 또 묘한 걸 들고 있다. 그리고 조그만 고데기를 확인한 그가 눈살을 찌푸렸다. 하, 기가 찬다. 겨우 저딴 거나 가져다 달라고 그 먼 주차장까지 사람을 보내나.

'아니, 시킨다고 하는 저 멍청이가 더 문제지.'

"싫다기보단 좀 짜증스럽죠. 둔하고 어리숙해서 제 밥그릇도 못 챙기는 사람. 보고 있으면 신경 쓰이고 답답하고. 같이 있으면 아무래도 이쪽이 챙겨 줘야 하니 손도 많이 갈 테고. 하루 종일 그 사람만 지켜보고 있을 수도 없는데 믿음이 안 가잖아요."

"그렇긴 하겠네요. 저도 그런 타입은 좀……."

저 녀석에게 들으란 듯 한 말이긴 했지만, 거기다 얼씨구나 맞장구를 치는 이희선의 목소리를 듣고 있으려니 뭔가 울컥 치밀었다.

"그 외에…… 무능하고 준비성 없는 거야 그러려니 하겠지만 개인적으로 상식 없는 사람은 아주 질색이거든요. 이희선 씨, 사전 조사라는 게 뭔지 아시죠?"

"그거야 당연히……."

"누구인지 잘 모르는 상대면 일단 조심하는 게 상.식입니다. 자기 일, 똑.바.로 안 한 것까진 좋지만 애당초 초면인 사람한테 명령조로 부탁하는 거 아주 무식한 짓, 아니…… 생각이 많이 없는 행동 같지 않습니까?"

"네?"

"황제경, 이리 와."

이희선의 당황으로 굳은 표정이 생생하게 카메라에 잡히는 사이, 윤조는 가볍게 그녀를 무시하며 눈을 휘둥그렇게 뜨고 선 제경에게서 고데기를 뺏어 들었다. 무거운 공기에 제경은 잔뜩 주눅이 들었다. 그 모습을 보니 왠지 더 화가 났다.

"덜떨어진 놈. 넌 배우라는 자각이 있는 놈이야?"

"……서, 선배님."

"이런 잡일이나 하려고 오디션 본 거냐고. 그럴 시간에 시나리오 한 글자라도 더 보든가."

"……."

"죽인다고 협박하지 않는 이상은 이런 일 하지 마. 아.무.나 시킨다고 들어주면 별 웃기지도 않은 애들 다 들러붙어서 등골 뽑아 먹을 테니까. 여긴 그런 바닥이야. 알아들었어?"

누구도 입을 열지 못했다. 현장은 그야말로 혼란과 공포, 어둠이 뒤범벅된 채 싸늘히 식어 갔다. 그런 분위기 속에서 윤조는 당당히 도포를 펄럭이며 일어서더니 특유의 화사한 미소를 머금고 말했다.

"그럼 전 남은 촬영 계속해야 하니, 이만."

"으……."

변기뚜껑 위에 웅크리고 앉은 제경이 낮게 신음을 내뱉었다. 사르륵 아픈 아랫배의 느낌이 아주 심상치 않다. 하필 여자의 그날이 찾아왔다. 스트레스가 극심했던 모양인지 예정일보다 무려 3일이나 빠른 시작이었다.

나름 대비를 한다고는 했는데 갑작스레 터지니 사실 무지 당황했었다. 게다가 난생처음 사용하는 탐폰은 모양도 사용법도 무시무시했다. 하지만 사람이 살려고 마음먹으면 못할 것도 없지 않은가. 어찌어찌 무사히 하루를 보낸 다음 날의 이른 새벽. 꿈자리가 뒤숭숭하다며 혜미에게서 전화가 걸려왔고, 제경은 문이 잘 잠긴 걸 확인한 후 욕실에 틀어박혔다.

"그러게. 후…… 나 진짜 이러다 이 영화가 유작 되겠다니까."

[어차피 유작이지. 네 인생에 다신 없을 영화라며.]

"아, 그러네. 맞다…… 풋."

[너 지금 웃었지? 웃음이 나오냐? 어휴…… 너 같은 것도 친구라고 둔 내 팔자가 기구한 거냐, 아니면 네 신세가 그렇게 박복한 거냐? 덕질하던 사람이 옆에 있는데도 어쩌면 그렇게 불행할 수가 있어?]

"……."

그걸 알면 내가 이 지경이겠냐. 묻고 싶다. 누가 대답해 줄까. 하느님? 부처님?

[그나저나, 이제 일주일도 안 됐는데 다음번은 어떻게, 버틸 수 있겠어? 석 달이나 거기 있어야 된다며?]

현실은 따로 숙소를 잡아 준다는 말만 철석같이 믿다 뒤통수를 맞은 상황. 사실 앞으로도 별다른 계획은 없었고, 제작부장은 다시 숙소를 잡아 주겠다는 말조차 잊어버렸을 게 뻔했다. 통화를 마친 제경이 웅크린 자세를 조금 더 유지하며 한숨을 내쉬었다.

"방이라도 좀 따로 쓰면 좋을 텐데……."

일단 가장 큰 문제는 바로 이거였다. 방은 둘인데 사람은 셋. 원래대로라면 매니저인 재준과 한 방을 써야 하는데, 일이 꼬이려니 그 술자리 이후로 제경은 당연하다는 듯이 윤조의 방에서 생활하게 되었다. 겉으로야 코를 심하게 골고 이를 가는 재준의 잠버릇 탓이라지만, 실상은 언제든 찾아올지 모르는 안 감독을 견제하기 위함이고, 툭 하면 심부름을 시켜 먹는 윤조의 리모컨 용도라는 걸 왜 모를까.

어차피 저는 침대도 없이 방바닥을 굴러다니며 자는 신세고, 그냥 거실 소파에서 잠을 잤으면 무지 행복할 것 같은데 딴엔 베푼답시고 하는 말들을 무시하기 힘든 게 탈이었다. 가뜩이나 기 빨리는 나날인데 잠자는 것까지 긴장으로 찌들어야 하다니!

'어이구, 내 팔자야.'

절로 끙, 하는 신음이 흘러나왔다. 며칠이 지났는지조차 모르겠다. 그런데 3개월. 그 단어가 멀고도 멀다. 까마득히!

한참 만에 일어난 제경이 욕실을 나섰다. 아직도 거실엔 불이 켜지지 않았다. 무심히 거실로 들어서는데 어스름한 새벽빛 사이로 뭔가가 불쑥 나타났다.

"엄마!"

이건 뭐야! 동시에 뭔가가 제 머리통에 쿵 떨어졌다.

"아얏!"

"아, 깜짝이야! 이 망할 떡!"

대체 이 인간, 손은 또 왜 이리 매운 건지 눈앞에 별이 빙글빙글 돈다.

"으아…… 아파 죽겠네. 선배님, 이러다 사람 잡겠어요."

"뭐 인마? 안에 있을 거면 불이라도 켜 놓고 있던가. 뭐하자는 건데?"

저만큼이나 놀란 건지 그의 목소리도 한 톤 올라가 있었다.

"왜? 처녀귀신이랑 데이트라도 하고 있었냐?"

이마를 문지르며 웅크려 있던 제경이 그제야 눈앞에 선 남자의 얼굴을 바라봤다. 아주 기분이 나빠 보였다. 아니, 그의 곁에 있게 된 후로 기분 좋게 웃는 걸 본 적이 없는 것 같다. 그런데도 저놈의 얼굴만 보면 자동으로 반응하는 심장이 야속해 죽겠다.

뭐라 대꾸하기도 싫어진 제경이 그대로 비껴 가려는 순간, 그가 불쑥 물었다.

"어디 불편하냐?"

조금 부드러워진 말투다. 설마, 걱정하는 건가?

"네? 아, 아니요. 그냥 자다 일어나서 그런가 봐요."

"웃기는 놈이네. 넌 자고 일어나면 얼굴이 표백되고 그래?"

물론, 이쪽의 착각이었다.

"하여간 밀떡같이 허옇기만 해서 분장할 때마다 스태프 고생시키더니 오늘은 아주 제대로 노비 같네. 분장 안 해도 되겠다."

농담 아니고 진짜…… 밉다!

'둔하고 어리숙해서 제 밥그릇도 못 챙기는 사람, 보고 있으면 신경 쓰이고 답답하고. 같이 있으면 아무래도 이쪽이 챙겨 줘야 하니 손도 많이 갈 테고. 하루 종일 그 사람만 지켜보고 있을 수도 없는데 믿음이 안 가잖아요.'

바로 어제 들은 것처럼 생생한 말이었다. 그 말이 누구를 향한 건지 모를 만큼 바보는 아니다. 그 이후로 이어진 윤조의 행동에서 아주 확실하게 알 수 있었으니까.

뭔가 기대를 한 건 아니었다. 지금의 처지에서 낭만을 찾을 바보도 아니고, 제 존재가 얼마나 하찮을지는 충분히 인지하고도 남으니까. 하지만 최소한의 인간적인 매력조차도 줄 수 없을 만큼 한심했구나, 하고 생각하니 비참해졌다.

"너 안색이 안 좋은데. 혹시 어디 아픈 거야?"

주방으로 가자 식사 준비를 하던 재준이 걱정스러운 듯 물어왔다. 애써 미소를 올린 제경은 아무렇지 않은 듯 콘플레이크와 우유를 꺼내 들었다.

"아뇨, 그냥 자꾸 자다 깨다 하다 보니까 잔 거 같지가 않아서 그런가 봐요."

"그래? 윤조 형 잠버릇은 얌전할 텐데. 코도 안 골고."

"그, 그거랑은 상관없어요. 그냥 뭐랄까…… 여러모로 긴장도 되고 걱정도 되고."

"하긴, 누가 윤조 형 옆에서 편하게 있겠냐. 이해는 한다."

굳이 윤조 때문이라는 말을 붙이지 않아도 알아서 이해해 주는 게 고마운 한편, 알면서도 말려 주지 않은 것에 대한 원망이 슬쩍 고개를 내민다. 하지만 그 윤조의 말을 누가 거역할 것인가. 체념하듯 숟가락을 든 제경이 콘플레이크를 한 숟갈 입에 넣었다.

"아니면 내가 거실에서 자고 네가 내 방 써도 되니까."

"아, 아니에요. 어떻게 형 방을 뺏어요. 그럴 거면 제가 거실 쓰는 게 맞죠. 애초에 저는 형 소속사도 아닌데. 사실 저만 없어도 다들 편하실 텐데…… 죄송해요."

"무슨 그런 소리를 하고 그래? 그런 말 하지 마라. 나 서운하다."

"형."

"왜, 왜 이래 인마. 보지 마. 징그러워."

아, 정말 천사가 따로 없다. 같이 산다는 이유만으로 친절한 사람이라니. 가볍게 면박 주는 모습마저도 인자하기 짝이 없었다.

"세상 사람이 모두 다 형 같았으면 좋겠어요."

"난 그냥 보통 사람이야. 옆에 있는 사람이 특이하니까 달리 보이는 거지."

"그런가요? 아닌 거 같은데……. 근묵자흑이라고 도리어 닮는 사람이 훨씬 많죠."

"그것도 만만한 상대한테나 가능한 이야기지. 먹고살려면 적응하는 법이다."

굳이 주어를 가져다 붙이지 않아도 두 사람의 대화는 자연스럽게 이어졌다. 어차피 동병상련의 처지다.

"그래도, 가끔은 고마울 때도 있어요. 콘플레이크 같은 남자라고나 할까."

"그건 또 무슨 소리야?"

"사람 열 받게 해서 호랑이 기운 솟게 만들잖아요. 꼭꼭 씹어 먹고 기운 낼 거예요."

"풋…… 그래, 꼭꼭 씹어라."

"생각하니까 또 열 받네. 아까도 저 얼굴 보고 뭐라는 줄 아세요? 제대로 노비 같대요. 말끝마다 떡떡거리고. 아니, 멀쩡한 이름 두고 왜 떡이라는 거예요? 똑같은 얼굴 보면서 어쩜 그렇게 반응이 달라요?"

"야, 말도 마. 내가 지난 7년간 당한 일을 글로 쓰면 50권짜리 장편 대하소설 완성이다. 아마 죽으면 사리가 삼백 개는 나올걸? 아니지, 조만간 내 머리에 후광 생길 거야. 야, 나도 그거나 씹어 먹자. 이렇게라도 스트레스 풀어 봐야지. 이리 줘 봐."

그렇듯 한 마음 한뜻으로 공격할 게 있는 사람들의 심리란 묘하게 즐거운 법이다. 과자처럼 으적으적 콘플레이크를 먹고 있던 재준이 개운하다는 둥, 날마다 씹어야겠다는 둥 실없는 말들을 늘어놓는 동안, 함께 키득거리던 제경은 왠지 모를 섬뜩함에 테라스 쪽으로 눈을 돌렸다. 그리고 동시에 벌떡 일어섰다.

"응? 벌써 다 먹었어?"

의아한 듯 묻던 재준의 목소리가 비명으로 바뀐 건 순식간이었다.

"으억! 억! 혀, 형?"

대체 언제부터 있었던 거냐! 발코니 창에 비친 윤조의 모습은 그야말로 호러영화의 한 장면이었다. 펜션 구조상 식탁에서 윤조의 방이 잘 보이지 않았다는 게 화근이었다.

"누구 덕에 밥 먹고 사는지 잊어버린 모양인데, 제대로 실감 나게 해줄까?"

"으아악! 형! 그게 아니고! 아, 아아! 형!"

귀를 꼬집힌 재준이 점점 침몰하는 동안 제경은 슬그머니 뒷걸음질을 쳤다. 지금은 동지애보다 생존본능이 먼저일 뿐. 그러나······.

"거기 서라, 떡."

잔뜩 가라앉은 목소리가 그녀를 불렀다.

"똑바로 들어라."

"네? 잘 들고 있는데……. 어? 아, 이게 왜……."

바닥에 끌리고 있는 도포 자락을 발견한 제경이 다급히 집어 올렸다. 슬그머니 눈을 돌리자 싸늘한 시선이 내리꽂히고 있다.

'무, 무서워…….'

심장이 쪼그라드는 기분을 견디며 제경은 애써 입가를 늘려 보았다. 그 노력도 잠시.

"아악! 아, 아파요! 아파!"

대차게 뺨을 꼬집히자 비명이 절로 튀어나왔다. 그런데도 그는 가차없었다. 오히려 더 힘을 주며 당기는 통에 이젠 눈가가 화끈해졌다.

"묻자. 상한 떡은 어디다 환불하면 되는 거냐?"

"으극, 그, 그냥 음식물 쓰레기통에 버, 버리시면 안 될까요?"

"그거야 곤란하지. 잘 보관해 준 값은 어쩌고? 떡 주제에 건방지게 하늘 같은 선배님을 뒤에서 까질 않나……."

"아, 알았어요! 제대로 할게요, 제대로."

겨우 풀려난 제경의 뺨이 새빨갛게 부어올랐다. 제기랄, 누가 먹이고 재워 달랬나. 굳이 해 달라고 한 적도 없는 일을 멋대로 저질러 놓고선 왜 괜한 사람을 빚쟁이로 만드느냐 말이다! 것도 모자라 밤엔 잠도 못 자게 고문하고 이젠 현실 세계에서마저도 수행노비 신세라니.

'아이 씨, 억울해.'

측은한 시선을 받으며 고개를 푹 숙인 제경은 저만치 앞서 걷는 윤조의 뒤를 졸졸 따라갔다. 이상하게 즐거워 보이는 미소가 윤조의 입가에 잠시 스쳤지만 제경은 볼 수가 없었다.

"슛 들어가겠습니다!"

그리고 곧 촬영이 시작되었다. 순식간에 조용해진 현장에선 바늘 떨어지는 소리 하나 나지 않았다. 오늘의 촬영 장면은 사건의 도입부로,

사건의 진상을 캐던 암행어사 유혁이 여주인공인 정연 아씨와 만나는 장면이었다.

—촤악!

"에그머니! 괜찮으세요?"

호들갑스러운 몸종 역할의 여배우가 소리를 질렀다. 난데없는 물벼락에 증거가 되는 물건을 놓친 유혁이 화를 내는 장면으로 이어졌다. 그의 반듯한 이마가 살짝 구겨졌다. 아니, 화를 내려다 마는 얼굴이었다. 그 고약한 윤조는 온데간데없고, 어느새 지적인 미소를 가득 품은 유혁으로 분한 그가 난처하고 수줍은 표정을 한 정연 아씨 심소원을 지그시 바라보고 있었다.

삼십 대라는 나이가 믿기지 않도록 어려 보이고 자그마한 심소원이 눈을 내리깔자 가슴이 아려 왔다. 같은 여자가 봐도 이런데 남자들이 보기엔 오죽할까.

'잘 어울리네.'

한때 떠들썩했던 스캔들의 당사자들이 함께 연기를 해서일까. 당시엔 별로 신경도 쓰지 않았던 스캔들이건만, 이렇게 눈으로 직접 보는 건 와닿는 게 달랐다. 쓴 입맛을 다신 제경이 허무하게 웃었다.

'뭘 실망하고 난리야. 연예인들이 다 그런 거지. 난 그냥 연기를 좋아하는 거라고.'

대한민국에서 가장 핫한 스타답게 윤조의 연기력은 항상 논란의 쟁점이 되곤 했다. 코멘트는 반반. 비주얼치곤 연기를 잘한다, 혹은 얼굴만 믿고 노력이 없다. 하지만 그녀가 아는 윤조는 비주얼치곤 연기를 잘한다, 보다 훨씬 더 대단한 연기파 배우였고, 도리어 그 지나치게 잘난 외모 때문에 연기력이 폄하당하는 몇 안 되는 사람 중 한 명이었다.

사실 촬영 현장을 구경하는 건 그다지 재밌지 않다. 어디에 어떻게 들어갈지도 모르는 장면들을 장소와 시간에 맞춰 찍고, 또 찍을 뿐인 지루하고 힘든 과정이 이어질 뿐이다. 그럼에도 그의 연기엔 현장의 사람들을 몰입하게 만드는 힘이 있었다. 과하지 않게 절제된 동작과 세련된 감정 표현. 진지하게 뭔가를 살피던 눈빛이 그녀가 있는 곳을 스칠 때마다, 그녀는 콩닥콩닥 뛰는 심장을 억눌러야 했다.

"컷! 좋습니다."

그리고 안 감독의 외침이 들려왔다. 연기를 마친 배우에게 몰려드는 사람들 덕에 주변은 금세 어수선해졌다. 잽싸게 물통을 든 제경은 앞서 걷는 재준의 뒤를 따라갔다.

"수고했어요, 형."

"수, 수고하셨어요, 선배님."

제 손에서 물통을 받아 든 윤조가 시원시원하게 물을 넘겼다. 물끄러미 그 목을 바라보던 제경이 제풀에 흠칫하곤 눈을 내리깔았다. 정말이지 이 근무 환경은 심장에 좋지가 않은 것 같다.

"그럼, 점심 식사하고 다시 시작합니다! 수고하셨습니다!"

그리고 조연출 윤경호의 외침과 함께 모두들 자리를 벗어나기 시작했다. 잠시 의아한 듯 주변을 둘러보던 제경은 익숙한 듯 먼저 걸음을 뗀 윤조와 재준의 뒤로 따라붙었다.

"저기 선배님, 궁금한 거 물어봐도 돼요?"

"물어봐."

의외로 흔쾌히 허락해 주자 제경은 잽싸게 윤조의 옆에 섰다.

"저기 모니터링은 안 하셔도 되는 건가요? 보통 보면 배우들이 자기 연기 확인하는 거 같던데……."

"영감이 고집이 세. 배우가 그런 거 신경 쓰면 제대로 자기 연기 못한다는 게 영감 주장이니까 너도 주의해."

"네? 여, 영감? 아니, 그럼 그냥 넘어가는 건가요?"

"다시 하자는 말 없으면 그런 거지 뭐."

정말 괜찮은 건가? 적어도 본인이 어떻게 화면에 비치는지 정돈 알아야 뭘 고치든가 말든가 할 텐데. 하지만 대답하는 사람은 꽤나 익숙한 건지, 아니면 자신감이 대단한 건지 별로 대수롭잖은 기색이었다.

"그런데 아까 그 증거 부분요."

저도 모르게 또 질문을 꺼내자 윤조가 힐끗 옆을 돌아봤다. 귀찮은 기색이 역력하다.

"아, 아니 그냥…… 표정도 별반 다를 게 없고 별로 동작이 크지 않은데도 확 긴장감이 느껴져서…… 대체 뭘 어떻게 하신 건지 그냥 궁금해서……."

"흠."

뭔가 답답한 듯 눈살을 찌푸린 그가 한참을 바라봤다. 그러더니 툭 내뱉었다.

"말하는 걸로 알아들을 정도면 네가 떡이 아니고 이 옷을 입고 촬영을 끝냈겠지. 설명하기도 귀찮으니 패스."

"윽."

"떡 주제에 어디서 과정 스킵이야. 네가 연기 경력이 있어도 영화는 또 달라. 끊임없이 보고 배우고 연구하는 수밖에 없어. 그러니 놓치지 말고 제대로 봐. 오라는 데 지각이나 하지 말고."

말이 통할 수준도 아니라는 건가. 가만히 듣고 있던 재준이 옆에서 웃음을 터뜨렸다.

"그래, 형 말이 맞다, 그건."

풀이 죽은 채 고개를 숙이던 제경이 힐끗 눈을 들어 윤조를 바라봤다. 마침 저를 바라보고 있었던지 시선이 딱 마주쳤지만 그는 입 끝만 비틀더니 눈을 돌려 버렸다. 뭐야, 무시하는 건가.

그런데 또 뭔가가 눈에 들어온다.

"안 더우세요?"

4월이지만 오늘은 날씨가 좋았고, 조명의 열기는 생각보다 많이 뜨겁다. 거치적거리는 의상과 분장으로 꽤 더울 텐데 그의 평온한 얼굴엔 전혀 그런 기색이 보이지 않았다.

"그럴 리가 있냐. 나도 사람이다."

"그런데 어떻게 땀이 하나도 안 났어요. 분장도 그대로고."

정말 땀 한 방울 안 보이고 흐트러진 곳 하나 없었다. 신기하게도.

"머리 그거요, 되게 답답하지 않아요? 전 그 상투 가발 뒤집어쓰고 좀 뛰니까 머리에 땀 날 거 같던데……."

그 순간 피식 웃던 윤조가 멈춰 섰다.

"내 건 특수제작이라 괜찮아."

"네? 그런 게 있어요?"

"우리 선조들의 지혜를 그대로 계승한 장인의 작품이거든. 여기……."

말과 함께 그의 커다란 손이 그녀의 정수리 부근에 툭 얹혔다. 움찔하며 어깨를 움츠리자 그가 다시 픽, 웃음을 터뜨렸다.

"이 부분이 없어. 그러고 나서 주변머리로만 상투를 트는 거지."

"헉! 말도 안 돼!"

"좀 있다 확인해 봐."

"진짜예요? 진짜? 재준이 형! 진짜예요?"

상상만 해도 홀랑 깨는 충격적 비주얼이 눈앞에 어른거린다. 그런데 앞서 걷던 두 사람은 웃기만 할 뿐 제대로 답은 알려 주지 않았다. 혹시…… 놀린 건가?

"에이 씨. 장난만 치시고. 암튼 뭐, 윤 선배님 이럴 때 보면 되게 의외예요."

"뭐가?"

"이렇게 일찍부터 촬영장 오신 것도 그렇고…… 더우실 텐데 전혀 내색 안 하시는 것도 그렇고. 뭔가 윤 선배님 정도 되는 사람이면 만날 지각하실 거 같고, 더우면 다 때려치우실 거 같고……."

"너, 날 뭐로 보고…….'

"아니! 그러니까! 이, 일반적인 거요. 왜 '톱스타 병' 걸린 연예인이
라고 그런 뉴스 종종 뜨잖아요. 물론 선배님이 그런다는 게 아니라."

"아, 그래서 그런 데다 은근슬쩍 나 대입하면서 욕 좀 하셨다 이거
지?"

"아니라니까요! 그게 아니고, 우리나라에서 그래도 세 손가락 안에 꼽
힌다는 분이 너무 성실하시니까 존경스럽다구요! 진짜로."

큰 소리로 외치듯 말하던 제경은 문득 흠칫하며 수그러들었다. 아, 숨
길 수 없는 팬심이여. 인간적으로 싫은 건 싫은 거고, 그의 프로다운 모
습에 제 입이 멋대로 팬 인증을 해 버렸다.

게다가 정신을 차려 보니 벌써 밥차가 위치한 휴게소 입구 쪽이다. 너
른 주차장 한쪽엔 이미 천막과 차양으로 간이식당이 차려져 있었고, 주
변은 식사하러 온 스태프와 보조출연 배우들로 가득이었다. 목소리가 너
무 컸는지 줄을 서서 기다리던 사람들이 흘깃거리기 시작했다.

'으이구, 이 망할 입!'

목덜미까지 붉어진 제경은 고개를 푹 숙인 채 제 입술을 얌전히 붙잡
았다. 발 언저리에 있던 애꿎은 자갈들이 툭툭 걷어차였다. 작은 웃음소
리가 들렸다. 슬쩍 고개를 들자 주먹을 입에 댄 채 한참 킥킥거리던 그
가 시선을 마주쳐 왔다. 정말 재미있는 걸까. 자연스럽게 휜 눈가와 하
얗게 드러난 이를 본 순간 어쩐지 가슴 한쪽이 간질간질거린다. 이윽고
손을 뻗은 그가 머리카락을 휘저어 댔다. 마치, 진짜 동생이라도 대하는
것처럼 자연스럽게.

"인마, 네까짓 놈 존경 같은 거 받아 봐야 감흥 없어."

물론, 이어지는 말은 여전히 얄미웠지만.

♠   ♠   ♠

"네? 저도 오라고요?"

의상을 갈아입고 난 제경에게 촬영 팀의 스태프가 다가왔다. 오늘 숙소에서 모임이 있다는 소식이었다.

"감독님이 꼭 불러오래요. 좋은 거 있다고."

"아…… 네."

그런 자리에 왜 제가 껴야 하는지 의문이었지만 첫날, 유독 제 술잔에 술을 채우며 허허 웃어 대던 촬영감독의 모습을 생각하니 거절하기도 애매했다. 다만, 마음에 걸리는 건 그 촬영 팀의 숙소는 확실한 남초지역이라는 것뿐이고…….

"어머! 이 오빠 누구야?"

문을 열자마자 그녀의 눈앞에 포인트만 아슬아슬 가린 허연 젖가슴이 대기할 줄은 꿈에도 몰랐다.

"우, 우악!"

"어머, 어머! 이 오빠도 스태프예요? 너무 잘생겼다—"

도망칠 새도 없이 철썩 들러붙은 여자에게 질질 끌려 들어간 순간, 그녀의 눈에 보인 건 이미 거나하게 벌여 놓은 술자리였다. 심지어 어디 다방에서 불려 왔는지 커피쟁반까지 눈에 띄자 기가 찬다. 대체 여기가 숙소냐 주점이냐! 해가 벌건 대낮에 이게 웬 난리법석이야!

"아, 제경 씨는 이쪽으로 앉혀. 이리 와!"

그 와중에 촬영감독의 옆자리에 앉혀진 제경이 마른침을 꿀꺽 삼켰다. 말로만 듣던 촬영 팀의 악명을 실감하는 순간이다. 속절없이 잔이 채워지기 시작했다.

"하하핫, 우리 제경 씨는 무슨 남자가 이렇게 그냥, 응? 이게이게, 이러면 안 된다고. 응? 일단 마셔."

도무지 무슨 말을 하는 건지 알 수가 없다. 분명 한국 말인데 왜 알아
들을 수가 없냐고!

"어우, 이 오빠 디게 청순하다. 완전 고등학생 같아."

"그게 안 된다니까, 그게. 자! 앞으로도 3개월은 꼬박 얼굴 보고 지낼
사이니까, 이렇게 마시면서 좀 더 친해지자고. 남자답게 마시고, 시원—
하게 사우나 가서 같이 땀도 빼고, 응?"

"쿨럭!"

사우나라니! 전형적인 레퍼토리에 땀이 줄줄 흐른다. 하지만 미래의
일 따윈 눈앞에 닥치기 전까진 중요하지 않다.

'으, 괜찮아. 침착해. 침착해, 황제경!'

잽싸게 티슈를 뽑아 입을 가린 제경이 기침을 수습하며 간신히 진정
하는 동안 주변은 더욱 시끄러워졌다. 게다가 언제 들러붙은 건지 서너
명의 여자들이 서로 그녀의 곁에 있겠다며 다투기 시작하자 그야말로 아
비규환이, 생지옥이 따로 없다.

"어, 이제 왔네. 어서 들어와, 들어와요."

거기에 또 누군가가 추가됐다. 무심결에 출입문을 바라본 제경이 입
을 떡 벌렸다. 그와 동시에 이 지옥도 같은 곳이 도서관처럼 잠잠해졌
다.

"이게…… 뭡니까?"

기다란 인영이 선 채 물었다. 그 순간 서로를 마주 보며 당황하는 표
정들에 같은 의문이 떠 있었다. 대체 윤조가 왜? 상상하지도 못한 조합
에 다들 얼이 나갔다.

게다가 유독 저를 빤히 바라보는 것 같은 이 느낌은…… 기분 탓이
지?

"중요한 이야기가 있다고 하지 않으셨습니까?"

"있지. 있으니까. 자, 일단 들어 와."

유유상종이라더니 범인은 역시 촬영감독이었다. 그 위로 안 감독이 빙의한 것처럼 보이는 것도 기분 탓이야?

게다가 한기를 풍기며 들어선 윤조는 하필 또 그녀의 옆자리에 털썩 앉았다. 그 심상치 않은 분위기 탓인지 내내 그녀의 곁을 차지하려 싸우던 여자들이 빠르게 흩어졌다. 눈치가 아주 백단이다.

"자, 우리 남자들끼리 힘내자고. 내가 준비했지."

그리고 촬영감독이 보자기에 싸인 뭔가를 그녀의 앞자리에 떡하니 올려놨다. 호기심보다 불길한 키워드가 머릿속에 뚜렷이 박혔다.

남자들끼리.

잔뜩 긴장한 그녀의 눈앞에서 봉인이 풀렸다. 스르륵, 흘러내린 보자기 안엔⋯⋯.

"으악!"

혼비백산한 제경이 반대쪽으로 몸을 뺀다는 게 뭔가에 툭, 부딪쳤다.

"우왁!"

"헉!"

"꺄악—"

여기저기서 비명이 터진 게 천만다행이었다. 그야말로 충격적인 비주얼. 커다란 유리항아리에 비비 꼬여 담긴 건 아무리 봐도 다시 봐도.

"배, 뱀! 뱀이잖아요!"

"하하하핫, 놀라기는. 이게 그 유명한 뱀술이야, 인마. 이게 얼마짜린 줄 알아?"

"우와, 세상에. 이걸 어디서 구했어요?"

"이야, 이거 정력에 좋은 거죠?"

아, 마법의 단어 정력. 놀람도 잠시, 다시 그녀의 눈앞에 헬 게이트가 열렸다. 정력에 혹한 남자들이 한 잔이라도 마셔 보겠다며 몰려들었고 제경은 점점 더 옆으로 밀려갔다. 게다가 이 손은 뭘 이리 붙잡고 있는데? 눈살을 찌푸린 제경이 옆을 돌아봤다. 동시에 그녀의 얼굴에서 핏기가 사악 가셨다.

"히익!"

묵묵히 저를 바라보는 윤조의 눈빛은 지극히 건조했다. 소스라치며 제자리로 돌아왔더니 이번엔 기다렸다는 듯이 촬영감독이 뭔가를 그녀의 앞에 놓았다.

"자, 먼저 우리 제경 씨. 앞으로 힘들게 액션 소화해야 하는데 힘내야지. 남자가 그렇게 비리비리 허여멀건하기만 해서 쓰겠어? 그래서 내 특별히 부른 거니까, 쭉 마셔."

잔에 따라진 액체. 그 액체가 설마 뱀이랑 같이 있던 그 액체는 아니겠지?

"자! 남자답게 들어. 설마, 이런 것도 못 먹는 건 아니지?"

심지어 천진하게 웃던 촬영감독은 손수 컵을 들어 그녀의 입술까지 들이밀었다.

"자, 쭉 들어, 쭉!"

"흐윽!"

아, 나 돌아갈래!

그러나 본능적으로 고개를 휙 젖힌 순간, 제경은 인자한 촬영감독의 미소를 보고 말았다. 그녀의 끔찍해하는 마음 따윈 안중에도 없다는 듯 그저 부처님처럼 자애롭게, 아주 순수한 걱정만을 담은 표정을 보고 있자니 이건 도저히…… 거절할 수가 없잖아.

결국 부들부들 떠는 손으로 컵을 받아 들었다. 이젠 컵에 입술을 대는 것만으로도 토할 것 같다. 눈물이 찔끔 나올 지경이지만 어떡하냐고! 그대로 고개를 들어 올리자 그 빌어먹을 액체가 입 안에 스며들었다. 금세 독한 알콜 향과 함께 묘한 맛이 확 퍼져 나갔다. 정말 두 번은 먹기 싫은 가공할 맛에 정신이 혼미했다. 마셨어, 내가. 내가 뱀술을 마셨다고!

"윤조 씨도 남자니까, 쭉 들어요. 사실 다른 게 아니고 몸에 좋은 거나 같이 마시면서 좀 친해져 보자고 부른 거니까. 일단 쭉—"

그 와중에도 빌어먹을 호기심이 발동했다. 그러고 보니 그는 마신 걸까? 윤조가 뱀술을 마실까? 구역질이 나는 걸 간신히 참으며 눈을 돌리자 윤조가 물끄러미 저를 바라보고 있었다. 뭔지 모르게 눈썹을 찡그린 채.

"맛있냐?"

사실은 미칠 지경이지만 촬영감독의 성의가 있지 않은가. 게다가 비싼 술이라는데. 제경은 꾹 참으며 고개를 끄덕였다.

"그, 그냥 먹을 만해요."

"그래? 그럼 한 잔 더 마셔."

이건 또 뭔 소리야! 갑자기 제 잔을 들어 내민 윤조의 얼굴이 아주 진지했다. 이거…… 농담이 아니다. 하지만 감히 누구 말을 거역할까. 정말 턱 끝까지 토기가 올라오는 걸 참으며 간신히 마셨더니 그의 표정이 언뜻 일그러졌다. 그것에 의아할 새도 없이,

"역겹게."

뒤통수가 띵— 울렸다. 일순 찬물을 부은 것처럼 정적이 흘렀다. 분명 언성 한 번 높이지 않은 평온한 목소리였는데 빌어먹게 울림이 좋은 탓에 그 시끄러운 와중에도 모두에게 정확히 들렸던 모양이다.

이어지는 침묵 속에서 스르륵 몸을 일으킨 윤조가 천천히 주변을 둘러봤다. 그 한심한 기색이 가득한 눈빛은 주변을 돌다 제경의 얼굴에 머물렀다.

"이딴 거나 먹으면서 위안 삼지 말고 다들 운동이나 하시죠."

그리고 윤조는 자연스럽게 자리를 박차고 나가 버렸다.

현장은 그야말로 코끼리가 밟고 지나간 개미집처럼 황망함이 가득한 분위기였다.

"……감독님. 제발, 절대로 저 사람만은 부르지 마세요."

한참 만에야 누군가가 입을 열었다.

"하여간 분위기 망치는 데는…… 윤조가 최고죠."

"후아, 숨 막혀."

그제야 두런두런 이어지는 말에 모두가 공감한다는 듯 고개만 끄덕였다.

그리고 최대의 피해자인 제경은 속으로 피눈물을 흘렸다.

'이 씨, 나쁜 놈! 나쁜 놈! 역겹다면서 그걸 왜 날 줘!'

어쩐지 온몸에 황소 기운이 불끈불끈하다. 이 빌어먹을 정력제 같은 남자!

♠　　　♠　　　♠

─쏴아.

물줄기를 맞고 있던 윤조가 눈을 감았다.

그 순간 그의 머릿속엔 잔뜩 울상을 지으며 컵에 든 걸 마시던 얼굴이 떠올랐다.

'멍청한 놈.'

이미 질펀한 술자리를 보며 중요한 이야기 따원 없으리라 짐작은 했었다. 다만, 그 자리에서 짙은 화장을 한 여자를 셋이나 끼고 앉은 녀석이 눈에 들어온 것이 문제였다. 얌전하게 생긴 놈이 보기보다 그런 쪽으로 재주가 있는 걸까.

이상하게 못마땅했던 기분은 생각을 떠올리는 지금도 마찬가지였다.

'그래? 그럼 한 잔 더 마셔.'

그 좌절한 얼굴이라니. 저도 모르게 피식 웃다 곧 눈살을 찌푸렸다. 이상하게 개운한 것보다 찝찝한 기분이 밀려들었다. 그래, 녀석에게서 느껴지는 그 모든 감정을 뭉뚱그려 표현하자면 찝찝함이었다. 뭘 해도 찝찝한 느낌. 눈높이까지 손을 들어 올린 윤조가 물끄러미 손바닥에 시선을 고정했다. 평소와 다를 바 없는 손바닥이 찌릿한 느낌이었다.

"이상해."

원인을 알 수 없는 감정이 잔존했다. 환상처럼 녀석의 모습이 아른거렸다. 빙글빙글 주변을 맴돌다 어느 순간 눈앞에 얼쩡거리는 게 자꾸 눈에 밟힌다. 꼭 발에 채일 듯 불안한 거리를 아슬아슬 맴도는 강아지. 녀석은 꼭 그런 모습이었다.

귀찮게……. 입 모양으로 중얼거린 순간 윤조는 손을 뻗었다. 물줄기가 멈췄다.

그 귀찮음을 자초한 건 저 자신이었다. 그렇게 불시에 찾아오는 깨달음의 순간이 전혀 반갑지 않았다. 이사 후 전혀 정리되지 않은 방 안을 바라볼 때처럼, 어디서부터 손대야 할지 알 수 없어 그냥 뒤로 미루고 생각하고 싶지 않은 기분인데, 멈출 수가 없는.

녀석은 묘하게 눈을 빛내며 저를 바라보고 호기심을 내비쳤다. 누구한테나 스스럼없이 말을 걸고, 내내 혼나면서도 뒤돌아서면 잊어버린 듯 또다시 웃으며 달라붙는 이상한 녀석.

'존경스럽다구요! 진짜로.'

촬영장이 쩌렁쩌렁 울리도록 큰 목소리. 순간적으로 어떻게 대해야 할지 알 수가 없었다.

그저 그 순간, 나무 사이로 비쳐 드는 햇살이 녀석의 머리카락에 닿으며 반짝거렸다. 그 빛이 왠지 손에 잡힐 것 같았다. 그래. 손을 뻗었던 건 단지 그 이유뿐이었을 거다.

♠　　♠　　♠

94

"으아! 어떡해. 탔어요."

제경이 탄식했다. 잠깐 정신을 놓고 있던 탓인지 돈가스의 테두리가 시꺼멓다.

"야, 그거 버려야지."

"안 돼요. 아깝잖아요."

서둘러 가위를 든 제경이 조심스럽게 탄 부분을 잘라 내기 시작했다. 아직도 뱀술사건이 잊히질 않아 분이 안 풀린다. 새까만 돈가스에 카레를 발라 마구 입에 처넣어 주고 싶은 심정이 불끈거렸지만, 그랬다간 뼈도 못 추릴 거란 걸 안다. 아까우니 내가 먹어야지.

구시렁거리며 가위질을 하는 제경의 손에 더욱 힘이 들어갔다.

"아, 형. 이거 봐요. 엄청 맛있어 보이지 않아요?"

윤조가 도착한 모양이었다. 이미 식사 중인 재준의 목소리가 천진하도록 밝았다. 오늘의 메뉴는 카레 돈가스. 잔뜩 스트레스를 받는 날이면 먹곤 하는 고열량식이다. 탄 부분을 떼어 내고 볼품없어진 돈가스에 카레를 부은 제경이 자리로 가 앉았다.

"식사하세요."

그런데 윤조는 말없이 냉장고로 향했다. 그리고 아침에 먹었던 샐러드 통을 꺼냈다.

"어? 그건 왜……."

의아한 듯 묻는 재준의 말을 무시한 윤조는 그대로 자리에 앉더니 제 앞에 놓인 접시를 식탁 중앙으로 밀어냈다. 이번엔 제경이 눈을 둥그렇게 뜨고 바라봤다. 그의 목소리가 싸늘하다.

"도대체 이 메뉴의 의도는 뭐냐?"

"네? 왜요? 아, 혹시 카레 돈가스 안 드셔 보신 거예요? 엄청 맛있는데……."

"맛을 논하는 게 아니잖아. 왜 안 먹는지, 그 이유."

알 게 뭔가. 그냥 카레가 싫거나, 고기가 싫거나겠지. 그러다 뭔가를 떠올린 제경이 아, 하고 입을 벌렸다.

"카레엔 고기 안 들었는데……. 나름 균형 생각한 거예요."

"아, 맞다. 그러고 보니 형 촬영 중엔 너무 기름진 건 잘 안 드시는 데……."

"네에? 그, 그런 거였어요?"

게다가 그제야 재준이 뭔가 생각난 듯 말을 더했다. 이 사람이! 그런 말을 왜 이제 하냐고!

당황한 제경이 자리에서 벌떡 일어났다.

"그래요? 어, 어떡하지? 저기 그럼 얼른 찌개라도 하나 끓일까요? 마침 돼지고기도 사 왔는데 김치찌개 괜찮으시죠?"

"됐어. 먹을 게 없는 것도 아니고."

"죄송해요. 그렇게 관리하신다는 이야긴 못 들어 봐서……. 전 그래서 선배님은 원래 모태마름 체질이신 줄로만……."

"첨 들어?"

"네? 아, 아니 그게 아니라, 그 몸매는 가꿔서 되는 게 아니잖아요. 그, 그렇죠? 하하……."

무슨 말을 해 버린 거냐! 기함한 제경이 재빨리 손을 내저으며 웃었다. 제길! 아예 지켜보고 있다고 인증을 하지 그래!

"평소엔 평범하게 드시긴 해. 촬영 때 좀 더 신경 쓰시는 거고."

다행히 재준이 끼어들었다. 윤조의 시선이 재준에게 옮겨 가자 잔뜩 졸아들었던 심장이 그제야 조금 편해졌다.

"그, 그렇구나……. 다음번엔 칼로리도 신경 써서 준비해야겠네. 그럼 윤 선배님 몫은 재준이 형이 드실래요?"

"윽, 야, 이거 양 되게 많아. 난 그만 먹을래."

이미 한 그릇을 비운 재준이 고개를 절레절레 젓더니 먼저 자리를 떴다.

"아싸! 그럼 제가 먹을게요."

이게 웬 떡이냐. 그렇지 않아도 탄 걸 떼어 내 양이 조금 부족한 느낌이었는데 잘됐다. 갑자기 기분이 붕 뜬 제경이 히죽거리며 접시를 당겼다. 왠지 저를 빤히 보는 시선이 느껴졌지만 알 게 뭔가. 원래 스트레스는 먹는 걸로 푸는 거다.

"강냉이 같은 놈이 또 세상에 또 있네."

이건 또 무슨 소리야? 영문을 몰라 고개를 들자 또 뭐가 심기를 거스른 건지 묘하게 경멸 어린 시선이 그녀를 향해 있었다.

"그렇게 퍼먹으면서 몸은 왜 그 모양이냐? 비쩍 말라 가지고."

"아, 그런 말 많이 들어요. 전 먹는 게 키로 다 간다고……."

"무슨 소리야. 너 180cm도 안 돼 보이는데."

그 순간, 제경의 숟가락질이 딱 멈췄다.

"별로 크지도 않은 게. 재준이가 딱 180cm일 텐데 너 재준이보다 작지 않냐?"

아, 이런 멍청한 짓을 하다니! 여자일 때야 매번 하는 소리였지만 지금은 아니잖아! 이 바보, 바보. 멍청이! 독립군 취조하는 일본순사처럼 예리해진 저 눈빛에 온몸의 피가 사르륵 얼어붙는다. 대체 이걸 어떻게 넘겨야 하지? 뭐라고 말해야 해? 이대로라면 어떤 말을 해도 꼬투리를 잡힐 게 뻔한데!

그때였다. 쿠당탕, 하는 소리와 함께 재준의 다급한 목소리가 들려왔다.

"형! 혀엉!"

"뭔데 그 난리야?"

"저, 그게. 내, 내일 스케줄 잡혔어요. 진상쇼 아시죠? 거기서 지나가는 손님으로……."

"뭔 소리야. 지금 장난해? 그거 이리 줘!"

버럭 목소리를 높인 윤조가 재준의 손에서 휴대폰을 강탈했다. 그리고 휭 하니 주방을 나서는 윤조의 뒤를 재준이 불안한 걸음으로 따라나섰다.

"후아…… 큰일 날 뻔했네."

그렇게 두 사람이 주방을 나선 그제야 제경은 부족한 산소를 한껏 들이마셨다.

♠　　　♠　　　♠

"아, 그거 문제 될 줄 알았다구요. 그러게 왜 그렇게 말을 하신 거예요."

재준의 타박 어린 말을 무시한 윤조가 휴대폰을 집어 들었다. 그날 촬영 분을 가지고 이희선이 뻔뻔하게 루시드 드림 측에 연락을 해 왔다고 했다. 특종을 노리는 하이에나처럼 덤벼들었을 이희선을 생각하니 뭔가가 울컥 치민다. 말하자면 일종의 딜을 건 셈이었다. 사실 그게 그냥 방송되어도 상관이 없다고 생각했는데, 이미 불같이 화를 낸 현주는 가볍게 수습하지 않으면 네 목을 졸라 버리겠다며 전해 왔다. 그 과정에서 또 한 번의 인터뷰가 잡혔다는 건 굳이 기억하고 싶지 않은 스케줄이다.

"젠장. 망할 폭탄에 진상."

게다가 현주는 한참 만에야 귀찮다는 말투로 전화를 받았다.

[어차피 내일 촬영 없는 거 다 알아. 감독님께도 이미 말씀드렸고. 영화 홍보도 겸해서 좋은 기회 같다고 하시던데? 그러니 잔말 말고 새벽 중으로 올라와.]

"제정신이야? 난 안 가."

[내일 오전 열한 시까지.]

—뚝.

단호한 거절에도 현주는 자기 할 말만 내뱉고는 끊어 버렸다. 그래. 이런 말도 안 되는 스케줄 따위, 무시하면 될 일이다. 문제는 지금껏 그래 본 적이 없다는 거다.

　'윤조가 촬영 펑크? 와, 미치겠네.'

　어떻게 쌓아 온 대외적 이미지던가. 그걸 이희선의 같잖았던 도발 따위에 날린 것도 짜증나는데 더한 사건은 만들고 싶지 않았다. 애초에 왜 그런 짓을 했는지도 이해가 가지 않았다. 생각해 보면 그런 여자랑 싸울 일이 뭐가 있단 말인가.

　그렇게 무심히 고개를 돌린 그의 눈에 마침 설거지를 끝낸 제경이 젖은 손을 바지에 슥슥 문지르며 걸어 나오는 모습이 포착되었다. 그리고 깨달았다. 이 모든 사건의 시작은 바로 눈앞에 있는 이놈 때문이라는 걸……

4화.
노예, 치욕에 떨다

—지난달 30일. 일본의 세계적인 쥬얼리브랜드인 샤인의 패션쇼가 갑작스레 취소된 것에 이어 지난 3일에는 한국진출마저 취소한다는 발표가 잇따랐다. 프리미엄 한정생산으로 고급화 전략에 성공한 샤인은 일부 연예인들과 부유층 사이에서 호응을 얻어 왔으며…….

—S브랜드의 파격적인 결정의 배후. S사의 결정을 뜻대로 주물러 왔다는 Y씨의…….

—만연한 스폰서와 남자 배우의 관계를 포착하다. S브랜드의 급한 한국진출. 그 뒤에 숨겨진 충격적인 진실. 그들의 부적절한 관계…….

"부적절한 관계라…… 이거 죽이네?"

복잡한 얼굴로 모니터를 보고 있던 현주가 흠칫하며 뒤를 돌아봤다.

"너! 너 대체 언제 왔어?"

"이제 아침드라마에도 진출해 주면 딱인가?"

"이 미친……. 말이 되는 소리를 해!"

발끈한 현주를 내버려 둔 채 윤조는 다소 낯부끄럽게 생긴 붉은 가죽 소파로 향했다. 빛이 환하게 들어오는 통 유리창과 선명하고 맑은 색감의 소품이 잘 조화된 현주의 사무실은 아침부터 꽤나 침울한 공기가 휩쓸고 있었다.

"재준아, 나 커피 좀."

그 사이에서 천진하게 손을 들어 보이는 윤조의 미소만이 빛을 냈다. 그리고 그 손목에서도 범상치 않은 빛이 번쩍였다.

"그 망할 시계, 너무 눈에 띄어서 내가 언젠가 문제 될 거라고…… 하."

울먹이듯 입을 연 현주가 더 말할 기운도 없다는 듯이 제 이마에 손을 얹었다.

―해외 유명 브랜드 S사의 대표와 한류스타 Y씨가 파경에 이르렀습니다. 1년 전쯤 지인의 소개로…… (중략) 누구라도 반할 수밖에 없는 Y씨에게 흠뻑 빠진 S사의 대표는 물심양면으로 그를 지원하며 본격적인 한국진출을 꾀했으나…… (중략) 하룻밤의 대가로 그가 요구한 것은 놀랍게도 P사의 시계. 평소 B사나 R사의 '억 소리 나는' 위버프리미엄급 시계를 선호하는 Y씨의 지나치게 고급스러운 취향을 맞춰 주기엔 고작 몇 천만 원 대인 S사의 프리미엄급 시계라인으로는 역부족이었던 걸까요? 수많은 스캔들에 이어 이제는 스폰서까지. 과연 그의 매력은 어디까지 손을 뻗을까요.

이틀 전, 적당히 빈정대는 어조의 이니셜 기사가 인터넷상에 올라온 것이 시작이었다. 지나치게 자세한 정황 서술과 함께 몇 개월 전부터 윤조가 각종 지면과 인터넷, 협찬물품 등으로 사실상 샤인의 홍보활동을 해 온 사실이 알려지며 소문은 걷잡을 수 없이 번지고 말았다. 그야말로 '너 죽고 나 죽자' 식의 자폭에 휩쓸리고 만 셈이다.

"대체 그 빌어먹을 할망구한테 뭐라고 한 거야?"

"그냥……. 샤인은 가격만 고급이고 성능은 싸구려라 별로라고. 파텍

필립이라도 해 줄 거 아니면 그냥 제시도 말라고 했지."

"그리고 또!"

"나도 눈이 있으니…… 연애건 섹스건 좀 예쁜 사람이랑 하고 싶다고도 했고."

제대로 뒷골이 띵 한 모양인지 뒷목을 쥔 현주가 외마디 신음을 흘렸다.

"이래 봬도 까다로워서 그 몰골 보고 발정할 거 같진 않다고 했어."

마침 다가선 재준에게 커피 잔을 받아 든 윤조가 말을 마쳤다. 슬쩍 눈을 들어 보니 그녀는 완벽하게 폭발 직전이다. 조용히 카운트를 세며 커피를 한 모금 입에 넣었다. 독한 맛이 느껴지는 게 정신이 번쩍 든다. 그리고 정신이 번쩍 들게 큰 목소리가 튀어나왔다.

"아악! 이 미친 또라이! 또라이도 이런 개또라이 상또라이를 봤나! 너 지금 그딴 소리를 말이라고 해? 이건 무슨 말이야 껍데기야 이 빌어먹을 놈아!"

"누, 누나. 아니 사장님! 진정해! 저 얼굴 보험만 몇 십억이야!"

소싯적 조금 노셨다는 그녀답게 정말로 주먹이라도 휘두를 것 같았는지 재준이 기겁을 했다. 좀 맞을 건 각오했는데. 윤조는 피식 웃음을 머금다 자리에서 일어섰다.

"너 지금 이 급한 상황에 웃음이……!"

"누난 이럴 때 참 귀엽단 말이야."

어느새 현주의 앞으로 바짝 다가선 윤조가 그녀를 지그시 바라봤다. 순간 흠칫한 그녀의 눈빛이 얼어붙었다. 그사이 손을 뻗은 윤조는 태연히 그녀의 아랫입술을 슥, 쓸어 내며 중얼거렸다.

"그런데 오늘은 화장이 좀 진하네. 립스틱 별로 맛없지 않아?"

"뭐, 뭐…… 이, 닥치지 못해? 이게 어디서 진짜……."

황급히 손을 쳐 낸 그녀가 씩씩거리며 눈을 흘겼다. 윤조는 그제야 빙

굿 웃음을 머금었다.

물론 그녀에게 악의는 없다는 건 안다. 절대 돌아가지 않는 화법으로 구설수를 자초하며 그녀를 난처하게 만들기 일쑤지만, 그런 자신을 절대 놓을 리 없다는 것 역시 잘 알고 있었다. 김현주에게 윤조라는 존재의 의미는 그만큼 특별하니까.

한참 동안 고개를 숙이고 뭔가를 삭이던 그녀가 한숨을 푹 내쉬었다. 무슨 생각을 했을지는 잘 알고 있었다. 아니, 그녀가 저를 보며 떠올렸을 사람을 그는 아주 잘 알고 있었다.

"난 정말 상상도 못 했어. 너도 알다시피……."

"알아. 비지니스로 포장해서 뒷공작 넣는 것쯤이야 흔한 거잖아. 나도 멍청했지. 징조가 꽤 많았는데 상상도 못 했거든. 그 나이 먹고 그런 속셈일 거라고 생각이나 했겠어."

패션쇼 전날 밤, 샤인 대표의 호출로 무심히 도착했던 호텔에서 가운 차림으로 다가서던 샤인 대표의 노골적인 미소가 눈에 선하다. 저도 모르게 어금니가 악물렸다.

"뭐, 그쯤 되면 빼도 박도 못 할 줄 알았겠지."

"정말 미안……."

"어쩔 수 있나. 그 바닥엔 오는 여자 안 막고 주는 여자 거절 안 한다는 윤조잖아."

막상 사과 말을 꺼내려던 현주의 눈매가 날카로워졌다.

"그딴 소리 한 번만 더하면 네 목부터 따 버릴 줄 알아. 윤조는 김현주가 만든 최고의 브랜드야. 널 죽였으면 죽였지 그 이름만큼은 절대로 못 더럽혀. 내가 지킬 테니까. 알았어?"

아주 정색하며 반응하는 그녀의 태도는 마치 하나의 신념이라도 지키는 것처럼 결연했다. 그런 그녀가 반갑고 믿음직스러운 한편, 씁쓸하다. 오늘 같은 경우엔 더욱 그랬다. 그 마음을 알기에 자신이 저질러 놓은 일에 대한 감상이 크게 와 닿는 경우엔…….

"알았어, 알았어. 생존 신고하러 왔다가 숨지겠네. 그럼 난 이만 가 본다."

"뭐? 어딜 가게? 조용해질 때까지 그냥 여기 있든가, 아니면 어디 호 텔에라도……."

"똑같지, 뭐. 안 감독한테나 갔다 올게."

그리고 지나가는 말로 덧붙였다.

"샤인 한 5년쯤 전에 계열사 통해서 우익단체 후원한 적 있대."

현주에 대해 한마디로 요약하자면 언론 플레이의 여왕이다. 그 자신 의 이름이 곧 그녀가 만든 브랜드라는 말은 괜한 소리가 아니다. 그런 그녀가 아무것도 보이지 않는단 얼굴로 깊게 생각에 잠겼다. 잘 가라는 인사말도 들리지 않았지만 사무실을 나서는 윤조의 발걸음은 한결 가벼 워져 있었다.

"날이 좀 풀리려나."

군데군데 눈이 쌓여 있는 흔적은 점차 줄어 갔지만 바람은 아직 강했 다. 그의 밴이 대로변을 벗어나 논현동의 한 골목으로 접어드는 동안에 도 도심지의 풍경은 규칙적인 듯 혼잡하게 흐르고 있었다. 여느 때와 별 반 다를 것도 없이.

"무슨 소립니까. 대한민국이 아주 뜨겁죠, 지금은."

불쑥 대답하는 재준의 목소리가 퉁명스럽다.

"너 말에 뼈가 있다?"

"없는 말했습니까? 그리고 누나한테 왜 자꾸 그런 장난을 쳐요? 진심 도 아니면서."

"진심인지 아닌지 네가 어떻게 알아?"

"왜 몰라요? 같이 지낸 세월이 몇 년인데. 내가 제일 잘 알지."

재준이 한숨을 푹 내쉬었다. 연하인 주제에 묘하게 산전수전 다 겪고

늙어 버린 노인처럼 군다. 픽 웃던 윤조가 말했다.

"누나가 나한테 미안해하는 게 싫어."

재준이 흠칫하더니 놀란 얼굴로 바라봤다.

"울상 지으니까 되게 못생겨 보이더라고. 큰일이야. 시집도 못 갔는데 주름살만 더 생기고."

기막히다는 표정으로 고개를 젓는 재준을 보니 그제야 기분이 좀 풀렸다. 사실 본인이 저지른 잘못으로 걱정을 끼치고 욕먹을 땐 아무렇지 않았었는데, 이런 상황에서 미안해하는 현주의 모습을 보는 건 묘하게 불편했다. 정확히 말하자면 그 상황이 싫고 속상했다. 그걸 제 입으로 말하긴 또 쑥스러운 기분······. 멋쩍다.

"난 그냥 미움 받는 게 편한 거 같아."

"뭔 헛소리예요? 누가 형을 미워한다고. 그리고 지금 팬클럽에서 아주 조직적으로 형 감싸고 있는 거 못 보셨어요? 그렇게 헌신하는 애들이 어딨어요?"

"알아, 그래서 내 팬들 사랑하잖아."

쑥스러움을 감추려는 그의 장난스러운 대꾸에 재준이 역겹다는 듯 혀를 내밀었다. 하지만 그가 팬들에겐 나름 각별하다는 건 재준도 잘 알고 있는 사실이었다. 그래서 지금의 상황이 더없이 불편하고 짜증스럽다는 것도.

'얌전히 수습했어야 했나. 그렇다고 정말로 그 할망구랑 연애할 수도 없고······.'

치미는 분노를 참느라 주먹을 움켜쥐어야 했던 순간이었다. 얼마나 많은 돈을 쓰고 치밀하게 물밑작업을 했을까. 최고의 상품을 구매하듯, 사냥감을 몰아넣듯······.

'대체 날 뭐로 보는 거야.'

유혹은 많았으나 흔들린 적은 없었다. 그의 자부심에 상처를 주는 건

'그럼에도 불구하고' 이어지는 제의와 근거 없는 소문이었다. 게다가 도착한 J엔터테인먼트 건물 앞에선 파리 떼, 바이러스 같은 기자들과 팬들에게 휩쓸려 한동안 밴에 갇힌 채 시간을 보내야 했다. 팬들이야 전국에 깔렸으니 그렇다 쳐도 일정표에도 없는 스케줄을 꿰뚫고 오는 기자들의 집요함엔 슬슬 짜증이 치민다.

그 와중에 재준이 속을 뒤집기 시작했다. 경호원들이 달려오고 간신히 건물의 엘리베이터까지 닿는 동안 재준은 이번의 사건에다 지난 스캔들, 며칠 전 이니셜 기사로 나돌았던 이야기들까지 아주 작정한 듯 꺼내 들었다.

"정말 이래서 사람 살겠습니까?"

"정 힘들면 때려치워."

"그걸 진짜 말이라고……! 아니, 톡 까놓고 얘기해요. 저 아니면 누가 형님을 돌봐 줍니까?"

"그래 알아. 나 좋아하는 거."

"아오, 정말! 그래서 그 호텔 레스토랑 K양은 어쩔 건데요? 진짜 사귀기라도 하실 거예요?"

"연애는 무슨. 드라마 때 신세진 거 갚고 싶다 우겨 대서 기회만 준 거지."

"하……. 그래서 신세 갚는다는 게 스캔들이에요? 심지어 그쪽은 은근 이 스캔들 반기는 눈친 거 알기나 하세요?"

"서은주랑 벌써 석 달째였다. 너 이러다 내 비밀 결혼설이라도 해명하고 싶어?"

거침없는 단어가 튀어나오자 재준의 안색이 창백해졌다.

"싫지? 그러니까 잘 옮겨 다니자고."

"형. 아무리 그래도 그렇죠. 암만 아니라고 해명해도 들어 처먹질 않으니 짜증나는 것도 다 알아요. 알긴 아는데, 스캔들을 스캔들로 잠재우

는 사람이 어딨습니까? 진짜 신개념이네요. 요즘 여배우들은 그런 소문
곤란하지도 않나. 후…….”

“나도 나름 도움 받는 거니 크러려니 해.”

“하, 그것들이 형한테 대체 뭐가 그리 도움 되는데요?”

“부도덕하고 섹시한 이미지 구축.”

마침 엘리베이터가 섰고 내리는 순간 바라본 재준은 완전히 할 말을
잃은 얼굴이었다. 픽, 웃어 버린 윤조는 기다리라는 말만 남기고 곧장
복도 끝에 있는 화장실로 향했다. 점점 이런 상황에도 진저리가 난다.
그렇게 터지기 일보 직전의 기분으로 모퉁이에 접어들 무렵,

툭.

뭔가가 가슴팍으로 돌진했다.

아픔보다 먼저 덮쳐 온 미묘함. 불쾌한 느낌은 그다음이었다. 그렇게
눈살을 찌푸리며 품에 안겨 온 녀석의 얼굴을 확인한 순간…….

‘남자? 아니…… 여자? 아니, 남자구나.’

불시에 일었던 그 호기심.

아직도 생생히 떠오르는 기억에 흠칫한 윤조가 잽싸게 고개를 저었
다. 그러고는 애써 들고 있던 휴대폰으로 시선을 옮겼다.

“어, 형. 어디다 전화하시는 거예요?”

“본진이 안 되면 적진이라도 쳐야지.”

“네?”

“강냉이 자식 말이야!”

그래, 그때부터였다. 그날부터 줄곧 신경 쓰였다. 이상하게도 제 얼굴
을 넋 놓고 바라보는 그 표정이 재미있었고, 그뿐이었다. 아니, 녀석이
여자 화장실에서 기어 나왔단 사실을 알았을 땐 기가 막혔다. 분명 자신
이 가는 방향을 알고 불러 놓고도 녀석은 끝내 말해 주지 않았다. 어리
숙하고 멍청해 제가 갈 곳마저도 헷갈리는 놈인지, 의도적 변태 짓인지.

아니면 자신을 골탕 먹이려 한 짓인지…… 아니, 알 바 없잖아.

그런데 이상했다. 좀처럼 마음을 달랠 수 없었던 그날. 머릿속이 온통 그 녀석의 생각으로 가득했었다. 어차피 인구의 반은 차지할 남자. 그중에 조금 예쁘장한 놈. 크게 신경 쓸 이유도 없고 이렇게까지 얽힐 이유도 없는 그런 녀석을 내가, 대체 왜.

한참 울리던 신호음 끝에 누군가 전화를 받자 윤조는 다짜고짜 소리를 질렀다.

"레이 너! 당장 그 프로 출연하는 거 취소해!"

"레이? 설마…… 레이 강이요? 두 분, 사이 안 좋은 거 아니었어요?"

재준에게 묻는 듯한 녀석의 목소리가 들리자 절로 신경이 바짝 조여들었다. 그리고 휴대폰에선 익숙하지만 엉뚱한 사람의 목소리가 들려오고 있었다.

"뭐야, 기영 씨? 아 나, 이 강냉이 자식, 빨리 바꿔요."

그런데 기영은 되지도 않는 핑계를 주절거리며 통 바꿀 생각을 않는다. 잠자긴 개뿔. 지금도 처먹고 있겠지!

"그런데 재준이 형. 무슨 일이에요? 윤 선배님 기분 되게 안 좋으신 거 같은데……."

"쉿, 형님 저기압일 땐 그냥 얌전히 있어."

얼씨구나 장단을 맞춰 소곤거리는 목소리는 또 왜 이리 잘 들리는 건가. 들으라는 말인지 듣지 말라는 말인지 눈치도 없는 것들이 둘이 모이니 그야말로 덤앤더머다.

"좋은 말할 때 빨리 바꾸시죠?"

으드득, 생 라이브로 이빨 가는 소리를 들려주고 나서야 내내 말 많았던 매니저의 목소리가 간신히 레이 강의 목소리로 바뀌었다.

"미친 새끼, 진상쇼는 무슨 얼어 죽을 진상쇼야? 왜, 용돈 떨어졌어? 너 약 팔아서 돈 많이 번 거 아니었냐? 거기다 나는 왜 끌어들여? 죽을래?"

[그랬어? 나도 처음 듣는 얘긴데. 어쨌든 바쁜데 나와 준다니 고맙다. 이참에 우리 사이 나쁘다는 소문이라도 없애지 뭐.]

"장난하냐? 그 소문이 사실인데 없애긴 뭘 없애? 너 진짜 약 빨았냐? 이젠 강냉이 말고 약냉이라고 불러 줘? 좋은 말할 때 빨리 취소해라."

그런데 우걱우걱 뭔가 먹어 대는 소리가 들리나 싶더니 느닷없는 말이 튀어나왔다.

[너 액션한다며?]

저도 모르게 찔끔했다.

"어? 어, 그래. 뭐?"

[그거 소문에는 씬 다 없어졌다더라. 한 번 알아봐. 그리고 이만 끊자.]

"뭐? 야! 강냉이! 너 그거, 야이……."

대체 이 자식은 어디서 이렇게 소식을 빨리도 알아 오는 거냐! 이 기막힌 말에 정신이 아찔해진 사이, 전화는 매정하게 뚝 끊어졌다. 이어 재준의 심드렁한 목소리가 들려왔다.

"그럼 형. 서울 갈 준비할게요."

"우와, 윤 선배님 레이 강이랑 그런 사이였어요? 우와…… 부럽다. 저 레이 강 완전 존경하거든요! 액션 천재 레이 강!"

게다가 녀석은 아주 천진한 말투로 속을 뒤집었다.

존경이라니. 너 나만 존경하는 거 아니었냐?

굴욕감도 잠시. 왠지 모를 배신감에 치가 떨린다. 그러고 보니 일을 이 지경으로 만든 것도, 액션을 몽땅 빼앗긴 것도. 모두 이 녀석 탓이잖아!

어쩐지 진심으로 녀석이 미워졌다. 진심으로.

"……떡."

"네?"

"너도 준비해."

"네에? 뭐, 뭘요?"

영문을 모르겠다는 듯 눈만 끔뻑이는 제경에게 그의 서늘한 미소가 닿았다.

"1분 내로 준비하고 딱 대기해."

♠   ♠   ♠

루시드 드림. 대한민국 최고의 배우 윤조의 소속사로, 수 명의 주연급 배우들을 보유해 현재 배우 관련 소속사로는 최고로 손꼽히는 곳이다. 물론, 국민배우 윤조를 발굴하고 키워 낸 것만으로도 충분히 최고라 일 컬을 만하다. 그런 대단한 회사가 새벽부터 뒤집어질 만한 일은 아마도 별로 없을 것이다.

이른 아침, 6시부터 나타나 스타일리스트들을 다 불러 모은 윤조는 머리끝부터 발끝까지 완벽하게 스타일링을 마치고서야 현주의 사무실에 모습을 드러냈다.

"광고 촬영 스케줄은 내일 완벽하게 세팅 끝났어. 내일 현장으로 바로 가면 돼."

"또 있을 텐데."

"후…… 헬기 대여도 끝났어."

문간에 기댄 채 여유롭게 웃던 윤조가 입을 열었다.

"역시 능력자야. 난 또 다 포기하고 20억 그냥 날려 버릴 줄 알았더니. 밤새 일정 맞춘 거야? 눈 밑에 그냥 다크서클이 쫙 꼈는데? 오후엔 관리 좀 받아."

저런 말을 서슴없이 올리는 윤조의 얼굴은 화사하기 그지없었다. 게다가 그는 천진하고 아름다운 포즈로 제 눈 밑까지 친절히 가리켜 보였다.

'힉, 대박…….'

기의 폭풍이 몰아치는 현장을 보고 있자니 이쪽이 숨이 멎을 지경이다. 복도 끝에서 이 광경을 바라보던 제경이 옆에 선 재준에게 눈을 돌렸다. 이쪽도 가관이다. 이런 일 따위야 일상이라는 듯 아주 평온한 얼굴이었다.

아니, 밤새 운전을 하고 온 사람이란 걸 깜빡했구나. 이미 그의 머릿속은 꿈나라. 그렇게 벽에 기댄 채 눈 뜨고 잠이 든 재준을 보며 생각했다. 하긴, 저런 인간과 7년을 산 거 보면 아주 생불이든가 무신경함의 극치든가, 둘 중 하나는 돼야 제정신일 거다.

이 모든 사건은 밤새 고속도로를 달려오는 동안 잔뜩 굳은 얼굴로 앉아 있던 윤조가 갑자기 휴대폰을 꺼내 든 것으로 시작되었다. 영화 촬영 관계로 미뤄 두었던 광고 촬영을 바로 진행하자는 말과 함께 이번이 아니면 위약금을 물고 취소하겠다는 내용이 그의 입에서 흘러나온 순간, 제경은 휴대폰 너머에서 들려오는 고함 소리에 기겁했다. 그런데 윤조는 안색 하나 바뀌지 않더니 한술 더 떠 내려가는 길엔 헬기를 보내란 조건마저 달았다. 그 후로, 이어지는 쌍욕의 향연이라니. 심지어 그 엄청난 어휘력에 감탄했던 순간이었다.

"진짜 대단하신 분들이네요."

저도 모르게 중얼거리자 앞서 걷던 재준이 뒤를 돌아봤다.

"응? 뭐가?"

"아니, 아무것도 아니에요."

더 설명하고 싶진 않아 얼른 얼버무렸다. 순식간에 여러 사람을 혼돈의 카오스로 밀어 넣는 사람이나, 그 미친 상태를 진압하는 사람이나. 그 모든 걸 지켜보고도 묵묵히 제 할 일만 하는 사람이나. 하나같이 진심으로 존경하고 싶은 사람들이었다. 그 이상으로 별로 엮이고 싶지 않은 게 탈일 뿐.

한 시간여를 달린 밴은 일산의 한 스튜디오에 도착했다. 녹화까진 시간이 제법 남아 있었다. 피곤에 찌든 재준이 잠시 눈을 붙이는 사이 제경은 1층 로비의 카페에서 커피를 사 오기로 했다. 그렇게 컵홀더를 들고 후다닥 뛰어온 제경의 눈에 보인 건, 마침 그녀의 휴대폰을 들고 있던 윤조의 모습이었다.

"너, 전화 왔는데."

"어! 잠깐만요!"

깜빡 놓고 갔었나 보다. 후다닥 달려든 제경이 일단 커피를 건넸다. 그런데 윤조의 표정이 조금 미묘한 느낌이었다. 그 느낌은 아주 정확했다.

─민수♡

보이는 이름 하고는! 당황한 제경이 휴대폰을 잡아챘다.

[오, 어디야? 이 오빠가 지금 일산 도착했다.]

"뭐? 야! 왜 네가 오는데!"

[여기 CBS방송센터 맞지? 지하주차장으로 가면 돼? 금방 들어간다─]

"야, 야! 오지 마. 오지 말라고!"

일 났다! 왜 하필 이 방정맞은 종자가 오는 건데! 안절부절못하며 주변을 서성이던 제경의 눈앞에 어느덧 아주 익숙한 구형 프라이드가 보이기 시작했다.

'아, 안 돼!'

행여라도 장난이길 빌었건만 역시 신은 없었다!

그 시작은 또 닥쳐올 마법의 순간을 걱정하던 그녀에게 혜미가 피임약이라는 대안을 내려 준 때부터였다. 그러고도 못 미더웠는지 혜미는 손수 피임약을 처방받아 주겠다며 연락해 왔고, 그렇게 서울에 올라오는 김에 잠시 만나기로 약속을 한 것이 전부인데…… 왜!

"제경아!"

눈앞에 민수가 있는 거냐고! 완전히 굳은 채 입도 달싹 못 하던 제경이 슬쩍 뒤를 돌아봤다. 잠이 덜 깬 듯 어리둥절한 표정을 한 채 바라보는 재준의 등 뒤로 무심히 앉아 있는 윤조를 보자 등골이 오싹해졌다.

"우와! 진짜네! 진짜 윤조다! 우와! 저 제경이 친구 민수라고 합니다! 안녕하십니까!"

아…… 이젠 포기다. 반색을 하며 뛰어드는 민수를 말릴 방도가 없었다.

"아, 제경이 친구였어? 여긴 어쩐 일로……."

재준의 말에 반가운 기색은 없었지만, 민수는 넉살도 좋게 웃어 댔다. 게다가 어디서 준비한 건지 사인지를 꺼내 결국 윤조의 사인까지 받아 내더니 아주 뿌듯한 얼굴이다. 남은 생과 사의 경계를 넘나드는 기분인데…….

황급히 민수를 뒤로 끌어낸 제경이 작게 물었다.

"그런데 왜 네가 와? 혜미는 어쩌고?"

"아, 걔 오늘 알바가 결혼식 하객 알바거든."

큭, 그거라면 빠질 수 없지. 잠시간 그녀가 먹게 될 진수성찬을 떠올리던 제경이 얼른 고개를 저었다.

"그럼 네가 그거 가져온 거야?"

"뭐? 아, 그 피임…… 악!"

잽싸게 옆구리에 주먹을 찔러 넣은 순간, 민수가 비명을 질렀다. 왠지 윤조가 들었을 것 같지만 그것까지 신경을 쓸 겨를은 없다.

"말 좀 조심해! 멍청아! 할 말 안 할 말 못 가려? 그리고 너! 내 전화기에 네가 그따위로 이름 써 놨지? 하트가 뭐야, 하트가!"

"아, 아파. 야, 우리 사이에 그게 뭔 소리야?"

"뭔 사인데?"

"형제."

"이 자식이!"

그대로 민수의 목을 휘감은 제경이 낡은 프라이드 뒤로 숨었다. 이 쓸모없는 종자는 얻을 거만 얻어 내면 빨리 보내는 게 답이다. 잽싸게 주머니를 뒤져 약을 뺏어 든 제경이 그대로 민수의 엉덩이를 걷어차며 쫓아 보낸 건 그로부터 약 5분이 흐른 후였다.

"죄, 죄송해요. 제가 받을 게 있었는데…… 얘가 이렇게 올 줄은 몰랐어요."

제경은 고개를 꾸벅꾸벅 숙이며 사과했다. 그사이, 재준은 다시 잠이 들어 있었고 윤조는 어딘지 모르게 굳은 얼굴로 휴대폰을 보고 있다 싸늘하게 내뱉었다.

"출발하자."

"저기, 재준이 형은……."

"좀 더 자게 둬. 운전해야 하니까."

제경은 앞서 걷는 윤조의 뒤로 조심스레 따라붙었다.

"저기 선배님, 저도 그 녹화장에 들어가도 되는 거죠?"

"그럼 남아서 뭐 할 생각이었는데?"

"아니, 전 이런 게 처음이라서…… 그보다 진짜 레이 강 씨랑 친하긴 친하신가 봐요. 지나가는 손님 코너는 원래 친한 사람 불러서 막 칭찬하고 그러는 거 아니에요?"

그 순간 비웃듯 입 끝을 올리던 윤조가 흘깃 시선을 내렸다.

"촌놈."

"윽."

"게다가 옷 꼬라지는 그게 뭐냐."

앉은 자리에서 구겨져 자느라 좀 엉망이긴 하지만 꼬라지라니.

"이, 이게 뭐 어때서요? 단정하기만 하면 됐지. 저라고 뭐 이렇게 입고 싶어서 입는 것도 아니고……."

"단정하고 싶으면 그 낡아 빠진 청바지부터 좀 버려. 몸매도 좋은 놈이 왜 그런 한물 간 옷이나 입고 다녀?"

"네에? 제 모, 몸매가 왜요?"

지레 찔린 제경이 눈을 휘둥그렇게 뜨고 되물었지만 왠지 그는 입을 꾹 다문 채 기분이 잔뜩 상한 얼굴로 시선을 돌려 버렸다. 아니, 당황한 건 이쪽인데 왜…….

그렇게 봄 날씨마냥 바뀌어 대는 그 기분을 누가 맞춰 줄 것인가. 이상하게 확 가라앉아 묘한 아우라를 뿜어 대는 윤조의 곁에 있으려니 죽을 맛이다. 게다가 그 심상치 않은 기운은 그가 스튜디오에 등장했을 때도 꿋꿋하게 지속되고 있었다.

"나와 주셔서 감사합니다. 윤조 씨는 진상쇼가 처음이시죠?"

쇼의 호스트인 원조 한류스타 마진의 물음에도 윤조는 아주 저조한 기분을 여과 없이 드러내고 있었다. 아니, 평소처럼 무덤덤하고 시크한 표정이었지만 이젠 저 역시도 그의 상태쯤은 알고도 남았다. 이 순간, 이희선과의 인터뷰가 악몽처럼 떠오르는 건 왜일까.

'제발 사고만 치지 마세요!'

제경은 간절하게 두 손을 모아 빌었다. 하느님, 부처님. 제발 자비 좀 요.

"근데, 두 분은 인사를 안 하시네요?"

"네, 사이가 별로 안 좋거든요."

"역시. 소문이 맞나 보네요. 전 이런 게스트의 만남은 처음 봅니다. 다들 예의상 대기실에서는 싸워도 여기선 연기를 잘하던데."

"아시다시피 레이 강 씨가 내면 연기는 별로라, 그런 껍데기 씌워 봤자 금방 걸려요"

아슬아슬 이어지는 대화에 손바닥은 이미 끈적끈적해졌다.

"어우, 농담도 잘하시네, 윤조 씨."

거기다 누군가의 중얼거림에 현기증이 난다. 이봐요. 저 말이 진짜 농담으로 들려요?

"시작부터 공방전이 장난 아니네요. 오늘 아주 기대되는 두 분입니다. 그럼 레이 강 씨는 누가 형이라고 생각하세요?"

"글쎄요. 음. 뭐랄까. 윤조가 좀 귀엽잖아요. 많은 분들이 제가 더 형이라고 생각하시는 것 같던데요. 사실은 제가 얼마 전에 저희 둘 팬픽 소설도 봤습니다. 우리 실장님이 하도 권하시길래."

귀여워? 팬픽은 또 뭐야? 게다가 그 말을 내뱉은 게 존경하던 레이 강이다! 역시 연예인은 겉으로 봐선 모를 일. 경악하며 레이 강을 바라보는데 뭔가 이상한 기분이었다. 슬그머니 눈을 돌리자 이건 또 웬일! 윤조가 정확히 저를 쏘아보고 있었다.

'힉!'

저도 모르게 가슴팍에 손을 올린 제경이 숨을 들이켰다. 저렇게 기분이 상한 얼굴은 또 처음이었다. 이렇게 서로를 갈구는 기색이 역력한데 좋은 소리가 나올 리 없는 이런 소재는 제발 그냥 넘어가 줬으면 싶었다.

"예에? 팬픽을 진짜 보셨어요? 팬픽은 보면 팬들이 바라보는 스타의 이미지라는 게 있잖아요. 윤조 선배님은 어떤 이미지였는지 감상 좀 말씀해 주세요."

그런데 저 멍청이는 대체 누구냐고!

"뭐, 윤조 같았죠. 귀엽고, 예쁘고, 잘 징징대고, 외로울 때 저한테 의지하고, 요즘은 팬 분들이 참……. 능력자가 많으세요."

"와, 아주 쿨 하세요. 저는 그거 도저히 못 보겠더라고요. 그럼 혹시 윤조 선배님도 그 팬픽 보셨어요?"

"아뇨. 저희 실장님은 그런 거 안 주시던데요. 요즘 레이 강 씨가 별

116

로 안 바쁘신가 봐요. 일이 없으시니까 그런 것도 주시고, 검찰청도 드나드시는 것 같고. 그러고 보니 그건 어떻게 잘 해결되셨나, 모르겠네요?"

그 순간, 녹화장 안의 분위기가 미묘하게 가라앉았다. 어떤 단어가 문제가 되었는지는 짐작이 가고도 남는다.

'아…… 선배!'

경악한 제경이 그 자리에 딱 굳었다. 그 와중에도 윤조는 보기 좋게 미소를 올렸다. 그 어느 때보다 싸늘하기 그지없는 썩소였다.

녹화라는 게 이렇게 길고 무서운 건지는 예전엔 미처 몰랐다. 어찌나 스펙타클하고 조마조마한지 어지간한 블록버스터 스릴러는 저리 가라였다. 그런데 컨디션을 조금 회복한 재준은 이야기를 전해 듣고도 의외로 침착하게 웃어 보였다.

"괜찮아. 녹화는 너무 심하다 싶으면 편집해 주니까. 지들도 나갈 소리 못 나갈 소리 정돈 구분할 거야."

그만큼 잘 안다는 건, 그와 비례해서 많은 사고를 쳐 왔다는 뜻이겠지. 이젠 그 속뜻을 알아차리고도 남기에 제경은 그저 어색하게 웃었다. 그 와중에 한남동에 들어선 밴은 으리으리하게 생긴 건물로 진입했다. 그 한국스럽지 않은 외관에 놀라긴 했지만 그것도 그뿐. 윤조만 내려 주고 나면 이 지옥 같은 하루도 끝이라 생각하니 기운이 솟았다.

그러나 잠시 후, 주차장에 내려선 제경은 저만치 떠나는 밴의 뒤꽁무니를 바라보며 물었다.

"저기, 선배님. 재준이 형은 어디 가고…… 전 왜 여기……."

"너까지 없으면 내 심부름은 누가 하고."

"……그러네요."

그 무시무시했던 외관만큼이나 내부의 모습도 장관이었다. 현관에 들어선 제경은 그 자리에 그대로 굳어 버렸다. 똑같이 빌라라는 이름을 달고 있는데 자신이 살고 있는 원룸촌의 빌라랑 같은 이름으로 퉁치는 것마저 미안할 지경이다.

그리고 돌아선 그가 자연스럽게 그녀의 몸을 훑더니 손가락을 들어 어딘가를 가리켰다. 왠지 말하지 않아도 알 것 같다.

"깨끗하게 세수하고 발 닦고 나오면 되죠?"

"샤워라도 하면 더 좋고."

"저, 저기 그건 좀……. 갈아입을 옷도 없어서요."

"하긴."

어찌 됐건 깨끗하게 씻기만 하면 되는 모양이다. 휘휘 내젓는 손을 보니 왠지 세균덩어리라도 된 기분이었다. 어깨를 축 늘어뜨린 제경은 조심스럽게 발끝을 세우며 그의 손가락이 가리켰던 방향으로 향했다.

"와!"

그러나 막상 욕실에 도착한 제경은 잠시 전까지 느끼던 기분을 잊어버렸다. 지금 사는 숙소의 욕실도 꽤 좋았지만, 이곳은 그야말로 별천지였다. 고급스러운 마감재와 은은한 조명이 조화를 이룬 공간이 무려 제가 사는 원룸만 하다. 게다가 저 나르시스트 윤조와 지나치게 잘 어울리는 고양이 발 욕조라니! 그야말로 한때의 로망이었던 그 물건을 여기서 볼 줄은 진정 몰랐다. 후다닥 다가선 제경은 저도 모르게 히죽거리며 욕조를 만지작거렸다.

"우와, 진짜 좋다……. 샤워 좀 한다고 할 걸 그랬나. 몸도 찜찜한데."

그러다 문득 정신을 차리곤 손으로 제 뺨을 툭 때렸다.

"아, 나 정말 미쳤나 봐. 이렇게 무뎌지고 민폐되는 거야? 나 이런 사람 아니라고!"

처음엔 대체 어찌 사나 걱정했던 하루하루였는데 일주일도 안 되는 사이에 묘하게 적응하고 있는 자신을 발견하는 것도 꽤 공포였다. 게다가 막상 생각을 떠올리니 그 과정이 하나하나 떠오르는 바람에 제경은 미친 듯이 고개를 내저어야만 했다. 잊고 살 수 있으면 빠르게 잊고 사는 것도 답이다.

"이래서 사람은 누울 데 보고 다리 뻗는다는 거야."

마치 커다란 진리라도 깨달은 것마냥 중얼거리던 제경이 주변을 살폈다. 그리고 무심히 수도꼭지를 만졌다. 그 순간,

─쏴아.

"우악! 악, 뭐, 뭐야 이거!"

갑자기 머리 위에서 물이 쏟아졌다. 허둥지둥 다시 수도꼭지를 제자리로 옮기긴 했지만 잠시간 쏟아진 물줄기에 이미 얇은 티셔츠와 속옷까지 젖기 시작했다. 제가 비명을 질렀다는 사실조차 잊은 채 잠시 멍해 있는데,

"무슨 일이야?"

벌컥, 욕실의 문이 열렸다.

"아니, 저기 그러니까 그게……."

눈앞에 있는 건 잔뜩 젖은 채 저를 바라보고 있는 여자.

아니, 멍청한 떡이었다.

"……뭐하는 거야?"

"저기 그게 샤, 샤워기를 쓸려고 한 건데…… 그만."

뭘 하려다 그런 건지는 눈으로 보는 것만으로도 충분히 알 수 있었다. 애초에 욕실에서 일어나는 일이란 것도 뻔하지 않은가. 그런데도 비명 소리를 들었을 땐 가슴이 철렁 내려앉았다. 정말 기겁해서 뛰어들고 말았다.

게다가 눈에 보이는 꼴이라곤 더 기가 막혀서 할 말을 찾을 수가 없었다.

저 모습을 보고 여자, 여자라니.

"죄송…… 죄송해요, 노, 놀라신 거예요?"

한 번 의식하기 시작한 생각이 다시 그의 뇌리 속으로 자리 잡는 건 쉬웠다. 이번엔 아무렇지 않게 들어왔던 그의 목소리마저 의심스러울 지경이었으니까. 원래도 남자치곤 꽤 가냘픈 목소리라고 생각은 해 왔지만 남자도 그런 목소리를 내는 경우 역시 심심찮게 봐 왔기에 전혀 의식하지 않았었다.

그런데 이번만큼은 정말로 이상했다. 게다가 눈앞의 녀석은 빤히 바라보는 시선이 신경 쓰인 모양인지 느닷없이 손을 올려 제 몸을 감싸고 있었다. 그 모습이 꼭, 찬물을 잔뜩 뒤집어쓴 탓에 추워서라기보다는…….

'대체 뭐하자는 거야.'

기막힌 상상에 가볍게 머리를 털어 낸 윤조가 그대로 욕실로 들어섰다. 그리고 놀란 눈을 한 제경이 뒤로 물러설 때까지 바짝 다가섰다. 손을 들어 올리자 쥐어박기라도 할 줄 알았는지 녀석은 화들짝 놀라 몸을 웅크리며 비명을 질렀다.

"자, 잘못했어요!"

"떡."

"……네?"

아무리 생각해도 이건 미친 짓이라는 걸 안다. 알고는 있다. 절대 해선 안 되는 짓. 그야말로 말도 안 되는 짓. 그런데 도저히 참을 수가 없었다. 한껏 몸을 웅크린 녀석이 잔뜩 겁먹은 눈을 들었을 땐 더욱 그랬다.

"나 지금 미친 거 아니야."

"네?"

"정신 나간 것도 아니고, 이상한 취미 있는 것도 절대 아니야."

차분하게 설명하던 윤조는 그대로 제경의 양팔을 붙잡아 내렸다. 일단은…… 없다.

정말 남자 맞지? ……그렇지?

아니, 아니다. 만에 하나 백만분의 일의 확률이라도 혹시나…… 하는 뭐 그런 마음이었다.

물론 지금의 자신으로서는 절대로 인정하기 싫은 '혹시나'.

'젠장, 뭘 기대하는 거야.'

혼란스러운 감정을 정리할 시간 따윈 없었다.

"기분 나쁘면 성추행으로 고소해도 돼."

그의 손이 제경의 가슴 위에 턱하니 내려앉았다.

"갈아입을 옷 준비할 테니까, 씻고 나와."

어쩐지 개운한 얼굴을 한 윤조가 휙 하니 몸을 돌렸다.

알기나 할까. A컵이 남는 기분을. 트리플A라는 게 단지 성격만을 뜻하는 건 아니라는 걸…… 젖은 옷에서도, 한참 머물러 있던 타인의 손에서도 전혀 존재감을 뽐내지 못했던 불쌍한 녀석이 있다는 걸.

한참 멍하니 서 있던 제경이 제 가슴을 내려다봤다.

"……하우두유두?"

♠   ♠   ♠

"제경아, 일단 이거 프라이 좀 해 줘. 반숙으로."

아침 일찍부터 찾아온 재준이 내민 건 '유기농 신선란'이라 써진 4개들이 포장 계란이었다. 마트에서도 그 가격에 섣불리 집어 본 적 없는 바로 그 물건이다.

"이거 다 해요?"

"응. 네가 두 개 먹고."

"아싸."

신이 난 제경이 프라이팬을 꺼내 들었다. 어느덧 토스트 기에서 식빵이 향긋한 냄새를 풍기고 갓 내린 커피의 냄새가 달군 기름 냄새와 어우러졌다. 왠지 조금 행복해졌다. 역시 아침은 음식 냄새와 함께 해야 제맛인 거다. 그런데.

"……."

알을 낳자마자 집어 왔나. 프라이팬 위에 유난히도 탱글탱글한 노른자가 봉긋 솟아 있는 걸 보고 있으려니 뭔가 가슴속에서 욱하고 치밀었다. 하필 모양도 그럴듯하게 양쪽에 두 개를 까 놓은 건 뭐래.

──툭툭. 툭툭툭.

무심히 노른자를 터뜨리던 제경이 중얼거렸다.

"까불지 마. 너 껍데기 쓴 거보다 크거든?"

……아마도.

느닷없이 봉변을 당한 계란의 원한은 윤조의 매운 딱밤으로 돌아왔다. 제경은 얼얼한 이마를 문지르며 간밤에 신세졌던 방을 치웠다. 밤새 잘 말려 둔 옷으로 갈아입고 밖으로 나오니 이미 외출 준비를 마친 윤조가 기다리고 있었다.

"어? 재준이 형은요?"

"준비할 거 있어서 먼저 내려갔어. 난 아직 스케줄 남았고."

"네? 그런데 저는 왜 여기……."

물으나 마나 한 질문이었다.

"……있어야겠죠? 네."

그렇게 도착한 곳은 지하 1층의 주차장. 눈앞에 펼쳐지는 광경에 입을 떡하니 벌린 제경이 기가 차다는 듯 물었다.

"우와, 대박. 여기 뭐예요? 국산 차는 여기 세워 놓으면 잡혀 가는 거예요? 어쩌면 다 외제차야."

그 말에 앞장서서 걷던 윤조가 피식 웃음을 터뜨렸다. 그리고 나란히 세워진 두 대의 하얀 스포츠카로 다가섰다. 뒤따르던 제경은 호들갑스럽게 입을 열었다.

"아우디다. 동그라미 네 개 이거 아우디 맞죠? 그런데 그건 뭐예요? 삼지창?"

"무슨 남자 놈이 차종 구분도 제대로 못 해?"

"네? 그, 그거야 모를 수도 있죠. 본 적도 없는데 알 게 뭐래. 그래도 아우디는 알잖아요."

찔끔한 속내를 숨기려 투덜거리자 윤조는 코웃음을 치더니 들고 있던 키를 꾹 눌렀다.

—삑.

"아우디가 아니라서 미안하게 됐다."

아니 뭐 꼭 그게 좋다는 뜻은 아니었는데. 어차피 그림의 떡이잖아. 그사이 윤조는 우아하게 운전석의 문을 열어젖혔다. 홀린 듯 그 모습을 바라보던 제경이 얼른 조수석의 문을 열었다. 바깥의 모양만큼이나 내부의 디자인도 날렵했고, 선명한 다홍색이 잘 어울려져 묘하게 섹시한 분위기다. 그리고 자리에 앉은 그녀의 눈앞에 금색으로 튀어나온 글씨가 또렷하게 보이기 시작했다.

"그란…… 투리스모?!"

중얼거리듯 읽던 제경이 저도 모르게 펄쩍 뛰었다.

"왜, 문제 있어?"

"마, 마세라티잖아요! 마세라티 그란투리스모S!"

오 마이 갓! 이름만 들어 봤지 눈으로 보는 건 처음이다. 기겁하며 외친 제경이 각을 잡고 앉았다. 왠지 불손하게 기대앉는 것마저 망극할 지경이었다. 그 과정을 물끄러미 보던 윤조가 한심하다는 듯 내뱉었다.

"내가 이렇게 앉아 있으면 그게 당연하다는 생각은 안 드냐?"

"그, 그러네요. 이런 차도 있고 진짜. 좋으시겠어요."

"별로."

"네? 왜요? 돈 많겠다, 하고 싶은 일 하겠다. 인기도 많고, 꿀릴 것도 없고…… 누릴 거 다 누리고 재밌게 사시잖아요. 완전 좋을 거 같은데."

"나름대로 고충은 있지. 네 말대로 너무 인기가 있으니 마음대로 돌아다니기도 힘들다거나. 너무 어려운 게 없으니까 인생이 지루하다거나."

'그래서 그렇게 멋대로 사고 치고 사람 휘두르고 괴롭히시는 거예요?'

차마 물을 수 없는 말을 꾹 삼키는 동안, 서서히 차를 출발시키던 윤조가 불쑥 물었다.

"너 면허는 있어?"

"네? 네. 그게 있기는 있는데…… 장롱면허라……."

"해 볼래?"

순간 무슨 소린가 싶었다. 그러다 금세 그 뜻을 알아차린 제경이 기함하며 차창 쪽으로 몸을 뺐다.

"엑? 서, 선배님 설마 저한테 이, 이걸 운전하라고요?"

"여기 너 말고 또 있어?"

"……."

"운전도 못해. 쓸모없는 것."

저를 욕하는 말은 둘째 치고라도 정말 할 말을 잃어버렸다. 이 사람이 가진 개념의 기준을 도무지 알 수가 없었다. 접촉사고라도 냈다간 수리비 폭탄은 물론이고 상대방의 인생도 종낼 수 있는 상황, 그야말로 도심을 활보하는 C4가 될 텐데, 뭐? 운전대를 넘겨?

'엄마…… 이 사람 미쳤나 봐.'

그러나 20억 운운하며 소속사를 뒤집던 그의 행태가 뇌리에 박혀 들자 모든 상황은 자연스럽게 납득되었다.

'하긴, 그렇게 돈을 버는데 이런 차 한두 대쯤은 우습겠지. 이러니 다들 기를 쓰고 성공하려는 거고.'

아, 새삼 멀고도 먼 그의 위치가 실감나고 이상하게 슬프다. 왜 착잡하고 슬픈지는 며느리도 몰라. 하지만 알 게 뭔가. 그래 봤자 남의 인생.

잠시 후, 그녀는 아주 현실적인 소망을 입에 올렸다.

"저 이거 인증샷 좀 찍어도 되죠?"

촬영스튜디오는 청담에 위치했고, 촬영이 시작하기까진 시간이 조금 남아 있었다. 출발 직전 연락을 해 둔 편집샵에 도착한 윤조는 느긋하게 쇼핑을 시작했다. 그렇게 줄줄이 걸려 있는 티셔츠들을 유심히 살피던 윤조가 픽 웃음을 터뜨렸다.

'저 이거 인증샷 좀 찍어도 되죠?'

그 순간, 그런 말을 할 줄은 몰랐다. 이상하게 시비를 걸게끔 만드는 그 순진한 눈빛이 그때만큼은 아주 간절한 빛을 띠고 있었다. 그러다 미처 뭐라 대답하기도 전에 휴대폰을 꺼내 든 제경은 또다시 눈을 반짝이며 쳐다봤다.

"웃기는 놈……."

그 모습이 꼭 사료 앞에서 잔뜩 굶주린 채 바라보는 강아지 같아 그때도 딱 지금처럼 웃어 버렸다. 그러자 허락으로 들었는지 제경은 아주 신이 난 얼굴로 이곳저곳 사진을 찍어 댔고 마지막엔 조수석 앞 글씨에 제 얼굴을 바짝 들이밀며 셀카를 찍다 눈이 마주쳤다. 민망했던 걸까. 갑자기 얼굴을 붉히던 녀석은 변명을 하듯 주절거렸다.

'사, 사실 윤조 선배 운전하고 계시는 거 찍고 싶었는데…… 그건 안 되겠죠? 초상권도 있을 테고, 아무래도 음…….'

안 될 거야 없지 않나, 싶었고 별말도 하지 않았는데 녀석은 왠지 혼자 아쉬운 표정을 하더니 지레 포기하고 한동안 풀이 죽어 있었다.

"하여간 숫기도 없어 가지고."

슬림한 라인의 검은 티셔츠를 집어낸 윤조가 샵 중앙의 커다란 기둥 옆으로 향했다. 거울 앞에서 안절부절못하던 제경이 그를 발견하자 잽싸게 뛰어와 울상을 지었다. 그 와중에 화려한 프린트의 티셔츠와 맞춘 듯 달라붙은 스키니진 차림이 제법 볼만하다. 선이 고운 몸매가 훤히 드러나는 게…… 뭐, 보기 좋은 걸 보기 좋다고 하는 게 이상한 건 아닐 거다.

"나쁘진 않은데 좀 아이돌 같다. 티셔츠는 이걸로 갈아입어."

들고 온 티셔츠를 던지듯 건넨 윤조가 이번엔 근처에 진열된 소품들로 눈을 돌렸다.

"서, 선배님. 저 그냥…… 이런 거 안 하면 안 될까요?"

"웬만해야 그냥 데리고 다니지."

가볍게 훑어 내리는 시선에 제경이 움찔했다. 이번엔 모자를 푹 눌러 씌웠다.

"헤어샵까진 갈 시간 없으니 일단 머리는 이걸로 됐고. 신발은, 하…… 진짜 이런 걸……."

"……."

"폼페이에서 발굴했어도 이거보단 새 거겠다."

"에이 씨, 너무 그러지 좀 마세요, 진짜. 누군 뭐 이러고 싶어서 이러나."

결국 제경이 불만을 가득 실은 말투로 내뱉었지만 윤조는 들은 척도 않고 다시 걸음을 옮겼다. 그리고 따라붙는 점원에게 미리 찍어 둔 모델을 가리켜 보이다 뭔가 생각난 듯 물었다.

"아참. 발 사이즈 몇이야?"

"이백사십이요."

"이백…… 사십?"

저도 모르게 되뇌던 윤조가 제경이 있던 곳으로 고개를 돌렸다. 마침 축 늘어진 어깨가 눈에 들어오자 또 스멀스멀, 이상한 느낌이 덮쳐 왔다.

"아, 여자분이셨어요? 어쩐지. 그건 조금 작게 나온 거니까 37사이즈면 되겠네요."

"아니, 저 녀석……."

"네?"

"그게…… 남잡니다."

그 당연한 사실을 입에 올리는 게 왜 이리 힘든 걸까. 한참 만에야 쥐어짜 내듯 대답한 윤조가 표정을 굳히자 점원이 당황한 듯 입을 가렸다.

"아, 죄송합니다. 예쁘장하게 생기신 분이라서 긴가민가하다가 그만……. 그, 그럼 일단 여기 있는 건 좀 작으니 얼른 찾아오겠습니다. 잠시만 기다려 주세요."

재빠르게 사과한 점원이 사라졌지만 윤조는 한동안 그 자리에 멈춰 있었다. 남성용 디자인보단 묘하게 여성용 디자인이 잘 받는 몸매였지만, 남자 놈들 중에도 간혹 그런 녀석이 있다는 걸로 납득하려 했다. 그런데 또 납득이 가지 않는 숫자다. 그에 쐐기를 박듯 이어진 점원의 말에 뒤통수를 한 대 후려 맞은 기분이 들었다. 하지만 세상엔 별별 사람이 다 있지 않은가. 상식과 이성을 갖춘 인간이라면 그 다름을 '쿨'하게 인정하고 넘어가는 게 바람직한 일이다.

윤조의 시선이 제 손바닥으로 향했다. 여느 때와 다를 바 없는 손바닥을 보며 어젯밤 제가 저지른 그 엉뚱한 짓과 흔적도 없이 판판했던 곳을 떠올리자 헛웃음이 났다.

'진짜 미쳤다.'

있을 리 없는 일 따위에 몰두하며 열을 내는 건 분명 그런 거였다.

많은 사람들로 가득한 촬영장에서 다 큰 녀석이 행여 길을 잃을까 걱정하는 것. 점차 다듬어지는 과정 내내 멍하니 저를 바라보고 있는 시선을 의식하게 되는 것도. 보통 사람이라면 눈을 뜨고 있기도 힘들 조명과 플래시의 홍수 속에서, 굳이 그 바깥세상의 누군가를 찾아내고 그 표정을 살핀다는 건……. 분명 미친 짓이었다.

5화.
노예, 돈지랄에 쓰러지다

이른 새벽. 조심스럽게 방 안에 들어간 제경이 문 쪽을 흘깃 바라보곤 잽싸게 옷을 벗었다. 그리고 거울 앞에서 몸을 틀며 조끼의 상태를 확인했다. 오늘도 여전히 안녕하다.

"후…….. 이 짓도 정말 못해 먹겠네."

다시 문을 확인한 제경이 미리 준비해 둔 티셔츠를 덮어쓰며 한숨을 푹 내쉬었다. 바로 어제 오후까지 서울에 있었다는 게 믿기지 않을 만큼 순식간에 일상으로 되돌아와 있었다.

"황제경 출세했네. 헬기를 다 타 보고."

서울에서 숙소인 펜션에 도착하기까지 소요된 시간은 고작 두 시간. 내심 다음 날의 촬영 스케줄을 걱정했던 게 무색할 지경이었다. 잠시 허탈하게 웃던 제경은 제 손으로 벽에 장식해 둔 —보관이 아니고 장식이다— 옷으로 눈을 돌렸다. 세탁소에서 얻은 비닐로 곱게 포장까지 해 걸어 둔 티셔츠와 청바지였다. 도무지 제 개념으론 이해할 수 없는 짓이지만 더, 납득하지 못할 가격을 생각하면 입고 다닐 자신도 없었다.

"무슨 이딴 게 진짜…… 동대문에 가면 비싸 봐야 만 칠천 원이면 사 겠구만."

고개를 절레절레 젓던 제경의 머릿속엔 언뜻 보았던 택의 동그라미 숫자가 가물가물 떠올랐다. 그 청바지가 만 칠천도 아니고, 17만도 아닌 170만이란 걸 알았을 때 이미 그녀의 사고는 정지되었다. 그렇게 윤조가 집어 건넨 물건들을 안은 채 휘청거리며 뒤따랐고, 그 상식 밖의 세상을 나올 무렵엔,

'다 해서 1천 68만 원입니다.'

마치 16,800원이요, 라고 말하는 듯한 점원의 해맑은 목소리가 귀에 콱 박혔다.

'네, 상품 들고 고개는 이쪽으로. 네, 좋습니다! 그리고 뚜껑 열고! 천천히 입술에다. 오케이, 좋습니다.'

이어진 기억은 포토그래퍼의 목소리와 바닥을 쿵쿵 울리는 음악 소리로 시작되었다. 강한 조명 속에는 아까와는 또 다른 세상이 열려 있었다. 그의 손에 서서히 열린 케이스가 바닥에 떨어지고 모습을 드러낸 립스틱이 천천히 그의 입술 위를 스치는 광경을 떠올린 순간, 제경은 저도 모르게 흠칫하며 몸을 떨었다.

나른한 미소가 맺힌 입술 위로 뚜렷하게 번진 붉은색. 섹시함을 넘어선 기묘한 느낌이었다. 마치, 이 세상에 존재하지 않는 어떤 것처럼. 그러나 아이러니하게도 그는 그 무엇보다도 눈에 띄는 존재였다.

많은 사람의 손길로 다듬어진 윤조는 그야말로 심혈을 기울여 완성시킨 예술작품이라 해도 과언이 아니었다. 자연스럽게 헝클어져 이마를 가린 머리카락. 새하얀 니트에도 묻히지 않는 고운 피부가 빛을 낸다. 거기에 자연스럽게 피트 되는 라인의 연한 청바지를 입은 그가 맨발로 성큼 걸어 들어가 블루 스크린 앞에 섰을 땐……. 강제로 머리와 시선의

방향을 고정당한 것처럼, 그렇게 그를 바라봤었다.

절레절레 고개를 저어 생각을 떨치자 이번엔 검은 상자가 눈에 들어왔다. 반대편을 보며 겹쳐진 C 자. 그 낯익지만 낯선 로고와 함께. 슬쩍 뚜껑을 열어 보는 제경의 입가에 미묘한 웃음기가 어렸다. 딱 한 번 신었던 운동화가 곱게 놓여 있었다.

'저 사람이…… 그 윤조가 나한테 샤넬을 줬어.'

샤넬에서 운동화가 나온다는 것도, 그 운동화를 남자도 신을 수 있다는 것도 그날 처음 알았던 거 같다. 소설과 드라마에서나 봐 왔던 돈지랄을 라이브로 보고, 심지어 저 자신이 그 돈지랄의 대상이었다. 그것도 꿈에서도 만나기 힘든 대스타 윤조가 직접 골라 준…….

생각만으로도 가슴이 터질 것 같은데…… 이상하게 기쁘지가 않다.

'남자가 남자한테 돈지랄을 한 거라 그런가?'

제가 생각해도 기가 막히는 상황이었다. 절로 헛웃음이 날 만큼. 그리고 문득 뭔가를 떠올린 제경이 주머니를 뒤졌다. 민수가 전해 준 피임약이 손에 잡히자 시선이 절로 방문을 향하다 돌아왔다.

'이게 정말 효과가 있으려나.'

지금껏 먹어 본 적도 없고 먹으려는 시도조차 한 적이 없기에 그런 걱정은 당연한 것이었다. 그리고 어젯밤, 제경은 혜미와의 통화에서 이미 같은 질문을 했었다.

[그래, 적어도 먹는 동안엔 안 하는 거 확실하다니까. 제대로 피임까지 하려면 생리 시작하자마자 먹어야 되지만.]

움찔.

괜스레 찔끔한 제경은 황급히 상자 안에 피임약을 집어넣었다. 딱히 몰라도 되는 이야기를 굳이 입에 올리는 심리야 뻔했다. 절대 웃을 일이 아닌데 수화기 너머로 들려오는 웃음소리엔 재밌어하는 기색이 역력했었다.

[그래도 옆에 있으면 또 아니? 좋은 일 생길지. 그러니까 미리 잘 먹어 둬.]

게다가 이 무슨 얼토당토 않는 조언이란 말이냐!

그 순간 불쑥 떠올린 장면은 하필 첫날 욕실에서의 사건이었다. 저도 모르게 확 달아오른 얼굴에 열심히 손부채질을 하던 제경이 상자를 슬쩍 밀어 놓았다.

'미쳤어. 무슨 생각이야. 바보같이.'

있을 리도 없고, 있어서도 안 될 일. 뻔한 장난이란 걸 알면서도 그 말을 듣는 순간, 저도 모르게 윤조가 있을 방향을 훑고 만 제 행동.

[하여간 면역도 없는 게 겁도 없어 가지고.]

왠지 혜미가 마지막으로 붙인 말이 머릿속을 맴돌았다.

줄곧 좋아해 왔던 사람이었다. 보는 것만으로도 넋을 잃고 머리가 멍해지고 마는 그런 사람을 의식하지 않는다면 거짓말. 그건 힘겹게 숨을 내쉬는 지금도 같았다.

'하지만 너무 다르잖아.'

막연히 생각했던 그 화려함을 능가하는 사람. 애초에 단위 개념의 자체가 달라 '재수 없다' 라는 말조차 함부로 할 수 없는 사람. 그렇게 평생을 빛의 속도로 달려도 닿을 수 없는 별처럼…… 멀고도 먼 사람.

"뭘 새삼스럽게. 이미 아는 사실인데."

그래. 잠시 동안 가까이에서 지냈기에. 같은 곳에서 얼굴을 마주 볼 수 있었기에 이 마음이 착각한 건지도 모른다. 그도 자신과 같은 '세상'을 사는 '사람' 이라고.

그 당연한 사실을 굳이 되새겨 보는 건 가질 수 없는 것을 폄하해 보는, 그런 괜한 투정과도 같을 것이다. 이상스레 복잡해진 머릿속에서 유일하게 깨달은 제 심리는 그랬기에, 제경은 허탈하게 웃을 수밖에 없었다.

"그러게요. 거기다 액션물이니. 어찌 보면 지금 이렇게 된 게 차라리 다행인 거 같아요."

씩 웃던 재준이 차 문을 열고 나갔다. 다행이라. 어쩌면 자신이 관리하는 배우가 부상이나 외모가 상할 위험에서 벗어난 지금, 재준의 입장에선 당연할지도 모른다. 더운 햇살 속에 발을 내디딘 윤조의 시선도 구름 한 점 없이 맑은 하늘로 향했다. 앞으로도 이런 날은 이어질 것이고, 꽤 어려운 촬영들이 끝도 없이 이어질 것이다.

"잘 하려나 모르겠네."

"네? 뭐가요?"

문득 내뱉은 말에 재준이 되묻자 윤조는 조금 당황했다. 그제야 제경의 생각으로 머릿속이 가득하단 사실을 깨달은 탓이었다.

"아니…… 영감 말이야. 어지간히 사람 굴려 먹는 타입이잖아."

"그렇기야 하죠. 아, 그러고 보니 모레 형이랑 제경이 같이 추격 씬 있죠?"

"넌 매니저라는 놈이 내 일정도 제대로 몰라?"

"아니 어차피 형은 알아서 잘 챙기시잖아요."

"그래서 지금 월급루팡 인증하냐?"

"아, 형……."

재준이 억울해 죽겠다는 표정으로 울먹였다. 그러더니 자신이 얼마나 고생하며 보필해 왔는지 줄줄 읊다 한숨을 푹 내쉬었다.

"아무튼 저한텐 형이 더 문제지, 제경인 걱정할 거 없어요. 그보다, 이거 아세요?"

걱정은 무슨 걱정이냐고 쏴 주려는데 재준은 갑자기 질문을 했다. 그러더니 블라블라 묻지도 않은 말들을 늘어놨다. 어떤 운동을 얼마나 잘 하는지, 뭘 얼마나 배웠는지. 주변의 평판이 어떤지…… 윤조는 묵묵히 입을 다물어 버렸다. 그 이야기를 늘어놓는 상대가 재준임에도 그 입에서 자신이 몰랐던 이야기가 흘러나오는 게 썩 유쾌하지 않았다. 제가 보고 알아 왔던 모습과의 괴리감. 저는 알 수 없었던 녀석의 모습들…….

이상하게 찝찝한 느낌을 누른 채 현장에 도착했다. 마침 씬 하나가 끝나고 다음 촬영 준비로 분주했다. 슬슬 중요하고 어려운 촬영들이 줄을 이어선지 모두들 다소 긴장한 표정이었다. 심각한 얼굴로 모니터링 중인 안 감독에게 다가서자 마침 그를 발견한 조연출 윤경호가 잽싸게 튀어 왔다.

"어라? 무슨 일이세요? 이렇게 일찍? 윤조 씨 촬영은 점심 이후에나……."

"신경 쓰지 마세요. 그냥 날씨도 좋고 해서 온 거니까."

차분한 윤조의 목소리에 윤경호는 불안한 듯 표정을 굳혔다. 언제나 칼처럼 제 시간에 나타나 제가 할 일만 하고 사라지는 존재가 아니었던가. 그나마도 남의 탓으로 스케줄이 틀어지기라도 하는 날이면 당장 어둠의 아우라가 좍좍 퍼져 나오는데 신경 쓰지 말라니.

'더 신경 쓰이잖아.'

"어? 왔어? 참, 진상쇼는 언제 나온대? 소식 없어?"

마침 뒤를 돌아본 안 감독이 태연하게 물었다. 윤조가 눈살을 찌푸리자 안 감독은 알겠다는 듯 껄껄 웃음을 터뜨렸다.

"그래, 그렇게 이슈 좀 끌어 줘야 한다니까. 으하하, 별거 아닌 거 같아도 중간중간 방송 노출해 주는 거 무시 못 해."

"뭘 하고 온 줄이나 알고 그런 소릴 하시나."

"내가 그걸 모르겠냐. 또 심통 부리고 왔겠지. 국민들만 모르는 우리 윤조 성깔 부리기. 그런 의미에서 지난번 그 인터뷰도 아주 좋았어. 어떻게든 일단 관심만 끌면 되는 거라고. 범죄만 아니면 된 거야."

"안 됐지만 그 인터뷰는 방송 안 나갑니다."

"에? 그래? 하긴. 그나저나 레이 강 앞에서 윤조가 말 곱게 했을 린 없을 테고, 그것도 싹 다 편집되겠지? 에잉. 내 눈으로 못 본 게 아쉽네."

안 감독이 아쉽다는 듯 또 낄낄거렸다. 그 순간 어디선가 와, 하고 웃음소리가 터져 나왔다. 세 사람의 시선이 동시에 웃음소리가 나는 곳을 향했다. 좁은 흙길과 옹기종기 모인 옛 건물들 사이에 한데 몰려 있는 사람들이 눈에 들어왔다. 막 분장을 마친 보조출연자들과 건장한 스턴트 팀원들이 우르르 몰려 떠들고 있는 현장이었다.

"아, 제경 씨 있어서 그렇구나. 그러고 보니 아침부터 종일 연습하는 거 같더라구요."

윤경호의 말대로 이미 분장을 끝낸 한 조연배우와 방금 연습했던 동작을 슬로우 모션으로 재현해 보이는 제경의 모습이 보였다. 그러다 금세 익살스러운 모습으로 장난을 치고 무술감독으로 보이는 사람에게 지적을 당하는 모습이 이어졌다. 장난을 친 녀석이나 구경을 하는 사람이나. 모두가 뭐가 그리 즐거운지 웃음소리가 끊이질 않았다.

"어리버리해 가지고 제대로 하기나 할지."

"무슨 소리야. 내가 고른 놈이야, 당연히 잘하지."

안 감독이 정색을 하며 단언했다.

"집에서 뭐 하는 걸 보면 영 믿음이 안 가서요."

그 순간 윤조를 바라보는 윤경호의 표정엔 답답한 기색이 어렸다. 당신 눈앞에서 편하게 지낼 사람이 있는지 궁금하다고 묻고 싶은 얼굴이었다.

"요샌 신인배우들도 다들 배우 병 걸려서 난린데 저리 순수하게 현장 좋아하는 배우도 드물어요. 무술감독님도 굉장히 마음에 들어 하시더라구요. 동작이 매끄럽고 몸이 유연해서 일단 보기가 좋다고."

"그래, 암튼 사람은 잘 봤어. 웬만하면 대역 안 써 주는 것도 좋은 일이고. 일단은 스턴트맨이 아니고 배우니까. 같은 걸 해도 보여 주는 걸 생각하지 않으면 안 되거든. 그런 면에서 타고났지. 딱 외모부터가 봐.

아주 우리 의석이 하라고 태어난 놈 같지 않아?"

"그것뿐입니까? 지금도 그렇지만 요즘 제경 씨만 와도 현장 분위기가 달라요."

"맞아요, 제경이 숙소에서도 잘해요. 형이 괜히 구박하느라 하는 소리지."

그 칭찬 릴레이에 재준까지 끼어들었다. 인사성 바르고 성실한 제경의 태도는 촬영장 내에서 꽤 반응이 좋았다. 그런 녀석이 왠지 기특한 반면, 왜 제 기분이 들뜨는 건지 알 수가 없어 찜찜해진 윤조가 팔짱을 꼈다.

"어? 선배님! 언제 오셨어요?"

그리고 그를 발견한 제경이 반갑다는 듯 환하게 웃으며 뛰어왔다. 저도 모르게 미소를 지으려던 찰나, 용건은 그걸로 끝이었는지 제경은 냉큼 윤경호에게 눈을 돌려 버렸다.

"지금 식사 시간 되지 않았어요? 무술감독님이 오후 일정 좀 알아 오라시던데……."

"그럼 일단 식사부터 하죠. 참, 오늘 강우빈 씨 팬클럽에서 밥차 왔거든요. 재밌을 거예요."

"우와, 우빈 형 팬클럽이요? 그런 건 뭐가 다른 거예요?"

제경의 태도는 둘째 치고라도 반갑지 않은 소리에 윤조는 절로 윽, 하고 인상을 썼다. 아이돌 출신으로 극성스럽기로 이름난 강우빈의 팬들이다. 얼마나 요란한 짓을 저질렀을지 상상만 해도 끔찍했다. 아니나 다를까.

—경축! 첫 영화 데뷔! 지켜보고 있겠다, 강우빈. From 수호천사.

현란한 플랜카드의 기가 막힌 문구를 대하다 보니 제 얼굴이 화끈해질 만큼 더워졌다. 오늘의 점심은 강우빈의 팬클럽 '엔젤'에서 제공한 뷔페였다. 휘황찬란하게 꾸며 놓은 식당과 곱게 전시해 둔 음식들까진 봐 줄 만했지만 멀쩡한 음료 뚜껑에다가 '사랑해요, 강우빈. 우유빛깔, 강우빈.' 따위의 유치한 문구를 새겨 놓은 걸 보니 입맛이 싹 사라졌다.

"와, 맛있겠다."

그 와중에 신이 난 제경의 목소리가 들려왔다. 고기집 앞에서 침만 흘리다 죽은 귀신이라도 씌었는지 녀석의 접시 위엔 온통 고기, 고기, 해산물, 고기뿐이다. 영양균형 따위는 전혀 생각하지 않는 몰상식한 녀석의 접시에 잔소리를 하려다 꾹 참은 윤조가 한쪽을 가리켰다.

"야, 떡. 저쪽 자리……."

"강 선배님!"

그런데 눈앞에 있던 녀석은 갑자기 우빈을 향해 손을 흔들더니 제 접시를 들고 쪼르르 가 버렸다. 그만 멍하니 바라보고 말았다. 워낙 순식간에 일어난 일이고 낯선 일이라 미처 대응할 새가 없었다.

"우와, 선배님 좋으시겠다. 저 이런 거 소문으로만 들어 봤지 눈으로는 처음 봤거든요. 기분이 어때요?"

왜 저 녀석은 저기서 그렇게 웃고 있는 거야. 이해할 수 없는 상실감에 기가 막혀 웃음이 나왔다. 뭐지. 저런 놈한테 왜 뜬금없이 이런 생각을 하는 건데.

"형, 저기 빈자리 있네요."

어느덧 제 접시를 채운 재준이 와서 팔을 당겼다. 그제야 정신이 든 윤조가 눈을 돌렸다.

"이야, 제경이 아주 신났네. 평소에도 우빈 씨랑 꽤 친해 보이더라구요. 둘이 이미지가 닮아서 그런가 꼭 형제 같지 않아요?"

"닮긴 뭐가."

"잘 웃고 서글서글한 거요. 제경이 입장에서야 저렇게 예뻐해 주는 선배가 훨씬 낫죠."

이상하게 비교하는 듯한 재준의 말이 괘씸한 것도 잠시. 성큼 걸음을 뗀 윤조는 어느덧 두 사람이 나란히 앉아 있는 식탁의 맞은편으로 향했다. 한창 뭔가 이야기 중이었는지 우빈의 나직한 목소리가 들려왔다.

"그래도 안 감독님, 너무 믿지 마. 물론 나쁜 분은 아니고 문제 있는 분은 더더욱 아닌데……. 뭐, 촬영 들어가 보면 알 거야. 열정이 너무 많은 사람이라고 해야 하나."

"아……."

심각하게 듣고 있던 제경이 고개를 끄덕였다. 물론 우빈의 말이 틀린 건 아니었다. 목표한 것이 있다면 서슴없이 누구든 도구로 써 버리고도 남는 안 감독의 이야기는 이미 영화계에선 자자한 화제였고, 기회가 있다면 저도 그런 이야길 해 줬을지도 모를 일이었다. 하지만 윤조는 지금 눈앞에 앉아 있는 두 사람의 모습 자체가 이상하게 거슬렸다.

"식사하는 자리면 얌전히 밥이나 먹지?"

"아, 언제 왔어요?"

멋쩍은 표정을 짓던 우빈이 물었지만 윤조는 대답도 하지 않고 곧장 두 사람의 맞은편으로 앉았다. 그 적대감 어린 태도에 당황한 건지 우빈이 어색하게 웃었다.

"왜 그래요? 좀 웃지. 선배들이 좋은 모습을 보여야……."

"선배도 선배 나름이지. 좋은 걸 가르쳐야 선배 소리 들어도 부끄럽지 않은 거고."

그 순간 우빈의 얼굴에서 그 어색한 미소마저도 사라졌다.

"아참, 윤 선배님은 식사 다 하신 거예요? 이, 일단 식사부터 하시고…… 이거 되게 맛있어요."

그리고 자연스럽게 끼어든 제경이 처음으로 제 얼굴을 보고 웃었다. 하지만 그 웃음의 의미는 너무 뻔했다. 싸운 친구들을 화해시키려는 오지랖 넓은 반장의 웃음. 아니, 제 친구를 괴롭히는 악당을 적당히 구슬리려는 시도.

그렇다면 녀석이 지키고 싶은 쪽은…….

헛웃음이 났다. 생각해 보면 이번 영화로 인해 잠시 함께하는 타인에

불과한 녀석이 아닌가. 그런 녀석이 제 뜻대로 움직여 줄 거라 생각한 것부터가 어불성설이었다. 그러니 그 행동 하나하나에 의미를 부여하고 기분이 오락가락하는 건 분명 정상이 아니다.

"너 생각보다 제법 머리 좋다? 하긴, 이 바닥에선 그렇게 잘 비비는 놈들이 성공하긴 하지."

그 순간 제경이 흠칫 몸을 굳혔다. 그래. 원래부터 마음에 들지 않은 녀석의 기분 따위야 알 게 뭔가. 입술을 비틀던 윤조가 천천히 말을 이었다.

"그런데 같잖게 살랑거리는 거 별로 보기 안 좋거든. 남들 역겹게 하면서까지 줄 설 거면 동아줄인지 썩은 줄인지 확인은 잘해야지. 제대로 추락해서 떡 되기 전에."

"그, 그게 아니라, 우빈 선배는 절 걱정해 주신 건데……."

"걱정? 글쎄. 그게 정말 널 걱정해서 한 소릴까? 그렇게 맘 놓고 믿을 만큼 좋은 사람은 세상에 별로 없어. 특히나 이 바닥엔."

"왜 그래요? 사람 앞에 두고 못 하는 소리가 없네. 톱스타 되면 다 그렇게 할 말 못 할 말 못 가리는 겁니까?"

"직접 확인해 봐. 몇 년이 걸릴진 모르겠지만."

더 말을 잇지 못한 우빈이 표정을 딱딱하게 굳혔다. 그렇게 끼어들려는 우빈을 무참히 뭉개 준 것으로 속이 개운해지려는 순간,

"잘못했어요. 제가 잘못했으니 그만…… 하세요, 선배님."

기어들어 가는 제경의 목소리가 들려왔다. 그야말로 고래싸움에 지친 새우처럼 침울해진 얼굴에 어쩐지 가슴이 뜨끔해진 윤조가 저도 모르게 손을 뻗으려다 멈칫했다. 그보다 먼저 우빈이 녀석의 등을 토닥거렸다.

"후배 앞에서 이러지 맙시다. 제경아, 네 탓 아니야. 괜찮으니까 신경 쓰지 말고 먹어. 배고프겠다."

마치 제 시선에서 녀석을 보호하겠다는 것처럼 감싸는 우빈의 태도야

아무래도 좋았다. 그런 우빈을 바라보며, 그에게 더 걱정을 끼치지 않기 위해, 제경은 그가 쥐여 주는 대로 포크를 받아 들었다. 그 모습에 절로 입이 열렸다.

"먹는 꼬락서니하고는. 뭐가 몸에 좋은지 정도는 생각하고 먹어. 아무 거나 보기 좋다고 덥석덥석 물지 말고."

그제야 제경이 그를 바라봤다. 아무것도 모르겠단 표정으로, 그저 불편한 걸 참고 바라보는 듯한 그 눈빛이 싫었다. 그 순간 그의 입가에 어린 비웃음이 누구를 향한 건지 알 수가 없었다.

"이거 알아? 지금 네가 먹고 있는 새우. 그거 바퀴벌레가 해안가에서 살다가 진화한 거야. 그 더듬이의 우아한 곡선이랑 촘촘한 다리 말이야. 똑같지 않나?"

잠시간의 정적. 그리고 갑자기 창백해진 제경이 황급히 입을 가렸다. 제아무리 뱀술을 마시고도 멀쩡했다지만 이건 그것과는 또 다른 충격일 것이다.

"아니야, 절지동물이란 거만 빼면 완전히 다른 생물이야, 토끼랑 사람만큼 다르다고. 야, 먹고 있는 사람 앞에서 그런 말을 하면 어떡해?"

재빨리 끼어든 우빈이 그를 타박했지만 윤조의 시선은 끝내 제경에게서 떠나질 못했다. 참 이상했다. 평소라면 분명 이쯤 해서 기분이 풀려야 하는데 도무지 나아지질 않았다. 뭐 하나 마음에 드는 구석이 없는 놈. 쓸모없는 놈이다.

"음식 남기면 지옥 간대. 꼭꼭 씹어서 남기지 말고 다 먹어."

보란 듯이 제경의 접시에서 새우 하나를 집어낸 윤조는 그대로 입에 넣으며 돌아섰다.

♠   ♠   ♠

"형, 오늘 되게 피곤해 보이시네요."

재준의 예리한 말이 귓속을 파고든다. 그 말이 아니라도 소파에 몸을 붙이자 꼭 그대로 빨려드는 기분이 드는 게 이상하게 피곤한 날이라고 생각하던 참이었다.

"조금."

피곤한 거야 당연했다. 야간 촬영이 시작되었고, 오늘은 또 이른 아침부터 풀로 그의 분량이 가득했으니까. 두어 시간 기다렸다 촬영을 하고, 또 삼십 분을 기다리고 하는 게 반복되다 보니 쉬는 게 쉬는 게 아닌 기분이었다. 하지만 주연 배우에게 이런 일 따윈 비일비재하지 않았던가. 역시나 재준이 물었다.

"어디 몸 안 좋으신 건 아니죠?"

"그럴 리가 있냐."

그 순간 슬쩍 비어져 나온 비웃음은 재준의 질문 탓이 아니었다. 그 피곤함의 원인을 떠올린 순간, 윤조의 머릿속은 이미 잔뜩 삐쳐서 이틀째 눈조차 마주치지 않으려 드는 제경의 모습을 그리고 있었다.

'사내자식이 뭘 그딴 일로 삐치고 난리야.'

정말 새우 때문에 삐친 거라고 해도 우습고, 그런 제경의 태도를 하나하나 신경 쓰는 자신도 우습다. 심지어 씻으러 들어간 녀석이 언제 나오나 조바심을 내며 욕실 쪽을 흘깃거리는 꼴이라니. 그 기막힌 현실을 깨달으며 눈을 돌리는데 갑자기 쿠당탕 소리와 함께 녀석이 등장했다.

"서, 선배님! 선배님 큰일 났어요!"

게다가 순식간에 눈앞까지 닥쳐왔다. 아니, 아니다.

"으아!"

뭔가 통, 하고 부딪친 소리가 난 것 같았는데 꼭 주마등을 보는 것처럼 세상이 느려지고, 녀석은 제 눈앞으로 느릿하게 기울고 있었다. 무슨 상황인지 의식도 못 한 채 윤조는 반사적으로 몸을 뒤로 뺐다. 그 순간,

녀석은 풀썩 하고 그의 무릎 위에 엎어졌다.

아, 제기랄.

녀석의 머리카락에 맺힌 물기마저 지나치게 또렷하게 보이는 이 현상은 뭔가. 젖은 머리카락 아래 허옇게 드러난 목덜미. 그 와중에 훅 끼치는 샴푸 향은…….

"뭐, 뭐하는 거야!"

누구한테 하는 말인지도 모를 소릴 외치며 황급히 다리를 버둥거리자 그 서슬에 굴러떨어진 제경이 아얏, 하고 비명을 질렀다. 그 순간 심장은 또 왜 죄어드는데!

"괜찮냐?"

"아윽, 지금 그게 문제가 아니고. 아야, 발가락 아……."

아프다는 건 발가락이었나 보다. 저 탁자에 부딪친 건가? 중요한 건 아니다. 그 와중에 제경이 들고 있던 휴대폰을 바짝 들이밀었다.

"크, 큰일 났다구요! 지금 인기 검색어 1위가…….”

윤조는 무심결에 그 휴대폰을 받아 들었다.

1. 레이 마약

2. 윤조 레이

3. 진상쇼

…….

"뭐야, 왜 내가 1위가 아닌데?"

"으아! 내가 미쳐! 지금 그게 중요해요? 그걸 따질 때냐구요!"

레이 따위에게 밀린 게 중요하지 않다니. 기분이 확 상하려는 찰나에 문득 뭔가 중요한 사실을 떠올렸다. 그러고 보니 이 자식. 잔뜩 삐친 척 하더니…….

'날 검색하고 있었네?'

그의 입가에 묘한 웃음기가 배었다.

—윤조 미쳤냐긔. 어떻게 저런 말을 막 하긔? 정신 나간 거 아니냐긔.

—저렇게 안 봤는데 대박이네요. 레이 강 소문이 암만 안 좋았어도 그렇지. 사이 안 좋다고 한 것도 농담은 아닌 거 같아요.

—내 친구 언니가 드라마 백의전쟁 때 스태프였는데 그때부터 윤조 스타 부심 쩔었어요. 다들 알죠? 윤조 그 드라마가 데뷔작인 거. 그런데도 그 모양. 오죽했겠냐능.

—개념 없으니 음습체. 윤조 원래 저랬음. 몰랐음? 스폰서 물어서 잘된 케이스.

"아, 어떡해!"

거실 탁자 앞에 주저앉아 내내 휴대폰을 들여다보던 제경이 결국 비명을 질렀다. 한 연예커뮤니티 사이트에 들어가 윤조라는 이름으로 검색을 한 결과들이었다. 의혹과 억측이 난무하는 게시물들은 이제 더 클릭하기조차 무서웠다.

"형, 이거 어, 어떡하죠? 네?"

재준은 답이 없었다. 대신 그의 노트북에선 한 시간 전에 끝난 진상쇼가 다시보기로 재생 중이었다. 영혼이 나간 표정으로 노트북을 들여다보는 재준과 별 관심도 없다는 듯 소파에 푹 기대앉은 채 다리를 꼬고 있는 윤조의 모습이 묘하게 대비를 이뤘다.

[윤조 씨도 이제 좀 한가하시겠어요. 액션스쿨에 더 안 다니셔도 된다면서요.]

레이 강의 목소리와 함께 무표정한 윤조의 얼굴이 화면에 가득 찼다. 오금이 저리는 무표정이란 게 뭔지 여실히 보여 주는 장면이었다.

[아, 이번 암행어사 작품에서 처음으로 액션 씬을 하신다고 들었는데, 벌써 다 마스트를 하신 겁니까?]

[액션에 마스트가 어디 있습니까? 안 하게 됐으니까 필요가 없는 거

죠. 액션 씬 다 짤리고 신인한테 넘어간 모양이던데요? 그렇죠? 윤조 씨?]

[네, 그렇죠. 아무래도 액션 씬을 하다 보면 외모가 망가지는 경우가 많지 않습니까? 많은 팬분들께서 그걸 별로 원하진 않은 거 같아요. 잘 됐다고 생각하고 있습니다.]

분명 그 입에선 잘됐다는 말이 나왔는데……. 하얀 이를 드러내며 상큼하게 웃는 얼굴이 이리 무서워 보일 수가 있냐. 꼭 그 화면 속의 윤조가 저를 노려보는 것만 같아 제경은 잽싸게 눈을 깔았다. 이어지는 장면을 더 볼 수가 없었다.

[……그럼 마지막으로 인사 한 말씀 부탁할까요?]

[네, 그러죠. 우리 영화…… 암행어사. 길게 설명하지 않겠습니다. 윤조, 그리고 안효중 감독. 마지막으로 끝내주는 비밀병기. 이 정도면 입질 오죠? 그럼 촬영 잘 마치고 곧 영화관에서 뵙겠습니다.]

다른 사람이라도 된 것처럼 여유 있게 미소를 띤 윤조가 카메라를 향해 손을 흔들어 보였다. 그리고 자연스럽게 자리를 벗어났고, 화제는 다음 이야기로 넘어갔다.

"잘 끝났네. 뭘 난리야."

그리고 진짜 윤조가 그녀의 뒤에서 중얼거렸다. 휴대폰을 든 채 바들바들 떨고 있던 제경이 기막혀하며 뒤를 돌아봤다.

"잘 끝나긴 뭐가 잘 끝나요! 지금 선배님 악플 달린 거 안 보이세요? 지금…… 아! 내가 미쳐, 진짜! 재준이 형! 이렇게 방송 나가 버렸으면 이거 진짜 빼도 박도 못 하는 거 아니에요?"

재준을 붙잡고 흔들어 봤지만 그는 여전히 코마상태. 답답해진 제경이 다시 뒤를 돌아봤지만 윤조는 아주 태연한 얼굴로 소파에 앉은 채 그녀를 바라보고 있었다. 심지어 뭔지 모르게 흐뭇한 미소까지 띤 얼굴이었다.

"글쎄. 난 별로 상관없는 일인데?"

"네? 어떻게 상관이 없어요?"

"일단 대놓고 약 한 거라고 떠든 것도 아니고, 그 의심을 받고 있던 건 어차피 강냉이 자식이고. 난 그저 선량하게 의혹만 제기한 사람이잖아. 그리고 자꾸 스캔들 기사 나 봐서 잘 아는데, 이런 건 그냥 입 다물고 씹는 게 최고야."

아, 왠지 이 순간. 수화기 너머로 들려온 김현주의 사자후가 떠오른 건 뭐다?

[뭐? 뭐가 문제냐고? 아나, 이 똥통에 처박아 발효 된장을 만들어 버릴 새끼! 전 국민 앞에서 니 지랄 같은 성미 다 보여 주고 뭐? 주둥이로 족구하고 앉아 있네, 이 식빵 새끼가! 통으로 구워 버려도 시원찮을 새끼야!]

적절한 쉐킷쉐킷 라임과 함께 구구절절 맞는 소리들이 이어졌지만 그는 귓등으로도 듣지 않았다는 게 함정. 어질어질, 머리가 무거워 그대로 탁자로 떨어지기 일보 직전이다. 아, 이 빌어먹을 대스타님아! 지금 이게 스캔들이랑 비교가 되는 일이냐고요!

'증거도 없는 스캔들 따위야 캐 봤자 별게 없으니까 댓글 몇 개로도 묻어 버릴 수 있는 거지…… 저 바보!'

불현듯 그가 그녀의 '윤조 오빠'였던 시절. 키보드 앞에서 그의 결백을 부르짖던 과거가 눈앞을 아른거렸다. 으아! 손가락을 확 잘라 버릴 수도 없고!

"선배, 이건 방송에서 그런 말을 해 버린 거잖아요. 전 국민이 다 봤어요. 게다가 지금 레이 강 씨 곤란해진 거 아니에요? 농담이라고 뒤에 덧붙여 주기만 했어도 아니, 애초에 선배님이 조금만 조심하셨어도 될 일이잖아요."

"뭐야, 너 지금 누굴 걱정하는데?"

갑자기 그의 얼굴에서 미소가 싹 사라졌지만, 알 게 뭔가.

"영화 개봉도 하기 전에 주연배우가 그렇게 욕먹는데 이게 지금 보통 일이냐구요!"

"보통 일은 아니지."

정신을 차린 재준이 끼어들었다.

"현주 누나 전언입니다. 내일모레 연예중계석 이희선 씨랑 인터뷰 스케줄 잡혔어요. 이번 인터뷰 잘해서 무마해 보랍니다. 이희선 씨 측에서도 협조 잘하겠다고 했구요. 대신에 조건 달았습니다. 인터뷰랑 촬영 모습뿐 아니라 우리 숙소 취재까지 하시겠답니다. 좋은 장면 부탁한다고 전해 달랍니다."

"뭐? 이게 진짜, 누굴 어디다 들이라고, 장난해?"

"전 그럼 바람 좀 쐬고……."

자리에서 일어나는 재준의 얼굴이 10년쯤 늙어 보였다. 하지만 잔뜩 심기가 불편해진 윤조의 다음 말은 가차 없었다.

"난 두 번 말 안 한다. 그 여자 해결해라, 김재준."

"……."

오늘만큼은 진심으로 재준이 불쌍했다. 제경은 비 맞은 모기처럼 휘적거리며 나서는 재준을 안타깝게 바라봤다.

"……진짜 해도 해도 너무하네."

"뭐가."

인지하지 못한 새 내뱉었다는 걸 깨달은 제경이 흠칫하며 돌아봤다.

"아, 아니 그게 그냥……."

"뭐가 그리 해도 너무하는데? 내 얘기야?"

발뺌하기도 틀렸다. 아주 정확하게 들은 모양인지 윤조가 똑바로 그녀를 쏘아보고 있었다. 난처해진 제경이 입술을 깨물자 윤조는 착 가라앉은 목소리로 말을 이었다.

"그런 식으로 말하다 마는 거 짜증나. 대놓고 할 자신 없으면 욕하지도 말아야지. 네가 지금 하는 짓이 저 익명에 가려져서 막말 지껄이는 놈들이랑 같은 거 알아?"

그 말이 틀린 건 아닌데 왠지 화가 났다. 숨어서 하는 막말이나 대놓고 하는 막말이나. 상대에게 상처 주는 건 같다. 그 상처가 크건 작건, 아픈 건 아픈 거라는 걸 왜 모를까.

"그러네요. 제가 실수했어요."

어차피 내뱉은 이상 집어삼킬 수도 없다. 어설프게 무마할 바엔 차라리 할 말을 하자. 그렇게 생각한 제경이 똑바로 윤조의 얼굴을 바라봤다.

"좋아요, 제가 저 악플러 같은 짓 한 거 인정할게요. 그건 제가 잘못했어요. 하지만 윤 선배님도 여러 사람 힘들게 했다는 거, 알아주셨으면 좋겠어요."

"왜 그렇게 생각해? 사실을 말하는 것도 잘못인가?"

"네, 잘못이에요. 특히 선배처럼 많은 사람한테 영향을 끼치는 사람이면 더욱요. 지금도 보세요. 선배님 말 한마디에 레이 강 씨가 곤란해진 건 물론이고 전국이 들썩거리고 있잖아요. 하다못해 재준이 형도 그래요. 왜 선배가 저지른 일을 형이 치워야 되는데요?"

"그게 걔가 할 일이야. 난 그에 대한 비용을 치르고 있는 거고."

"그래도 그렇지……!"

"말 나온 김에 하는 말인데, 소속사에서 내가 번 돈 중에 얼마나 떼어 가는지 알고나 하는 말이야? 걔네들 그런 일이라도 안 하면 그 돈 값 못해. 나는 편하고, 그 사람들은 일거리가 생기고. 1석 2조잖아."

이 무슨 선진국스러운 개념이야! 기막힌 제경이 목소리를 높였다.

"선배는 배우잖아요! 그것도 주연. 영화 걱정 안 되세요? 앞으로 상황이 어떤 식으로 갈지, 어떤 피해를 입을지 정도는 생각해야죠. 게다가 이 일에 매달리는 사람이 몇이에요? 같이 고생해 온 사람들이 얼마나 있는데……."

"그거야 그 사람들 팔자지. 그리고 그런 거 염두에 없이 일 진행하는 바보들이면 내가 일 못 해. 네가 생각하는 것보다, 그 사람들이 훨씬 프로라고. 무슨 말인지 이해해?"

그러니까 그에겐, 이 모든 게 지극히 당연한 일이었을 뿐이다. 그러니 그녀의 걱정 어린 말도 그저 그의 감정을 긁고 기분을 잡치게 만들 뿐. 허탈해진 제경의 눈에 들어온 건 차가워질 대로 차가워진 그의 표정이었다.

"대체…… 선배님은 왜 배우가 되신 거예요? 그냥 내 연기를 보여 주고 싶어서? 돈을 잘 벌어서? 화려하고 멋지니까?"

"그러게. 태생이 남달라서 가만 둘 수가 없다는데 어쩔 수 없잖아."

"그렇게 태생이 남다르셔서…… 휘두르는 입장이 되면 원래 그렇게 배려심이고 뭐고 없어지는 거예요?"

"그러니까, 왜 내가 그런 생각을 해야 하냐고."

"사람의 말이라는 건 생각을 전하고 감정이 오가는 거예요. 의도가 어떻든 그게 상대의 마음을 상하게 하는 거라면 자제하는 게 정상이잖아요."

그 순간 눈에 띄게 비웃음을 올린 윤조가 물었다.

"그렇게 남 생각하면서 살아서 남는 게 뭔데?"

"선배 정말……."

"사람들은 어차피 다 똑같아. 잘나고 멋진 놈한텐 찍소리도 못 하는 주제에 약하고 가난하고 불쌍한 애들은 입에 올려 씹기 좋아하거든. 겉으로만 불쌍해, 안됐다, 말로만 동정하지 실상은 다 자기 위안이야. 나보다 불쌍한 놈이 있다는 것만으로 희망을 찾아. 아, 난 너보다 낫구나. 너보단 행복하구나. 그런 인간들의 특성이 뭔 줄 알아? 잘해 주면 만만하게 보고 기어오르거나 하지, 짜증나게."

149

철저하게 자기중심적이고 오만한 대답이었다. 하지만 정작 이렇게 그와 싸우는 입장이 되고서도 그의 말이 틀렸다고만은 할 수 없어 섬뜩했다. 저 자신이 그 입장이 된다면. 아무것도 부족하지 않고, 아무것도 바라는 게 없다면…… 저렇게 되지 않을 자신이 있을까?

"위선 떨지 마. 내 눈엔 너도 똑같아 보여."

그의 말대로 위선이 되는 걸까.

내내 독설을 내뱉던 입술이 바로 눈앞까지 와 있었다. 그럼에도 꼼짝할 수 없었다. 아프도록 세게 붙잡힌 팔에 점차 감각이 없어졌다.

화면이 아닌 아주 가까운 곳에서, 비슷한 눈높이로 바라본 그의 눈은 차갑도록 검고 냉정했다. 마치 아무와도 소통하지 못하고, 아무에게도 사랑받지 못해 불신 가득한 눈빛을 보내는 도둑고양이처럼…….

하지만 이런 남자에게 부족한 게 있을 리 없다. 대체 이런 걱정 따윈 왜 하고 있는 건데. 잠시 입술을 깨물던 제경이 다시 입을 열었다.

"알아요. 어차피 이번 영화 끝나면 우린 다시 안 볼 사이고 이런 제가 주제넘는다는 거, 다 알아요. 그러니까 더 터놓고 말할게요."

그 순간 잔뜩 굳어 있던 그의 표정이 미묘하게 바뀌었다. 마치…… 당황하기라도 한 듯.

하지만 이것 역시 그럴 리가 없다.

"이러다 정말…… 선배가 힘들고 괴로울 때 곁에 아무도 없으면 어떡해요. 진심으로 선배를 걱정해 줄 사람이 없으면……. 정말 그래도 괜찮은 거예요?"

어째선지 그는 더 말이 없었다. 네 걱정이나 하라며 비웃고도 남을 질문이었는데, 거실은 한동안 두 사람의 숨소리밖에 들리지 않았다. 잠시 그렇게 바라보던 제경이 힘이 풀린 그의 손에서 팔을 빼냈다. 그리고 아까보다는 조금 차분해진 투로 말했다.

"심한 말한 건 죄송해요. 하지만 저, 오늘 선배님 이런 모습…… 싫어요.

실망했어요. 어차피 제가 그리 생각하든 말든 신경도 안 쓰시겠지만……."

이상하게 목이 메었다. 왜 이렇게까지 나섰던 걸까. 후회스러웠다. 처음 마음먹었던 대로 죽은 듯, 없는 듯 지냈으면 이렇게 속상하고 가슴 아플 일도 없었을 걸. 서로 감정이 상할 일도 없었을 걸…….

"이만 가 보겠습니다."

제경은 그렇게 자리를 박차고 나와 버렸다. 그는 아무 말도 하지 않았다.

♠   ♠   ♠

—윤조는 생긴 거부터 봐도 딱 색기 돋게 생겼잖아.

'잘생긴 게 죄냐? 부러우면 인생 리셋해 보시든가.'

—근데 그 아줌마들 되게 못생겼던데. 윤조 비위도 좋다.

'그게 됐으면 니들이 날 이렇게 못 까지. 멍청이들아. 이 난리 나기 전에 이미 덮었어. 권력의 무서움이 뭔지 모르냐?'

결국 휴대폰의 배터리가 다했는지 화면이 툭 꺼졌다. 눈살을 찌푸린 윤조가 던지듯 휴대폰을 내려놨다. 방송이 나오고 이틀이 지났는데도 인터넷 세상은 여전했다.

"젠장, 아직도 해결 못 하고 뭐 하는 거야."

"기사는 다 내려갔잖아요. 게시판 단속까진 힘드니까 좀만 참으세요."

"그나저나 뭐야 진짜. 왜 소식도 없이 터뜨리고 난리지? 누나가 그걸 몰랐다는 건 말이 안 되는데……. 이거 정부나 국정원에서 쇼 한 건가."

"원래 만만한 게 연예인이죠, 뭐."

이틀 만에 멘탈을 수습한 재준은 시큰둥한 얼굴로 휴대폰 배터리를 갈았다. 이번엔 망할 이니셜 기사 따위도 아니고 그의 본래 성격이 고스란히 드러난 방송이었던 탓에 파장은 상당했다. 하지만 현장의 분위기는 크게 다르지 않았다. 뭘 캐고 싶은 건지, 이른 아침부터 득달같이 달려

온 이희선이 촬영장 여기저기를 돌며 마이크를 들이미는 것만이 평소와 달랐을 뿐.

"잘됐네. 기왕 온 거 뭐 좀 더 거하게 터뜨려 봐. 검색어에 암행어사가 안 올라온다고. 왜 윤조랑 레이 강뿐인데?"

도리어 섭섭해하는 안 감독의 말을 귓등으로 흘린 윤조가 재준에게 카드를 내밀었다. 스태프들에게 간식거리라도 사다 돌리며 걱정 끼친 일에 대해 나름 사과를 할 참이었다. 그의 시선이 자연스럽게 주변을 훑었다. 뭔가를 찾듯이.

"그땐 몰라봐서 죄송했어요. 간단하게 자기소개 좀 부탁드려도 될까요?"

그리고 한 곳에 박혔다.

"아…… 저기 안녕하세요. 화, 황제경입니다."

"어머, 인사가 그것뿐인가요? 요즘 같은 자기 PR시대에. 그럼 제가 질문해도 되죠?"

"네? 네. 하십쇼."

"풋……. 진짜 귀여우시다. 갑자기 군대 말투시네요. 프로필상으론……
27살이신데, 나이 속인 거 아니죠?"

"아, 아닙니다. 맞습니다."

내내 침울하게 굳어 있던 제경은 이희선의 마이크와 카메라 앞에서도 평소 같은 표정을 짓지 못했다. 무슨 일을 시키건 열심이던 녀석이 오늘따라 내키지 않는 듯 대답도 건성이고 카메라를 피하는 기색이 역력했다.

물론 제 앞에서 긴장하거나 말꼬리를 흐리는 경우는 많았다. 하지만 남들 앞에서까지 저러진 않았다는 걸 잘 안다. 새우 사건 때도 삐치긴 했지만 뒤이어 터진 일에 제일 먼저 달려와 제 일처럼 걱정하던 녀석이 아니었던가. 그런 녀석이 오늘은 웃지도 않고 심지어 저를 피해 다니고 있는 꼴을 보고 있자니 이상하게 초조해졌다.

'알아요. 어차피 이번 영화 끝나면 우린 다시 안 볼 사이라는 거……
주제넘는다는 거, 다 알아요.'

아무리 생각해도 이상한 일이었다. 그 말을 들은 순간, 머릿속이 하얗
게 비어 버렸다.

언제든 옆을 돌아보면 녀석이 있고, 종알종알 말을 걸고 웃어 줄 거라
생각했었다. 보기엔 그저 여리고 소심해 눈물이 그렁그렁하다가도 언제
그랬냐는 듯 미소 지으며 다가와 손을 내밀었기에 그런 태도를 당연하게
생각했었다. 그런데 그게 아니었다.

이상하게 초조해졌다. 그 호의는 일시적일 뿐이라는 게 실감났다. 촬
영이 끝나고, 이 영화가 손에서 떠나는 순간, 이 녀석도 함께 사라지는
거였다. 자신의 인생에서.

그 당연한 일을…… 전혀 생각하지 못했다.

자신의 입이 열릴 때마다 점점 기막히단 표정을 짓던 녀석은 결국 울
음이라도 터뜨릴 것 같은 얼굴로 입술을 깨물었다. 사실, 알고는 있었다.
그 생각에 동의하는 사람이 있다 해도, 그걸 입 밖으로 꺼내는 순간만큼
은 누구의 환영도 받진 못하리란 것쯤은.

물론 막말을 한 건 잘못이다. 하지만 저도 감정이 있지 않은가. 그날
은 이미 기분이 잔뜩 상한 상태로 촬영을 했다. 그렇게 기분이 상했던
게 누구 때문이었는데.

게다가 녹화 방송이라는 건 편집이 뒤따르는 일이니 충분히 알아서
덮어 줘도 되는 일이었다. 아니, 방송 전에 언질이라도 줬으면 어떻게든
확인하고 막았을지도 모른다. 그 모든 게 생각처럼 되지 않았을 뿐.

'그렇다고 구구절절 그런 변명이나 하는 것도 이상하잖아. 존심 상하게.'

그런데 모르겠다. 왜 이렇게 후회하고 있는지. 차라리 변명이라도 하
고, 원래는 이렇게까지 번질 일도 아니라고 말이라도 해 볼걸.

'이러다 정말…… 선배가 힘들고 괴로울 때 곁에 아무도 없으면 어떡해요. 진심으로 선배를 걱정해 줄 사람이 없으면……. 정말 그래도 괜찮은 거예요?'

욱신.

'심한 말한 건 죄송해요. 하지만 저, 오늘 선배님 이런 모습…… 싫어요. 실망했어요. 어차피 제가 그리 생각하든 말든 신경도 안 쓰시겠지만…….'

또 욱신.

"젠장, 뭐가 이래."

그 아픔이 이상하게 낯설다. 투덜거리던 윤조가 다음 현장으로 향했다. 제법 경치 좋은 계곡은 시원하게 흐르는 물소리로 가득했다. 이곳에서도 가장 먼저 발견한 건 제경의 모습이었다.

"저기 아래쪽 큰 바위 보이시죠?"

"네."

"카메라 앵글 유의해 주세요. 저기 큰 바위 쪽으로 뛰어든 다음에 이쪽 물길 따라서 아래로 쭉. B카메라는 신경 쓰지 말고 무조건, 아무것도 생각하지 말고 속도감만 느끼게……."

듬성듬성 놓인 바위들을 가리키며 설명하는 무술감독의 옆에서 제경은 침착하게 고개를 끄덕였다. 지금까지 해 온 촬영이 대체적으로 무난한 장면이 주로였다면, 이제부터 들어갈 촬영은 영화의 핵심이자 볼거리를 제공할 중요한 장면들로 이어질 예정이었다. 그리고 리허설이 끝나고 본격 촬영을 시작하기 전 안 감독이 끼어들었다.

"아까 화면에 너무 허옇게 나와서 깜짝 놀랐는데. 어디 불편한 데라도 있나?"

"아니에요. 괜찮습니다."

"음. 그래, 뭐. 나야 되도록 촬영 진행되는 쪽을 바라니까, 힘들어도 오늘은 프로정신 좀 발휘해 주면 좋겠어. 오늘만큼은 황제경이가 주인공이잖아. 기념비적인 날이니까."

그 순간 녀석의 입매에서 미소를 본 것 같았다. 그리고 이제 녀석의 무대가 시작되려던 참이었다.

"레디, 액션!"

상당히 경사가 진 계곡임에도 불구하고 제경은 거침없이 내달렸다. 허들선수가 매끄럽게 허들을 넘듯 작은 바위들을 흐르듯 내달리던 녀석은 마지막 지점인 큰 바위로 날아오르듯 뛰어올랐다. 지금껏 마을에서의 작은 연기들만 봐 왔던 터라 저런 움직임이 가능하리라곤 상상도 하지 못했다.

"컷! 좋습니다."

단번에 OK사인을 얻어 낸 녀석이 바위 위에서 샐쭉 웃어 보였다. 생각보다 훨씬 더 날렵하고 매끄럽게 화면을 뽑아낸 탓에 절로 박수 소리가 이어졌다. 다음으로 이어지는 건 추격자들과의 격투 씬. 볼썽사납지만 저 노비 녀석에게 구출당하며 첫 인연을 만드는 장면이 될 예정이었다.

금세 미소를 걷어 낸 녀석이 그의 눈앞으로 뛰어내렸다. 곰곰이 뭔가를 생각하며 그의 곁을 스치는 표정이 진지해선지 섣불리 말을 건넬 수가 없었다. 가벼운 긴장으로 잔뜩 날이 선 시선이 한순간 그를 바라보고 금세 다른 곳을 향하자 또 욱신. 그 이상한 아픔이 되살아 났다.

"슛 들어갑니다!"

슬레이터를 치자마자 암행어사의 수행원 하나가 비명을 지르고 쓰러졌다. 동시에 다섯 명의 남자들이 주변을 둘러쌌다. 이제 남은 건 무예와는 담을 쌓은 몸치 암행어사와 고작 두 명의 수행원. 절대적으로 불리한 상황에서 남자들이 칼까지 빼 들었다. 유혁이 당당히 한 걸음 나섰다.

"잠깐, 원하는 게 뭐요? 돈?"

"아니, 네놈의 목숨이다."

긁어 부스럼의 현장이다. 말이 떨어지기 무섭게 남자들이 덤벼들었고, 꼼짝없이 죽었구나 싶은 순간 뭔가가 하늘에서 날아 내려왔다. 중력이 느껴지지 않을 만큼 사뿐히 뛰어내린 존재는 곧장 유혁을 발로 밀쳐 냈다. 왠지 밀려 나갈 타이밍을 놓친 유혁은 제대로 배를 얻어맞고 뒤로 나가떨어졌다.

'윽……'

그리고 주저앉아 버린 그의 눈앞에서 격렬한 전투가 벌어졌다.

순식간에 한 남자를 쓰러뜨린 의석이 빼어 든 칼을 그대로 휘둘렀다. 비범한 곡선을 그리는 칼날과 유려한 움직임에 그의 입이 저절로 벌어지고 있었다. 연기처럼 느껴지지 않는 연기. 눈앞에 있는 건 어리숙하고 멍청했던 떡이 아니라 범상치 않은 몸놀림을 자랑하는 의석이의 환생이었다.

연기자가 그 역할에 어울릴 만한 존재를 순식간에 만들어 낸다는 건 분명 쉬운 일이 아니다. 정말 신기할 정도의 무대 체질이었다. 그 능력을 처음 본 건 그 오디션 현장에서였다. 그가 신랄하게 비판했던 그 연기도 똑같았다. 남자도 여자도 아닌 존재 그 자체의 감정만을 연기했던 순간, 녀석은 황제경도 의석이도 아닌 전혀 다른 사람이었고 심지어 그 연기만으로는 꽤 수준에 달해 있었다. 다만 그런 장점 따윌 꺼내 칭찬하고 싶지 않았을 뿐.

'대체…… 뭐냐.'

여러 사람이 엉킨 치열한 격투 씬이 눈앞에서 벌어지는데 보이는 건 오직 녀석뿐이었다.

목숨을 건 사투를 벌이고, 당당히 승리한 자의 뿌듯한 시선이 그를 향했다. 그 이마에 맺힌 땀방울 위로 햇살이 닿아 부서졌다.

두근.

'어……'

이번엔 다른 감각이었다. 윤조는 여전히 꼴사나운 모습으로 주저앉은 채 점점 가까이 다가오는 녀석을 올려다봤다. 살짝 벌어진 채 숨을 몰아쉬는 붉은 입술. 그 격렬한 싸움을 벌이고서도 고요하게 가라앉은 검은 눈동자. 지저분한 분장으로도 가릴 수 없는 고운 턱 선으로 땀이 한 방울 툭 떨어진 순간,

두근.

크게 뛰어오른 심장의 박동이 점점 뚜렷해졌다.

'이건 뭐야……'

그 생각마저도 가물가물 멀어지고 보이는 건 여전히 하나뿐. 숨을 들이마시고 내쉬는 녀석의 어깨. 그 호흡의 과정이 모조리 눈에 박혀들었다. 가냘픈 숨소리가 천천히 그의 귓가에 내려앉는다. 그리고 그 입가에 희미하게 걸린 미소. 시선을 사로잡는 그 입술…….

꿈에서 깨어난 듯, 녀석의 시선이 점차 의아함을 품었다. 입술이 느릿하게 움직였다. 이어 아득하게 먼 곳에서 들리는 목소리가…….

"선……배……?"

두근.

"컷!"

"뭐 하세요, 윤조 씨?"

아득하게 멀던 목소리가 갑자기 커졌다. 동시에 주변의 소리가 밀려들어오며 정신이 번쩍 들었다. 찬물을 부어 버린 것처럼 온몸에 싸늘한 한기가 덮쳤다.

처음으로 잊고 있었다. 내가 누군지. 지금 뭘 하고 있었던 건지.

6화.
노예, 눈칫밥이 부족하다

다음 촬영지로 이동한 스태프들이 세팅을 하는 동안 제경은 이곳저곳을 기웃거리다 만만한 곳에 붙어 앉았다. 저 멀리 분장 팀에 둘러싸여 있는 윤조의 모습이 보이자 이상하게 한숨이 나온다. 마침 주변을 지나던 재준이 의아한 듯 물었다.

"왜 한숨이야?"

"아, 저기. 윤 선배님요. 아까 왜 그러신 걸까요?"

"흠, 그러게. 나도 그런 모습은 처음 봐서. 뭐, 괜찮을 거야. 또 금방 잘 넘겼잖아."

"혹시……."

"응?"

"제가 너무 심한 말을 해서……."

하지만 묻기가 바쁘게 그는 고개를 저었다.

"그런 일로 멘탈에 스크래치라도 날 인간이면 이미 현주 누나가 사람

만들고도 남았지."

그건 그렇다.

"너무 신경 쓰지 마. 그냥 뭐 기분 더러운 댓글이라도 갑자기 생각났었나 보지."

역시 그런 거겠지. 맥없이 고개를 끄덕이긴 했지만 이상한 기분은 떨쳐지지 않았다.

'다른 생각을 하는 것 같진 않았는데…….'

대본상 그 부분에서 놀란 표정을 짓고, 저를 빤히 바라봐야 하는 건 맞다. 하지만 대사를 쳐야 할 타이밍을 한참 지나고 나서도 그는 입을 열지 않았다. 게다가 다른 생각을 하느라 그 순간 집중을 못 했다고 하기엔 그의 시선은 정확히 제 얼굴에 박혀 있었다. 뭔가 아주 생생한 감정이 느껴지는 얼굴로.

'그렇다고 선배가 뭐야, 선배가. 연기 중에…… 으이구.'

갑자기 열이 확 오른 제경이 양 손바닥으로 얼굴을 누르며 스태프들 사이로 끼어들었다. 생각할수록 부끄러워 빨리 촬영이 이어졌으면 했다. 그런데 모든 준비를 마치고서도 촬영은 시작되지 않았다.

―두두두두두두.

난데없이 헬기 소리가 덮쳤을 때부터 현장은 멈춰 있었다. 뒤이어 검은 양복을 입은 사람 대여섯 명이 비탈길 아래서부터 우르르 올라오는 광경이라니. 문제가 있다. 그 생각을 뒷받침하듯 촬영감독이 물었다.

"……안 감독님. 사채 빌리셨어요?"

그러나 한 떼의 조폭인 줄 알았던 덩치들은 놀랍게도 레이 강과 그 일행이었다.

"어머, 레이 강 씨네요? 어머, 어머. 이게 웬일이야. 오늘 레이 강 씨도 오시기로 한 거였어요?"

뭘 기대하는지 잔뜩 흥분한 이희선의 목소리에 더욱 불안해진 제경은 어느새 제 옆에 선 윤조를 바라봤다. 그 사건이 터지고 겨우 이틀이다. 팔짱을 낀 채 언짢은 기색을 가감 없이 드러내는 안 감독의 태도는 물론이고 스태프들의 표정에도 불편한 기색이 역력했다.

"수고 많으십니다, 안 감독님."

그사이 앞서 온 한 남자가 인사말을 전했다.

"뭔데 그리 요란하게 등장을 하시나? 여긴 또 어떻게 알고?"

대놓고 불편하게 묻던 태도도 잠시, 응원차 왔다는 그들이 보란 듯 아이스박스를 열자 안 감독의 표정엔 어느새 부처님이 내려앉았다. 그 안엔 가지각색의 초밥상자가 가득했다.

"여우같은 놈."

툭하니 내뱉은 윤조의 말에 제경은 얼떨떨한 눈을 돌렸다.

"네? 누가……."

"누구긴 누구야. 강냉이 놈이지. 영감이 초밥 좋아하는 건 또 귀신같이 알아왔네."

"영감, 헉! 아, 아니 감독님이 초밥 좋아하세요?"

"돈 없으면 장기라도 팔아서 드실 분이지."

말을 마친 윤조가 안 감독이 있는 곳으로 향했다. 마침 뒤따라온 레이강이 안 감독에게 인사말을 전하던 참이었고, 초밥 덕분인지 현장은 순식간에 잔칫집이 되었다.

"뭐해? 따라와."

그리고 흘깃 뒤를 돌아본 윤조가 아무렇지 않게 그녀를 불렀다.

"네, 네. 갑니다!"

잽싸게 따라붙은 제경이 생각했다. 역시, 아까의 이상한 분위기는 그냥 별일 아니었던 거라고.

"웬 헬기를 타고 왔냐?"

"초밥 상할까 봐."

160

태연한 레이의 대답에 그만 질색해 버렸다. 단순히 먼 거리를 달리기 싫다고 헬기를 대여하는 사람보다 더 한 사람이 있을 줄은 몰랐다. 게다가 남의 촬영 현장에 들이닥친 사람치곤 상당히 **뻔뻔**한 태도였다.

"그런데 네 패션. 그건 코스프레? 70년대 비행사 컨셉이냐?"

"서, 선배님……."

당황한 제경이 저도 모르게 윤조의 옷깃을 잡아당겼다. 유독 패션에 민감한 건 알고 있었지만 저렇게 대놓고 지적하는 건 듣는 사람이 민망하잖아. 그러나 정작 본인은 아무렇지 않아 보였다.

"조종석에 앉은 예의지."

"그 다리로 조종을 했어? 위험하지 않냐? 자칫 잘못하면 바로 천당가."

"나보다 잘하는 사람 찾기가 더 힘드니까."

"뭐, 하긴. 그런데 옆에…… 누구냐?"

그러고 보니 레이는 깁스를 했고 짧은 머리의 여자가 그를 부축하고 있었다. 옷차림으로 봐선 경호원인데, 왜 하필 여자가 이런 일을 하는 걸까. 생각한 순간 레이가 말했다.

"목발."

아무리 봐도 사람인데요? 같은 생각인지 윤조가 툭 내뱉었다.

"미친놈."

그리고 그 자리에 냅다 끼어든 이희선이 인터뷰를 요청해 왔다. 어차피 다들 초밥에 정신이 팔려 있으니 촬영은 자연히 미뤄질 수밖에 없었고, 이쪽도 해명해야 할 일은 있었다. 차라리 잘된 일인지도.

"어휴, 두 분 이렇게 뵈니까 정말 사이 좋아 보이긴 하세요."

"그럼요. 사실 진상쇼에서도 오랜만에 만나다 보니 너무 반가워서 그만 평소 하던 대로 나와 버렸어요. 원래 남자들끼리 만나면 그렇잖아요. 괜히 툭툭 치고 가볍게 욕설도 오가고. 그러니까 오해하지 마세요. 저흰 원래 그런 사이입니다."

다분히 카메라를 의식한 윤조가 얌전히 웃으며 말했다.

"방송에 그대로 나갈 줄은 몰랐습니다. 야생의 모습 다 보여 주는 프로그램에서도 보여 줄까 말까 한 장면이라 원래대로라면 다 편집해 주는데, 진상 선배님께서 그 부분을 아주 재밌어하시는 바람에. 그분도 저희랑 비슷하게 노시는 분이시다 보니…… 본의 아니게 저희가 시청자분들을 불편하게 해 드렸습니다. 오해하지 말아 주셨으면 합니다. 원래 남자들은 다 그렇게 놀지 않을까요?"

그야말로 가식과 가식의 향연. 왠지 연예인이란 족속들의 본질을 알 것 같은 날이었다.

그리고 촬영이 다시 시작되었지만 현장의 분위기는 묘했다. 휴가라도 나온 듯 발랄하게 주변을 맴도는 검은 양복도 모자라 안 감독의 옆엔 레이 강이 자리를 잡고 앉았다.

"뭘 그렇게 긴장해?"

언제 온 건지 윤조가 불쑥 물었다. 흠칫 놀랐지만 그래도 이쪽은 한배를 탄 식구라서인지 묘하게 반갑다. 안도감을 느낀 제경이 한숨을 푹 내쉬었다.

"저기, 레이 강 씨는 왜 여기 있는 걸까요?"

"그야 영감이 네 액션 어떤지 보여 주고 평가 좀 받고 싶었나 보지."

"네? 아, 안 되는데……."

"안 되긴 뭐가?"

"제 액션을 강 선배님이 보신다고 생각하니까 이상하게…… 떨려요."

"그딴 걸로 긴장하지 마. 어차피 현장에선 너나 레이 강이나 똑같이 배우니까."

"하지만……."

"제경아."

내내 난처한 듯 고개를 숙인 채 흙바닥을 툭툭 차던 제경이 갑자기 멈칫했다. 그리고 멍하니 윤조의 얼굴을 바라봤다. 이상하다. 지금, 뭐라고…….

그 순간 그의 커다란 손이 그녀의 뒤통수를 툭 건드렸다.

"넌 다 좋은데, 한 가지가 문제야. 자신감 부족."

"……."

"까놓고 선후배가 어딨어? 잘난 놈이 최고지. 안 그래?"

"선배!"

"물론, 그렇다고 내 앞에서 까부는 건 못 봐준다. 똑바로 해."

제경의 눈이 휘둥그레졌다. 금세 평소처럼 악랄한 말을 서슴없이 뱉는 그가 이상하게 좋……. 아니다. 무슨 생각이야! 순간, 경악한 제경이 숨을 들이켰다.

"다신 볼 일 없다며 덤빌 땐 아주 패기 넘치더니만."

그대로 돌아선 윤조의 표정에 언뜻 서운함이 비쳤다. 제 눈을 믿을 수가 없어 제경은 한동안 눈만 깜빡였다. 뭘까. 설마 그 말이 그렇게나 신경 쓰였던 걸까.

"그런데 선배님. 방금…… 제경이라고 불렀어."

그의 손바닥이 닿은 곳에 천천히 그녀의 손이 올라갔다. 그 순간, 이상하고 낯선 감각이 그녀의 가슴속을 채웠다. 묘하게 심장이 간지러운 느낌. 대체…… 뭘까.

♠   ♠   ♠

"액션!"

안 감독의 목소리가 떨어지자 제경은 미끄러지듯 몸을 움직이기 시작했다. 꽤 많은 연습을 했다는 건 알지만 제경의 몸놀림은 그것만으로 설명할 수 없는 뭔가가 있었다. 주변의 남자들과는 다르게 움직임이 이상하리만치 나긋한데, 화려하면서도 정확하다. 다소 긴장감이 남은 얼굴을 걱정했지만 제경은 극도의 집중력을 발휘해 한 번에 씬을 통과했다.

"컷! 좋습니다!"

"수고하셨습니다."

금세 화기애애해진 현장 속에서 녀석은 잔뜩 흙먼지가 묻고 땀이 흘러 엉망이 된 얼굴로 웃었다. 그 웃음을 보고 있자니 당장 그 머리라도 쓰다듬어 주고 싶어 손끝이 간질거렸다. 그리고 저도 모르게 흠칫했다. 물론, 친한 후배에겐 충분히 해 줄 수도 있는 행동이었다. 그가 더 놀랐던 건 스스로 그 행동을 평범하지 않은 것이라 생각한 탓이었다.

이상한 짓, 야릇한 느낌이 될지도 몰라.

무심결에 떠올린 생각에 지레 찔린 심장이 미친 듯 뛰어 댔다. 좀처럼 가라앉지도 않았다.

하지만 반짝였다. 유독 반짝이는 걸 바라보는 그의 입에서 낮은 탄식이 흘러나왔다. 대체 남자 놈을 상대로 무슨 생각을 하는 거야. 미치고 환장할 노릇이었다.

"어때? 우리 황제경이. 액션스타의 눈으로 보기에도 괜찮나?"

그리고 안 감독의 목소리에 생각에서 벗어난 윤조가 힐끗 눈을 돌렸다.

"호오. 괜찮은 정도가 아니라…… 오히려 탐이 나는데요?"

진지하게 모니터를 들여다보던 레이의 대답에 이상하게 호감이 깃들었다.

"그렇지?"

흐뭇해하는 안 감독의 태도야 그렇다 쳐도 레이의 대답은 뭔가 꺼림칙한 데가 있었다.

"정말 잘하는 거냐?"

"응. 체격도 꽤 다부진 것 같고, 운동도 제법 했겠는데? 잘 키우면 너보다 낫겠어."

"뭔 개소리야. 어디가 체격이 좋은데? 남자 놈이 비쩍 말라 가지고 근육도 없어. 온몸이 말랑말랑하다고 쟤."

"남자? 확실해?"

"이게 진짜 어디서 약 빨고 왔나. 보면 몰라?"

헛웃음을 짓던 윤조가 고개를 절레절레 저으며 자리를 벗어났다. 역시 자신의 눈이 이상한 건 아니었던 모양이다. 그러니 그 애매한 성별 탓에 관심이 가는 거로 생각하면 이상한 건 아니다. 오디션 날부터 가졌던 호기심. 그리고 황당하기 그지없는 이상한 사건들이 떠오르자 저 스스로가 한심해 웃음이 나올 지경이었다.

제 알몸까지 보인 상대가 여자라니. 생각만 해도 끔찍하지 않은가.

하지만 지금은 알 것 같았다.

"……순서가 거꾸로였어."

처음부터 관심이 있기에 의심했었다. 줄곧 녀석의 정체를 확인하려 했던 그 마음 한구석엔 그 말도 안 되는 일이 현실이었으면 하는 바람이 있었던 거였다. 그 현실 부정의 순간들이 부끄럽도록 와 닿았다. 썩 달갑지 않은 깨달음이었다.

♠   ♠   ♠

현장의 인간들이 얼마나 대식가인지는 며칠만 함께 살아 보면 절실히 느끼게 된다. 수시로 돌아다니는 박스 안에는 언제나 간식거리가 산더미였고, 제작부는 시간이 갈수록 늘어나는 식대에 좌절하곤 했다.

그런 인간들이니 음식에 대한 소문도 빨랐다. 어디선가 이 지역의 특산물이 한우라는 이야기가 돌았던 모양인지 다들 방금까지 초밥을 먹던 입으로 소고기, 소고기를 외워 댔다. 그 과정에서 윤조는 초밥도 제대로 먹지 못한 제경이 입맛을 다시는 걸 봤다. 왠지 점수를 딸 기회가 온 듯 싶었다.

"네? 윤조 씨가 쏘신다구요?"

광복이라도 맞이한 듯 밝아진 윤경호의 표정을 시작으로 현장에 남아 있던 백여 명의 스태프들이 환호성을 질렀다. 물론 그 사이에 검은 정장을 입은 빈대들이 함께했다는 건 달갑지 않았다.

"너넨 정말 안 가냐? 레이 너, 정말 스케줄 없어?"

"발만 아니면 나도 바쁠 텐데."

"핑계는 좋다."

읍내에 위치한 한우집에 도착하자 직원들이 당황한 얼굴로 뛰쳐 나왔다. 지금껏 이렇게 많은 사람들이 한 번에 몰려오는 걸 본 적이 없었는지 지역 주민들이 몰려와 기웃거리는 통에 주변은 일대 교통마비가 될 지경이었다. 그 와중에 윤조는 당연하다는 듯 구석에 숨으려 하는 제경을 붙잡아 레이와 기영, 그리고 아까의 목발 여자와 재준까지 섞인 둥근 테이블로 향했다.

점점 달궈지는 불판 앞에선 왠지 모를 기 싸움이 이어졌다. 고기를 구울 수 없다는 의지가 엿보이는 와중에 결국 마음 약한 제경이 집게를 들었다. 윤조는 한숨을 내쉬며 집게를 뺏어 들었다.

"어, 선배님. 제가 할게요."

"됐어. 먹는 애들은 먹기나 해."

그 와중에 은학이라고 불리던 여자가 해맑게 웃으며 말했다.

"와. 합리적이시네요."

칭찬이라고 하는 걸까. 흘깃 은학의 얼굴을 바라본 윤조는 제 옆에 잔뜩 웅크리고 앉은 제경에게 시선을 돌렸다. 왠지 두 사람의 느낌이 비슷한 건 기분 탓이겠지.

그 와중에 불판 위의 고기는 색이 변하자마자 누군가의 젓가락에 낚아채이기 시작했다. 그야말로 고기가 불판 위를 바람처럼 스쳐 지나는 형국이다. 심지어 잘 안 먹는다 뿐이지 이쪽은 채식주의자도 금식주의자도 아닌데 권하는 사람도 없다. 단체로 거지가 들렸나.

"선배님."

그런데 옆에서 제경의 목소리가 들려왔다. 무심결에 돌아본 순간 뭔가가 입술에 툭 하니 닿았다. 차가운 감촉, 아니……

"아, 하세요."

얼결에 입을 벌리고 받아먹은 순간 녀석의 손가락이 입술에 스쳤다.

"조금은 드셔야죠. 내내 촬영하느라 시장하실 텐데."

아니, 그러니까. 너희들이 다 집어 가서 먹을 게 없다니까. 그 기분 나쁜 상황을 말로 뱉어야 하는데 이상하게 입 안에 든 고기가 지금까지 먹어 본 적 없을 만큼 달아 화를 내고 싶은 생각마저도 쑥 들어가 버렸다. 그제야 재준이 익은 고기 몇 점을 집어다 앞 접시에 놓기 시작했다. 이쯤 되니 묵묵히 먹고만 있는 저 3인조가 더 얄미워졌다.

"전부터 묻고 싶은 게 있었는데."

"뭔데?"

"넌 무슨 경호원을 그리 끌고 다니냐? 혹시…… 진짜 몰려다니면서 약장사해?"

"그런 거 아니거든요!"

이상하게 발끈하는 은학의 태도에 윤조는 코웃음을 흘렸다. 신입 경호원다운 패기였다.

"그래요? 그런데 강냉이. 별일이다? 왜 뜬금없이 여자 경호원이야?"

"목발이 딱딱하면 별로야."

"얘도 그렇게 부드러워 보이진 않는데?"

"운동했으니까 그렇죠. 건강하면 됐지! 어떻게 염치없이 부드러운 것까지 바래요!"

파르르 떠는 반응이 제법 귀엽다. 제경의 스스럼없는 버전쯤 되려나.
왜 데리고 다니는지 이해가 가는 한편 이상하게 부러웠다. 똑같이 달고
다니는데 저쪽은 여자. 이쪽은……

"얘는 남잔데도 부드럽거든."

왠지 지고 싶지 않았을 뿐이다. 느닷없이 지목당한 제경이 눈을 휘둥
그렇게 떴지만 윤조는 태연히 웃어 줬다. 그 와중에 기분이 상한 건지
은학이 보란 듯 자신이 구운 고기를 질겅질겅 씹더니 내뱉듯이 말했다.

"부드러운 게 좋다면서 왜 고기는 질기게 구워요? 고기도 못 구우면
서……."

"그, 그러게요. 원래 이런 걸 잘 안 드시는 분이라서 그럴 거예요. 선
배님. 못 구우시겠으면 그냥 하지 마세요. 육즙 다 빠지잖아요, 꽃등심
인데."

어조는 조용조용한데 어쩐지 야단맞는 것 같아 불쾌해졌다. 기껏 저
를 생각해서 집게까지 들고 있는 사람한테 그냥 하지 말라니. 묘한 굴욕
감에 그대로 집게를 툭 내려놓은 윤조가 급 싸늘해진 말투로 내뱉었다.

"그럼 어디 먹방신 레이 강 솜씨나 보자."

다분히 시비조였는데 레이는 아무렇지 않은 얼굴로 집게를 들었다.
어느덧 추가된 생고기가 도착하자 그는 정말 신이 내린 솜씨로 고기를
뒤집고 잘라 냈다.

"우와, 고기가 입 안에서 그냥 녹아요, 대박!"

감탄사를 연발하며 젓가락을 움직이는 제경의 태도가 아까와는 천지
차이다. 이 배신감이라니! 심지어 먹방이 뭔지 보여 주겠다는 듯 우아하
게 고기를 흡입하는 레이의 모습을 보며 황홀하단 표정까지 짓는다.

"와, 진짜 잘 드신다! 전 음식 존중하는 분이 세상에서 제일 멋져요!"

"와, 이 오빠도 고기 좋아하는구나. 나도 고기 엄청 좋아하는데, 이따

가 나 사인 좀 해 줄래요?"

"네? 사…… 인요?"

"네. 은학이 누나에게, 라고 써 주면 제가 팬 해 드릴게요."

"아……. 누……나……?"

한눈에 봐도 어려 보이는 은학의 말에 제경이 난처한 얼굴을 했다. 하긴 저 동안을 하고서 제 나이로 보이긴 어려울지 모른다.

"몇 살이에요? 나 스물넷인데."

"아, 전, 스물일곱……."

역시나 그 대답에 충격을 받은 은학이 눈을 휘둥그레 뜨는데 레이가 끼어들었다.

"거기, 황제경이라고?"

"네, 네!"

"소속사 있어?"

"아, 아니요. 없습니다."

"그래. 그럼. 언제 시간 있으면 한번 찾아와."

그러고서 명함을 꺼내 제경에게 건넸다. 윤조의 날 선 눈빛이 레이의 얼굴을 덮쳤다.

"너 지금 뭐하는 거냐? 왜 순수한 애를 이상한 곳으로 끌어들이려고 그래?"

"배우보다 어울리는 직업이 있는 것 같아서 상담해 주는 거야. 배우 오래할 거 아니잖아."

무슨 궁예가 빙의했나. 누구 마음대로 남의 미래를 그렇게 단정 짓는 건데.

게다가 정작 당사자는 구세주라도 만난 것마냥 눈을 반짝거렸다.

"어울리는 직업이요? 그게 뭔데요?"

"공무원 한번 해 볼래?"

"네? 공무원? 그거 시험 봐야 되는 거 아니에요? 저 이 나이에 공부할 형편도 안 되고 언제 공부할 시간도 없는데……."

"특채라는 게 있어. 아무나 되는 건 아닌데, 넌 될 것 같아. 나쁜 건 아니니까 한번 시도해 보는 게 좋겠지."

심지어 명함을 받아 든 녀석은 아주 행복한 얼굴이었다. 기막힌 윤조가 툭 내뱉었다.

"저거 피라미드야."

"무슨, 그런 말도 안 되는 소리 하지도 마세요! 레이 강 선배가 무슨 피라미드예요?"

"몰라? 원래 뒤 구린 곳일수록 유명인 앞세워서 치장하는 거야. 멍청한 놈."

"하……."

제경이 기가 막힌단 얼굴로 헛웃음을 지었다. 말을 뱉은 저 자신도 기가 막힌다. 자신이 광고했던 상품들까지 몽땅 박멸하는 대사가 아닌가. 하지만 윤조는 굴하지 않았다.

"내가 그랬지? 보기 좋은 게 먹기에 좋을 리도 없다고. 저런 의뭉스러운 새끼, 너 오라고 불러 놓고 팔아넘길지도 몰라. 새우잡이 어선 타 봤냐?"

"……."

"바퀴벌레 잡고 싶어??"

"아, 진짜! 먹는 거 앞에서 바퀴벌레 이야기 좀 그만하시라구요!"

결국 제경이 벌컥 화를 냈다. 아, 정말 남의 속도 모르면서 왜 저리 고집인가. 답답해 죽을 지경이었다. 연기를 그만둔다는 뉘앙스가 싫었다. 레이를 우러러보는 눈을 가려 버리고 싶었다. 언젠가 떠날 거라는 말을 아무렇지 않게 하는 저 입술을 틀어막고…….

'젠장. 그래서 뭐 어쩌라는 건데. 뭘 바래? 뭘 어떻게 하라는 소리야.'

답을 알 수 없는 질문에 그는 그저 침묵할 수밖에 없었다.

"원래 504만 8천 원인데…… 그냥 500만 받겠습니다."

'그나마 여긴 한우 산지라 싼 겁니다' 라며 덧붙이는 참으로 관대한 주인양반의 말에 윤조는 말없이 지갑을 꺼내 재준에게 넘겼다. 재준의 얼굴이 해쓱해졌다. 그러나 그 와중에도 그의 신경은 은학에게 사인을 해 주며 생긋 웃어 보이는 제경에게로 집중되어 있었다.

"저기…… 원래 저렇게까지 이상한 분은 아니에요. 오늘 촬영 중에 좀 불편한 일이 있으셔서 그런 거고…… 보기보다 좀 장난기도 있고 그러세요. 이해하시죠?"

"이해해요. 레이는 맨날 그러는데요, 뭐."

미묘하게 동병상련을 느끼는 듯한 두 사람의 목소리가 도란도란 이어졌다. 가볍게 한숨을 쉰 윤조는 문 밖을 바라봤다. 바깥은 우글우글 몰려든 사람들과 함께 하루가 저물고 있었다.

♠   ♠   ♠

제 휴대폰을 꺼내 날씨를 확인하던 재준이 인상을 확 구겼다.

"형, 진짜 지구가 망하긴 망하려나 봐요. 무슨 5월 기온이 31도야……. 어쩐지 덥다 했어요."

계곡에서의 촬영이 줄곧 이어진 날이었다. 격한 전투 씬으로 구성된 오늘의 일정 탓에 여기저기 죽겠단 비명이 속출하는 가운데, 뜨거운 조명까지 받으며 가쁜 숨을 내쉬는 제경의 모습이 보였다.

"아, 이거 씬이 좀 꼬인 거 같은데. 어이, 뱀술! 원본 좀 확인하게 이리 와 봐!"

"어우, 그놈의 뱀술! 우리 안 감독님만 뱀술 안 줘서 삐쳤습니까? 야, 윤경호!"

동네북 조연출의 이름이 들먹거려지고, 잠시 안 감독과 촬영감독의
투닥거림이 이어졌다. 그리고 연출부와 촬영팀 스태프들이 두 사람의 근
처로 모여들었다. 잠시간 말이 오가고 난 후, 윤경호가 뒤를 돌아보고는
크게 외쳤다.

"오늘 저녁 촬영은 미뤄야 할 거 같으니까, 이만 정리하겠습니다!"

느닷없이 생긴 여유로 현장은 어수선해졌다. 그 틈을 타 조명팀 스태
프들을 주축으로 물놀이를 하자는 제안이 떨어졌다. 아무리 더워도 그렇
지 5월에 계곡 물놀이라니. 얼어 죽어 이것들아. 그런데 기막힘에 실소
하던 윤조의 귀에 낯익은 목소리가 박혔다.

"아, 아니 저는 됐습니다!"

"아이, 왜 그래요, 제경 씨. 계곡 물에 수박도 담가 놨대요. 그럼 수박
이라도 먹게 갑시다!"

"그래요, 가요! 갑시다!"

"하핫, 제경이 너 수영은 못하는 거야?"

신이 난 스태프들과 강우빈이 제경을 질질 끌고 갔다.

"어라, 제경이가 가네. 저도 그럼 갔다 올게요."

심지어 멋대로 통보한 재준마저 그 뒤를 졸래졸래 따라갔다. 그 자리
에 물끄러미 서 있던 윤조가 눈살을 찌푸렸다. 대체 왜 아무도 저에게는
가자는 말이 없냔 말이다.

제법 물이 고인 웅덩이에 도착한 제경이 움찔 몸을 떨었다. 맑다 못해
시린 느낌의 물속을 보는 것만으로도 한기가 밀려들었다.

'제, 제길…….'

심장이 벌렁거려 미칠 지경이다. 벌써 물속으로 하나둘, 뛰어들기 시
작했다. 첨벙거리는 소리와 함께 여기저기서 웃음 섞인 비명 소리가 들
려왔다.

"제경 씨, 그러고 있지 말고 들어 와. 시원하다니까!"

"아, 아니에요. 저는 보는 것만으로도 시원해요."

재빨리 머리를 굴린 제경이 하나둘 벗어젖힌 셔츠들을 주워 들었다. 땀내는 진동하지만 참을 수 있다. 이렇게 볼모들을 잔뜩 들고 있으면 억지로 빠뜨리고 뭐 그러진 않겠지?

"어, 형. 오실 거면 말하지 그랬어요. 같이 올 건데."

"시끄러워, 인마."

게다가 들려오는 목소리라니! 흘깃 돌아보자 어느새 윤조가 따라왔다. 그사이 다섯 통이나 되는 수박을 건져 온 스태프들이 주변을 재촉했다. 바보같이 누구도 칼을 챙겨 온다는 생각은 하지 못했던 모양이었다. 멋쩍은 웃음소리와 함께 잠시 후, 제멋대로 깨진 볼품없는 수박 조각이 그녀의 손에도 전해졌다.

그야말로 한가롭고 즐거운 오후의 한때였다.

"선배님도 드세요."

제경이 수박을 집어 건네자 윤조는 의외로 순순히 받아 들었다. 그러나 역시 입을 대진 않았다. 수박은 그렇게 칼로리가 있지도 않은데. 모양이 별로라서일까, 괜히 준 걸까, 등등. 그의 행동 하나하나에 의미를 부여하며 생각을 쌓던 제경이 슬슬 머리가 아파 한숨을 쉴 무렵, 흘깃 그녀를 향해 눈을 돌린 윤조가 물어왔다.

"너, 레이 명함 왜 받았어?"

"네?"

담담한 어조에 비해 뚱딴지같은 질문이었다. 영문을 몰라 가만히 바라보자 윤조는 미묘하게 눈살을 찌푸리더니 다시 물었다.

"왜, 공무원이란 말에 혹했어?"

아니, 느닷없는 건 둘째 치고 왠지 그 어감이 기분 나빴다.

"딱히 그런 건 아니고. 나중 일은 어찌 될지 모르니까……. 사실 제가 계속 연기를 할 수 있으리란 보장은 없잖아요."

"그게 뭐야. 노력도 안 해 보고 지레 포기야?"

"선배님 같은 분이야 이해 못 하시겠지만, 세상엔 어쩔 수 없는 일도 많아요."

그래선지 저도 모르게 톡 쏘는 말이 튀어나가 버렸다. 그러고는 아차 싶었다. 괜한 자격지심을 이렇게 발현하다니. 이상하게 이 사람의 말은 생각지도 못한 곳까지 건드리고 후벼 파는 것만 같다. 사실 그렇게까지 기분이 상할 이야긴 아니었는데…….

왠지 윤조는 말이 없었다. 어색하게 입을 다문 사이 다시 물놀이를 시작했는지 와, 하고 웃음소리가 들려왔다. 결계라도 친 것처럼 아무도 오지 않는 그의 곁이라 그나마 다행이라 생각한 찰나,

"제경 씨도 잡아넣어!"

누군가의 말에 모두의 시선이 몰려들었다.

"네? 저, 저는!"

미처 뭐라 할 새도 없었다. 순식간에 서너 명의 사람들에게 팔다리를 잡혀 그대로 물에 푹 잠긴 순간, 심장까지 얼어붙는 찬물이 온몸을 덮쳐 정신을 놓을 뻔했다. 분명 물높이가 남들의 허리께를 찰랑이는 걸 본 것 같은데, 자꾸 얼굴로 물이 덮치고 몸은 멋대로 허우적거리고 있었다. 그렇게 숨이 꼴깍 넘어가기 직전, 누군가 웃으며 그녀의 몸을 잡아 일으켰다.

"하하하, 제경 씨 얕은 데서 뭐 합니까?"

"푸하!"

간신히 숨을 들이켜며 기침을 했다. 그러고서 다급히 얼굴을 문지르는데 말이 이어졌다.

"자자, 이미 젖긴 했지만 일단 벗고 놉시다."

"허, 헉! 헉! 저, 잠깐…… 으윽! 쿨럭!"

"저기 널어놓으면 금방 말라요, 하하핫."

당황한 제경이 자리를 벗어나려 했지만, 어찌 할 새도 없이 여기저기서 달려든 손이 그녀의 옷자락을 잡아챘다.

"아니, 아니 전 괜찮아요! 괜찮—!"

필사적으로 제 옷을 붙들며 저항하려던 제경이 다시 균형을 잃고 물에 잠겼다.

"풉, 우윽! 자, 잠깐만……!"

그 와중에도 그녀의 옷을 벗기려는 손은 끈질기게 따라붙었고, 어느새 가슴 아래까지 걷어 올라간 옷자락 아래로 얼핏 조끼의 모습까지 비치자 그만 눈앞이 캄캄해졌다. 미친 듯이 제 옷을 부여잡은 제경이 비명을 질렀다.

"헉! 아, 안 돼! 싫어— 잠깐만요!"

제발! 제발, 하느님! 부처님!

아, 이젠 틀렸다! 그렇게 좌절의 신음이 입 밖으로 튀어 나가기 직전, 갑자기 제 몸에 닿은 손들이 사라졌다. 그리고 뭔가가 그녀의 팔을 세게 잡아 일으켰다.

"그만합시다."

순식간에 사람들이 뒤로 물러났다. 그사이에도 여전히 정신을 차리지 못한 제경은 뭐가 있는지도 모르고 무작정 손에 잡히는 옷자락을 움켜쥐었다. 그러다 다리가 풀려 휘청거리자 억센 힘이 그녀의 등허리를 감아당기며 기대게 했다. 그렇게 단단한 몸에 밀착되었다.

"큭, 쿨럭. 허억……."

간신히 숨을 내쉬자 살았다는 생각보다 이상한 생각이 먼저 들었다.

"이러다 감기 걸리면 책임질 겁니까?"

그제야 확연히 들리는 목소리…….

알면서도 쉽사리 인정하기 힘든 상황에 흐릿한 눈을 힘겹게 들어 올

린 순간,

"괜찮냐?"

나른한 목소리와 함께 따뜻한 숨결이 그녀의 이마를 스쳤다.

쿵. 심장이 바닥까지 떨어졌다.

♠　　♠　　♠

—쏴아.

어디선가 빗소리가 들려왔다.

'그게 뭐야. 노력도 안 해 보고 지레 포기야?'

왠지 기분이 상했던 것도 같았다. 멀쩡한 포도조차 시어 빠진 초로 만들던 여우처럼, 그렇게 안 될 거야. 안 될 거야. 그 말이 그렇게나 귀에 거슬렸다. 그래서 저도 모르는 새 말투에 가시가 깃들었던 모양이다. 움찔하던 녀석이 잠시 바라보다 눈을 내리깔았다.

'선배님 같은 분이야 이해 못 하시겠지만, 세상엔 어쩔 수 없는 일도 많아요.'

그래서 그렇게 날 떠나 버리겠다고?

너도 날…… 버리겠다고?

비가 쏟아지는 소리는 이윽고 거센 물살이 흐르는 소리로 이어졌다. 어느새 그의 눈앞엔 계곡의 모습이 펼쳐져 있었다.

이미 배꼽과 허리선까지 훤히 보이는 가운데 악착같이 옷을 붙들어 하얗게 된 제경의 손에 그의 시선이 박혔다. 제경의 팔을 붙들고 있던 남자가 얼른 손을 놓았다. 옷자락을 붙들고 있던 손들도 어느 틈에 사라졌다.

저도 모르는 새에 녀석의 몸을 잡아 일으켰다. 젖은 몸이 제 몸에 닿은 순간, 이상한 열기와 함께 향긋한 향이 훅 풍겼다. 가쁘게 내쉬는 숨

176

결을 한참이나 제 몸에, 가슴에 받으며 그렇게 서 있었다.

누군가가 녀석을 만지는 게 싫었다. 거부하고 힘겨워하는 녀석이 마치 추행을 당하고 있는 것 같았다. 그 불쾌하기 짝이 없었던 장면. 화르륵, 일었던 분노가 좀처럼 사라지지 않았다.

'선배…….'

어느새 주변이 바뀌었다. 오로지 녀석과 저, 단둘뿐인 곳에서 윤조는 붙잡았던 몸을 힘껏 당겨 안았다. 이상한 일이었다. 당연히 밀쳐 내거나 화를 내야 마땅한데 녀석은 그러지 않았다. 저도 모르게 녀석의 등을 쓸던 윤조가 감탄하듯 중얼거렸다.

'……부드럽다.'

'그렇게 부드러워요?'

그리고 키득거리던 녀석의 목소리와 함께 뭔가가 다리 사이로 불쑥 진입했다.

이 낯설고 익숙한 감촉은…….

굳어 버린 윤조가 품 안의 녀석을 바라봤다.

그런데 눈이 마주친 녀석은 아무렇지 않은 얼굴로 씩 웃더니 말했다.

'선배가 훨씬 부드러운데요?'

그 순간 깨달았다.

……꿈이다.

흠칫 놀라며 눈을 떴다. 빗소리가 들린다. 그래선지 대체 어디부터 어디까지가 어제 있었던 일이고 어디부터 꿈인지 알 수가 없었다. 아니, 지금도 꿈을 꾸고 있는 게 틀림없었다.

"선배, 선배님……. 윽……."

입을 열 수가 없었다. 지금 뭘 껴안고 있는 거야?

옆으로 누운 제 품 안에 뭔가가 있었다. 검은 머리카락이 보였다. 심지어 다리까지 동원해 뭔가를 잔뜩 끌어안은 채였다. 설마, 아니겠지. 설마…….

그사이 품에 꼭 갇혀 있던 뭔가가 간신히 그 품을 비집고 고개를 들었다.

"푸하~ 서, 선배…….."

"으…… 으아악!"

♠   ♠   ♠

"에이 씨. 봉변은 누가 당했는데……. 잠 깨우러 갔다가 이게 뭐야."

토스트를 먹던 제경이 나직하게 중얼거린 순간 평소보다 한층 굳어 버린 얼굴의 윤조가 그녀를 노려보다 기분 나쁜 태도로 시선을 돌렸다. 어쩐지 울컥한 제경이 눈을 흘겼다.

"형 그런 잠버릇 없었는데…… 무슨 꿈이라도 꾸셨어요?"

"시끄러워."

조심스럽게 끼어든 재준의 말을 싸늘하게 잘라 낸 윤조가 입맛이 없다며 우유만 들이켰다. 그러더니 자리에서 벌떡 일어났다.

"다 먹었으면 일어나. 산책이나 가게."

무슨 이야기를 할지는 왠지 짐작이 갔다. 작게 한숨을 내쉰 제경이 졸래졸래 그 뒤를 따라붙었다. 종일 비가 올 거라는 예보에 남은 촬영은 다 취소된 후였다. 그리고 굿은 날씨만큼이나 그녀의 기분도 우울했다. 새벽의 촬영 때문이었다.

"컷!"

새벽 3시. 심각한 얼굴로 대사를 치던 제경이 멈칫했다. 피가 낭자한 숲길에 잠시 조사를 나왔던 노비 의석이 마을 선비 이정호와 그 수행원을 만나는 장면이었다. 몇 마디의 대사가 오가며 긴장감이 고조된 가운데 결국 수행원이 칼을 뽑아 들 찰나에 안 감독은 자꾸만 컷을 외쳐 댔다. 절대 덥지 않은데 땀이 비 오듯 흘러내렸다.

"괜찮아. 잘 안 될 때도 있는 거니까, 너무 부담 갖지 말고."

저 때문에 몇 번이고 촬영을 해야 했던 우빈의 말에 제경은 고개를 푹 수그러뜨렸다.

"이상하네. 리허설 때도 나쁘지 않고, 막상 눈으로 볼 땐 괜찮은데 이상하게 화면에만 담으면 그 느낌이 아니야……. 꼬집어 말하긴 힘든데, 그런 거 있잖아. 연기력이 나쁜 건 아닌데 이상하게 뭔가 딱 걸려. 뱀술은 어떻게 생각해?"

"아, 뭘 원하는지 말을 해요, 말을!"

무작정 제가 원하는 장면이 나올 때까지 돌려 대는 안 감독의 스타일이 이럴 땐 문제가 컸다. 스태프들은 그저 한숨을 내쉬었고, 그 속에서 제경은 영문 모른 채 간신히 촬영을 마치고 돌아온 참이었다.

한차례 비가 내린 바깥은 촉촉한 기운을 품은 공기로 가득했다. 한결 진해진 녹색의 숲을 가로질러 강변으로 나온 두 사람은 앞서거니 뒤서거니 하며 강둑을 걷기 시작했다.

얇은 티셔츠 너머로 적나라하게 느껴지는 골격과 쭉 빠진 몸매. 넓고 반듯한 어깨를 홀리듯 바라보던 제경이 작게 웃었다. 생각해 보면 이런 모습을 제 눈으로 볼 수 있다는 것만으로도 인생의 반은 성공한 게 아닌가. 실없지만 왠지 위로가 됐다.

"뭘 웃고 있어? 반성은 다 한 거야?"

여전히 얄미운 말투. 슬쩍 입술을 삐죽였지만 크게 기분이 나쁘진 않았다.

"반성은 하는데 발전이 없잖아요. 뭐랄까, 감독님이 원하시는 건 저 하늘 끝에 있는 것 같은데 전 땅에 딱 붙어 있는 기분이에요."

"아니지. 넌 땅을 파고 들어가고 있잖아."

"에이 씨. 어떡해요 그럼. 백날 연구하고 몰입해도 알 수가 없는데……."

"그래서 네가 떡이라는 거야."

어느새 멈춰 선 그가 고개를 절레절레 저었다.

"애당초 넌 카메라 앞에 서 본 적이 별로 없잖아. 왜 자꾸 그걸 잊어 먹어?"

"하지만 저 나름……."

"뭐, 독립영화 출연한 거? 거기서도 넌 조연 단역이었고 지금은 주연 급에 가깝지. 그런 거랑 비교하면 안 되는 거 아냐?"

왠지 그럴듯한 소리가 들려왔다. 멍하니 바라보고 있자 픽 웃던 윤조가 말을 이었다.

"표정하고는. 연기의 기본은 같아. 그걸 언어라고 생각하자. 그런데 그 언어를 안다고 해서 모든 학문을 떼는 건 아니잖아. 어디까지나 언어는 기본. 남은 학문은 그 언어를 바탕으로 쌓아 가는 거야."

"……."

"생각해 봐. 한글을 떼었다고 해서, 한글로 된 문제를 뭐든 풀 수 있게 되나?"

"아……. 그러니까, 전 영화 연기에 대한 이해가 없다, 이거죠?"

눈을 휘둥그렇게 뜨고 묻자 윤조는 고개를 끄덕이더니 특유의 말투로 대답했다.

"이제 말귀 좀 알아먹는 떡이네. 감정 전달 문제 같은데, 애초에 몸을 크게 움직여서 보여 주는 액션에선 그런 게 상관없어. 상대가 알기 쉬우니까. 액션 자체가 문제가 되지 않는 이상 그다지 어려울 리가 없는 거지."

"마, 맞아요."

"그런데 네 역할이 이전 같진 않잖아. 배경인물인 줄 알았던 녀석이 갑자기 조명을 확 받고 네 역할로 인해 사건이 진행되는데 부족한 부분을 그냥 가볍게 넘어갈 수 없게 된 거라고."

"하지만 그걸 알았다고 해서 당장 달라지는 건……."

"그래서 이 몸이 널 데리고 나왔잖아. 힌트라도 받고 싶으면 잘 따라오면서 들어."

손가락을 까닥이는 태도가 얄밉도록 설레어 그만 웃어 버렸다. 조심스럽게 다가가자 그가 말했다.

"그런데 그 손은?"

윤조의 시선이 붕대가 감겨 있는 오른손으로 향했다.

"아, 괘, 괜찮아요. 별로 아프지도 않고. 좀 깊게 베이긴 했는데 다른 곳 상한 게 아니라 금방 낫는대요. 걱정 마세요."

"금방 낫는다고 해도 당장 오늘 내일은 힘들 거 아냐. 대체 넌 제대로 하는 게 뭐가 있냐?"

기껏 위로를 하나 했더니 또 특유의 독설이 이어진다. 그리고 조금 더 가까이 다가선 그가 손을 올렸다. 이대로 쥐어박히는 건가 싶어 흠칫한 순간, 머리 위에 뭔가가 얹혔다.

"할 수 있는 일만 해. 너 자신을 알라는 말, 주제 파악하고 찌그러지라는 소리 아니야. 그 일이 가능한지 불가능한지 바로 파악하고 그 안에서만 최선을 다해. 그게 진짜 프로니까."

커다란 손이 그녀의 머리카락을 흩트렸다.

왠지 오늘의 윤조는 뭔가 이상했다. 아니, 들려오는 말은 분명 평소와 같은 말투였고, 같은 목소리였다. 그런데 왜 이리도 다정하게 들리는 걸까.

'나 큰일 난 거 같아요.'

앞서 걷는 그를 바라보던 제경이 조용히 한숨을 내쉬었다.

이어진 액션 씬의 촬영은 무난히 넘어가는 듯했다. 그런데 칼을 뽑아 든 수행원을 피해 몸을 낮춘 제경이 땅에 오른손을 짚은 순간 손바닥부터 심장을 관통하는 듯한 고통이 밀려왔다. 하지만 여기서 촬영을 또 멈출 순 없는 노릇이었다. 이를 악물며 제 역할을 마친 보람이 있었는지 한 번에 오케이 사인을 받아 낼 수 있었다. 간신히 한시름 돌린 제경이 막 걸음을 옮기려던 때였다.

"오, 오빠! 오빠 피가!"

세희의 비명 소리에 모두의 시선이 몰려들었다. 그제야 고개를 돌려 제 손을 본 제경이 경악했다. 흘러넘치는 선혈이 바지자락까지 새빨갛게 물들이고 있었다.

"잠깐 제경아, 일단 지혈이라도 하자. 여기 뭐 묶을 거 있으면 빨리 좀!"

잽싸게 다가온 우빈이 그녀의 손목을 꼭 붙잡으며 스태프들을 향해 손짓했다. 하지만 피는 좀처럼 쉽게 멈출 것 같지 않았다. 그사이 바닥에 박혀 있던 유리병 조각을 뽑아낸 세희의 안색이 하얗게 바래졌다. 그 날카로운 조각 위에 온 체중을 실었으니 오죽할까.

"일단 병원부터 가자. 신경이나 뼈 같은 데 다친 거면 큰일이잖아. 파상풍도 있고."

병원이라니! 우빈의 말에 제경은 소스라치게 놀라며 고개를 저었다.

"아니, 저 괜찮습⋯⋯."

"여기 병원 얼마나 걸려요? 응급실 있는 병원! 빨리빨리!"

"읍내 터미널 근처에 응급실 있네요. 막 밟으면 20분 정도 걸릴 거예요."

그새 검색을 했는지 한 스태프가 휴대폰을 흔들며 말했다.

"제경 씨 운전할 줄 알아요?"

"제정신이야? 저 손으로 무슨 운전을 해? 태워다 줘야지!"

"제가 데려갈게요. 전 어차피 촬영 다 끝나서. 괜찮죠?"

"어, 소원이가? 그래 주면 고맙고."

안 감독이 고개를 끄덕였다. 그 와중에 소리도 없이 등장한 심소원의 건의에 제경은 완전히 절망하고 말았다. 이젠 더 어쩔 수도 없이 끝장이 아닌가.

잔뜩 얼어붙어선 심소원의 차에 올랐고, 어느덧 병원에 도착했다. 그 시간 내내 심소원은 한마디도 건네지 않았다. 그 사실이 다행인지 불행인지 알 수가 없었다.

"처음 오시는 거죠? 환자분 인적사항 좀 여기에 적어 주세요."

그리고 올 것이 왔다. 손을 다친 저를 대신해 볼펜을 들고 바라보는 소원의 눈빛에 온몸이 녹아내리는 것만 같았다. 아니, 정말로 녹아 어디론가 흘러가 버렸으면 좋겠다는 생각을 한 순간 소원은 낮고 빠르게 말했다.

"주민번호 2로 시작하는 거 다 아니까 빨리 말해요."

상처는 꽤 깊었지만 다행히 신경이나 뼈가 다친 건 아니었던 모양이었다. 다만 길게 찢어진 손바닥을 꿰매는 게 조금 시간이 걸렸고 나을 때까지 가급적 물을 묻히지 말라는 말을 들었다. 처치를 마치고 나오자 소원은 이미 몇몇 사람들에 둘러싸인 채였다. 그렇게 그녀에게 민폐를 끼치고 돌아오는 길에 제경은 힘들게 입을 열었다.

"저, 저기…… 전……."

"참 용감한 건지, 멍청한 건지. 아무리 이 바닥이 또라이투성이라도 그렇지. 별 꼴을 다 봐요. 어떻게 그렇게 사람을 속일 생각을 해요?"

그녀의 싸늘한 말투 탓일까. 몸의 체온이 급격히 내려갔다.

대체 몇 명이나 알고 있는 걸까. 어쩌면 모두가 알고도 지켜보는 건지도 모른다. 설령 알아챈 사람이 심소원뿐이라 해도 지금 어떻게 이 상황을 넘겨야 할지 전혀 알 수가 없었고, 미래는 정확히 그려졌다. 모두의 손가락질을 받으며 쫓겨나는 것을 시작으로 계약금으로 받아 뒀던 돈도 돌려줘야 할 테고 그것도 모자라 손해배상을 청구 받겠지. 애초에 자신의 존재로 인해 변경된 시나리오와 그것에 맞춰 진행해 온 일정이 떠오르자 그만 눈앞이 아찔해졌다.

하지만 그것이 억울하다거나 못마땅한 건 아니었다. 모두의 수고와 노력, 시간은 또 어떻게 보상할 것인가. 이제야 제가 저지른 일이 작지 않은 사건이었음을 깨달은 제경이 흠칫 몸을 떨었다.

"정말…… 죄송합니다. 죄송해요."

"나한테 미안할 건 아니에요. 어차피 곤란한 사람들은 따로 있을 테니까. 그보다 그쪽 되게 허술한 거 알아요? 그런 사람이 어떻게 그런 생각을 했어요?"

"……."

"목적이 뭐예요, 대체?"

한참 차를 달리던 소원이 취조하듯 물어오는 질문에 제경은 더욱 난처해졌다. 하지만 이렇게 입만 다물고 있는 건 비겁하지 않은가.

"그, 그게……."

"아니, 됐어요. 말하지 말아요."

소원이 말을 끊었다. 그리고 급하게 커브를 틀며 말했다.

"어차피 내 선에서 뭘 어떻게 해결하긴 귀찮고 싫어요. 그러니까 차라리 아무 말 하지 말아요. 그냥 난 우연히 황제경 씨를 도와준 것뿐이고, 그 외엔 일체 아무것도 모르는 거예요. 무슨 말인지 알죠?"

"……네."

그리고 더 이상의 말은 없었다. 펜션 앞에서 조심스럽게 차 문을 닫은 제경은 운전석 옆에 서 있는 소원을 향해 고개를 숙였다. 소원은 눈도 마주치지 않고 곧장 차에 올라 그대로 출발해 버렸다. 쌀쌀맞기 그지없는 태도지만 그녀는 이 위기의 순간을 넘겨 줬고, 밤샘 촬영을 하고서도 자신을 위해 한 시간이 넘는 거리를 달려 준 사람이었다.

"고맙습니다, 선배."

미처 하지 못한 말을 읊조린 순간, 잔뜩 흐려 있던 하늘에선 비가 내리기 시작했다.

그렇게 정체를 들켰다는 걸 깨달았을 때 제일 먼저 떠오른 건 윤조의 얼굴이었다. 그의 표정이 놀람을 띠다 점차 경멸로 바뀌는 상상을 하자 왠지 다리에 힘이 풀렸다.

'내가 먼저 고백하는 게 더 낫겠지?'

막상 그렇게 생각하자 떠오르는 건 어쩐지 이상한 장면뿐이었다.

갈 곳 없는 저를 거두고 재준의 도움을 받게 한 것. 귀찮아하면서도 꼬박꼬박 제 질문에 답을 해 주던 모습. 제 손에 있던 집게를 뺏어 들고 서투르게 고기를 구워 주던 그날, 기분 나쁜 기색이 역력한 얼굴로도 적당히 고기가 익을 때마다 무심히 그녀의 앞 접시에 올리곤 했었다. 그리고 계곡에서 정체가 발각되기 직전 그녀를 도왔고, 그녀는 그 품에 안겼다.

이젠 다 알 것 같았다. 자꾸 미운 소리를 하지만 그것만이 그의 전부는 아니었다. 당장 얼마 되지 않은 나날을 보내면서도 봐 온 게 이리 많지 않은가. 누구도 몰랐을 그의 본모습. 그리고 의외의 내면. 미워져야 하는데 그게 도리어 위태로워 보여서…… 그저 걱정스럽고 애틋해 눈을 뗄 수가 없어서…….

그래서 더 속이고 싶지 않았다. 차라리 지금이라도 사실을 말한다면…….

"저…… 선배님."

"너 아직도 생각 안 바뀌었냐?"

"네?"

그러나 다시 이어진 그의 말에 말을 멈춘 제경은 흠칫하며 고개를 들었다. 조금 앞서 있던 그가 멈춰 선 채 그녀를 내려다보고 있었다.

185

"너, 다시 생각해. 어쩔 수 없는 일이라고 포기하면 세상에 무슨 발전이 있겠어?"

"아……."

"내가 널 이해 못 할 거라 했지? 당연하지 않냐? 네가 되어 본 적도 없고, 네 속내를 다 들어 본 적도 없는데 어떻게 알아? 그런데 너, 지금까지 쭉 노력했잖아. 내가 본 네 모습은 그런 건데 그것도 내가 이해 못 하는 거냐?"

이상하다. 느릿하게 이어지는 말에 가슴이 아프다.

"강냉이 자식 명함 따위에다 위로 받고 혹시나, 하고 해이해지는 거 싫다. 난 너 그런 꼴 보려고 데리고 있는 거 아냐."

"저도…… 그런 건 아니에요."

"그래. 그러니까 그딴 건 좀 버려."

왠지 눈시울이 붉어져 제경은 눈길을 떨어뜨린 채 고개만 끄덕였다.

"포기하지 말라고. ……내 말은."

어색하게 덧붙이던 그가 힘이 실리지 않은 손길로 툭툭 머리를 두드렸다. 그리고 다시 몸을 돌려 걷기 시작했다. 제경은 물끄러미 그 뒷모습을 바라봤다.

절대 돌아올 리 없는 감정인데. 절대 이어질 리 없는 마음인데.

'나…… 도저히 말 못 하겠어요.'

단순히 팬으로서 지켜본 것과는 확연히 다른 아쉬움. 바로 곁에서 함께 지내 온 동안 남 몰래 커 온 감정이 있다는 사실을 깨닫는 지금이 어쩐지 비참했다.

입을 다물기를 선택한 건 연기를 향한 욕심뿐만이 아니라는 걸 깨닫는 지금이.

7화.
노예, 별세계에 입문하다

비가 내린다. 대낮임에도 거실은 어두컴컴했다. 진한 커피향이 번지는 동안 윤조는 눈앞의 시계를 만지작거렸다. 언뜻 봐도 범상치 않은 느낌의 시계였다.

어딜 가나 눈에 띄고 지나치게 비싼 몸값을 자랑하는 데다 손이 많이 가는 물건.

'꼭 너 같아. 겉보기엔 튼튼해 보이는데 방수도 안 되고, 섬세하고. 일이 년에 한 번씩은 대청소해 줘야 되고.'

'뭐야, 그게. 내가 그렇다고?'

불만 어린 말로 내뱉자 커다란 웃음소리가 이어졌다. 지나치게 밝고 남자다운 웃음소리. 그래서 아무도 그 웃음 이면에 담긴 생각을 예상하지 못했던 건지도 모른다. 악몽을 딛고도 시간은 흘렀다. 하지만 내내 멀리 가는 듯하던 초침은 결국 제자리로 돌아왔고, 몇 년이 지나도 잊히지 않는 기억은 비가 내릴 때마다 그를 과거로 잡아끌곤 했다.

재준이 커피를 내밀며 말했다.

"시계 손질하시는 거예요?"

"응."

"하여간 그 시계, 무지 까다롭네요. 손볼 게 많은 거예요? 설마 고장 났어요?"

그저 마른 천으로 잘 닦아 두려고 한 것뿐이었다. 하지만 손은 여전히 멈춰 있었고 이렇게 시간이 갔다는 것조차 몰랐다. 대체 그동안 뭘 한 걸까. 그 답을 떠올린 순간 어딘지 모르게 가슴 한쪽이 뜨끔한 윤조는 마저 시계를 닦아 내곤 케이스에 집어넣었다. 머릿속에 몽글몽글 거품처럼 묻어 있는 기억들이 온통 제경의 뽀얀 얼굴, 말간 미소, 칭얼거리는 말투와 가냘픈 목소리였다.

"제경이는요? 잠든 건가?"

"응. 피곤했나 봐."

"그나저나 오후 촬영은 어떻게 되는 걸까요? 종일 비 올 텐데. 급한 대로 스케줄 바꿔서 스튜디오 촬영부터 하려나? 윤경호 씨한테 연락해 봐야겠네요."

무심히 자리를 뜨는 재준의 태도에 이상하게 막혀 있던 숨이 트인다. 윤조는 조심스럽게 제 가슴을 두드렸다.

'대체 왜 이러지?'

단지 녀석의 이름을 듣고, 생각하는 것만으로도 가슴이 뛰고 도무지 진정되질 않았다. 깊게 숨을 내쉰 윤조는 그대로 소파 깊숙이 기대앉아 눈을 감았다. 빠르게 흐르는 강물의 소리. 그리고 저를 바라보는 눈망울 이 차례로 떠올랐다.

'연극과 영화의 가장 큰 차이는 공간이야. 무대보다 더 넓고 자유로 운 것 같아도 실상 인식하는 건 뷰파인더에 잡히는 그 부분뿐이거든.'

188

'흠, 그러고 보니 그렇겠네요.'

진지하게 대답하던 제경이 양손으로 네모 모양을 만들더니 그를 향했다. 오로지 저를 향한 시선. 찡긋거리는 눈과 장난기 어린 미소에 가슴이 서걱거린다. 웃었나 보다. 그 순간 손을 내린 제경이 멍하니 입을 벌렸다.

'와……. 선배님은 진짜 웃을 때 조심하셔야겠어요.'

무슨 엉뚱한 소린가 싶어 바라보고 있자 제경은 뭔가 어색한 듯 머리를 긁적이며 말했다.

'음, 그게……. 화면이라는 건 아무래도 사람의 기술이잖아요. 그래선지 눈으로 보는 것만큼 잡지는 못하는 거 같아요. 특히 윤 선배님 같은 경우는…… 화면에서 보는 거랑 차이가 커요.'

'그래?'

이번엔 윤조가 손을 뻗어 네모를 만들었다. 그리고 손가락 너머로 눈을 끔뻑이고 있는 제경을 바라보다 픽 웃었다.

'너도 뭐, 나쁘진 않아. 실물이 나은지 화면이 나은지는 아직 모르겠지만.'

'그, 그래요?'

'한번 찍어 볼까?'

단순한 핑계였다. 그 순간 절묘하게 앞뒤를 맞춘 제 머리에 스스로 감탄했다. 그사이 목적지였던 강변의 정자에 도착했다. 재빨리 녀석을 붙잡아 앉히고 정면에 서서 휴대폰을 들이밀었다. 어쩔 줄 몰라 하며 입술을 깨물던 녀석이 고개를 숙였다. 녀석의 뺨이 붉다.

'그 표정은 뭔데? 배우라는 놈이 카메라 울렁증이야?'

'그건 아닌데, 저기…….'

'웃어 봐. 이쪽 똑바로 보고.'

나를 봐. 보고 웃어. 갈구하며 눈을 떼지 못하는 건 저 자신.

그리고 귓불까지 붉어진 얼굴로 고개를 숙인 채 몰래 한숨을 쉬는 건 소심한 황제경. 뭔가 골똘히 생각하고 표정을 다듬더니 다소 전투적인 눈빛을 해 보이는 것도 황제경. 이어 자연스럽게 그가 원한 웃음을 보여 준 것도…… 황제경.

'생각만큼 잘 나오진 않네.'

화면을 통해 바라보는 눈이 너무 예뻐 그만 퉁명스럽게 말해 버렸다.

'그래요?'

'뭐, 난 사진 찍는 프로가 아니니까. 전문가의 손길로 찍어야 정확하겠지, 이런 건.'

'뭐예요, 그게. 어, 얼굴만 팔리고…….'

난처한 듯 머리를 긁적이던 녀석이 다시 소심해져선 말을 꺼냈다.

'저기, 그거…… 지워 주실 거죠?'

'봐서.'

'아, 안 되는데…….'

울상을 짓는 걸 보니 이젠 올리고 싶어졌다. 대체 무슨 미친 생각인지 모르겠다. 이렇게 바라볼 때마다 어딘가 들떠 있는 제 마음을 들킬까 무섭다. 지켜보며 가슴 졸이는 이 마음을 경멸당할까 겁난다.

꾸물거리는 하늘을 바라보며 잠시 숨을 돌린 윤조는 망설임 없이 제경의 옆자리로 가 앉았다. 그리고 뭔가 반응을 하기 전에 잽싸게 이야기부터 꺼냈다.

'이런 식으로 카메라에 자주 노출해 보는 것도 좋은 방법이야. 머릿속에 네가 어떻게 비칠지 모습을 그리는 게 일단 기본이니까. 허리까지만 나올 장면에 굳이 발이 하는 연기를 집어넣을 필요는 없다 이거지.'

'선배님은 그럼 연기할 때 그런 걸 다 생각하면서 하시는 거예요?'

'아니. 평소에 연습해야지. 연기할 때는 생각이 너무 많으면 연기가 앞서 가 버릴 수도 있거든.'

'아……'

'다음 상황을 떠올리지 마. 그 순간엔 그 순간만 생각하는 거야. 그걸 의식하게 되는 순간 네 연기는 정해진 틀에 갇히는 거니까. 하지만 어떤 연기를 해야 할지는 기억해야 해. 이해가 가?'

'……어렵네요, 왠지.'

'원래 세상일이 다 그래. 알면 알수록 어렵거든. 모르는 게 약이란 말 괜한 소리 아니야.'

점점 어두운 표정으로 한숨을 짓는 걸 보자니 왠지 측은해졌다. 이젠 정말로 약을 줄 때였다.

'네 연기는 나쁘지 않아. 솔직히 떡 같은 놈치곤 훌륭한 편이지. 감정 이입이 잘되고 순식간에 그 역할에 몰입하는 집중력, 아주 괜찮은 재능 이야. 그런데 네가 그 느끼고 있는 걸 남들이 다 알게 해 주는 게 연기 야. 얼마나 효율적으로 보여 줄 수 있느냐가 관건이라고.'

눈도 깜빡이지 않고 빤히 바라보던 제경이 신중하게 고개를 끄덕였 다. 제 말을 경청하고 있다는 사실도, 그 눈가에 어린 존경심도 어쩐지 뿌듯했다.

단순히 싹수 있는 후배 연기자를 발굴했다는 기분 같은 건 아니었다. 애당초 자신이 그런 것에 흥미를 느낄 사람이 아니란 것도 잘 안다. 그 저 함께 있는 게 좋고, 계속 보고 싶어진다는 건 분명 지금껏 느껴 본 적이 없는 다른 감정이었다.

'좋아하는…… 건가?'

그런 것 같았다. 그런 감정이라면 흔하진 않아도 겪어 보긴 했으니까.

맑은 하늘. 상쾌한 봄밤의 공기. 홀로 영화 보는 시간. 촬영 현장의 열기. 환호하는 팬들. 시원하게 욕설을 내뱉으며 주먹을 휘두르는 현주 도 좋고, 해탈의 경지에 올라 뭘 해도 무덤덤한 재준의 반응도 좋다. 하 지만 그것과는 확실히 달랐다.

어느새 재준이 거실로 나왔다. 물끄러미 바라보던 윤조가 불쑥 말했다.

"내가 너 좋아하는 거 알지?"

"왜 또 이래요? 징그럽게."

한때는 누구라도 좋았다. 그 감정이 사랑이건 미움이건, 그냥 곁에 있었으면 했다. 그러면서도 겉모습으로 가려진 사람의 마음이 무서웠던 적이 있었다. 어딘가 비틀렸던 때였다.

그래서 아픈 말만 내뱉었다. 곁에 있었으면 하면서도 곁에 없었으면 했다. 처음부터 비어 있는 것보다 가득 차 있던 곳을 덜어 내는 게 더 아프다는 걸 알았으니까. 그 어떤 누구라도, 나 자신이 될 수는 없으니까. 나를 이해하지 못할 테니까.

"네가 여자였으면 참 좋았을 텐데……. 결혼도 해 주고."

그렇다면 이 끔찍하게 굶주린 듯한 기분을 채울 수 있는 걸까.

"헐, 끔찍해. 절대 싫어요. 저 성질 평생 어떻게 맞추고 살아. 다른 데 알아보세요."

"뭐 인마?"

발끈한 윤조가 눈살을 찌푸리자 재준은 키득거리며 또 어디론가 향했다.

하지만 안다. 누구보다 저를 생각하는 재준이기에 '오늘'도 다른 때와 다르지 않다는 걸.

그리고 제경을 향한 마음과 재준을 향한 마음은 전혀 다르다는 사실을.

밖은 여전히 비가 내렸다. 아마 이 비가 그칠 때까진 빛 한 줌 보이지 않는 검은 물속으로 끌려 들어가는 듯한 이 감각에 시달려야 할 것이다. 그런 제 상태를 아는 건 재준과 현주뿐. 그나마도 재준은 7년의 세월 중

거의 4년은 보낸 후에야 알아챘다. 그런데…….

'넌…… 어떻게 안 거야?'

강변을 걸으며 돌아올 무렵이었다. 팔에 느껴지던 감촉에 화들짝 놀란 윤조가 눈을 돌린 순간, 동그랗게 뜬 눈과 시선이 마주쳤다.

"아, 어딘지 몸이 조금 안 좋으신 거 같아서요."

어느샌가 옆에 붙어 선 제경이 팔을 붙잡고 있다 똑같이 놀라며 손을 떼었다. 그러더니 잽싸게 한 걸음 멀어졌다. 분명 녀석 앞에선 아무런 내색도 한 적이 없었다. 내내 연기에 대한 이야기 외엔 다른 말을 한 적이 없었고 딱히 감정이 드러날 이야기도 한 적이 없었다. 그런데 대체 어떻게…….

—번쩍.

별안간 주변이 새하얗게 변했다.

"으악!"

그리고 천둥소리에 놀란 제경이 윤조의 품으로 달려들었다. 그대로 끌어안은 윤조가 제 품과 제 손으로 그 귀를 막았다. 그 모든 사건이 이뤄진 시간은 고작 몇 초. 이해할 수 없는 감정 하나가 그의 머릿속에 벼락처럼 떨어졌다.

♠　　♠　　♠

차분하게 가라앉은 이른 새벽. 얌전히 개켜진 채 덩그러니 놓인 이불을 바라보던 윤조가 몸을 일으켰다. 술에 취해 잠들었던 그 밤 이후로는 잠이 들어 있는 모습을 본 적이 없었다. 언제나 자신보다 늦게 잠들고, 일찍 일어난다.

'운동 나간 건가.'

창밖을 내다본 윤조가 문득 눈살을 찌푸렸다. 여전히 잔뜩 흐린 하늘이었다. 벌써 이틀 째 비가 내렸다가 흐렸다가의 반복이었다.

펜션촌에 인접한 작은 마을에 사는 사람들은 대부분이 노인으로, 그냥 얼굴을 내놓고 다녀도 신경 쓸 일이 없었다. 오전에 햇볕이 부담스러운 시간을 피해 농사일을 시작하는 노인들은 지나가는 젊은 사람들에게 호기심 어린 표정을 내보이다 무심히 고개를 돌리곤 했다.

그러나 윤조가 향하는 곳은 주로 강가였다. 강둑을 쭉 따라 달리고, 익숙한 정자에 들렀다가 돌아오면 그때쯤 제경이나 재준이 이미 뭔가를 만들고 있었다. 그랬기에 지금껏 제경이 어디서 뭘 하는지는 사실 본 적이 없었다.

'마을 쪽으로 도는 거 같더라구요. 그래선가 마을 어르신들하고 사이도 좋아요. 하여간 웃기는 놈이라니까요.'

언젠가 재준이 했던 말을 기억한 윤조는 그대로 마을 쪽을 향해 발길을 돌렸다. 이어폰을 꽂고 마을 어귀를 두 바퀴째 돌았을까. 마을 회관 근처의 밭에서 낯익은 인영을 발견했다.

"할머니! 이거 그대로 옮기면 되죠?"

"응응, 그랴. 어이구, 고생 많어, 우리 젊은 총각이. 에구에구, 다 했으면 이리 와 봐."

"네."

마침 일이 다 끝난 모양인지 자그마한 할머니의 손을 잡은 제경이 옹기종기 집들이 모인 곳으로 향했다. 여기서 부르는 것도, 뒤따라가는 것도 왠지 어색해진 윤조는 그대로 집으로 돌아와야 했다.

"어? 일어나셨어요?"

그리고 샤워를 하고 나오자 막 현관을 들어서던 제경이 활짝 웃었다. 뭐가 그리 좋은지 보는 것만으로도 기분 좋게 함박웃음이다. 그리고 손에 뭔가를 들고 있었다. 윤조의 시선이 손으로 향하자 녀석은 아, 하고 입을 벌리더니 설명을 시작했다.

"이거 열무김치인데요, 할머니가 주셨어요. 이걸로 비빔국수 할까요? 맛있겠죠?"

"아침부터 무슨……."

"아, 아니 촬영 끝나고 저녁때요. 저녁땐 선배님도 드실 수 있잖아요."

말은 저렇게 하지만 아침식사에 내놓을 생각이었던 게 틀림없었다. 시무룩해지는 표정을 보면 알 만하지.

"마음대로 해."

툭하니 내뱉은 윤조가 다시 돌아보았을 땐 주섬주섬 아침 준비를 시작한 참이었다. 생수를 꺼내 마시며 가만히 그 모습을 지켜봤다. 어깨 언저리를 스치는 녀석에게서 향긋한 체향이 풍기자 묘한 기분이 들었다.

언제나 소심하게 움츠린 등이 애처롭다. 헐렁한 티셔츠 차림으로도 확연히 드러나는 마른 몸매는 딱딱함보단 다듬은 대나무처럼 나긋나긋한 느낌이었다. 그 허리에 손을 둘러 당겨보고 싶었다. 저 둥그렇게 움츠린 등을 끌어안고, 그 목덜미에 얼굴을 묻으면…….

'……뭐하는 거야.'

기막힌 상상에 윤조가 고개를 내저었다.

"선배님은 샐러드…… 아, 재준이 형은 어디 가셨어요? 뭐 드실 건지 물어봐야 되는데. 아직 안 일어나셨나?"

"너 잠깐만."

"네?"

그대로 팔을 낚아채자 놀랐는지 제경이 눈을 휘둥그렇게 떴다. 겁이 많은 녀석인지라 당황한 기색이 역력했다.

"왜, 왜요? 이것 좀 놓으시고……."

나름 뿌리치려 하지만 그의 손에 묶여 허우적대기만 할 뿐이다. 무시하며 더 힘을 줘 움켜쥐자 말랑말랑하고 부드러운 살결의 느낌이 나쁘지 않다. 아니 좋지 않다. 제길!

"감촉도 영락없이 떡이고."

"네에?"

황당해하는 눈빛을 무시하며 녀석의 몸을 휙 돌리자 뒤통수부터 하얀 목덜미, 그리고 곧은 등판으로 이어지는 몸매가 눈에 들어온다. 시선으로 훑어 내리는 동안 녀석이 몸을 웅크렸다. 튀어나오는 등의 곡선이 얇은 티셔츠 밖으로 드러나 더욱 가냘파 보였다.

아, 정말 이상해. 어떻게 이런 놈이 남자냐고.

못마땅한 기분으로 녀석의 몸을 휙 돌려 세우자 이젠 잔뜩 얼어붙은 시선이 닥쳐왔다. 거칠게 대하는 게 그저 무서운지 금방 눈물이라도 그렁거릴 것 같은 눈이다. 마치 최종 포식자 앞에서 가늠당하는 초식동물의 눈빛처럼. 이젠 기막혀서 웃음이 나온다.

"만날 그런 거나 처먹으니까 몸이 이 모양이지."

오늘도 아침식사랍시고 준비한 건 콘플레이크와 토스트였다. 문제의 심각성을 전혀 인지하지 못한 건지, 제경은 도리어 의문이라는 듯 빤히 바라보며 물어왔다.

"이, 이게 왜요?"

"넌 배우가 돼서 몸 관리도 안 해?"

"그야…… 딱히 살이 찐 것도 아니고……."

"그게 문제야. 살 좀 붙으라고. 이게 뭐야 대체. 누가 떡 아니랄까 봐 말랑말랑해선 근육은 하나도 없지, 비쩍 말라 비틀어져선 사람 헷갈리게……."

문득 말을 멈춘 윤조는 눈살을 찌푸렸다. 대체 뭐가 헷갈리는 건데. 어쩐지 더 울컥해 소리를 질렀다.

"아무튼 먹는 거 신경 좀 쓰라고!"

"아, 알았어요. 그런데 왜 화를……."

"내가 언제!"

둔해 빠진 놈이 이럴 때만 예리하지. 윤조는 밀치듯 제경의 팔을 놓고는 곧장 냉장고로 향했다. 그리고 익숙한 통을 꺼내 던지듯 건넸다.

"하루에 두 끼. 절대 빼먹지 말고 꼬박꼬박 먹어. 한 끼라도 빼먹으면 각오해."

어안이 벙벙한 얼굴을 하던 제경이 손에 든 걸 조심스럽게 내려놨다. 그리고 호기심 어린 눈으로 뚜껑을 열고 잠시 들여다보더니 기겁하며 입을 열었다.

"헉, 뭐야. 이거 드레싱 없어요?"

대답 대신 포크를 집어 든 윤조는 채소를 푹 찍어 그대로 제경의 입에 욱여넣었다. 얼결에 입을 벌려 받아먹은 제경이 잠시 후, 인상을 잔뜩 찌푸렸다.

"윽, 써. 뭐예요? 되게 맛없어. 닭 가슴살은 너무 싱겁고…… 양상추 아삭거리는 건 좋은데 이 쓴 풀, 꼭 누구 닮아서 고약…… 아얏."

이마를 퉁 튕겨 낸 순간 제경이 비명을 질렀다.

"아주 먹방을 찍지 그러냐?"

금세 울상이 된 녀석은 다시 채소를 입에 넣고는 소가 여물 먹듯이 느릿하게 우물거렸다. 그러더니 입가심인지 방울토마토 하나를 입에 넣으며 말했다.

"그런데 저기, 저만 드레싱 넣으면 안 돼요? 아니면 저 드레싱 잘 만드는데 같이 넣어서……."

"……."

"아, 아니 싫음 말구요. 그런데 무슨 샐러드에 오이 한 조각 안 들었어요? 오이라도 있으면 입가심도 되고 더 맛있을……."

"닥치고 먹어."

"네."

금세 깨갱한 제경은 열심히 남은 채소를 입에 넣었다. 그 모습을 물끄러미 바라보았다. 한두 달 관리하는 걸로 바뀌지 않으리란 걸 안다. 아는데도 이러는 건…….

"진짜 프로는 프로네요. 와, 이런 걸 날마다 어떻게 먹고……. 그래도 먹을 만은 해요, 선배님. 먹다 보니 맛있어요, 헤헷."

말끝에 어린 그 웃음. 그의 입가에도 절로 웃음이 맺혔다.

그래. 어떤 말을 해도 녀석은 결국 웃어 주리란 그 기대 때문일 거다.

♠　　　♠　　　♠

이틀을 내린 비에 바닥이 온통 질척였지만 촬영은 다시 이어졌다. 그동안 있었던 일 중, 특이점이라면 이상하게 가라앉아 있던 윤조가 갑작스러운 이희선의 숙소 습격에도 폭발하지 않았다는 것 정도일까.

"나 정말 숙소 촬영은 힘들겠다고 말했거든. 그쪽도 알았다고 해 놓고 어쩜 저러냐. 대체 주소는 또 어떻게 알고 들이닥친 거야."

"그래도 선배님이 카메라 앞에서 성질 안 부리신 게 어디예요. 전 그것만으로도 십년감수한 기분이에요."

"뭐 대단한 걸 캐 보겠다고 그 난린지 원. 그 정도면 사생팬 아니냐?"

이희선이 사생팬이라니. 생각만으로도 끔찍해 절로 몸서리가 쳐진다.

"어우, 형. 끔찍한 이야긴 하지도 마세요."

"그래. 말이 씨가 되는 거지. 취소. 야야, 그거 들지 마. 너 손 아프잖아."

"어, 괜찮은데……."

잽싸게 다가온 재준이 그녀의 손에 있던 비닐봉지를 뺏어 들었다. 문득 제 손을 내려다보던 제경이 멋쩍게 웃었다. 아직 두껍게 감겨 있는 붕대가 불편해 보였나 보다. 하지만 죽이 척척 맞는 두 사람의 수다는 길을 걷는 도중에도 끝이 없었다. 원래의 목적도 잊은 채, 이야기에 몰입한 두 사람의 걸음은 점차 느려지고 있었다.

"네, 저도 기억나요. 백의전쟁 신은호!"

"와, 너 그 이름까지 기억하는 거야? 대단하네."

"저 그거 한 편도 안 빼고 꼬박꼬박 다 봤었거든요. 거기 나오셨던 분들 다 기억해요."

"윤조 형도 그건 못 잊겠는지 가끔 말 꺼내서 날 시험하는데, 난 사실 이제 기억이 가물가물하거든. 혹시 또 물어보면 네가 대답 좀 해 줘라."

꽤 시달린 듯 치를 떠는 재준의 말투에 제경은 그만 웃어 버렸다. 그러다 문득 진지해져선 심각하게 입을 열었다.

"이런 말 좀 이상할지 모르겠는데…… 윤 선배님 연기가 도저히 잊히질 않아요."

재준이 의아한 눈을 했다. 뉘앙스가 이상했던 걸까. 그 순간 가슴이 뜨끔한 제경은 얼른 설명을 덧붙였다.

"그러니까, 그땐 윤조라는 배우가 신은호를 연기하는 게 아니고 그냥 신은호 같았어요. 쿨하고 차갑게 감정을 억제하려는 것 자체가 윤조의 연기가 아니고 신은호가 쿨해지기 위해 노력하는 것처럼…… 아니, 그게 당연한 건가?"

"그게 무슨 소리야?"

"아니, 음. 설명하자면요, 그 이후에 연기들은 뭔가 되게 세련되고 절제된 느낌이거든요. 제대하시고 처음 하신 영화 '인텐스' 때도 그렇고, 그다음 드라마도 그렇구요. 그런데 백의전쟁은 달랐어요. 그냥 신은호 그 자체였던 것처럼요. 감정과잉에 허술하다고 욕도 먹긴 했지만, 전 선배님이 신은호로만 보여서 한동안 되게 혼란스러웠거든요. 물론 지금 연기하는 모습도 무지 좋긴 한데…… 그런 연기 하시는 모습 한 번만 더 보고 싶어요."

말을 하는 동안 재준은 뭔가 뜻밖이라는 표정을 짓고 있었다.

"너 혹시, 윤조 형 팬이었어?"

"네? 아니 전 그, 그냥 윤 선배님 연기를……."

"아니긴 뭐가 아냐. 그거 보통 애정으로 보이는 게 아닌데."

낭패다! 설명한답시고 너무 대놓고 감상을 늘어놓았으니 못 알아채는 게 이상하지! 당황한 얼굴을 그대로 드러내던 제경은 곧 평정심을 찾았다. 생각해 보면 뭐 어떠랴. 남자도 남자배우의 팬질을 할 수도 있지. 남자들 사이에서도 그 완벽한 외모와 정상적인 군생활로 칭송받던 윤조 아닌가. 절대 이상한 일이 아니었다. 멋쩍게 웃던 제경이 곧 고개를 끄덕였다.

"사실 윤 선배님이랑 연기해 보는 게…… 제 꿈이었어요."

애초에 이런 상황을 만든 건 그 꿈의 작용이 컸다. 아니, 오디션장에 발을 들인 것부터 시작해 그녀를 움직이게 만든 그 모든 것이라 해도 과언이 아닐 것이다. 그리고 누구에게 전해도 부끄러울 건 없다고 생각했다.

"아, 형. 벌써 다 하신 거예요? 왜 거기서 와요?"

단지, 그 본인에게는 아직 할 수 없었던 말일 뿐.

"어, 잠깐 다녀올 데가 있어서."

느닷없는 재준의 말에 놀라고, 뒤이어 들려온 윤조의 목소리에 놀란 제경이 소스라치며 그 자리에 멈춰 섰다. 트레일러 안에 있는 줄로만 알았던 그가 갑자기 등 뒤에서 나타났기 때문이다.

"소품은 다 챙겨 왔어?"

"네, 여기요. 제경아, 뭐해."

황망하게 땅바닥만 바라보는 그녀의 눈앞에 그의 그림자가 겹쳐졌다. 후다닥 제 손에 든 걸 내놓고, 그 무게감이 사라질 때쯤 윤경호의 목소리가 들려왔다.

"윤조 씨, 준비 끝났죠? 그럼 곧 촬영 들어가겠습니다. 보출분들 모여 주세요!"

그녀에게 드리워져 있던 그림자가 천천히 움직였다. 여전히 고개를 들지 못하는 그녀의 태도에도 그는 말이 없었다. 어쩌면 그 말이 그의 귀엔 닿지 않았을지도 모른단 생각이 문득 비쳐 들 무렵.

"손…… 덧나면 안 되니까 무리하지 말고 먼저 들어가."

나직한 윤조의 목소리가 스쳤다.

"네?"

"묻고 싶은 게 있으니까 자지 말고."

"무슨……."

그제야 제경은 쭈뼛거리며 의아한 눈을 들었다. 그리고 그 순간, 기다렸다는 듯 그의 입술이 열렸다.

"꿈이 참 소박했네, 황제경."

또다. 또 한 번 그에게 이름을 불렀다. 처음엔 그저 두근거리고 설레기만 했던 감정이, 지금은 묘한 긴장감과 함께였다. 불시에 우연처럼 불렀던 그때와는 달리, 이번엔 확연히 새겨 줄 것처럼 차분했다. 그리고 윤조는 똑바로 그녀의 얼굴을 바라보고 있었다.

[아무래도 그렇지. 이름이란 건 뭐랄까. 그 사람의 가장 사적인 면모고 근본이라고 할 수 있잖아. 그러니까 이름을 부른다는 건 상대를 인정하겠단 소리 아니겠어? 그리고 모든 애정은 또 거기서 시작되지.]

"뭐가 그리 거창한데?"

[뭐랄까. 누나를 누나라고 부르지 않는 연하남의 심리 같은 거?]

제법 일리 있는 혜미의 말에 피식 웃었다가, 그 대상이 윤조라 생각하니 지나치게 허무맹랑해 또 헛웃음을 지었다. 확실히 여느 때보다 다정해진 것 같단 생각은 드는데 그건 언젠가 재준이 말한 대로 '잘해 줄 때도 있고'라는 상태의 연장일 뿐이라 생각했다. 그도 그럴 듯이 저와 그 사이에서 가능한 연결고리라곤 전혀 없었으니 말이다.

남자 대 남자. 그리고 잘나가는 스타와 무명배우의 관계. 여기서 가능한 건 뭘까.

[하긴, 그렇긴 해. 그래도 뭐 망상은 팬의 권리다, 너?]

"웃기는 소리 하지 마. 망상이 과하면 범죄로 연결되는 거야."

[어우, 망상이어도 좋으니까 나도 윤조한테 이름 한 번만 불려 봤음 좋겠다.]

조용한 숙소엔 제경의 웃음소리만이 이어졌다. 샤워를 마치고 맥주 한 캔을 꺼내 든 제경이 안주로 적당히 저녁을 때우며 혜미와의 수다 삼매경에 빠져든 지도 어느덧 한 시간여가 흐른 뒤였다. 휴대폰이 후끈 달아올랐다.

[그러니까 '윤조 레이.' 요 검색어의 정체가 그거였다는 건 우리 같은 애들만 아는 거지.]

"오오, 그렇구나. 너 그런데 그런 거 좋아했어?"

[왜? 너도 보고 싶어? 봐 볼래? 진짜 찰지고 짤깃하다.]

책이라곤 만화책밖에 읽지 않는 주제에 이상한 호기심이었다. 자신이 알 수 없는 세계에서 윤조의 모습은 대체 어떻게 그려지고 있는 건지 궁금했다. 그래, 그 빌어먹을 호기심이 오늘도 발동하고 만 것이다. 그런데 궁금한 걸 어떡하냐고.

통화가 끝난 후, 지나치게 뜨거워진 휴대폰을 식히던 제경은 잠시간의 갈등 끝에 결국 미지의 세계를 열고 말았다.

"이름은?"

차가운 목소리에 윤조는 고개를 들었다. 날카로운 턱선, 깊고 어두운 눈동자, 깍아지른 듯한 콧날. 별다른 설명 없이도, 이 남자가 이곳의 왕임을 알 수 있었다.

"윤……초."

"윤초? 이상한 이름이군."

혼잣말로 중얼거리던 레이가 윤초의 턱을 잡아 들어 올렸다. 눈이 마주친다. 어쩐 일인지, 소름이 돋았다.

"미인이군."

"아, 아니. 난 남자……."

"그런 건 별로 중요하지 않아. 어디에 쑤셔 넣는가의 차이일 뿐."

무슨 뜻인지 몰라 당황하는 윤초를 보며 그가 입을 비틀며 웃었다.

"이자를 깨끗이 씻겨라. 때를 벗은 얼굴이 얼마나 아름다운지, 보고 싶구나."

　　　　　　　　　　　　　　　　　—선택은 하나뿐. [임라다]

"으아! 여기서 끊으면 어떡해!"

그 뒤에 이어질 장면이 무지 중요한 것 같은데 하필 여기서 끊다니!

"젠장, 연재는 이게 문제네."

그런데 그 순간 뭔가가 뒤에서 휴대폰을 낚아챘다.

"씻기고 난 다음엔 뭐 하는 거냐?"

심장이 발끝까지 푹 꺼졌다. 이 목소린 설마…….

"먼저 와서 뭘 하나 했더니. 아주 푹 빠져 있더라? 그렇게 재밌냐?"

대체 언제 시간이 이렇게 된 걸까. 심지어 뉘앙스로 봐선 그 역시 꽤 오래전부터 있었던 것 같았다. 차마 돌아보지도 못하고 굳어 버린 그녀 대신 윤조가 옆자리에 털썩 앉았다. 흠칫 놀라며 소파 구석으로 들러붙자 그는 보란 듯 더 옆으로 다가앉으며 휴대폰을 내밀었다.

"그런데 이거 다음 편 올라왔어?"

"네? 아니, 사실 이거 저도 오늘 처음 본 거라서 잘⋯⋯!"

"또 뭐가 재밌어? 같이 보자."

"헉! 전 그다지 생각 없어서!"

"그래? 그럼 나 혼자 봐야겠네."

"으아닛! 그러지 마세요! 이런 건 볼 게 못 되는 거니까!"

오, 제기랄. 제 팬픽을 보는 윤조라니! 당황한 제경이 휴대폰을 덥석 쥐었다. 하지만 도무지 뺏을 수 있을 것 같진 않았다.

"서, 선배! 저기 식사는 하셨어요? 제가 지금 뭐라도 좀 만들까요?"

"시간이 몇 신데."

"그, 그렇죠? 그보다 하실 말씀이란 건⋯⋯."

"아, 그거?"

그가 순간 멈칫했다. 잠시 이대로 넘어가나 살짝 기대했건만, 스르륵 눈을 내린 윤조는 곧 피식 웃음을 터뜨렸다.

"그렇지. 그것도 물어봐야 하는데."

"힉!"

그리고 뭔가 그녀의 어깨를 덮쳐눌렀다. 어느새 윤조가 태연히 제 어깨를 감싸 안은 채 몸을 기대 왔다. 얇은 티셔츠 너머로 느껴지는 체온과 묘하게 향긋한 땀 냄새. 제경은 훌렁 날아가는 정신 줄을 간신히 틀어잡았다.

"이야, 이건 그런데 정말 미친놈이 따로 없다. 진짜 강냉이 놈을 보고 썼나? 그런데 왜 내가 이렇게 연약하게 나와? 내 이미지가 진짜 이래? 보라니까?"

"서, 선배. 저기 그, 그만 보시고⋯⋯ 아니, 저기 재준이 형은요?"

"어, 재준이는 안 감독한테 갔어. 잠깐 들렀다 온댔으니 금방 올 거야."

"그, 그렇구나. 그럼 저기⋯⋯."

어떻게든 이 순간을 넘겨야 했다. 침착하게. 침착하게. 하지만 도무지 알 수가 없었다. 대체 저 인간은 뭘 생각하고 있는 건가! 어떻게 대처해야 하는데.

그녀의 상식과 경험으로는 저 글을 보고도 웃어 대는 윤조의 모습이 그저 생소하고 무서울 뿐이었다.

"그런데 너, 이런 건 어떻게 알고 보는 거냐?"

그리고 올 것이 왔다. 그러나 예상했던 질문이었다.

"그게 그냥 지, 지난번에 진상쇼에서 팬픽 이야기 땜에, 왠지 궁금해서 그냥……."

"그래? 그런데 너, 이런 남자 좋아해?"

"아니요! 절대 아니에요. 전 다정한 남자가……."

파닥파닥.

어디선가 낚인 물고기의 몸부림 소리가 들려왔다. 제대로 떡밥을 문 붕어가 따로 없었다.

잽싸게 입을 가렸지만 이미 늦었다. 그녀의 어깨를 감싼 손에 조금 더 힘이 들어갔고, 바로 눈앞에서 승리자의 미소를 한껏 머금은 입술이 천천히 열리고 있었다.

"그거 잘됐네."

의문 가득한 시선이 그를 향했다. 뭐가 잘됐다는 건데.

"이제 다정해져 볼 참이거든."

뭐야 대체…….

"황제경이란 놈한테."

이 사람 왜 이래!

♠   ♠   ♠

하얀 밥 덩어리를 바라보며 머뭇거리던 제경은 곧 조심스럽게 그것을 집어 들었다. 그리고 곧 허겁지겁 먹기 시작했다. 얌전해 보이는 겉모습과는 달리 이미 노비의 습성이 적나라하게 밴 태도다.

"천천히 먹어요, 체하겠어요."

정연 아씨로 분한 소원이 커다란 그릇에 담긴 물을 권했다. 급히 받은 제경은 미처 씹지도 못했을 밥 덩어리와 함께 꿀꺽꿀꺽 삼켜 댔다. 그리고 얼마 후.

"컷! 좋습니다."

안 감독의 목소리에 제경은 안도의 한숨을 내쉬었다. 리허설을 포함해 이 밥 덩어리를 쥔 게 벌써 네 번째. 먹는 연기가 이리 어려울 줄은 몰랐다.

"수고했어요."

의상 차에서 마주친 소원이 불쑥 말을 건넸다.

"아, 네. 선배님도 수고하셨습니다."

"그래요. 그나저나 곧 아침 식사시간인데 이미 배 다 채워서 어떡해요?"

멈칫한 제경이 눈을 휘둥그렇게 뜨고 바라봤다. 그러고 보니 이런 일상적인 일로 말을 건네 본 적이 없다는 걸 깨달은 소원이 쓰게 웃었다.

"그러게요. 조금 억울해요. 그거 되게 맛없었어요. 김이라도 좀 섞어주지. 그, 양반댁 살림이 많이 어려운가 봐요."

"후후훗……."

순진하고 능청스러운 대답에 소원의 입에선 청아한 웃음소리가 터져 나왔다.

"지낼 만해요?"

게다가 왜 뜬금없는 걱정인지 모르겠다.

"아, 네. 그럭저럭요."

그러고서 또 한동안 두 사람은 말이 없었다. 여전히 어색하고 불편한 사이. 의상팀의 스태프들과 배우들이 들락거리는 동안 제경은 조금 떨어진 곳에서 그녀의 눈치만 보고 있었다.

"진짜…… 놀랍네요."

"네?"

"아니 처음 알았을 땐 별로 놀랍진 않았는데, 그쪽 하는 거 보다 보니까 새삼 놀라워요."

제경이 멋쩍은 듯 손끝으로 이마를 긁적였다. 촬영 중이라 잠시 붕대를 풀어놔선지 아직 상처가 덜 아문 손바닥이 눈에 띈다. 그 모습을 보니 왠지 모르게 씁쓸해지는 기분을 버릴 수가 없었다.

'대체 어쩌려고 이러시는 건지. 아무리 그래도 여잔데…….'

소원은 며칠 전, 안 감독과의 통화 내용을 떠올리며 눈살을 찌푸렸다.

"그게 문제가 아니잖아요. 이제 어떡하실 거예요?"

[뭘 말이야.]

"설마 이대로 그냥 넘어갈 생각은 아니죠?"

[촬영은 마쳐야지.]

"촬영만 끝낸다고 다는 아니잖아요. 그리고 지금쯤은 제경 씨도 불안하지 않겠어요?"

[글쎄. 난 무슨 소릴 하는지 통 모르겠네.]

느긋하게 대답하는 안 감독의 목소리에 소원은 기가 막힌 듯 헛웃음을 지었다.

"귀신을 속이세요, 감독님. 처음부터 제경 씨가 여자라는 거 알고 뽑은 거잖아요."

[흐하핫…… 그랬던가? 아무튼 오늘 수고했어. 잘 자고 다음 촬영 때 봐.]

끊어진 휴대폰을 바라보던 소원이 한숨을 쉬었다.

그녀가 사실을 알게 된 건 윤조의 숙소 앞에서 첫 회식을 했던 그날이었다. 그 새벽에 제대로 걷지도 못할 만큼 취한 채 찾아온 안 감독은 그 지경이 돼서도 남들 앞에선 입도 뻥긋 하지 않았던 사실들을 횡설수설 늘어놓았다.

'그러니까…… 우리 소원이가 이번만은 이해 좀 해 달라고. 응?'

그리고 그는 그대로 거실 소파에 드러누워 곯아떨어져 버렸다.

어지간히 취해도 필름이 끊어지는 일은 없었다. 그러니 기억에 없다는 듯 잡아떼는 말도 모두 거짓말. 그는 자신이 이렇게 그를 도우리란 것도 이미 예상했을 것이다. 대체 어쩔 예정인지 묻고 싶었지만 그녀는 그가 어떤 대답을 하게 될지 역시 알고 있었다.

'글쎄. 우리 소원이가 내 생각을 모를 리는 없을 테니까…… 아마 그게 맞겠지?'

♠   ♠   ♠

거울 앞에 선 윤조는 밤새 까칠하게 수염이 자란 턱에 거품을 묻히고 새 면도기를 꺼내 들었다. 거울을 보며 몸을 조금 숙인 순간 갑자기 문이 벌컥 열렸다. 흠칫 놀라며 고개를 돌리자 제경이 서 있었다.

"아, 죄송……."

뜻 모를 사과에 잠시 혼란이 왔다. 그리고 녀석도 뭔가 혼란스러운 표정이었다.

"뭐가 죄송한데?"

"네? ……그러게요."

"들어와. 이것만 하고 나갈 거니까."

하지만 여전히 머뭇거리던 녀석은 한참 만에야 옆으로 다가왔다. 그러더니 주섬주섬 칫솔을 꺼내 치약을 쭉 짜냈다. 왠지 튜브의 중간 부분을 누르는 것이 신경에 거슬렸지만 윤조는 꾹 참으며 면도를 마저 해치웠다. 그리고 남은 거품을 씻어 낸 후 수건을 얼굴에 댔다. 그사이 녀석은 엉뚱한 곳에 시선을 던져 둔 채 열심히 이를 닦고 있었다.

자각이라는 건 얼마나 무서운가. 지금껏 이상하게만 생각되던 감정이 완벽하게 정리되어 다가오는 느낌이 새롭다. 볼록 튀어나온 하얀 볼살과 기다란 속눈썹이 못 견디게 귀여워 미치겠다. 그 뺨을 꾹 눌러 보고 싶은 충동을 참던 윤조가 문득, 이상한 점을 발견했다.

"야, 떡."

"네?"

"넌 왜 털이 없냐?"

칫솔질을 하던 녀석이 멈칫하더니 왠지 당황한 시선을 보내왔다.

"저, 수, 수염 나요!"

"그러고 보니 너 면도는 하냐?"

"아니, 전 그러니까…… 많이 나지는 않는데…… 보세요."

그러더니 제경은 느닷없이 제 얼굴을 바짝 들이댔다.

"봐요, 수염. 있죠? 여기, 여기."

제 입술의 양쪽 위를 툭툭 짚어 보이는데 수염이고 뭐고 민트향과 섞인 입술은 또 왜 이리 가까운 건지. 당장이라도 그 입술을 물어뜯고 싶은 생각밖에 없었다. 한참 만에야 제가 뭔 짓을 하고 있는지 깨달은 제경이 후다닥 제자리로 돌아갔다.

이상하게…… 아쉽다. 혀를 차던 윤조가 퉁명스럽게 내뱉었다.

"그대로 기르면 제대로 간신수염 같겠다. 잘 길러 봐."

"윽."

그건 싫은지 울상이다. 그런데 한 번 의식해서일까. 이번엔 빨간 입술 아래, 아무 흔적도 없는 매끈한 턱이 눈에 띄었다. 그 입술의 아래를 슬쩍 집으며 문지른 순간, 어디선가 숨을 들이켜는 소리가 들렸다. 그의 입술이 길게 늘어졌다.

"수염은 개뿔. 뭐가 나는 기색도 없는데?"

"아, 그, 그게 전 원래 털이 벼, 별로……."

"별로 없는 정도가 아냐. 이제 보니까 팔뚝도 그러네. 너 설마……."

말을 하던 윤조가 슬쩍 시선을 내려 제경의 허리춤을 바라봤다. 똑같이 제 몸을 향해 고개를 숙이던 제경이 그제야 뭔가를 깨달았는지 손을 탁 쳐 내리곤 잽싸게 컵을 들었다. 그러면 또 놀리고 싶잖아.

"참, 너 그때 내 거 본 적 있지 않나?"

그 순간 입 안을 헹구던 제경이 그대로 물을 뿜어냈다.

"푸학! 네? 아, 아니요! 모, 못 봤……."

"아닌데, 분명 봤을 텐데. 본 감상은?"

"아니 전 별로 보고 싶지 않았……!"

"너도 보여 줘."

"……."

순간 입을 꾹 다문 제경이 눈을 동그렇게 떴다. 가뜩이나 큰 눈이 튀어나올 기세다.

"뭘 그렇게 놀라? 농담인데."

정말 미치도록 귀엽다. 파드득대는 반응이 아쉬워 자꾸만 건드리게 된다. 아무렇지 않은 척. 그렇게 티 나게 놀랐으면서도 안 그런 척. 빤히 거울로 보이는 얼굴이 새빨간데 모르는 척. 사선으로 눈을 내리깐 채 칫솔만 움직이는 걸 보던 윤조가 제경의 귓가를 바라봤다.

살짝 부푼 뺨의 곡선이 못 견디게 예쁘다. 곱기만 한 턱 선에 접은 집게손가락을 올려 쓸었다가 다시금 놀란 눈빛이 휙 덮쳐 와 웃고 말았다.

"먼저 간다. 씻고 나와."

그가 사라지고 나서야 제경은 막힌 숨통을 간신히 뚫었다.

"푸하……."

다정하긴 개뿔. 어째 장난만 더 심해진 윤조의 태도에 심장이 남아나질 않을 것 같다.

제 곁을 스쳐 지나는 윤조에겐 차마 눈을 돌리지도 못하고 고개를 푹숙인 제경이 제 코를 틀어막으며 한참 동안 숨을 멈췄다. 놀랄 때마다 튀어나오는 딸꾹질인데 이젠 그걸 멈추는 것도 무지 익숙해졌다.

'미치겠다. 뭐하자는 거야, 진짜.'

그날 밤, 꼭 보물이라도 찾은 표정으로 웃던 그 얼굴이 아직도 눈앞에 생생하다.

고백이나 다름없는 말을 했으면서도 그는 아무렇지 않은 얼굴이었다. 온몸을 벌벌 떨고 있던 자신이 비참해질 만큼.

'윤 선배님이…… 나를…….'

하지만 그가 마음을 보인 상대는 남자인 그녀.

그 순간 뭘 해야 할지, 뭐라고 말해야 할지 아무것도 정리하지 못했는데 윤조는 그녀의 등허리를 훌쩍 당겼다. 불시에 그의 품에 푹 안겨 든 제경은 그제야 화들짝 놀라며 손을 뻗었다.

"잘됐네. 그 손 좀 치워 보라고 말하려던 참이었거든."

"……!"

나직한 목소리. 달콤한 미소가 어린 입술이 눈앞을 살랑거리더니 점점 가까워졌다. 뭐야. 지금 뭘 하려는 거야.

"혁, 자, 잠깐, 잠깐만요!"

간신히 정신을 차린 제경이 고개를 돌리자 그의 숨결이 뺨을 스쳤다.

"쯧, 안 먹히네."

역시나 장난이라도 친 듯 가벼운 말투였다. 하지만 조금 떨어진 거리에서 지그시 바라보는 눈빛은 절대 장난이 아니었다.

"혹시나 했는데……."

"……."

"너, 남자 좋아하지?"

미묘하다. 정확한 사실인데…… 인정하기 싫은 이 기분은 뭐지.

욕실 밖으로 나오자 거실엔 아무도 없었다. 주변을 힐끗 돌아본 제경은 주방으로 들어가 뒷주머니에서 약을 꺼내 들었다. 며칠간 고민하고 고민했지만 결국 오늘부터 먹어야 할 모양이었다. 어차피 잔뜩 얼어붙어 도망도 치지 못했고 당황한 꼴을 제대로 보여 주고 말았으니 잡아뗄 수도 없고 이제 와 정체를 밝히기엔 늦었다. 게다가 그 후폭풍을 감당할 자신도 없으니 들킬 건수를 하나라도 정리하는 편이 나았다. 석 달이고 넉 달이고 닥치는 대로 먹을 수밖에.

'젠장. 그런데 지금 나 윤 선배님을 거절하고 있는 거야? 세상에. 윤조라고 윤조!'

기가 막히고 허탈해 눈물이 핑 돌 지경이었다. 27년 솔로 인생의 보상이 이따위야.

떨리는 손으로 한 알을 입에 넣고 막 물을 마셨을 때였다.

"뭐해?"

언제 온 건지 바로 옆에서 윤조의 목소리가 들려왔다. 소스라치게 놀란 제경이 떨어뜨릴 뻔한 물컵을 꾹 쥔 순간 그의 기다란 팔이 어깨에 걸렸다.

"뭘 그렇게 놀라? 뭐했어?"

"아니! 그냥 물 마셨는데요? 그, 그보다 선배님 지금 나가시는 길 아니었어요?"

"아, 오늘 촬영 오후에 있어. 점심 먹고 갈 거야. 그런데 그건 뭐야?"

가뜩이나 얼굴이 바로 옆이라 심장 벌렁거려 죽겠는데 윤조는 갑자기

약을 들고 있던 왼손을 덥석 붙잡으며 관심을 보였다.

"약? 너 어디 아파?"

다행이다. 적어도 피임약이라는 건 들키지 않은 모양이었다. 잽싸게 그의 손을 뿌리친 제경은 뒷주머니로 약을 집어넣었다.

"그, 그건 아니고 그냥…… 비, 비타민이에요. 비타민. 요즘 좀 피곤 해서……."

"비타민?"

어깨를 감은 팔을 조금 당긴 그가 픽 웃었다. 한층 가까워진 얼굴이 묘하게 심술궂다.

"치사하게 너 혼자만 몸보신하고 있다 이거지?"

"네? 아니, 이건 그런 게 아니라……."

"여기 있어? 나도 좀 줘."

갑자기 묻던 그가 뒷주머니를 뒤지려는지 엉덩이에 손을 올렸다.

"자, 잠깐…… 악! 선배님 이건 성추행이라구요!"

"뭐?"

그 순간 멈칫하던 그가 시선을 맞춰 왔다. 그사이 후다닥 몸을 돌린 제경이 엉덩이를 싱크대에 붙인 채 온몸을 움츠렸다. 제대로 긁어 부스 럼 같은데 이미 뱉은 말을 어떻게 주워 담으랴.

"하, 지금 누가 누굴 뭘 어째?"

"아니, 선배님 그게 아니라."

"아니긴 뭐가 아닌데? 성추행? 이게 사람을 뭐로 보고 진짜……. 대 체 그 잘난 약이 뭔지 좀 보자. 뭔데 내가 그런 소리까지 들어야 해?"

갑자기 윤조가 훅 덤벼들었다. 기겁한 제경은 엉덩이를 사수하려 안 간힘을 썼다. 이미 가슴도 당했는데 이것마저 당하면 정말 슬플 거 같았 다. 그런데 아예 오기가 난 그는 한 팔로 그녀의 허리를 휘감더니 그대 로 들어 올릴 기세였다. 비명을 지르며 필사적으로 몸부림치는 통에 쉽지 않았는지 그의 거칠어진 숨소리가 적나라하게 귓속을 파고든다.

"제발, 그만 좀 해요!"

저도 모르게 화를 내 버렸다. 단순히 장난일지도 모르지만 자꾸 몰아붙이는 그의 태도가 불편하고 괴로웠다. 갈수록 복잡해지는 상황에 이미 지쳐 있었던 건지도 모른다. 멈칫하던 그가 조금 물러났고, 그제야 자신이 너무했나 싶은 생각이 들었는데 한 번 곤두서 버린 감정이 좀처럼 무뎌지질 않았다.

아니 이젠 정말 화가 났다. 이 현실에.

"대체 왜 그래요? 사람 약점 잡고 늘어지는 게 그렇게 재밌어요?"

"……."

"네, 저 게이예요. 그게 왜요. 제가 게이라고 우습게 보이세요? 만만해졌어요?"

"……제경아."

"게이라고 아무 남자나 좋아하는 줄 아세요? 저도 취향이 있어요! 그러니까 그렇게 막 대하지 마시라고요. 그런다고 제가 선배님을……."

물끄러미 바라보는 얼굴과 눈이 마주친 제경은 더 말을 이을 수가 없었다. 왜일까. 꼭 야단이라도 맞은 아이처럼 침울해진 얼굴이 눈앞에 있었다.

"너무 그러지 마라. 네가 그러면 아무리 나라도…… 아파."

"선배."

"미안하다. 그게 반가워서 내가 좀 과했나 봐."

"……."

"꿈도 희망도 없이 포기하느니 노력할 건수라도 생긴 게 좋았거든."

"선배, 제발……."

"미안, 다신 안 그럴게."

오늘따라 압박조끼에 눌려 있는 가슴이 너무 답답하다. 목이 메고 눈물이 핑 돌아 차마 고개를 들 수가 없었다. 대체 어쩌자고 일이 이 지경이 된 걸까.

그래도 이건 당연한 선택이라고 생각했다. 도저히 지금으로썬 방법이 없었으니까.

"싫다는 놈 강제로 뭐 어떻게 할 생각은 없으니까 걱정 마."

"……."

그런데 이어지는 말이 이상했다. 강제로 할 생각이 아니라면……?

휘둥그레진 눈을 들자 꿋꿋하게 내려다보고 있던 윤조가 씩 웃었다.

"이게 아주 오랜만에 승부욕 자극하네."

"……네?"

"지금부터 최선을 다 해 볼 거야. 네가 매달릴 때까지."

"뭐라구요?"

"그런데 나 같은 남자 거절하는 거 아깝지 않냐? 이래 봬도 나, 다른 남자들한테 웃는 얼굴이 설렌단 소리도 자주 들어 봤는데."

"허, 내가 미쳐! 전 그럴 일 없어요, 그럴 일 없다구요!"

하지만 그 말이 귀에 박히진 않는 모양이었다. 여전히 웃는 얼굴 그대로 손을 뻗은 그가 머리카락을 휘저어 댔다.

"그래, 나도 지금 생각이 많다. 나야말로 미치겠다고. 이걸 어떻게 해야 하나. 어쩌다 이렇게 된 건지."

"그럼 그만두시면 되잖아요!"

"그건 곤란해. 정확히는 널 어떻게 꼬드겨야 할지 고민 중이니까."

"미쳤……. 아오, 진짜! 이게 어떤 의미인지 알고나 하시는 말이세요? 그렇게…… 쉽게 할 이야기가 아니란 말이에요!"

당장 이 소식이 누군가의 귀에 들어가기라도 한다면? 그의 일거수일투족을 주시하는 시선이 전국에 얼마나 깔렸는데 어떻게 이래. 무슨 사람이 이렇게 계획도 없고 조심성도 없냐고! 게다가 이건 평범한 스캔들도 아니잖아. 저 사람은 가장 중요한 사실을 잊고 있다.

"서, 선배 설마 게이였어요?"

"아니. 난 남자 싫어해."

"헐……."

기막힌 표정을 여과 없이 드러낸 순간 그는 팔짱을 끼며 아주 당연하다는 듯 내뱉었다.

"게이? 동성애자? 어감이 별로야. 그리고 난 그런 거랑 좀 달라. 오해하지 마."

이 사람 지금 무슨 이야길 하는 거야. 뭘 잘못 먹었나?

그런데 잠시 뭔가를 생각하던 그는 스스로 납득한 듯 고개를 끄덕이며 입을 열었다.

"그래, 굳이 이름을 붙이자면 황제경성애자라고 해야지."

"……."

"너한테만 반응하니까."

이런 개 억지가 어디 있어!

"뭐, 그렇게 됐으니까 마음 편하게 먹어. 빨리 포기하면 더 좋고."

그런데 이상하다. 막상 일이 이 지경인데, 이렇게 다가오려 애쓰는 그의 말 한 마디, 말투 하나가 묘하게 기쁘고 행복해, 가슴이 뻐근하도록 벅차 견딜 수가 없었다. 이런 상황인데 굳이 그에게 상처 줘 가며 버티고 밀어내는 게 과연 의미가 있을까.

손을 뻗어 그를 붙잡고 제 마음이 어떤지, 그가 제 맘속에 얼마나 크게 자리 잡고 있는지 털어놓고 싶은 충동이 밀려들었다. 이런 그에게 사실을 밝힌다면…… 제 마음을 말한다면…… 그는 어떤 얼굴을 할까. 날이해해 줄까, 아니면…….

하지만 그건 안 될 일이다. 제 속에 도사린 욕심을 행여 들킬까, 절로 그에게 향하는 손을 거둬들인 제경이 꼭 쥔 주먹을 허리 뒤로 옮겼다.

"그런데, 뽀뽀 한 번만 해 보면 안 될까?"

"하…… 하하……."

기가 막힌 웃음 사이로 허탈한 한숨이 흘러나왔다.

그리고 그는 집요했다. 어느새 양팔로 그녀를 가두고 싱크대에 양손을 얹으며 몸을 기댄 그가 얼굴을 가까이 들이밀었다. 그렇게까지 해 놓고 자신이 했던 말을 신경 쓰는지 조심스럽게 묻는다.

"웃지만 말고. 응? 한 번만 해 보자."

"……싫어요."

"쳇, 비싸게 굴긴."

그렇게 꿈인지 현실인지 분간할 수 없는 순간에, 그는 아직도 장난인지 진심인지 알 수 없는 말을 툭 내뱉고, 웃었다.

8화.
노예, 담장을 보수하다

평생 안 하던 짓을 하는 사람에게 흔히 하는 이야기가 있다. 죽을 때가 되었다거나, 혹은 뭘 잘못 먹었다거나. 요 며칠 새 재준의 눈에 보인 윤조의 모습이 꼭 그러했다.

예정대로의 화보 촬영 일정이긴 했지만, 햇살이 강한 제주도의 해안에서도 천사처럼 웃고만 있는 저 모습을 보니 그 느낌은 더욱 심해졌다. 아니, 불안해졌다.

게다가 그늘막에서 의상과 바람에 날린 헤어스타일을 정리하며 잠깐 쉬는 동안 윤조는 또 휴대폰을 꺼내 들고 있었다. 벌써 이 모습을 세 번이나 봤다. 안 하던 짓을 하는 것도 모자라 왠지 모르게 웃고 있는 듯 치켜 올라간 입술 끝을 보고 있으려니 이젠 등골이 오싹하다.

"뭘 보고 계시는 거예요?"

슬그머니 옆으로 다가선 재준의 눈에 띈 건 사진이었다.

"웬 사진을…… 어? 제경이네요?"

"응. 귀엽지 않나?"

"네?"

뜻밖의 반응에 황당해진 재준이 눈을 휘둥그렇게 떴다. 그런데 정작 그 말을 뱉은 본인은 이상한 걸 못 느끼는 얼굴이었다.

"너 이거 알아? 얘 웃을 때 입 아래쪽으로 보조개 쏙 들어가거든. 그게 진짜 귀엽다니까. 보통 보조개 들어가는 거면 이렇게 볼이 쏙 들어가잖아."

"아니, 그건 아는데요……."

"그래? 하긴. 만날 둘이 떠들고 노니까 잘 알겠네."

아니, 뭔가 이상한 느낌이었다. 그 말을 내뱉는 순간 슬쩍 눈살을 찌푸리는 모습이 마치…….

'에이, 설마.'

말도 안 되는 상상이라 일축한 재준이 웃음을 터뜨리며 말을 이었다.

"제경이 정도면 뭐, 외모로만 보면 꽤 상급이죠. 게다가 하는 거 보면 반전매력도 쏠쏠하고. 그렇지 않아도 전에 소속사 이야길 해 봤는데……."

그 순간 갑자기 뭔가 깨달은 듯한 얼굴로 윤조가 말을 끊었다.

"아! 맞다. 왜 그 생각을 못 했지?"

"네?"

"너, 당장 누나한테 연락해. 여기 아주 괜찮은 물건 하나 있다고. 더 뜨기 전에 잡는 게 누나한테도 좋을 거 아냐."

"윤조 씨! 다시 촬영 들어갑니다! 이번이 마지막이에요."

때마침 끼어든 에디터의 목소리가 아니었어도 재준은 할 말을 찾지 못했을 것이다. 멍하니 윤조의 뒷모습을 바라보는 재준의 팔뚝에 소름이 돋아 있었다.

♠   ♠   ♠

윤조가 촬영장에 모습을 드러낸 건 이미 해가 산 뒤로 모습을 감춘 후였다. 이미 제 촬영 분을 끝내고 갈 준비를 마친 제경은 불쑥 나타난 윤조를 보며 눈을 휘둥그렇게 떴다. 정확히는 그가 내민 물건을 보며 할 말을 잃어버렸다.

"뭐해? 받아."

"네? 아, 아니 이걸 왜……."

"제주도에 갔다 왔으면 당연히 선물 사 오는 거잖아."

정말 기가 막혀 저도 모르게 웃어 버렸다.

"그런데 이건…… 테디베어인데요?"

"응, 오는 길에 무슨 테디베어 박물관인지 뭔지 보이길래 가 봤더니 그런 걸 팔고 있더라고. 어때? 귀엽지? 꼭 너 닮지 않았냐? 빵같이 생겨 가지고."

얼결에 받아 들긴 했지만 의문이다.

"저기, 전 남자고 어른인데 왜 이런 걸……."

"그래서 맘에 안 들어?"

"네? 아니 딱히 그런 건 아니지만……."

"거 봐. 싫어하진 않잖아."

그 순간 윤조가 그녀의 뒤를 향해 말했다. 의아한 상황에 뒤를 돌아보자 언제 왔는지 재준이 투덜거리며 말을 받았다.

"에휴…… 할 말은 많지만 그냥 넘어갑니다. 자요. 하여간 있는 놈들이 더 해."

그러고는 지갑을 열더니 오만 원 권을 꺼내 윤조에게 내밀었다. 제경은 그제야 뭔가를 깨달았다.

"설마…… 내기하신 거예요?"

"뭐, 겸사겸사."

그럼 그렇지. 왠지 거품이 푹 꺼진 것처럼 기운이 쭉 빠져나갔다. 그런 심정을 아는지 모르는지 윤조의 표정엔 재미있단 기색이 역력하다. 그사이 의상팀 스태프가 오늘의 의상을 체크해 가져왔다. 슬그머니 자리를 벗어나려다 붙잡힌 제경은 어쩔 수 없이 윤조가 옷을 갈아입는 걸 도와야 했다.

"얼굴이 왜 그래?"

그런데 스태프들과 재준이 잠시 자리를 비운 사이 얼굴을 바짝 들이민 윤조가 속삭였다. 마침 그의 옷매무새를 다듬던 제경은 흠칫 놀라며 몸을 뒤로 뺐다.

"뭐가요?"

"기분이 별로 안 좋아 보이는데?"

"아니에요, 그냥 좀 피곤해서 그래요."

"아닌데. 뭔가 기분이 아주 상한 얼굴이야."

얼굴이 너무 가깝다. 당황하며 눈을 돌리던 제경은 문득 그의 손목에서 뭔가를 발견했다.

"서, 선배님. 시계 벗으셔야죠!"

"아 참. 깜빡했네. 너 이제 촬영 없지?"

"네? 네. 끝나긴 했는데……."

익숙하게 시계를 풀던 윤조가 힐끗 그녀를 바라봤다. 여전히 장난기 가득한 웃음. 그러다 덥석 그녀의 손목을 잡아당긴 그는 뭐라 말을 할 새도 없이 그녀의 팔에 시계를 감았다.

"음. 케이스가 좀 큰가? 나도 손목 굵은 편은 아닌데 너는 진짜…… 그래도 나쁘진 않네. 나중에 줄만 좀 줄여 주면 되겠다."

도무지 그의 의도를 알 수가 없어 멍하니 바라보고만 있자 윤조는 잡은 손목을 그대로 끌어당기더니 은근한 말투로 물었다.

"너 아까 실망했지?"

"네? 뭐, 뭘요?"

"선물. 내기한 거라고 해서 실망한 거 아니냐고."

제대로 정곡을 찔린 제경은 저도 모르게 숨을 들이켜며 고개를 내저었다.

"아, 아니에요. 저 그런 건 상관 없……."

"미안. 나도 아직 낯설어. 이런 게."

그리고 갑작스럽게 이어진 말에 제경은 저도 모르게 그의 얼굴을 빤히 바라봤다. 평소에 자주 봐 왔던 심술기 가득한, 장난기 어린 표정이 아닌, 조금 씁쓸해 보이는 표정을 짓고 있었다. 그녀의 혼란스러운 감정보다 몇 배는 더 혼란스러운 눈을 하고서.

"사실 널 어떻게 대해야 할지도 잘 모르겠고……. 그러니까 기분 나쁘거나 싫으면 싫다고 말해."

그의 말이 끝나기가 무섭게 제경은 고개를 저었다. 어차피 그의 행동 하나에 기분이 상하고 말고 할 처지가 아니었으니까. 애초에 두 사람은 그런 걸로 다툴 사이가 될 수조차 없단 사실을 말해야 하는데, 이상하게 말이 나오질 않았다.

하지만 조금의 주저함도 없이 제가 가진 걸 내놓고, 서슴없이 선물을 내미는 그의 행동에 내내 틀어쥐고 있던 생각 하나가 크게 흔들리는 기분이었다. 평소엔 고운 말도 잘하지 못하는 주제에 왜 쓸데없이 이런 것에만 너그러운 걸까.

저도 모르게 입술을 깨문 순간 마침 누군가가 오는 건지 사람들의 목소리가 들려왔다. 그러자 그는 슬그머니 그녀의 손목을 놓았다. 무의식적인 행동이었겠지만 그녀는 이 순간 피가 얼어붙는 기분이었다. 하지만 그녀의 고민보다 그의 고민은 훨씬 더 클 것이라는 걸 안다. 가진 것도 많고, 그만큼 잃을 것도 많은 사람이 아닌가. 분명 현실은 이런 건데…….

"윤조 씨, 준비되셨죠?"

"네, 다 됐습니다."

아무 일 없었다는 듯 평소처럼 대답하며 자리를 나서는 그를 차마 바라볼 수가 없었다. 그 순간 서운한 감정을 품었던 제 마음이 기가 막혔다. 대체 어쩌자고 이 마음은 이렇게나 그를 욕심내고 있는 걸까.

♠   ♠   ♠

위협적으로 눈을 치뜬 생명체 하나가 그녀의 눈앞에서 목구멍을 울려 댔다. 그 순간 제경은 저도 모르게 한 걸음 뒤로 물러나 버렸다. 차마 바라보기도 힘들어 고개를 돌리자 모두의 의아한 시선이 그녀를 향해 있었다.

가파른 산길을 날듯이 뛰어다니고 웬만한 높이의 장애물은 예사로 뛰어넘었으며, 일대 다수의 격투 씬도 가볍게 소화해 보기 좋은 장면을 멋지게 뽑아낸 장본인이 아니었던가. 하지만 '살아 있는 닭을 가져다 그 목을 비튼다.' 라니.

처음 대본을 봤을 땐 '설마 진짜로 시키기야 하겠어?' 라고 생각했었다. 그런데,

"빨리 덤벼 봐. 저거 기운 빼놓은 거니까 그냥 잡으면 돼. 잡기만 하면 된다니까 그러네."

아니, 그러니까 그 잡는 게 도저히 불가능하다구요!

완전히 굳은 채 움직이지 못하는 제경이 이상했는지 결국 무술감독이 나섰다.

"봐요, 제경 씨. 그냥 이놈을 딱 잡으면 되는 거예요. 여기를⋯⋯."

"으, 으악!"

닭 날개를 붙잡은 채 멍하니 바라보는 무술감독과 혼비백산하며 도망

치는 제경의 모습에 현장은 한동안 웃음소리가 끊이질 않았다. 결국 체격이 비슷한 여자 스태프가 나서서 보기 좋게 닭 목을 비틀어 준 덕에 남은 촬영은 무사히 마칠 수 있었지만, 오늘은 제경에게 그야말로 대굴욕의 날이었다.

그 현장에서 제일 먼저 웃음을 터뜨렸던 윤조는 그날 저녁, 보란 듯이 치킨을 사 들고 와 그녀에게 내밀었다.

"놀리려고 사 온 거 다 알아요."

"그래서 안 먹을 거야?"

"아뇨. 먹어야죠. 음식은 나쁜 게 아니에요."

잽싸게 대답한 제경은 홀짝거리며 맥주를 마셨다. 그리고 닭다리 하나를 집어 들었다.

"그나저나 촬영 중에 치킨! 이야…… 형, 오늘 무슨 날이에요? 해가 오늘은 서쪽에서 떴나. 아니, 드디어 치맥의 맛을 이해하신 겁니까?"

눈앞에 보이는 치킨을 보면서도 믿을 수 없는지 재준은 여전히 의심스러운 말투로 물었다.

"그냥. 요즘 너희 둘 다 기력이 쇠한 거 같으니 보신이라도 하라고."

"뭔진 모르겠지만 일단 먹고 생각하겠습니다."

"잘 먹겠습니다!"

그저 닭고기 앞에 단순해진 사람들이었다. 말하는 것도 잊은 채 경쟁하듯 닭고기를 먹어치우는 두 사람의 옆엔 순식간에 마셔 낸 빈 캔이 하나둘 쌓이기 시작했다. 게다가 평소답지 않게 윤조 역시 꽤 많은 양의 술을 마시고 있었다. 그렇게 웃고 떠드는 소리가 높아지고 어느덧 거나하게 술기운이 오를 무렵, 윤조가 기분 좋은 말투로 입을 열었다.

"그런데 떡, 너 왜 그렇게 닭을 무서워하냐?"

"그러게. 아예 근처도 못 가는 거 같던데. 무슨 트라우마 그런 거?"

취한 채 벌렁 드러누워 있던 재준이 마침 궁금했다는 듯 벌떡 일어나며 거들자 제경은 난처한 표정을 지었다. 설명을 해 주자니 그 끔찍한 감각을 떠올려야 했기 때문이었다.

"그게…… 저 중학교 때 일인데. 암튼 늦잠을 좀 자서 학교에 늦는 바람에 막 뛰어가는데…… 눈앞에 비둘기들이 있는 거예요. 아시죠? 얘들 도망도 잘 안 가는 거…….."

점점 침울해지는 제경을 보며 윤조는 의아한 표정을 지었다.

"그래서?"

"아무튼 저는 당연히 도망갈 줄 알고 그냥 막 뛴 건데……. 뭔가 발에 턱 하고…….."

"……찼구나."

재준이 나직하게 내뱉은 말에 제경은 흠칫 몸을 떨었다. 그 순간 윤조가 웃음을 터뜨렸다.

"풋……. 푸하하핫."

"웃지 마시라구요. 이거 무지 심각한 트라우마거든요? 생각해 보세요. 그 연약하고 작은 생명을 발로 찼는데! 게다가 그 쬐그만 놈이 축구공처럼 슉 날아갔다구요! ……윽."

"뭐야. 그랬어? 그런데 왜 닭 공포증이야? 아, 닭둘기라서?"

미친 듯이 웃는 윤조보다 시큰둥하게 분석하며 드러눕는 재준이 왜 더 미운 걸까.

"에이씨. 닭만 그런 게 아니고 새는 다 싫은 거라구요!"

"그래도…… 먹는 건 가능해서 다행이네. 큭…….."

게다가 간신히 웃음을 멈춘 윤조가 거드는 통에 제경은 결국 뾰로통한 얼굴로 일어서 버렸다.

"저 바람 쐬고 올게요."

너른 마룻바닥을 건너 제일 끄트머리의 난간 바로 아래에 주저앉아 뒤로 머리를 기대니 새까만 하늘에 꽤 많은 별들이 반짝이는 게 보였다.

그리고 취기가 올라 후끈해진 몸이 이름 모를 풀과 나무의 향기로 젖어 들었다. 왠지 더 정신이 몽롱해졌다.

"남은 진짜 심각한데…… 웃기나 하고."

문득 방금 전의 상황을 떠올리던 그녀가 투덜거렸다. 거리낌 없이 웃던 얼굴. 그렇게나 크게 웃으면서도 그 웃는 얼굴마저도 얄밉게 예뻤던 사람. 그런데 이상하다. 그 웃는 얼굴을 생각하니 기분이 들뜬다. 그러고 보면 그렇게 웃는 윤조의 모습은 처음이었다.

"하……. 나도 지금 이렇게 웃고 좋아할 때가 아닌데……."

그리고 감정은 더욱 무겁게 어깨를 짓눌렀다. 그대로 눈을 감은 제경은 어제의 기억을 떠올렸다.

'잠깐, 제경아. 너 그거…….'

어느 틈에 옆으로 다가선 재준이 그녀의 팔을 잡아당기며 주변을 살폈다. 놀란 기색이 역력한 표정에 저도 모르게 흠칫해 버렸다.

'이거 윤조 형 거 맞지? 설마 멋대로 집어 온 건 아닐 테고. 너한테 맡긴 거야?'

'아…… 네. 마, 맞아요. 저한테 맡긴 거예요.'

받았을 당시의 뉘앙스론 왠지 저를 주겠다고 한 것 같았는데 놀란 재준의 얼굴을 보니 그렇게 말을 해선 안 될 것 같았다. 아니, 재준은 이미 그녀에게 이 물건이 들려 있단 사실조차 믿고 싶지 않은 표정이었다. 갑자기 불안해진 제경이 마른침을 삼키며 바라보자 재준은 붙들었던 손을 놓더니 한숨을 푹 쉬었다.

'왜…… 왜 그러세요?'

'아니, 됐다.'

잔뜩 구겨진 얼굴을 한 채 '됐다' 라니. 제경은 돌아서는 재준을 황급히 붙잡았다.

'형! 말은 끝까지 하셔야죠! 왜요, 무슨 말을 하고 싶으신데요?'

하지만 뒷말은 아니 들으니만 못했다.

'야, 너 그 시계가 얼마짜린 줄 알아? 자그마치 1억 4천짜리야! 나한테도 맡긴 적이 없는 거라고!'

아, 그때의 충격이라니. 저도 모르는 사이에 전셋집 하나를 손목에 감고 있었던 거다. 그 사실을 빨리 알아서 잽싸게 돌려줬기 망정이지! 저도 모르게 흠칫 몸을 떤 순간 제경의 뺨에 뭔가 차가운 게 툭 닿았다. 소스라치게 놀라며 눈을 뜨자 언제 온 건지 윤조가 눈앞에 서 있었다.

"서, 선배!"

"내내 안 들어오길래 뭐하나 하고 봤더니. 자고 있었어?"

"아, 아니요. 딱히 졸린 건 아니에요."

"그럼 한잔 더 해."

픽 웃던 그가 손에 들고 있던 걸 들어 보였다. 물기가 시원하게 맺힌 맥주캔. 방금 제 뺨에 닿았던 물건임에 틀림없었다. 저도 모르게 눈살을 찌푸리며 바라봤지만 윤조는 태연히 제 옆자리에 앉으며 캔을 따더니 그대로 내밀었다. 그러고서 그는 한동안 말이 없었다. 괜히 발가락만 꼼지락거리던 제경은 힐끗거리며 옆에 앉은 그를 바라봤다. 아까의 저처럼 난간에 머리를 기댄 채 눈을 감고 있는 걸 보면 꽤 취한 거 같기도 한데…….

'뭐하자는 거야 정말.'

보고만 있는데도 심장이 멋대로 뛰어 대고 자꾸 목이 탄다. 결국 받아든 맥주를 홀짝거리던 제경은 작게 한숨을 내쉬었다. 그러자 다시 떠오르기 시작한 재준의 말이 귓속을 메아리치기 시작했다.

'아무래도 이상해서 안 되겠어. 너, 당분간 형한테 거리 둬라. 지금 내가 하는 말 기분 나쁘다는 거 알아. 그래도 들어. 내가 의심하는 건 형의 취향이 아니고, 바로 너니까.'

'……'

'정확히는 네 외모에서 풍기는 그 애매한 분위기.'

그 말에 한마디의 대꾸도 하지 못했다. 그 누구보다 윤조를 잘 알고 있을 사람이 하는 말이 아닌가. 윤조가 정말로 남자를 좋아할 수 있는 사람이라면 그런 낌새도 누구보다 빨리 알아챘을 사람.

저를 의심한다는 말에 심장이 발끝까지 떨어지는 기분이었다. 제 성별을 의심하는 것 같진 않았지만 어떤 사람의 눈으로도 그녀의 존재가 정상적으로 보이진 않았다는 걸 증명하는 거나 다름없었으니까.

'이제 얼마 안 남았는데…….'

어느덧 촬영 일정도 후반에 접어들었는데 상황은 살얼음이 낀 강의 중앙을 향해 걷는 것처럼 위태롭기 짝이 없었다. 정말 괜찮은 걸까. 이대로라면…….

"무슨 생각을 그리 골똘히 하고 있냐?"

흠칫 놀라며 고개를 돌리자 어느새 눈을 뜬 그가 지그시 바라보고 있었다. 역시 꽤 취한 건지 눈가가 조금 풀렸다.

"네? 아…… 그, 그냥요. 참, 재준이 형은요?"

"어, 금방 잘 거 같아서 방으로 보냈어. 어째 과음한다 싶더라."

"저기…… 그보다 선배님이 더 취하신 거 같은데. 원래 이렇게 잘 안 드시지 않았어요?"

"그랬지."

"그런데 왜…….."

"그러게. 나도 모르겠다."

조금 가라앉은 듯 나른하게 대답하던 그가 다시 맥주캔을 집어 들고 한 모금 쭉 마시더니 픽 웃음을 터뜨렸다.

"나 요즘 진짜 이상해. 모르겠는 게 왜 이리 많은 건지 모르겠어."

"……."

"내가 널 언제부터 그렇게 보고 있었는지도 모르겠고. 이상하게 생각할수록 그 시기가 거슬러 올라가."

"……."

"게다가…… 보고 있는데 보고 싶은 건 어떻게 설명해야 할까."

진지하지도 가볍지도 않은 말. 말끝에 어린 웃음기가 어쩌면 장난처럼 들리기도 했던 그런 말투에 제경은 웃을 수도, 진지해질 수도 없었다.

"볼수록 신선하고, 신기해. 너란 놈이."

정말 신기하다는 듯 호기심 가득한 얼굴이 제 코앞까지 다가왔다. 어느 틈에 팔을 뻗은 그가 등허리를 감싸 안았다. 머릿속이 핑 돌았다. 거세게 뛰는 심장의 힘에 혈관이 터지도록 피가 돌고, 또 도는 느낌.

"몸은 이 모양 이 꼴을 해 가지고…… 대체 어떻게 그렇게 날아다니는 거냐?"

그는 자연스럽게 손을 뻗어 왔다. 어떤 거절의 의사도 예상하지 않는 듯 너무나 자연스럽게. 그래서 그녀도 자연스럽게 굳어 있었다. 반쯤 어설프게 안긴 상태로 제경은 힘들게 입을 열었다.

"그게…… 우, 운동요. 운동 많이 하면 이렇게 돼요."

그다지 마음에 들지 않는 대답이었던 걸까. 미심쩍어진 표정이 점차 뚜렷해졌다. 아니, 기분 탓이겠지만 점점 다가오는 것도 같았다.

"나 이래 봬도 태권도 유단자거든? 넌 뭘 얼마나 배웠는데 그리 잘난 척이냐?"

"윽. 잘난 척은 아니고…… 그냥 좀…….."

"너 칼질 잘하더라? 아주 보이는 거 다 썰고 다니겠던데?"

"무슨 말도 안 되는 소릴…… 그냥 이것저것 많이 했는데 연기 도움 되라고 검도를 진짜 오래했어요. 검도에 검무 막 화려하게 하고 그런 거 있단 말이에요."

"오, 검무. 그래서 칼춤도 출 줄 알아? 망나니야?"

"에이 씨! 또 놀리시고. 암튼 선배님도 딱히 못하실 거 같진 않은데요? 선배님은 그냥 걷는 거만 봐도 무림 고수 같은 냄새가……."

"풋."

뭐가 재미있는지 웃음을 터뜨린 윤조가 한참 만에야 입을 열었다.

"내 본업이 모델이다, 인마. 죽어라고 훈련했지. 걷는 거랑 숨 쉬는 거만. 그거 두 갠 무지 자신 있어."

"에이. 숨 쉬는 건 저도 잘하는데……. 아, 먹는 것도 잘하고."

"그래? 좋겠네. 난 그건 자신 없어."

대답하던 그가 또 웃음을 터뜨렸다. 이런 실없는 말에도 웃어 댈 만큼 말랑해진 그의 모습이 너무 생소한데…… 좋다. 아무 걱정도 없이, 이대로 시간이 멈춰 버려도 좋을 만큼.

"내 성형설 들어 봤어?"

이번엔 확연히 가까운 거리에서 윤조가 말했다.

"헐! 말도 안 되죠. 그런 의느님 있으면 저도 소개 좀 시켜 주세요!"

"그치? 이런 얼굴을 어떤 사람이 만들겠냐? 그런데 있잖아. 나 코, 여기 수술했다."

"네엣—?"

그야말로 기함할 소리에 저도 모르게 비명을 지르자 윤조는 재밌어 죽겠다는 듯 그녀를 껴안으며 웃음을 터뜨렸다. 온몸을 타고 전해지는 웃음소리에 당황하고, 그런 어마어마한 비밀을 막 내뱉는 태도에 또 당황하고. 제경은 어찌할 바를 몰라 울상을 지었다.

"아니, 그, 그런 건 그렇게 쉽게 인정하면 안 되는 건데……."

그 난처한 심정을 아는지 모르는지, 한참을 웃던 그는 슬쩍 팔을 풀더니 제 옆으로 그녀를 바짝 당겨 안고는 천천히 이야기를 늘어놓았다. 지나치게 잘난 덕분에 끊이지 않았던 관심. 학창시절에도 여전했던 그의 성격과, 그런 그를 못마땅하게 여겼던 녀석들과의 마찰.

거기까진 흔히 있을 법한 남학생들의 이야기였다.

"친구라고 믿었던 놈이랑 약속이 있어서 그 자리에 나갔더니…… 그 놈은 없고 그 망할 자식들만 잔뜩 있는 거야."

"헐, 그, 그래서 어떻게 했어요?"

"어쩌긴. 눈앞에 일곱 명이나 버티고 서서 시비를 거는데. 꼼짝없이 맞아 줘야지."

"그런데 어떻게…… 이렇게 멀쩡하세요?"

"꼭 안 죽은 게 섭섭하단 소리로 들리네."

"그럴 리가 없잖아요!"

발끈하며 소리를 질렀지만 그는 태연히 웃더니 말을 이었다.

"뭐, 내 성격 알잖아. 곧 죽어도 졌단 말은 안 하는 거."

"……."

"그래서 아마…… 그때 그놈이 안 왔으면 난 진짜 그 자리에서 죽었을지도 몰라."

그리고 왠지 알 것 같은 이야기가 나왔다.

'저기…… 형. 윤 선배님. 비 오는 날에…… 조금 이상하지 않아요?'

재준의 충고를 듣고 돌아오던 날, 제경은 앞서 걷던 재준을 향해 내내 묵혀 뒀던 질문을 꺼냈다. 놀란 표정으로 돌아보던 얼굴이 아직도 그녀의 머릿속에 생생했다.

'그거까지 보이는 거냐? 너도 참 대단하다.'

'…….'

'보이는 거라니까 이야기해 주는 건데, 앞으로도 내색은 하지 마.'

그리고 이어졌던 재준의 이야기들이 하나둘 떠오르기 시작했다. 내내 술기운으로 붕 떠 있던 그녀의 감정이 싸늘하게 식었다.

"진짜 한동안 꼼짝도 못 했으니까 말 다했지. 그때 코뼈 부러진 거 땜에 복구 수술했는데 덕분에 성형설 생기고, 그 싸움 때문에 일진설도 돌고. 뭐 그런 이야기."

아무렇지 않게 말을 마친 그가 다시 웃었다. 가슴 한구석에 한기가 스며드는 기분이었다. 제경은 저도 모르게 입을 열었다.

"그럼 그 친구는……."

"흠……."

여전히 미소 띤 표정으로 그가 하늘을 바라봤다. 그리고 손가락으로 어딘가를 가리켰다.

"아마 저기쯤?"

이미 뭔가를 알면서도, 그것을 확인하고 싶어 하는 심리란 뭘까.

"웃기지 않냐? 나 만나서 행복했다는 놈이…… 왜 힘들고 괴롭단 말은 한 마디도 안 한 걸까. 가 버리는 게 그렇게 한순간이더라. 내 앞에서 웃기만 해서 난 그런 줄만 알았는데. 죽을 만큼 괴로웠으면…… 어차피 죽을 거면 말을 해도 되는 거잖아. 그런데 정작 중요한 이야긴 하나도 안 해 주고, 다 혼자 결정하고. 왠지 난 그놈한테 뭐였나 싶었어."

귓속에다 말벌집을 던져 버린 것처럼.

"결과적으로 버림받은 기분이었지……."

웅웅거리며 그의 목소리가 점점 멀어졌다. 그리고 다시 재준의 목소리가 이어졌다.

'고등학교 때부터 친한 친구였어. 그리고 현주 누나 친동생이기도 하고. 살던 집에서 목을 맸는데 하필…… 그 현장 제일 처음 발견한 게 형이야. 비가 무지하게 왔었대.'

그런 일이 있었다는 걸 얼핏 알고는 있었다. 하지만 팬인 저조차도 별달리 기억하지 못할 사건이었다. 그의 첫 매니저이자 친구의 자살은 그렇게 뉴스의 한 귀퉁이만을 장식했고, 아무 일도 없었다는 듯 묻혔다.

'원래 배우 지망생이었는데 고등학교 때 패싸움에 휘말려서 눈을 다쳤거든. 실명까진 아닌데 한쪽만 시력이 너무 약해서 시선 처리가 어색

한 게 화면으론 티가 났었대나 봐. 그래도 쭉 도전은 했는데 결국 잘 안
된 거지. 그래도 윤조 형이랑은 아주 잘 지냈어. 어쩌면 매니저가 더 적
성에 맞았던 건지도 모르고. 암튼 드라마 하는 동안엔 윤조 형도 신들린
것처럼 연기하더니 그 상처가 쉽게 가신 건 아니었나 봐. 그러다 군대
가겠다고 선언하는 바람에 소속사가 한바탕 뒤집어졌었어.'

그건 전 국민이 아는 사실이었다. 잘 다니던 대학도 그만두며 자진 입
대한 그는 대한민국 육군 병장으로 제대했고, 그 사실이 남자 팬들에게
크게 어필하기도 했으니 말이다.

'어쩌면 형 성격 자체가 상처에 취약한지도 몰라. 그래서 남들하고도
되도록 관계를 잘 안 쌓는 편이고.'

시간에 묶여 있는 기분이란 어떤 걸까. 고통스러운 기억이 제 의지를
무시하며 주변을 맴돌고 벗어나려 해도 그럴 수 없다는 건 얼마나 괴로
운 일일까. 아무렇지 않게 행동하면서도 미묘하게 달랐던 그의 모습을
알기에…… 괴로웠다.

'그러니까, 더 문제 되기 전에 네 선에서라도 멈추라고.'

그런 그가 말했다. 나 좀 알아 달라고, 나 이렇게 아팠다고. 가장 아
프고 깊은 속을 고스란히 드러낸다. 그런 마음을 알게 되니 더 겁이 났
다. 이대로 더 가까워졌다가 사실을 알게 되거나, 결국 헤어지거나. 그
어느 쪽의 일이라도 그에겐 결국 상처가 될 것임은 자명했다.

'난…… 그런 거 감당 못 해.'

그리고 그녀는 저 자신을 잘 알고 있었다.

"그러게요. 말로 안 하면 속마음 따윈 알 수 없는 거잖아요. 그건 선
배 잘못 아니에요."

"그치? 그런데 난 왜 그게 자꾸 미안한지 모르겠어."

"너무 마음 쓰지 마세요. 그리고 사람은 원래…… 만나고 헤어지고,
다 그렇게 살아요."

"그런가?"

키득거리던 윤조가 그녀의 머리카락을 흩트렸다. 어느새 그녀를 향해 몸을 돌린 그의 품이 보인다. 그리고 머리카락을 쓸어내리던 손이 천천히 그녀의 뺨으로 이동했다.

"그래도 넌…… 쭉 내 곁에 있어라. 어떤 모습이어도 괜찮으니까."

나직한 목소리가 가까워지고 그의 입술이 이마에 닿았다. 조심스럽고 긴 입맞춤. 그가 입술을 댄 채 물어왔다.

"키스……해도 돼?"

"선배, 취했어요."

"너도 취했어."

단호하게 남의 상태를 단정 짓던 그는 천천히 그녀의 턱을 잡아 올렸다. 그리고 그녀의 입술에다 제 입술을 눌렀다. 아주 짧게. 그러더니 픽 웃음을 터뜨렸다.

"생각보다 괜찮네. 사실 좀 겁났거든. 기분 나쁘면 어쩌나 하고."

"……선배."

"미안. 난 쓸데없이 솔직해서."

저도 모르게 눈살을 찌푸린 순간 그는 쪽쪽, 하고 연거푸 입을 맞추더니 다시 웃었다.

"아 이거…… 좀, 위험한 거 같아."

"서, 선배. 알았으니 이제 그만……."

"너무 좋다, 제경아."

"……."

"네가 좋아. 좋아서 죽을 거 같아."

밀쳐 내던 손이 멈칫했다. 가슴이 터질 것 같고 머리가 어지러웠다. 남은 술기운마저 확 올라오는 기분이었다.

세상에. 어쩌면 저렇게 순수한 얼굴로, 저런 말을 할 수가 있는 걸까.

234

왜 이런 타이밍에 난 이런 말을 해야 하는 걸까.

♠   ♠   ♠

'기억해. 꼭 기억해 줘. 나 행복했다. 알지? 너란 놈 만나서 정말, 행복했어.'

'왜 그래, 인마. 갑자기. 너 술 너무 마셨다. 어지간히 해.'

그저 웃어넘겼었다. 그것이 힘들다는 뜻인 줄 몰랐다. 손 좀 잡아 달라는 뜻인 줄도 몰랐다. 한 번이라도 자길 봐 달라는 투정이었단 것 역시 상상하지도 못했다.

이틀째 연락이 닿지 않아 결국 집으로 찾아갔던 날이었다. 장마도 아닌데 많은 비가 내렸다. 콸콸 쏟아지는 빗물을 보며 눈살을 찌푸리다 현주가 준 키로 문을 열고 들어선 순간.

'지훈……아.'

어두컴컴한 아파트 거실 한가운데엔 뭔가 매달려 있었다.

'너는 내가 꼭 대스타로 만들어 줄게. 윤조, 그 이름 내가 책임진다고.'

오디션에 떨어졌던 날, 김지훈이 술자리에서 했던 말이었다. 그날 카메라 테스트를 했던 한 감독이 진지하게 연기자는 포기하는 게 좋겠다고 말했다. 기운을 북돋아 주고 싶었는데 오히려 그는 쿨하게 웃으며 현실을 받아들이곤 곧장 배우에서 매니저로 진로를 틀어 버렸다.

사실 연예인이라는 것에 크게 욕심은 없었다. 그저 지루하고 짜증스러웠던 인생에 어느 날 김지훈이 자연스럽게 뛰어들었고, 배우가 되겠다며 웃는 녀석을 보는 게 좋아 따라다니다 얼결에 모델을 하며 시작하게 된 일일 뿐. 그 꿈을 향한 열정은 절대 비교가 될 수 없었다. 그런데 그런 그가 오로지 저를 위해 인생을 올인하겠다고 말했다.

'무섭네. 열심히 안 하면 목이라도 졸라 죽이겠다, 너.'

농담처럼 말했지만 사실 섬뜩함마저 느꼈다. 지훈은 정말 악착같이 일했으니까. 미친 사람처럼 매달려 일을 끌어왔고, 결국 아무것도 없는 신인 앞에 드라마의 비중 있는 조연 자리까지 내놓았다.

그렇게 가파르게 치솟는 인기가 부담스러워질 무렵, 지훈이 돌연 잠적했다. 그리고 이틀 만에 그의 집에서 발견되었다. 경찰은 유서가 있고, 외부의 침입이나 다른 외상이 없다는 이유로 자살이라 판정해 버렸다.

하지만 윤조는 제 이름을 책임지겠다고 했던 그의 말을 기억했다. 그리고 그를 믿었다. 지키지 못할 약속이나 내뱉는 놈이 아니다. 그렇게 남의 가슴에 못을 박을 놈도 아니다. 그런 놈이 왜 그런 선택을 해. 왜!

그 집요한 물음 끝에 발견한 건 그의 휴대폰 기록이었다. 메시지와 문자가 어색하도록 깨끗하게 삭제되어 있었다. 그리고 내키지 않아 하는 현주를 설득해 문자 내역을 뽑았다.

—한 실장 : 이번 광고에선 손 떼세요. 경고했습니다.

—한 실장 : 그렇게 노력한다고 알아주긴 하나? 왜, 같이 이불 속에라도 들어가 주겠대?

—한 실장 : 이 바닥에서 매장해 버리기 전에 작작해. 그러다 조만간 이니셜 나갈 거야. 매니저 K씨와 요즘 뜨는 배우 Y씨의 더러운 계약이라고.

—한 실장 : 김지훈이 윤조를 죽도록 짝사랑한다는 거 꼭 알려 주고 싶냐고.

분노조차 일지 않았다. 그러고도 끝도 없이 이어지는 모욕. 그리고 협박들.

'미안해. 지훈인…… 너한테 부담 주고 싶지 않았대. 그냥…….'

현주는 알고 있었다고 했다. 그와 나름 포지션이 겹치는 탓에 본의 아니게 경쟁 관계가 된 배우의 소속사 실장. 열정적인 지훈이 그의 앞으로 갔어야 할 일들을 무리하게 끌어온 적이 몇 번 있었고, 그 한 실장이라는 사람은 수단 방법 안 가리기로 유명했다. 그 결과가 이것이었다.

'누나.'

'……어떻게 하길 바라니? 난 네가 하라는 대로…….'

'그냥 묻어요. 이대로.'

그 수밖에 없었다. 이미 세상에 없는 사람. 알리고 싶지 않은 비밀까지 들춰 가며 결국 죽음으로 몰아넣었다는 죗값을 받아 내기엔 지훈의 명예를 더럽힐지도 모른단 생각이 더 컸다. 그리고 지훈은 그렇게 윤조라는 이름에 누를 끼치고 싶지 않았을 것이다.

하지만 원망스러웠다. 차라리 말이라도 하지. 힘들다고 말이라도 한 번 해 주지 그랬냐고 소리 지르고 싶은데 그것조차 할 수가 없었다. 어떤 모습이라도, 곁에만 있어 주지. 그가 원하는 걸 줄 수는 없다 해도 그렇게 혼자 앓다가 가 버리게 두진 않았을 텐데…….

♠　　♠　　♠

이른 새벽. 자리에서 일어난 윤조가 제 머리를 헝클였다. 그리고 눈을 돌려 텅 빈 방 안을 훑었다. 원래 이 시간에 운동을 나간다는 걸 알고 있으면서도 허전해 죽을 지경이었다.

"미쳤지. 술까지 먹이고 무슨 짓을 해 버린 거냐."

네가 좋아. 좋아서 죽을 거 같아.

그 말도 안 되는 고백을 해 버리고 다시 입술을 머금은 순간 도무지 자신을 제어할 수가 없었다. 저를 밀쳐 내던 손길을 느낀 것 같은데 어느덧 그 움직임도 희미해졌다. 이미 통제 불능 상태로 달아올라 버린 몸과 마음이 차고 넘쳤다. 조금 더. 조금만 더. 급하고 원하는 마음이 그대로 넘쳐 녀석을 덮어 눌렀다. 제 몸 아래 깔려 있던 상대의 성별조차 인지 못 한 채 무작정 녀석의 입술을 열고 말캉거리는 감촉을 느꼈다.

맞닿은 몸에서 느껴지는 심장박동이 제 것인지, 녀석의 것인지 알 수가 없었다. 그저 아무런 반항이 없었다는 이유만으로, 녀석도 괜찮은 거라 생각했다.

'선배……'

그런데 잠시 입술이 떨어진 사이 작게 한숨을 내뱉던 녀석은 천천히 말을 이었다.

'선배. 우리 언제…… 별 보러 가요. 저 아래 산꼭대기…… 천문관이 있는데…… 엄청 큰 망원경도 있대요. 별이 조금 더 가까이…… 보일 거예요.'

마치 지훈이를 보러 가자는 말처럼 들려 그만 웃어 버렸다. 사랑스럽고 천진한 녀석. 그사이 제경은 잔뜩 술기운이 오른 얼굴로 빤히 바라보며 배시시 웃고 있었다.

'진짜…… 잘생겼다. 아이 씨…… 억울해. 선배는 너무 잘생겨서…… 화나요.'

아무래도 너무 놀라게 한 모양이었다. 제대로 술기운이 올라 정신이 좀 나간 것 같았다. 슬슬 재울 때가 된 거라 생각한 그의 눈가가 가볍게 휘었다.

'있잖아요, 선배.'

'응?'

'정말…… 제가 여자였다면 선배님 엄청 많이 좋아했을 거 같거든요.'

그 말끝에서 느껴지는 뉘앙스에 어쩐지 가슴이 철렁 내려앉았다. 헤실헤실 웃는 그 얼굴에선 예상하기 힘든 다른 뜻. 윤조가 저도 모르게 그 입을 막으려던 순간,

'그런데 선배. 전 안 되겠어요. 지금 이상…… 좋아하는 건 힘들 거 같아요.'

238

이어진 말에 그는 더 움직일 수조차 없었다.

'그냥…… 팬으로 남을게요.'

좋아한다고 했다. 그런데 그냥 팬이라고 했다.

"뭐야 그게……."

다시 웃음을 터뜨린 그가 문득 눈앞에 보이는 화장대를 바라봤다. 언젠가 그가 사 줬던 신발이 상자째 놓여 있었다. 그리고 이틀 전부터 그 옆에 테디베어가 하나 놓였다. 부담스럽다며 신지도 못하고 신주단지 모시듯 놓아 둔 채 하루에 한 번씩은 들여다보는 걸 알고 있었다. 그때마다 녀석의 입가에 뭔지 모르게 흐뭇한 미소가 머물러 있는 걸 보며 그 역시 몰래 웃곤 했으니 말이다.

"신으라고 준 신발을 왜 모시고 있냐. 또 사 줄 수 있는데……."

무심히 화장대 앞으로 걸어 나온 윤조가 테디베어를 집어 들었다. 그 위로 미심쩍은 기색이 역력하던 얼굴이 겹쳤다. 눈을 동그랗게 뜨고 '이게 무슨 상황일까'를 잠시간 고민한 듯, 당황한 듯 그렇게 저를 빤히 바라보던 말간 눈동자. 이유 없는 호의에 익숙하지 않은 듯했다. 마치 누구에게도 아무것도 받아 본 적 없는 사람처럼 굴었다. 멍청하도록 순수한 놈.

그렇게 순수한 놈이 사랑을 하면 어떤 눈빛을 하는지 궁금했다. 그런 사람과 함께 있고 싶었다. 그러면 이 끔찍한 허전함을 채울 수 있을 것 같았다.

"나 본의 아니게 너 힘들게 한 값…… 이제 치르고 있나 보다. 하필 너랑 비슷한 놈한테 당하고 있거든."

그리고 보면 처음 그에게서 느꼈던 그 처연함은 뭔가를 포기하기 직전의 간절한 마음이던 건지도 모른다. 애써 열정을 숨긴 채 다른 길을 선택해야 했던 김지훈과 이번이 마지막이라던 황제경. 정말 무섭도록 닮은 녀석들이 아닌가.

"똑같이 멍청한 것들."

대체 누가 누굴 걱정하는 걸까. 제 처지도 빤한 것들이 왜 남을 걱정하냔 말이다. 그것도 모자라 왜 다들 신주단지 모시듯 저를 감싸며 정작 가장 깊은 상처를 주는 거냐고.

툭하니 테디베어를 내려놓은 윤조가 이번엔 상자로 눈을 돌렸다.

"진짜 쓸모없는 거나 이렇게 모셔 놓는 거라고. 필요하면 요구를 해. 원하면 가지라고. 왜 아무것도 못 해? ……이 병신들아."

차라리 쓰지 않을 거면 버리는 게 낫다. 애초에 눈에 보이지 않는 게 훨씬 나은 거다.

"젠장! 네가 나 말고 다른 놈이 눈에 보이기나 할 것 같냐? 멍청한 놈, 바보 같은 자식!"

거친 손길로 상자를 연 윤조가 곱게 놓여 있던 운동화를 집어 들었다. 그 순간 운동화 사이에서 뭔가가 툭 떨어졌다. 분홍빛 약 케이스. 무심히 다른 손으로 집어 든 윤조가 멈칫했다. 언젠가 녀석이 손에 들고 있던 것도 분명 분홍색이었다. 게다가 테두리를 따라 줄줄이 장방형으로 박힌 약 중에 1/3은 이미 먹은 흔적이 있었다. 그리고 판 한가운데에 필기체의 글자가 눈에 들어왔다.

"머시……론?"

언젠가 TV에서 지나다 들은 기억이 있는 이름이다.

[내 몸에 부드러운 나의 첫 번째 피임약.]

"……피임약?"

그 순간, 어떤 생각이 그의 머릿속을 강하게 치고 지나갔다.

9화.
노예, 절벽에서 떨어지다

"형, 무슨 생각해요?"

"……."

"형?"

"응?"

재준의 목소리에 정신이 든 윤조가 주변을 둘러봤다. 익숙한 촬영장의 풍경이다. 그 와중에도 바쁘게 오가는 스태프들이며 촬영을 기다리는 배우들을 살피며 뭔가를 찾던 윤조가 실소했다. 이제 아주 습관이로구나.

"뭘 그렇게 골똘히 생각하세요? 뭐 안 풀리는 거라도 있으세요?"

"내가 뭘?"

"아까부터 불러 댄 거 알기나 하세요? 제경이도 오늘따라 침울해선."

"……."

"어제 저 먼저 자고 무슨 일 있었죠? 혹시 둘이 싸웠어요?"

"싸우긴. 애도 아니고."

이상하게 뜨끔한 속을 숨기던 윤조가 어깨에 비스듬히 걸쳐 있던 도포를 마저 추켜올렸다. 언제 이곳에 온 걸까. 종일 멍한 채였는지 기억이 드문드문하다. 눈폭풍이라도 맞은 것처럼 머릿속이 하얗게 비어 있었다.

'이럴 게 아니야. 생각 좀 해 보자.'

애써 정신을 추스른 윤조가 차근차근 순서를 되짚으며 가장 중요한 단어를 떠올렸다.

피임약. 피임약이란 말 그대로 임신을 방지하기 위한 약이다. 임신이란 곧 섹스가 동반되는 것. 남자의 생각이란 단순해서 그 이상의 교집합은 떠올릴 수 없었다. 그리고 섹스. 생각만으로도 야릇한 그 단어와 황제경의 관계.

'이 자식! 아닌 척하더니 순진해 빠진 얼굴로 뒤에서 할 건 다 했다 이거지?'

저도 모르게 울컥했다. 그러나 울컥했던 감정은 1초 만에 식었다.

'무슨 소리야. 아무리 그래도 그렇지 피임약을 들고 다니는 남자가 어딨어!'

아무리 성교육이 엉망이라 하더라도 상식적으로 피임약은 여자 쪽에서 먹는 거다. 게다가 그 순간 중요한 사실도 함께 떠올랐다.

'그래, 먹었어. 얘가 먹었다고.'

분명 이 녀석이 먹는 장면을 봤다. 주머니에 넣으며 당황하던 모습까지 전부 다 이 두 눈으로 똑똑히 봤다. 빌어먹게 성추행범으로 몰리기까지 했으니까 확실하다.

생각은 다시 처음으로 돌아갔다. 피임약. 그 약의 효능. 그리고 남자.

"재준아."

"네?"

"혹시…… 남자가 피임약 먹는단 이야기 들어 봤냐?"

"......."

"아니 됐다. 못 들은 걸로 해."

질문을 한 저조차 기가 막혔다. 얼마나 바보 같은 질문인가. 확연히 굳은 얼굴로 저를 바라보는 재준의 표정을 굳이 해석하지 않아도 알 것 같았다.

그렇다면 결론은 하나뿐이다. 녀석은 피임약을 먹는 존재다. 그건 곧…….

"재준이 너, 키가 몇이랬지?"

"아침에 재면 181cm인데 왜…… 힉!"

순식간에 윤조의 품에 끌려 들어온 재준이 숨을 들이켰다. 그대로 재준을 껴안은 윤조는 천천히 그의 등을 쓸어내렸다. 누군가 보고 있었는지 꺄, 하고 비명 소리가 들렸다.

"형, 뭐 잘못 드셨어요?"

그 와중에 품 안에서 걸걸한 목소리가 들려오자 오싹 소름이 끼쳤다.

"기분 나빠."

"......."

"젠장, 아니야…… 이 느낌이 아니라고."

"형. 제가 생각해도 이건 아닌 거 같아요."

"시끄러워!"

투덜거리는 재준을 그대로 밀어낸 윤조가 부르르 몸을 떨었다. 비슷한 키의 두 사람이라 더 확실히 구별이 되는 기분이었다. 적어도 황제경은 평범한 한국 남자인 재준과는 전혀 다른 존재란 결론이 나온다.

때마침 옆에서 부스럭, 하는 소리가 들렸다. 얼결에 고개를 돌리자 언제 온 건지 제경이 물끄러미 바라보고 있다 뭔가를 내려놓더니 후다닥 몸을 돌렸다.

"야, 떡. 거기 서!"

"네?"

일단 세웠지만 이상하게 할 말을 찾을 수가 없었다. 아니, 물을 말은 정해져 있었다.

'너 여자였어? 아니, 여자야?'

그런데 말을 꺼낼 수가 없었다. 그걸 물어야 하는 자신이 너무 우스워서 도무지 입을 열 수가 없었다.

너무 여자 같아서. 너무 가늘어서. 너무 부드러워서. 설마 그런 걸로 사람을 속일까, 생각했다. 미치지 않고서야 저런 꼴로 속이려 드는 쪽이 이상한 거 아닌가! 그런데 뻔히 보이는 것을 외면해 버린 결과가 이렇다. 너무 그럴듯한 일이 도리어 맹점이 된 것이다.

"저기…… 준비 다 되셨으면 전 이만 들어가 볼게요."

"뭐? 어딜 가? 누구 맘대로."

"……제가 눈에 안 띄는 게 도움되실 거 같아서요."

그리고 나직하게 한숨을 쉰 제경은 주변 사람들을 의식하는 건지 한층 작게 말했다.

"여러 가지로 제가 옆에 없는 쪽이 낫잖아요. 정리할 것도 있고, 또 숙소도 구해 봐야 하고. 이대로라면 재준이 형 볼 낯도 없으니까……. 아무튼 이만 가 볼게요."

그러니까, 이쪽은 하나도 정리가 안 되었는데 저 녀석은 이미 끝났단 소리다. 정리는커녕 시작조차 못 해 보고, 그 입술도 고작 한 번밖에 못 느껴 봤는데.

"한 걸음이라도 떼면 죽을 줄 알아."

막 걸음을 떼던 녀석이 멈칫하며 뒤를 돌아봤다. 그 황당해하는 얼굴을 보자니 이젠 화가 났다.

"잊었나 본데, 적어도 이 촬영 끝날 때까지는 내 노비야. 그동안엔 너, 내 거라고."

맘 같아선 그 자리에서 당장 옷이라도 벗겨 확인하고 싶었지만 증거도 없이 무작정 덤비는 건 폭력이나 다름없다. 그리고 이미 한 번 실패했었다는 점도 간과할 순 없었다.

'빌어먹을 민짜 가슴!'

곳곳을 쓰다듬고 눌러 보기까지 해 놓고 제대로 낚여 버리지 않았던가. 게다가 만에 하나, 정말…… 아닐 수도 있으니까. 상식적으로 이건 말이 안 되니까. 빌어먹을 상식이란 놈은 그렇게나 사람을 위축시키고 있었다. 그는 창의력을 박탈시키는 주입식교육의 피해자였으니까.

어느덧 바쁘게 움직이던 스태프들의 걸음이 멈추고 시선이 한 곳으로 향했다. 어찌 되었건 지금은 촬영 시간이다. 집중해야 한다. 애써 생각을 지우며 신호를 기다리던 윤조는 또 사람들 틈에서 한 번에 제경을 찾아냈다. 순간, 다시 주변을 잃어버렸다. 그대로 제 시선을 피해 고개를 숙여 버린 녀석의 익숙한 이마와 콧등을 보자 눈을 뗄 수가 없었다.

'선배, 취했어요.'

비록 술에 취하긴 했지만 어젯밤, 그렇게 고개를 숙이던 모습은 지금처럼 저를 모른 척하려고 애쓰는 태도가 아니었다. 난처함. 불안함. 갈등. 아주 당연한 감정들이 느껴지긴 했지만 그것에서 싫은 감정은 찾을 수 없었다. 피하려고 하면 얼마든지 피할 수 있었는데, 녀석은 그러지 않았으니까.

"야, 좀 그럴듯하게 읽어 줘라. 암만 윤조 씨가 연기를 잘해도 그렇게 교과서 읽으면 잘도 연기가 나오겠다."

"우씨! 내가 배우예요? 그냥 읽는 게 다 그렇죠, 뭐!"

쭈그려 앉아 시나리오를 들고 있던 여자 스태프의 버럭질에 요란한 웃음소리가 터져 나왔다. 아버지를 배신하고 유혁에게 협조하게 될 정연 아씨의 고민과 절절함이 묻어난 서신. 그 서신을 읽으며 가슴 아파 해야 할 장면을 찍게 될 예정이다.

"네가 읽어 봐."

"네?"

그런데 리허설이 시작되기 직전, 윤조는 제경에게 시나리오를 들렸다.

"제, 제가 왜……."

"지금 한가하잖아."

"하긴, 차라리 제경 씨가 여자 연기는 더 낫겠네요. 외모로 봐도 훨씬 예쁘고."

"뭐라고요?"

윤경호의 타박에 여자 스태프가 씩씩거리자 다들 농담이라도 들은 것처럼 웃어 댔다. 그리고 자연스럽게 제경이 읽는 쪽으로 분위기가 옮겨 갔다. 제경은 당황한 표정을 숨기지 못하며 얼굴을 붉혔다.

"어우, 오빠 너무 쑥스러워한다~"

"자자, 실전처럼 갑니다, 제경 씨. 카메라만 안 도는 거예요!"

시나리오를 읽는 표정이 진지해졌다. 중얼중얼, 읽는 입술의 움직임이 바쁘다. 그리고 한 차례, 거한 NG가 났다. 정연 아씨의 망설임과 고민에서 무난했던 연기는 유혁을 향한 애절한 마음이 되자 거침없이 흔들리고 말이 막혔다. 진지하던 표정에 황망함이 스쳤지만 곧 이를 악물고 눈을 깜빡인다. 이것은 연기다, 이것은 연기다. 스스로를 세뇌하는 듯 감정을 가다듬는 그 과정이, 제경의 그런 모든 행동이 고스란히 윤조의 시야에 들어오고 있었다.

제경을 빤히 바라보며 마지막 대사를 마치자 안 감독의 목소리가 이어졌다.

"컷! 오케이."

"잘하셨어요, 이제 본 촬영에서 딱 그렇게만……."

그제야 안도한 듯 차분해진 눈이 다시 시나리오를 향했다.

"이야, 진짜 여자같이 연기하네. 역시 배우예요."

그리고 언뜻 들린 말에 흠칫하다 애써 미소를 지었다.

'아, 여자분이셨어요? 어쩐지. 그건 조금 작게 나온 거니까 37사이즈
시면 되겠네요.'

그 순간, 윤조의 머릿속엔 당연하다는 듯 고개를 끄덕이며 대답하던
점원의 미소가 떠올랐다. 이어 떠오르는 기억이 말하고 있었다.

'배우보다 어울리는 직업이 있는 것 같아서 상담해 주는 거야. 배우
오래할 거 아니잖아.'

바보같이 몰라보고 기회를 놓친 건 모두 저 자신이라고. 황제경은 처
음부터 여자였다고.

"이, 빌어먹을 강냉이!"

절로 입 밖으로 튀어나온 말에 큐 사인만을 기다리던 사람들이 흠칫
했다.

"어이, 윤조!"

"윤조 씨?"

그의 돌발적인 행동에 현장은 금세 소란스러워졌다. 그러나 날듯이
재준에게 다가선 윤조는 낚아채듯 휴대폰을 뺏어 들고 그대로 자리를 벗
어나 버렸다. 이미 그의 머릿속은 한 가지 생각뿐이었다. 레이의 옆에
서 있던 여자. 당장 군대에 보내도 될 만큼 짧은 머리를 한 여자. 이상
하게 제경의 모습이 겹쳐 보이던 그 은학이라는 여자!

곧장 촬영장을 벗어난 윤조가 통화 버튼을 눌렀다. 길게 이어지던 연
결음이 끊어지며 낯익은 목소리가 들렸다. 그런데 외국어다.

"뭐래? 모시모시? 이게 미쳤나?"

무슨 장난질인지 레이는 계속해서 일본어로 주절거렸다.

"야, 나 지금 장난할 시간 없으니까 대답이나 해! 너 황제경 여자인
거 알고 있었지? 그래서 그때 그 명함 날린 거 맞지? 이 빌어먹을 자식!
그렇게 날 병신으로 만들고 재밌었냐? 응?"

분명 이 자식은 처음부터 알고 있었을 거고, 그걸 알면서도 입을 다물

고 있었다. 원래도 이상하게 예리한 구석이 있다는 건 알고 있었지만 이
건 확실했다. 그 여자, 은학이라는 여자가 그에게 여자로 보일 정도면
황제경이 여자로 보이는 것쯤이야 일도 아닐 테니까!

"돌아 버리겠네! 뭐라는 거야, 계속 장난할래? 나 일본말 잘 못한다고
멍청아! 차라리 영어로 하든가! 너 지금 곤란해지니까 일부러 그러지?
응? 와, 나 진짜 감출 게 따로 있지……!"

그런데 이상하다. 평소 같으면 이미 뭔가 대구를 하고도 남았을 텐데
녀석은 계속해서 일본말을 지껄여 댔다. 못 알아듣는다는 것도 알 텐데
무슨 행패인가. 게다가 이어지는 한숨이라니.

「미안.」

모시모시에 이어 알아듣는 말이 나왔다.

"뭐? 고멘? 고멘하지! 아니, 그러게 미안할 짓을 왜 해?"

「미안. 정말 미안하다…….」

"야! 잠깐……. 미안해서 뭐?"

뒤이어진 말도 전혀 알아들을 수 없었다.

"젠장, 이 망할 자식!"

그렇게 전화가 끊겼지만 정말로 미안한 기색이 역력한 레이의 말투
에서 제 생각이 맞다는 것쯤은 충분히 알 수 있었다. 이어 떠오르는 기
억들이 하나하나 그의 생각을 뒷받침했다.

'사실 윤 선배님이랑 연기해 보는 게…… 제 꿈이었어요.'

멋쩍게 이야기하던 녀석이 황급히 눈을 내리깔았을 때.

'아, 어딘지 몸이 조금 안 좋으신 거 같아서요.'

당황하며 제 팔을 놓으면서도 걱정스러움이 가득했던 그 표정이.

'아니요! 절대 아니에요. 전 다정한 남자가…….'

유도신문에 넘어와 얼결에 진심을 털어놓고 뒤늦게 입을 가리던 모
습도.

그 모든 일에 가슴이 두근거렸던 건 절대 자신이 이상해서가 아니라고.

'하루건 열흘이건 그 엉덩이…… 윽, 아, 아무튼 더럽다고요!'

그리고 첫날, 제 알몸을 보며 비명을 삼키던 모습. 잔뜩 빨개진 얼굴로 어쩔 줄 몰라 하면서도 태연하려 애쓰던 그 모습이 눈앞에 생생히 떠오르자 좀처럼 웃음을 멈출 수가 없었다.

"미쳐 버리겠네. 풋…… 게다가 화장실 그건 또…… 큭. 하하핫."

첫 만남부터 이어진 그 민망하고 불쾌했던 기억들이 이젠 전부 웃음거리였다.

"진짜 변태가 따로 없었네……. 젠장."

어느덧 진지한 얼굴로 휴대폰을 바라보는 그의 머릿속이 무단히 움직였다.

"하, 이놈을 어떻게 족쳐야 되나."

확실한 증거가 필요했다. 이 모든 상황을 한 방에 뒤집어 버릴 증거. 뻔뻔하게 얼굴색 하나 바꾸지 않고 제 앞에서 난처함을 연기했던 저 녀석이, 꼼짝없이 시인할 수밖에 없는 증거.

'정말…… 제가 여자였다면 선배님 엄청 많이 좋아했을 거 같거든요.'

애처롭게 지껄인 그 말이, 녀석을 가둬 버릴 족쇄가 되도록.

♠   ♠   ♠

읍내의 작은 술집은 한창 손님이 북적거릴 시간임에도 한산하기 그지 없었다. 그럼에도 굳이 눈에 띄지 않는 구석진 자리를 찾는 건 그녀의 오랜 습관이었다. 의식하듯 주변을 훑어보던 소원이 연신 술만 들이켜는 남자를 향해 손을 뻗었다.

"지금 그렇게 술만 마시고 계실 때 아니잖아요."

술잔을 들다 제지당한 안 감독이 가볍게 눈살을 찌푸렸다. 그러다 소원의 싸늘한 시선과 눈이 마주치자 멋쩍은 듯 히죽 웃는다.

"아니 뭘 그런 걸 다 신경을 쓰고 그래. 걱정도 팔자야."

"우리 영화의 기둥인 주연배우예요. 주연배우의 신상에 문제가 생기면 어떻게 되는지 잘 아시면서 왜 그러세요?"

"아, 그 정도로 흔들릴 놈이면 애초에 그렇게 성장하지도 못했을 거라니까. 오늘도 결국 찍을 거 다 찍었잖아."

"문제는 오늘로 끝날 게 아니라는 거잖아요. 벌써 몇 주째 같은 집에서 먹고 자고 얼굴 맞대고 살았어요. 아무리 둔한 사람이라도 그 정도나 살았으면 그동안 이상한 점도 느꼈을 거고, 의외로 정도 들었을 거라구요. 아니, 그 이상의 뭔가가 있어요."

줄곧 제경을 지켜봐 왔기에 보이는 것이었다. 언젠가부터 저와 똑같이 황제경을 향해 있던 시선. 그 시선의 주인공이 윤조라는 걸 알고 얼마나 놀랐던가. 그 이후로 유심히 두 사람을 관찰해 왔다. 한 번은 저랑 눈이 마주친 적도 있었다. 그런데도 의식하지 못하는 듯, 아니 전혀 신경 쓰지 않는 듯 태연히 제경에게 시선을 돌리며 미소 짓던 모습이 아직도 기억에 생생하다.

"언제 윤조가 스캔들 같은 거에 신경이나 썼나. 그냥 귀찮은 파리 같은 거지. 겪어 봐서 알잖아. 솔직히 소원이랑 스캔들 났던 거, 그놈이 우릴 봐서 그냥 입 다물고 덮어써 준 거라고 생각해? 천만에. 그냥 신경 쓰기도 귀찮아서 방치하는 거야. 그놈은 그런 놈이라니까."

"저도 차라리 그 정도면 좋겠어요. 감독님이 사실대로 말 안 해 주는 걸 보니 아무래도 제 생각이 맞는 거 같아서 더 걱정이에요."

이쯤 되니 어지간한 안 감독이라도 숨길 수 없다는 걸 깨닫는 모양이었다. 잠시 혀를 차던 안 감독은 슬그머니 그녀의 눈치를 보다 결국 입을 열었다.

"내가 촬영 때마다 하는 거 있잖아."

"어떤 거요?"

"거 있잖아. 촬영 전날 일부러 잡고 앉아서 술 퍼 먹이고 골탕 먹이는 거. 실수하면 실수하는 대로 기 죽이고, 잘하면 잘하는 대로 근성 좀 있나 보다 하고 넘겨주면 되는 건데…… 그 자리에서 술로 날 보내 버린 놈이 딱 하나 있었어."

"그건 윤조 씨…… 이야기하시는 건가요?"

웃음을 터뜨린 안 감독이 고개를 끄덕였다.

"독하지. 촌스러울 만큼 투박하게 연기하던 놈이 이젠 아주 세련되게 표현도 잘하고. 얼마나 노력했겠어."

"그거야 이제 베테랑이니까 그렇죠. 데뷔한 지 몇 년인데."

"그런데 내가 원하는 연기는 처음에 봤던 그 연기야. 지금은 그때처럼 확 빠져드는 맛이 없다고. 자기 자신을 너무 붙잡아 둬. 너무 완벽하게 완급을 조절해 버린다고 해야 하나. 게다가 그만한 위치랑 배경이면 사실 무서운 게 뭔지 아는 것이 쉽지 않은데 그놈은 너무 잘 알아. 특히 연기에 대해서 그래. 점점 '보여 주는' 거랑 피드백에 신경을 써야 하는 걸 너무 잘 안단 말이지. 그러니까……."

잠시 말을 멈춘 안 감독이 소주병을 집어 들어 9부 정도로만 잔을 채웠다.

"딱 이런 상태라고. 이걸 다 채우려는 시도가 없는 거지. 자칫 보기 흉하게 넘칠 수가 있거든. 그게 나쁘다는 건 아니야. 오히려 자기가 할 수 있는 것 안에서 다양한 모습 보여 줄 수 있는 건 어찌 보면 대단한 장점이지."

입에 발린 찬사를 습관적으로 늘어놓는 안 감독이다. 그런 그의 입에서 나오는 말치곤 꽤나 짠 평가. 하지만 실려 있는 진심의 크기가 쉽게 내뱉는 칭찬들과 다르다는 것쯤은 쉽게 알 수 있었다.

"그냥 내가 욕심이 나. 그 완벽한 틀을 확 깨 버리고 어떻게 쏟아질지

보고 싶다고."

한껏 예리해진 시선으로 생각에 잠긴 그를 보자 소원은 어쩐지 윤조
가 부러워졌다.

"대단하네요. 윤조 씨도."

"응. 거기다 레이 강을 무지 의식하니까, 액션이라고 하면 좀 더 열
내서 달려들 거라 생각했거든. 그래도 워낙 자의식이 강한 놈이라 사실
자신은 없었어. 안 되면 뭐, 영화나 잘 찍으면 되겠다 싶었는데…… 황
제경이 내 눈앞에 딱 나타난 거지. 그 안하무인하고 거만한 놈이 초면부
터 신경질 팍 부리면서 시비 거는 걸 소원이가 봤어야 해. 뭐가 되었건
적어도 그놈 시야엔 들어온 거잖아. 느낌이 딱 오더라고. 아, 이거 둘이
붙여 놓으면 뭐가 되겠구나."

"하지만 그 두 사람이 생각처럼 되리란 보장은 없는……."

갑자기 뭔가를 떠올린 소원이 아, 하고 입을 벌렸다.

"아니, 설마 숙소 누락시킨 것부터—"

그 순간, 시인하듯 고개를 끄덕인 안 감독이 히죽 웃었다.

"뭐, 손을 쓴다고 해서 그대로 다 된다면 세상에 어려울 게 없지. 아
무리 멍석을 깔아 준대도 소원이 말대로 사람의 마음까진 어떻게 못 하
는 거니까. 그런데 의외로 꽤 의식하고 있었나 봐. 정말로 데리고 들어
가 살지 누가 알았겠어."

"……."

"거기다 액션도 황제경이 줘 버렸겠다, 가뜩이나 신경 쓰이는데 내내
끼고 살고 촬영장에서도 종일 붙어 있고. 아주 눈가에 아른아른했을 거
야. 남자란 본능적으로 이성한테 끌리게 돼 있거든. 머리론 아니라고 해
도 감정이 마음대로 되나. 내가 노린 건 그거야. 그것 때문에 흔들려서
허술해진 윤조면 어떨까, 싶었지."

"하지만 그게 단순히 호기심이면요. 감독님 말씀대로 단순히 끌리지

252

않아야 할 상대한테 끌린 거라면 실체를 알고 갑자기 식을 수도 있는 거 잖아요. 아니 윤조 씨가 나중에 정체를 알고 나서 얼마나 배신감이 클지 생각은 해 보셨어요? 게다가 개봉하고 나면—"

조목조목 짚으며 따지자 안 감독은 자연스럽게 그녀의 입술에 손가락을 올리곤 씩 웃었다.

"그거야 액션 연기를 끝내주게 해치운 남자가 알고 보니 여자였다, 하고 마는 거지."

"그게 그렇게 쉽게 수습이 될 거라고 생각하세요?"

"뭐, 문제 되면 나중에 날 죽이러 오라고 하지. 난 나 보고 싶은 것만 보고 죽으면 되니까."

"감독님!"

발끈하며 얼굴을 붉히는 소원의 앞에서도 안 감독은 마냥 웃기만 했다.

"따지고 보면 남의 일이잖아. 심각하게 생각하지 마. 내 생각대로 잘 되고 있으니까."

남의 일. 그 간단한 진실이 와 닿지 않는 이유는 뭘까.

"에구구, 나 화장실 좀."

소원은 비틀거리며 움직이는 안 감독을 바라봤다. 신뢰도 사랑도, 무엇이든 철저하게 이용할 건 이용하는 그의 방식을 잘 알고 있음에도 유난히 씁쓸해지는 날이었다.

♠   ♠   ♠

샤워를 마친 걸까. 은은히 풍겨 나는 향긋한 냄새가 지잉, 코끝을 울린다. 얼마 전, 떨어진 생필품을 들일 때 제경이 손수 골라 왔다는 바디 샴푸의 냄새였다. 자기 딴엔 피로가 풀린다는 라벤더 향을 골라 왔다지만, 그때도 사내놈이 왜 이런 진한 향을 풍기는 걸 사 왔나 싶었다. 그러고 보면 곳곳이 배어 있던 여성적인 면이 이따금씩 위화감을 불러일으키곤 했었다.

그가 상식이란 이름으로 놓쳐야 했던 그 신호들. 그것을 무시한 결과가 눈앞에 다가왔다. 정확히 두 걸음 떨어진 곳에 선 제경이 눈을 동그랗게 뜨고 바라보고 있었다. 여차하면 당장 도망이라도 칠 것처럼 경계심 가득한 얼굴이었다.

"왜 그러고 있어?"

"아니, 저기…… 재준이 형은요?"

재준에게 용건이 있는 듯 물어오는 녀석의 말에 윤조는 자신도 놀랄 만큼 차갑게 대답했다.

"일이 있어서 오늘은 외박할 거야."

"외박이요?"

생각지도 못했다는 듯 그녀의 목소리가 높아졌다.

"뭘 그렇게 놀라?"

"아뇨, 전혀 놀라지 않았는데요."

"그래. 놀랄 일은 아니지. 단둘이서 하룻밤 정도 보낸다고 무슨 일 생길 것도 아니고. 설마 단둘이라 불편하거나 단둘이라 신경 쓰인다거나 할 이유가 남았나?"

"……"

"왜, 놓친 물고기가 커 보인다든가 소 잃고 외양간 고치는 기분이야?"

"네? 무, 무슨 말씀을……. 저 그럼 들어가……."

"기다려."

명령하듯 내뱉은 말에 멈칫한 제경이 표정을 굳혔다. 심상치 않은 분위기를 느낀 듯 목에 걸고 있던 타올만 만지작거리더니 잠시 후, 기어들어 가는 목소리로 말했다.

"지금은 늦었으니 할 말이 있으시면 나중에……."

"제대로 못 들었어? 기다리라고 했지."

제경이 움찔하며 한 걸음 물러났다. 그제야 윤조는 제 얼굴이 형편없이 굳어 있단 사실을 깨달았다. 겁을 먹는 게 당연했다. 허탈한 웃음이 새어 나왔다.

"나름 둘이서 별일이 다 있었는데 제대로 매듭은 지어야지."

"……저기, 그럼 이제 정리…… 하시겠다는……."

"응."

내내 미심쩍은 시선을 보내던 제경이 그 순간 멈칫하며 바라봤다.

"말했잖아. 남자 놈한테 더 목매고 싶지 않다고. 생각해 보면 싫다는 놈한테 매달리는 거, 그것만큼 생산성 없는 일도 없고."

"그, 그렇죠."

"거기다 뭐, 사과할 것도 있고, 진지하게 할 말도 있고. 그냥 그런 생각인데 언제 이야기할 시간도 없잖아. 넌 자꾸 피하려고만 하니까."

"아, 그래요. 잘…… 생각하셨어요."

어색하게 웃던 제경이 주절주절 말을 이어 갔다.

"이제 촬영도 끝나 가고 같이 지낼 날도 얼마 안 남았는데……. 짧게나마 사이좋은 선후배로 잘 지내면 좋죠. 또 좀 이상하지만 좋은 추억…… 이라 생각하면……."

감정이 격앙된 듯 목소리가 조금 떨려 나왔다. 그런데도 상대가 모르길 바라는 걸까. 저런 멍청이를 두고 속을 끓이려니 이젠 저 자신이 한심하고 기가 막혔다. 힐끗 시선을 돌리자 그녀의 젖은 머리카락에서 물방울이 투둑 떨어지는 게 보였다. 갓 샤워를 마치고 나온 여자 특유의 말간 느낌. 그래, 딱 여자였다.

정말 말할 수 없이 처참하고 씁쓸해졌다. 괜히 답을 고쳐 틀린 답안지를 들고 화를 내는 꼴이다. 피식 웃어 버린 윤조가 부러 장난스럽게 물었다.

"너 머리 제법 긴 거 알아? 야한 생각을 얼마나 하고 살길래 그러냐?"

"네? 무, 무슨…… 아니에요."

"첨엔 귀가 이렇게 드러났었는데 지금은 거의 덮였거든."

"그거야 그냥…… 뒷머리 옆머리 막 헝클어져서 그렇게 보이는 거지! 보, 보세요!"

당황한 듯 그녀가 제 머리카락을 슥슥 쓸어 넘기자 새빨개진 귀가 눈에 띈다. 정말 기가 막혀 웃음밖에 나오지 않았다.

"멍청이. 정색하기는."

"저, 정색은 무슨! 그냥 사실을 말한 거뿐인데. 그럼 저 이, 이만 잘게요."

"벌써? 이제 10시밖에 안 됐어."

"10시면 잘 시간 맞거든요?"

"지금 자면 좋은 소식 못 들을 텐데. 그래도 좋아?"

돌아서려던 녀석이 멈칫하며 굳었다. 그 시선에 불신이 가득하다. 기껏 잘해 줬는데 돌아오는 건 하악질일 뿐인 고양이처럼. 말로 다 못 할 배신감에 왠지 화가 났다. 그의 입가가 심술궂게 휘었다.

"좋은 소식이라니까, 그 표정은 뭔데?"

"그거야. 본인이 제일 잘 아실……."

"너, 연기 계속하고 싶지 않아?"

바로 본론을 꺼내자 제경은 말뜻을 이해 못 한 사람처럼 멍한 표정을 했다.

"그게 무슨……."

"너 연기 계속할 수 있게 지원해 줄 생각이야."

"네?"

"정확히는 루시드드림에서 너와 계약하고 싶대."

자타가 공인하는 최고의 소속사. 자신 외에도 수많은 주연 급 연기자를 배출하고 관리해 온 루시드드림의 지원을 받는다는 건 배우에겐 아주 솔깃한 이야기일 수밖에 없다. 하지만 이 까다로운 물고기 녀석은 좀처럼 낚여 들지 않았다.

"아…… 저는…… 아직 그런 계획 같은 건 생각해 본 적이 없어서……."

평소엔 떡붕어 같기만 하던 녀석이. 슬쩍 미간을 찌푸린 윤조가 눈앞의 먹이를 노려봤다.

아주 거꾸로 잡고 제 입으로 다 불 때까지 탈탈 털어 버리고 싶은 심정이 굴뚝같다.

"너 이 오디션 붙기 전까지 뭐했었어? 쭉 연기만 해 온 거야?"

"그, 그건 아니고…… 그냥저냥 아르바이트 짬짬이 해서……."

"하긴, 어지간해선 연기만으론 먹고살기 힘들겠지. 무슨 극단에 있지 않았냐?"

"아 네, 해나무극단…… 이라고, 여기선 조금 유명해요."

"아동극에서겠지."

"아동극이 어때서요! 무대는 다 똑같지! 성인극도 가끔 올리긴 했거든요?"

그 순간 윤조의 입 끝이 삐죽 솟았다. 빙고, 걸려들었다.

"말이 그렇지, 사실상 아동극 말고 한 거 있어? 월급이라곤 쥐꼬리. 제대로 연극 무대 오르고 싶으면 결국 혼자 돌아다니면서 오디션 보고 붙어야 하고. 설령 오디션에 붙어도 연습 기간 포함 몇 개월 공연하고 받는 돈이 아마 백만 원쯤. 아니, 그거라도 받기나 하면 다행이지."

"무슨 말이 하고 싶으신 거예요?"

표정을 굳힌 제경의 말투가 싸늘해졌다.

"그런 상황에도 포기 못 한 주제에 이 기회를 안 잡겠다니, 말이 안 되잖아."

이 지경이 돼서도 그저 연기를 하고 싶어서. 그 꼴을 하고서도, 그 고생을 하면서도 버티고 또 버틴 주제에.

"바로 네 신상 정리해서 보낼 거야. 신분증부터 가져와."

처음, 그의 입에서 튀어나온 '좋은 소식' 이라는 말 자체에 위화감이 들었던 건 당연했다. 왜냐면…… 이 인생에 좋을 일이라곤 없었으니까.

신분증.

그 위화감의 끝에서 저를 기다린 건 바로 그거였다.

이 상황이 어떤 위험성을 내포한 건지 따윈 그 순간 떠올릴 수 없었다. 그저 본능이었다. 아무것도 내색하지 않으려는 본능적인 무표정이 그녀의 얼굴을 덮었다. 인생 최대의 위기 앞에서도 비명조차 지를 수 없는 자의 살려고, 살려고 하는 본능.

그 절박함이 그녀의 떨리는 몸을 간신히 지탱하며 입을 열게 했다.

"아, 맞다. 저 아버지한테 이번만 하기로 약속했거든요. 그게 이유가 있는데 그게 뭐냐면, 그러니까…… 이, 일단 아무튼 아버지랑 상의해 봐야 할 거 같아요."

"발연기."

"……."

"하는 놈이라면 이런 제안도 안 하지."

심장이 벌렁거렸다. 차라리 욕을 하지, 뭐냐고! 저 억지로 붙인 듯한 뒷말은!

이미 다 떨려 나온 목소리에다 27살의 남자가 한 변명이 고작 아버지라니, 기가 막혀 울고 싶었다. 게다가 저 떨떠름한 표정을 보면 충분히 알 수 있다. 방금 내뱉은 말이 진심이라는 걸.

"어차피 돈 문제잖아. 그건 도장만 찍으면 간단히 해결되는 거 아냐? 헛소리 말고 가져와."

"그, 그게 마침 딱 가지고 있질 않아서……."

무작정 입을 열고 엉클어진 머릿속에서 집어낸 단어들이 고작 이렇다. 정말 씨알도 안 먹힐 소리라는 건 지나가는 개도 알 것 같은데 윤조는 이상하리만큼 차분하게 물었다.

"설마 민증도 안 가지고 다닌다는 거야?"

"그, 그거야 그냥 전 여기서 영화만 찍으면 되는 거니까……."

"흠. 그거 별로 좋은 습관은 아닌 거 같은데. 어딜 가든 네가 누군지 증명해 줄 게 없잖아."

할 말을 잃어버렸다. 평소의 그답지 않게 집요하게 물고 늘어지는 것이 마치, 어떤 말이 나올지 다 예상하기라도 한 듯한 느낌이었다.

그래, 마치 뭔가 아는 것처럼…….

"생각해 보면 이상해. 네 입으로 황제경이라고 소개한 것 말곤 따로 확인한 적이 없는데, 다들 뭘 보고 너를 황제경이라고 생각한 걸까."

"……."

"알 수가 없잖아. 몇 살인지, 어디서 굴러 온 놈인지. 심지어……."

느릿하게 움직이던 그의 입가에 문득 조소가 떠올랐다.

"여자인지, 남자인지도."

그 순간 급히 들이켠 숨을 내뱉지도 못하고 굳어 버렸다.

뭐지. 대체 저 말은 무슨 뜻으로 한 거야.

"넌 어느 쪽이냐?"

"……."

"아니, 넌 누구야?"

차분하게 가라앉은 얼굴로 그가 다가왔다. 다리의 감각이 없어 그저 점점 가까워지는 그의 얼굴을 멍하니 바라볼 수밖에 없었다. 확연히 내려다보는 그의 눈빛이 그녀를 옭아매듯 주시했다. 이 순간 그녀가 할 수 있는 건 최대한 평범하게, 아무렇지 않게 서 있는 것뿐. 이미 평정심을 잃은 심장이 미친 듯이 뛰고 시야가 거침없이 흔들려도 버티는 것뿐이었다.

감정을 삼킨 윤조의 목소리는 겉으로 듣기엔 지극히 담담했다.

"마지막으로 기회 준다. 지금이라도…… 말해."

날 떠나지 않겠다고. 그리고 네 정체, 네 마음도.

더 화나기 전에.

그가 미처 내뱉지 않은 말들이 어떤 것임을 알기에. 내내 굳은 표정으로 제 입술만을 야작야작 깨물던 제경은 천천히 눈을 내리깔았다.

"장난 그, 그만하시고…… 진짜 늦어서 저 그, 그럼 이만……."

입을 열어 변명이라도 할까, 그럼에도 불구하고 당신을 마음에 두고 있다고 고백이라도 하면…… 용서받을 수 있을까. 하지만 제경은 어떻게든 이 자리만 벗어나면 될 거라 생각했다. 끝내 진실을 내뱉지 못했다. 그것은 결국, 지금의 마음이 그뿐이란 뜻일지도 모른다.

하아. 가벼운 한숨을 내쉰 윤조의 목소리가 한층 차가워졌다.

"방에서 주웠어. 가져가."

그렇게 제경의 눈앞에 그가 내민 물건은 선명한 분홍색이었다. 처음엔 몰랐다.

"피임약이더라."

그러나 그의 말이 이어진 순간 화다닥 달려든 제경이 그 손에 들린 물건을 낚아챘다. 그리고 동시에 제경의 팔이 그의 손에 붙잡혔다.

"놔, 놔요!"

제경은 필사적으로 몸부림을 쳤지만 힘의 차이는 너무 컸다. 짧은 몸싸움 끝에 쉽게 멱살을 내준 그녀는 그대로 윤조의 손에 들려 소파 위로 처박혔다. 퍽! 강한 소리가 조용한 거실에 울리자 가냘픈 비명이 터졌다.

"아윽……."

목덜미에서 퍼지는 충격이 온몸을 굳혔다. 잠시 놀란 듯 눈을 크게 뜨던 윤조가 곧 어금니를 악물었다. 다시 손에 힘을 줘 멱살을 누른 그가 무릎으로 그녀의 허벅지에 올라탔다. 그의 목소리가 선뜩해졌다.

"내 손으로 확인할까, 네 입으로 말할래?"

제경은 악착같이 힘을 줘 하얗게 된 손으로 플라스틱 케이스를 쥐었을 뿐, 말이 없었다. 그 얼이 빠진 얼굴을 하고서도, 필사적으로 손에 든 것을 지켰다. 아니, 그것 외에 할 수 있는 게 없었다.

이것이 그의 마음에 대해 줄 수 있는 답이었다.

"하긴……."

이것이 최선이었다.

"어느 쪽이건 상관없겠지. 어차피 날 속인 건 변함없으니까."

그의 얼굴에 비릿한 조소가 떠올랐다. 이어 파르랗게 힘줄이 솟은 손으로 그녀의 턱을 움켜쥔 윤조가 그대로 몸을 숙였다.

"흐읍!"

놀라며 숨을 들이켜는 입술 위로 온 체중을 실은 입술이 덮쳐 왔다. 딱딱한 이가 부딪치고 잠시 후, 찌릿한 고통과 함께 비릿한 피 냄새가 입 안에 가득했다. 저도 모르게 흐느끼며 몸부림을 쳤지만 윤조는 멈추지 않았다. 힘을 준 손가락이 볼을 누르고 벌어진 잇새로 단숨에 침입해 여린 속살을 사정없이 휘저었다. 그의 어깨를 치는 손에 힘이 실렸으나 부질없었다. 엉망으로 무너뜨리고 싶은 욕구와 충동이 폭포처럼 제 입술로 쏟아졌다. 거친 혀가 그녀의 말캉한 혀에 감겨들고, 내쉬는 호흡마저 모두 삼킬 듯 격렬히 덤벼든 입술은 연신 그녀의 입술을 빨아들이고 깨물었다. 그녀의 목구멍에선 신음과 비슷한 흐느낌, 혹은 흐느낌 같은 비명이 이어졌다.

한참 만에야 그가 입술을 떼자 가쁘고 습한 숨결이 그녀의 얼굴에 흩어졌다. 격렬하고 잔혹했던 키스는 그녀의 입술에 선연한 생채기를 남겼다.

그리고 그의 손끝이 방금 전의 입맞춤을 되새기듯 지그시 상처를 눌러 왔다. 저도 모르게 신음을 뱉은 제경이 힘겹게 숨을 들이켰다. 놀람과 고통으로 머리가 어지러웠다.

"그래, 여자든 남자든 상관 알 게 뭐야. 이제 뭘 하든 신경 안 써."

그제야 비릿하게 웃던 그가 중얼거렸다.

"어차피 이거 찍고 내 인생에서 꺼져 버릴 거잖아."

어차피…… 오지 않을 거면 차라리…….

아릿한 통증과 함께 제경은 눈을 감아 버렸다.

♠   ♠   ♠

언젠가는 터질 일이었다. 심소원의 경우처럼 하나둘, 알다 보면 언젠가는 소문이 날 것이고, 그렇게 윤조의 귀에도 들어갈 거라 생각은 했었다. 하지만 그때쯤엔 이미 그의 곁을 떠나 있을 거라고, 그래서 그의 배신감 어린 시선을 정면으로 맞닥뜨리는 일은 없을 거라고 생각했었는데…….

"아."

세수를 하던 제경은 찌릿한 아픔을 느끼고 거울로 눈을 돌렸다. 하룻밤 새 더 부어 버린 입술이 눈에 띄었다. 촬영이 있는 날인데 이 지경을 만들어 놓다니. 짧게 원망하던 제경이 허탈하게 웃다 손을 올렸지만, 그의 여실했던 분노가 머물러 있는 것만 같아 차마 손을 대지도 못하고 다시 내려야 했다.

'어느 쪽이건 상관없겠지. 어차피 날 속인 건 변함없으니까.'

욱신.

'이제 뭘 하든 신경 안 써. 어차피 이거 찍고 내 인생에서 꺼져 버릴 거잖아.'

눈가가 뜨겁다. 물론 쉽게 용서받을 거란 생각은 하지 않았다. 어떤 말을 해도 그를 속이고 기만했다는 사실만은 변함없기에. 자신이 망쳐 놓은 그를 되돌릴 자신이 없기에. 그 공포심에 더욱 아무 말도 할 수 없었다.

"어차피 우린 안 되잖아요."

그것이 현실이기에.

하지만 이상하게 억울했던 것도 같았다. 잠시나마 다정했던 순간이 무섭게 저를 내려다보던 그 얼굴에 겹쳐, 그래서 속상했던 것도 같았다.

그래, 처음부터 잘났던 인간이 인생의 쓴맛을 알아, 좌절을 알아. 이 지경이 돼서도 죽도록 매달려야 하는 이 처지, 제대로 된 역할 한 번 못 맡아 본 무명의 설움을 알기나 하냐고.

"나도 욕심나서 그랬어요."

물론 이것은 연기에 대한 욕심. 하지만 어쩔 수 없는 감정 한편으론 그런 바람도 있었다. 그의 손을 잡고 그 품에 안기는…… 말도 안 되는 바람. 그래서 왠지 더 화가 났다.

"나도, 뭔가 해 보고 싶었다고요. 그런데 어쩔 수 없잖아요! 여자인 나는 필요 없다는데, 지금의 나라면 뭔가 할 수 있겠다는데. 나한텐 이거뿐이고 마지막이었어요! 그런데 여기서 제가 어떻게 해야 하는데요? 이런 상황에서, 선배님 같은 분이 좋다고 하면 그냥 얼씨구나 하고 매달려야 해요?"

정말 고의가 아니었는데. 나도 똑같이 힘들었는데. 당장 계약금이 눈에 아른거리고 마지막이라는 단어가 심장을 찔러 대는데, 맘 편하게 연애나 할 처지가 아니었다고 말하고 싶었다.

"난 정말…… 방법이 없었단 말이에요. 씨이…… 그러게 왜…… 그냥 그렇게 끝냈으면 좋았잖아요. 왜…….."

혼자 아프면 끝나는 건데 왜 집요하게 파고들어 사람 더 힘들게 하느냐고, 일을 이렇게 만드느냐고. 그냥 내버려 두지 그랬냐고 소리라도 지르고 싶었다. 하지만 그렇게 말하면 이미 크게 흔들린 마음을 보이는 것 같잖아. 잡아 달라 떼쓰는 것 같잖아…….

세면대 위로 눈물이 뚝뚝 떨어졌다. 잠시 맑아진 눈에 비친 제 모습이 낯설고 밉다. 다시 흐려지는 눈을 비비고 물을 틀었다.

알고는 있다. 이 모든 건 그저 제 욕심. 괜한 원망이다. 비참한 현실에 대한 분노고 단순했던 제 짧은 생각에 대한 후회일 뿐, 그를 향해 해선 안 될 말……

그러니 잘한 거다.

마지막으로 그녀의 입술을 훑던 손길이 사라지고 이어진 목소리는 지극히 담담했다.

'까불다 나한테 처 맞은 걸로 해.'

차라리 잘되었다고 생각해야 했다.

"후, 제경 씨 이거 빨리 나아야 할 텐데. 대체 어쩌다 이랬어요?"

분장팀 스태프가 혀를 찼다. 그 눈에 어린 걱정이 선해 제경은 그저 배시시 웃어 보였다.

"나한테 맞았어."

그러나 저만치 앉아 있던 윤조의 말에는 누구도 대꾸하지 못했다. 다시 제 할 일에 열중하는 스태프들을 보며 제경은 윤조가 왜 그리 말하라고 했는지 알 것만 같았다.

뻔히 눈에 띄는 상처와 함께 제 입으로 '때렸다'라고 한 윤조의 말이 가히 충격적이라선지 소문은 빠르게 퍼졌다. 딱밤을 때리거나 뺨을 꼬집는 게 전부였던 그의 행동이 주먹질까지 가게 된 연유는 무엇이었을까. 그런 궁금증 어린 시선이 측은함과 함께 그녀를 향했다.

하지만 재준은 달랐다.

"형, 그렇게 사람 때릴 분 아니다."

"……"

"그리고 입술이 그리되도록 맞은 거면 얼굴까지 부어야 정상 아니냐?"

264

"뭘 그리 캐고 있어? 내가 때렸다면 때린 거지."

미처 제경이 뭐라 대답하기도 전에 끼어든 윤조가 흘깃 그녀를 노려
봤다. 재준이 입을 다물었다. 그 시선에 움찔한 제경이 머뭇거리며 바라
보자 그는 그대로 돌아섰다.

"윤조 씨, 제경 씨. 시작합니다. 준비 마쳤으면 나오세요."

때마침 들려온 윤경호의 말에 정신을 차린 제경이 고개를 끄덕였다.
그녀가 해야 할 일은 영화를 찍는 것. 처음부터 끝까지 목표는 그거뿐이
라며 자신을 타이르는 그녀의 눈빛은 어느 때보다 결연했다.

♠   ♠   ♠

온갖 푼수 짓은 다하고 완전히 흐트러진 태도로 생떼를 부렸다. 그래
도 안 됐다. 그럼 포기해야 하는데 그게 안 된다. 하지만 여기서 더 강
요할 순 없었다. 원하지 않은 상대에게 매달리는 건 집착일 뿐이다. 더
나아갔다간 범죄가 된다.

안다. 알고는 있다.

이미 억지로 녀석의 몸을 타 누르고 그 입술에 상처를 낸 것만으로도
충분히 못할 짓을 해 버렸으니 됐다. 내용은 다르지만 폭력을 저지른 건
사실이니 수군거리는 시선쯤이야 얼마든지 감내할 수 있었다. 참을 수
없는 건 다른 것이었다.

아침 시간의 식탁은 조용했다. 윤조의 시선이 힐끗, 마주앉은 제경의
입술에 닿았다. 다행히 며칠 안 되어 상처는 깨끗이 사라졌다. 그러나
언젠가부터 제경은 말이 없었다. 재준과 함께 있을 땐 조금씩 웃고 대화
를 하는 걸 보긴 했지만, 그 빈도는 확실히 줄어 있었다. 언제나 구석에
숨어서. 처음 봤을 때처럼 기가 죽어선, 겁을 먹고 그의 시선을 피하
고……

분명 신경 쓰지 않겠다고 한 건 저 자신인데, 정체가 뭐건 어차피 눈앞에서 사라질 거 관심 갖지 않겠다고 말한 건 난데, 또 화가 난다.

"한 끼도 빼먹지 말랬지?"

제경의 앞에 놓인 콘플레이크를 보며 내뱉은 말이었다. 멈칫 놀라던 제경은 뭔가 말을 할 것처럼 입술을 움직이려다 그만두었다. 그러고는 자리에서 일어나 냉장고로 향했다.

재준이 혀를 찼다.

"쯧, 이제 그만 화해하세요. 애들도 아니고 언제까지……."

"그런 거 아니에요."

뭐라 말을 하기도 전에 제경이 먼저 부정했다. 그 손엔 낯익은 샐러드 통이 들려 있었다. 더 이상의 말을 듣는 걸 원하지 않는 듯 고분고분한 태도였다.

"잘 먹었습니다."

그리고 잠시 후, 한층 야윈 듯한 뒷모습이 눈에 맺혔다. 움츠린 등과 어깨의 도드라진 각이 톡 건드리면 부서질 것처럼 위태롭기만 해 이상하게 가슴이 시리다. 이제 남인데. 저 녀석의 정체가 뭐건 이제 신경 쓰지 않기로 했는데.

'뭔 상관이야. 몸이 다 삭아 없어지건, 병이 들어 골골거리건 제 팔자지. 상관없다고.'

그런데 가슴 한켠이 쓰라리다. 왠지 원했던 게 이건 아닌 거 같았다.

♠   ♠   ♠

한 고을에서 일어난 살인사건. 단순히 치정다툼으로만 생각했던 사건은 마침 진상품도난사건을 해결하기 위해 그 고을을 지나치던 암행어사의 귀에 들어가게 되며 기묘한 사건으로 번지게 되고, 그것을 해결하는

266

게 암행어사의 주된 스토리였다.

정체를 알 수 없는 적들의 위협. 연이어 목숨을 위협해 오는 위험 속에서 유혁은 둘도 없는 친구이자 수행원인 노비 의석을 얻게 되고, 그의 활약으로 적들의 소굴에서 결정적 단서를 찾게 된다. 하지만 이것은 의문의 선비 이정호의 함정. 진상을 알리고 그들을 소탕할 의무가 생긴 유혁과 의석은 관군이 올 때까지 어떻게든 시간을 끌고 목숨을 부지해야 했다. 그렇게 숲길에 몸을 숨긴 두 사람의 주변으로 하나둘 포위망이 좁혀졌다.

그 절체절명의 상황을 타개하기 위해 스스로 적들 앞에 모습을 드러낸 의석은 목숨을 건 추격전을 시작하게 된다.

"잡아라!"

이정호의 외침과 함께 건장한 체구의 남자들이 의석의 뒤를 쫓았다. 빠르게 내달리던 의석이 멈칫하며 칼을 휘두를 때마다 핏물이 투둑, 튀었다. 하나, 둘 그 자리에 엎어지고 길을 뚫어 낸 그가 잽싸게 바위를 타 넘고 뛰어내리며 또 한 사람을 베었다.

그 과정이 약 2분 45초가량의 롱 테이크로 이어졌다. 격한 호흡으로 어깨를 들썩거리는 작은 체구가 이리 뛰었다 저리 뛰었다, 하며 버티다 점차 절벽으로 몰렸다.

"컷! 좋았어!"

저만치 옹기종기 모여 수군거리는 관군들을 흘깃 바라본 제경이 한숨을 내쉬었다. 암행어사의 백미를 장식할 대규모의 추격, 전투 씬을 앞둔 상황이었고, 어느 때보다 비장한 각오로 촬영에 임할 때였다.

이미 한 씬을 끝내고 난 수많은 보조연기자들과 스태프들이 다시 이어질 장면을 위해 대기 중이었다. 그러다 생각보다 대기 시간이 길어지자,

"무슨 일이에요?"

267

기다리다 못한 한 배우가 다가와서 물었다. 주변엔 안 감독과 주연급 배우들을 포함해 대략 예닐곱 명의 사람들이 있었지만 아무도 대답하지 않았다. 이 숨 막히게 팽팽한 공기. 긴장된 얼굴들에 흐르는 땀방울이 섣불리 입을 열지 못할 분위기를 연출하고 있었다.

그야말로 공포영화의 한 장면처럼.

"원래대로 가시죠."

윤조가 먼저 입을 열었다. 깍듯하게 예의를 갖춘 말투였지만 눈빛은 서늘했다.

"안 돼."

"이렇게 당일에, 그것도 찍기 직전에 세팅 다해 놓고 몰아넣는 거, 너무 비열하지 않습니까? 아무 준비도 안 된 힘없는 배우를 진짜로 절벽으로 밀어 버리네. 쪽대본 드라마도 이렇게는 안 하겠습니다."

"어허, 저 에어매트 비싼 거야. 소방서에서 쓰는 거라니까. 안전장치 다 되어 있는데 뭐가 어때서? 그냥 뛰어내려 주기만 하면 되는 걸."

핀이 뽑힌 수류탄을 놓친 기분이 이럴까. 웃으며 건성으로 대답하는 안 감독의 태도에 주변 사람들은 더욱 좌불안석이 되었다. 그리고 제경은 저도 모르게 윤조의 소매를 붙잡았다. 무표정한 얼굴이지만 화가 나 있다는 것쯤은 쉽게 알 수 있었다.

"선배, 전 괜찮아요. 그냥 할게요."

하지만 달래려고 한 말은 제대로 불을 붙여 버렸다.

"장난해? 전문 스턴트도 아닌 놈이 지금 뭐하자는 거야."

"하지만 안전장치도 되어 있고, 설령 잘못되어도 크게 다칠 위치는……."

"하, 크게 다치지 않아서 안전해? 손바닥 구멍 냈던 걸로도 모자랐어? 그럴 거면 스턴트는 왜 있고 CG는 왜 쓰는데? 사람이 자기 죽을 날 꿰고 살아? 네가 앞날 어찌 될지 어떻게 알고 그리 장담해."

우루루 쏟아 낸 독설로 제경의 입을 막아 버린 윤조는 다시 안 감독을 쏘아보며 말을 이었다.

"정 그 장면 찍으실 거면 스턴트 쓰세요."

"크흠, 뭐 그렇다면야……."

헛기침을 하며 팔짱을 낀 안 감독이 수긍하려는 찰나.

"잠시만요!"

잽싸게 윤조의 손을 잡아챈 제경이 질질 끌다시피 하며 자리를 벗어났다. 의외로 순순히 제경을 따르는 윤조를 보며 남은 사람들이 고개를 갸웃거릴 무렵, 현장과 떨어진 곳에 도착한 제경은 난처한 듯 주변을 살피다 한숨을 토해 냈다.

"지금 뭐하시는 거예요. 선배가 나설 일이 아니잖아요."

"나서 줄 때 고맙게 생각해. 네 주제에 누가 이렇게 감싸 줄 때 받고 나 있으라고. 저런 거 한 번 받아 주기 시작하면 한도 끝도 없어. 스타트가 너일 뿐이라고. 알아들어? 민폐 끼치지 말고 시키는 대로 해."

"아뇨. 전 할 거예요. 전 여기 연기하러 왔지 놀러 온 거 아니니까."

그 순간 돌아서려던 윤조가 멈칫했다. 그러고는 무표정한 얼굴로 가만히 그녀의 눈매를 응시했다. 언젠가부터 윤조는 저런 눈빛으로 그녀를 보는 경우가 많았다. 마치, 뭔가의 반응을 기다리는 것처럼. 그가 뭘 바라는지는 알고 있었다. 알면서도 제경은 애써 외면했다. 꼿꼿하게 바라만 보는 그녀의 태도에 윤조는 곧, 싸늘한 미소를 올렸다.

"명배우 나셨네. 아주 이거 찍고 죽지 그러냐. 영화사에 길이 남게. 촬영 중 요절한 신인배우라고."

그리고 표정만큼이나 차가운 말이 떨어졌다.

"그런데 너, 그만한 존재감 없어. 1년? 아니 1개월도 안 걸려. 아주 깨끗하게 잊히고 누구도 너 언급 안 할 거야. 이렇게 죽으면 넌 그냥 개죽음이라고."

윤조는 아파트 3층 정도 높이의 절벽 앞에서 이상하게 뛰어 대는 심장을 억눌렀다. 아마 위에서 내려다보는 높이는 여기서 보는 것보다 훨씬 공포스러울 것이다.

다시 고개를 돌리자 무술감독과 나란히 선 제경의 모습이 보였다. 뭔가 주의사항을 듣는 건지 신중한 얼굴로 고개를 끄덕이고 있었다. 거대한 매트가 깔리고 혹시 모를 사고를 대비해 응급처지 준비도 완벽했지만 이상하게 가슴이 두근거려 견딜 수가 없었다. 이 지경이 되도록 고집을 피운 제경이 미워서, 걱정돼서 미칠 지경이었다.

'저도 배우라 이거지.'

호소력 짙은 눈망울로 저를 바라보며 '꼭 해야 한다.'고 외쳐 댔다. 꼭 이 순간이 아니면 안 된다는 것처럼. 어떤 미래도 꿈꾸지 않는 것처럼.

'전 여기 연기하러 왔지 놀러 온 거 아니니까.'

놀러 온 게 아니라니. 그럼 난 대체 너한테 뭐였냐?

차마 물을 수 없는 말이 맴돌았다. 정말 고작 한때 놀이에 불과했던 걸까. 그럼 이 미칠 것 같은 감정에 응하는 건 녀석에게 그런 의미가 되는 것. 중요하지 않으니까. 고작 놀이니까. 그래서 네 인생에 윤조라는 사람의 자리는 없었던 거야?

'아주 이거 찍고 죽지 그러냐.'

그래서…… 그런 말을 해 버렸다.

[준비됐습니다.]

[OK. 조명도 완료!]

절벽 위와 아래에 각각 카메라가 설치되고 크레인까지 자리를 잡았다. 풀샷을 잡을 카메라가 안 감독의 옆에서 OK사인을 날렸다. 여기저기 바쁘게 오가던 스태프들이 걸음을 멈추고, 각각의 카메라와 조명팀의 목소리가 무전기를 통해 울려 퍼졌다.

"레디— 액션!"

그리고 두 번째 씬의 촬영이 시작되었다.

—촤르륵.

칼을 휘두르던 의석이 뒤로 물러나자 부스러진 흙더미가 절벽을 타고 흘러내리는 아찔한 광경이 이어졌다. 그렇게 절벽 끄트머리까지 몰린 의석이 짧게 전투를 치르는 사이, 관군이 도착했다. 놓친 칼이 어디론가 날아가고 맨손이 된 의석은 잠시 눈앞의 남자들에게 망연한 시선을 보내다 고개를 돌려 힐끗 절벽 아래를 바라봤다. 이어 뭔가를 찾듯 빠르게 주변을 훑던 의석이 문득 이쪽을 바라봤다.

무슨 생각을 한 걸까.

정확히 윤조를 바라보며 처연하게 웃던 그가 한 치의 망설임도 없이 뛰어내렸다. 극히 찰나의 시간이 아득하게 길어졌다. 윤조는 그 모든 과정을 눈 한 번 깜빡이지 않고 바라봤다. 발밑이 꺼지는 듯한 아찔함에 이어 퍽! 하고 큰 소리가 들리자 전율이 흘렀다.

쿵, 쿵…….

분명 연기라는 걸 알면서도, 괜찮을 거라는 걸 알면서도…….

거대한 매트에 푹 처박힌 제경이 한동안 움직이지 않자 심장이 죄어들었다. 아니, 그것도 오로지 그 혼자서만 느끼는 현실 시간과의 괴리감이었을 것이다.

"컷!"

[제경 씨, 괜찮습니다. 오케이.]

[위치에 문제가 좀 있었던 거 같은데 확인해 주세요.]

"떨어지기 전에 그 표정, 아주 좋았어. 그런데 말이야…….."

[그럼 다시 갑니까?]

"바로 떨어지는 장면부터 다시! 클로즈업 준비하고!"

"제경 씨 부탁해요!"

팔팔하게 자리를 박차고 일어난 제경이 다시 졸래졸래 언덕을 오르는 광경을 바라보는데 도무지 입이 떨어지지 않았다.

어지럽고 불쾌한 공기가 살갗을 스치는 이 느낌.

'너는 내가 꼭 대스타로 만들어 줄게. 윤조, 그 이름 내가 책임진다고.'

지훈의 목소리는 곧 분노로 떨리는 제경의 목소리로 바뀌었다.

'네, 전 누구처럼 잘나지 못하고 모태부자도 아니라서요. 남장을 하건 불속을 뛰어들건 발악을 해야 그나마 눈길이라도 받아요.'

그가 처한 현실과 과거가 비틀리며 섞이는 기괴한 감각.

'차라리 그렇게 죽기라도 해서. 그렇게 한 번이라도…… 누군가의 머릿속에 한순간이라도 남기라도 하면 좋겠어요.'

거짓처럼 들리지 않았던 그 말. 그 와중에도 묻고 싶었다.

[준비됐습니다.]

"슛 들어갑니다! 이번엔 뛰어내리는 각도, 신경 써 주세요."

"레디—"

내가 해 줄 수 있는 걸 말해. 내가 뭘 해 줘야 해.

아니, 그녀가 입을 열어 말하길 바랐다. 저를 붙들며 힘들다고, 도와 달라고 말해 주길 바랐다. 그저, 연기가 하고 싶었을 뿐이라고. 그 마음과 누군가를 담는 마음은 별개인 거라고. 지금이라도 그렇게 말해 주길 바랐다.

"액션!"

현실은 공허했다. 그저 묵묵히 바라보는 자신이 서 있었다.

난 대체 뭘 하고 있는 걸까…….

—퍽. 투욱.

유쾌하지 못한 소리가 시간 차를 두고 퍼져 나갔다.

그리고…… 윤조는 거대한 매트 옆에 처박혀 있는 녀석을 보며 생각했다.

이건 꿈이다. 이건 꿈이다.

이 감각. 이 느낌. 뇌에서 사지로 전해져야 할 정보가 전해지지 않는 느낌. 끊임없이 눈으로 보고 이 상황을 이해하려 해도 도무지 말을 듣지 않는 느낌…….

그래, 꿈일 거다. 끔찍한 악몽이다. 그렇지 않고서야 이렇게 아무것도 못할 리가 없으니까. 그러니까 빨리 깨면 된다. 눈을 뜨면 내 침대 옆에 웅크리고 자는 그 모습이 보일 테니까.

그런데 어느 순간부터 그 되뇜이 아무 소용이 없었다.

"제경……아."

그 이름을 입에 올린 순간 가슴이 서늘해졌다. 영영 대답이 들리지 않을지도 모른단 생각이 그의 뇌리에 꽂혀 들었다. 다신 그 눈동자가 나를 향하지 않는다. 다신 그 입이 나를 부르지 못한다.

"아……."

가슴속을 푹 파낸 듯한 허전함과 함께 온몸이 떨리기 시작했다.

당장 일어나라고 깨우고 싶었다. 돌려 달라고 생떼라도 쓰고 싶었다. 어떻게든…… 어떻게든 곁에만 있어 달라고. 그 마음 주지 않아도 되니까, 그저 옆에만 있고 싶다고. 널 보게만 해 달라고.

더 욕심 부리지 않을게. 제발…….

뭔가 해야 하는데 팔다리를 떼어 내고 던져진 것처럼 아무것도 할 수 없었다.

"네가…… 네가 없으면 나는…….".

그 얼어붙은 표정 위로 짙은 공포가 엄습했다.

"……안 돼. 제경아."

10화.
노예, 족쇄를 차다

"깜짝 놀랐어요. 윤조 씨가 그럴 줄은……."

소원이 창백해진 얼굴로 입을 떼었다. 저녁 식사가 한창인 식당은 오가는 사람들로 소란스러웠다. 그중 한쪽 끝에 자리한 식탁은 6명분의 식사가 준비되어 있었지만 자리를 지키고 있는 건 두 사람뿐이었다.

"그보다 제경 씨는 괜찮겠죠? 설마 무슨 후유증이라거나……."

"본인이 괜찮다고 하니 괜찮겠지. 2m 높이면 뭐, 크게 다칠 위친 아니니까. 일단 병원 가 보라고 했으니 곧 연락 올 거야."

안 감독의 대답은 천연덕스러웠다. 하지만 소원의 표정은 풀리지 않았다.

"윤조 씨는 어떡하실 거예요?"

"새삼스럽게 뭘. 원래 제멋대로인 놈이야."

맞은편에 앉아 아무렇지 않게 수저를 들던 안 감독이 대꾸했다.

"글쎄요. 지금껏 감독의 권한에 정면으로 덤빈 적은 없었죠. 게다가

274

밥을 먹을 기분도 아니라는 건 명백히 심각한 일 아니에요?"

"흠."

할 말이 없어진 안 감독이 헛기침을 내뱉었다. 영화인으로서, 그리고 작품을 만드는 예술인으로서 그 역시 추구하는 가치가 있었다. 그것을 영상에 담는 그 순간이 오길 언제나 바라 왔었다. 그리고 오늘 그는 그 것을 얻었지만 그 못지않게 불편한 상황을 맞이했다. 몇 시간 전의 일을 떠올리는 그의 이마에도 주름이 잡혔다.

사고가 터졌을 때 안 감독은 다리에 힘이 쭉 빠져 꼼짝도 할 수 없었다. 아마 그 자리에 있던 모두가 같은 느낌이었을 것이다.

'제경아!'

그 자리에서 가장 먼저 움직인 건 윤조였다. 축 늘어진 제경을 끌어안고 나오는 모습까지 고스란히 카메라에 담기고 나서야 안 감독은 당황하며 컷을 외쳤다.

'제경 씨! 제경 씨!'

'빨리 들것 준비해! 들것!'

'오, 오빠! 어떡해, 오빠!'

원래대로라면 제경은 거대한 에어매트에 안착해야 했다. 그러나 두 번째 시도엔 떨어지는 각도가 나빴다. 끄트머리에 한 번 부딪친 몸이 튕기며 2m 높이의 매트 아래로 곤두박질 친 순간, 현장은 소름 끼치는 정적에 휩싸였다.

그리고 잠시 정신을 놓았던 제경은 금세 눈을 떴다.

'아, 놀라서 저도 모르게……'

잔뜩 긴장하며 가슴 졸이던 현장 이곳저곳에서 안도의 한숨이 새어 나왔다.

'일단 오늘 촬영은 여기서 그만해야겠습니다. 제경 씨 병원도 한 번

가 보고…….'

'아, 아니에요. 계속하겠습니다.'

되도록 모든 사항을 받아들이고 원하면 몇 번이고 연습을 하고 리허설을 시도하는 제경의 태도는 익히 보아 온 것이다. 그런 그녀가 어렵게 세팅을 마친 현장에서 그만두겠다고 할 린 만무했다.

안 감독의 시선은 그때 윤조의 표정을 관찰하고 있었다. 무슨 생각을 하는지 알 수 없도록 무표정한 얼굴로, 무섭도록 제경을 노려 보고 있는 그에게서 느껴지는 어떤 예감.

오늘 보여 줄 건가.

예술가로서 감이었다. 그리고 촬영이 시작되기 전 안 감독은 다소 짓궂음이 섞인 주문을 했다.

'진짜로 슬퍼해 봐. 네 애인 죽은 것처럼.'

이미 감정을 잡는 중이었는지 윤조는 무덤덤하게 굳은 표정으로 대답이 없었다. 그 모습에 조금 기대는 했었다. 상대가 상대이니만큼 지금껏 그가 한 적이 없는 오열 연기 정도는 나와 주지 않을까 하는 정도로. 하지만 필름에 담긴 장면은 그가 생각한 것 이상이었다.

'컷!'

이번에도 끊을 타이밍을 놓친 안 감독이 급히 컷을 외쳤다.

'이야, 봤어요?'

'와, 어떻게…….'

숨 막힐 듯한 감정의 폭풍이 현장을 휩쓸고 지났다. 단지 몇 분이었다. 그 짧은 시간 윤조의 연기가 끝났을 땐 모두가 넋을 놓았다. 그제야 공기가 유입되기라도 한 것처럼 여기저기서 숨을 들이켜는 소리가 들려왔다.

'여기 정리해. 더 찍을 것 없어. 이대로 가.'

막 모니터링을 마치고 흥분한 안 감독의 외침에 주변의 움직임이 분주해졌다. 그렇게 생각지도 못한 보물을 건진 기분으로 설레는 가슴을 달래던 안 감독이 확인을 위해 앞으로 필름을 돌렸을 때였다. 갑자기 주변이 소란스러워졌다.

'윤조 씨, 윤조 씨 잠깐만요! 감독님!'

'무슨 일이야?'

다급히 부르는 윤경호의 목소리에 고개를 들자 어느새 윤조가 눈앞에 와 있었다.

'잠깐, 그거 나도 좀 봐야겠어.'

'보다니?'

어리둥절한 안 감독이 되물었지만 이미 그는 제 옆에 자리를 잡고 모니터를 뚫어져라 바라보고 있었다.

'이봐, 윤조. 지금 이게 무슨……'

'다시 찍어.'

'뭐?'

그 자리에 있던 모두가 놀라며 윤조와 안 감독을 번갈아 바라봤다.

'윤조 씨, 지금 뭐하시는 거예요? 재준 씨! 재준……'

재빨리 재준을 부른 윤경호가 상황을 수습하려 했지만 윤조는 눈 하나 깜빡이지 않고 제 의견만을 내뱉었다.

'지금 뭘 찍은 거야. 제정신이야? 이건 연기 아니야. 다시 찍어.'

'허…… 아니, 그렇게는 못 하겠네.'

'이 빌어먹을 영감탱이가 장난해? 다시 찍으라고 하잖아!'

어지간히 당황했음에 분명했다. 저와 단둘이 있을 때만 나오는 그 말투로 모두의 앞에서 억지를 부릴 만큼.

하지만 재촬영은 이뤄지지 않았다. 부랴부랴 그 자리로 뛰어든 재준과 스태프들의 만류로 적당히 상황을 수습하긴 했지만 윤조는 내내 굳은 얼굴을 풀지 않았다.

"물론 영화판에서 주연배우랑 감독이 싸워 대는 거야 일상이긴 하지만, 윤조 씨는 지금까지 연출에 대해서는 대체로 감독님 의견대로 가는 쪽이었잖아요. 게다가 그 연기…… 제가 보기엔 좀 과했어요."

다큐를 찍고 싶었다면 모를까. 소원이 말끝을 흐렸다. 그건 유혁의 감정이 아닌, 제경을 향한 윤조의 감정처럼 보였다고 말하고 싶었을 것이다.

"아니, 그게 바로 내가 찍고 싶었던 거야. 게다가 원래 좀 미묘한 내용인 건 알잖아."

소원의 불편한 눈초리 앞에서 안 감독은 느긋하게 말을 이었다.

"진짜 좋은 연기라는 건 연기를 연기처럼 하지 않는 거야. 그런데 정작 자기 자신이 그런 경험이 없다면 어떨까. 아무리 진짜처럼 연기해도 결국 그건 가짜잖아."

다소 위험한 발언을 서슴없이 내놓는 안 감독의 태도에 소원은 나직하게 한숨을 쉬었다. 그의 독단적인 태도 역시 질리도록 봐 왔으니 새삼스러울 것도 없었다.

"사랑에 빠진 사람이 사랑을 연기해야 한다는 거지. 지금의 윤조처럼. 그런데 그놈이 그렇게 호락호락하게 보여 줄 놈은 아니잖아. 그래서 흔들어 본 거야. 뿌리까지."

뭔가 소중한 걸 잃어 봤거나, 뭔가를 죽도록 가슴에 담았거나. 그것을 경험한 사람이라면 확실히 뭔가를 보여 줄 거라 생각했다. 예상대로 화면 속 완벽하게 굳은 얼굴 어디에도 인위적 연출은 없었다. 압도적일 만큼 순수한 상실감. 그렇게 그가 보게 된 건 그야말로 사랑을 잃은 남자의 공포였다. 그 표정이 스크린에 걸릴 생각을 하니 온몸이 쾌감으로 짜릿해졌다. 흡족한 미소가 안 감독의 입가에 스며들었다.

"아무튼 그 장면 하나 찍자고 제경 씨를 뛰어내리게 한 건 정말…… 윤조 씨가 이 사실을 알아봐요."

"감독님! 감독님!"

갑작스럽게 뛰어든 윤경호의 외침에 두 사람의 대화가 끊어졌다. 그 심상치 않은 태도에 놀란 소원이 물었다.

"무슨 일이에요?"

"저기 이게 좀…… 문제가……."

"뭔데. 빨리 말해."

안 감독이 눈살을 찌푸리자 윤경호는 더욱 당황한 듯 이마를 쓸며 대답했다.

"윤조 씨가 연락이 안 됩니다. 아무 데도 없어요."

♠   ♠   ♠

뛰어내리고 얼마 되지 않아 푹신한 감촉이 아닌, 다소 딱딱한 감촉이 온몸을 강타했다. 그때 이미 정신을 놓았던 모양이었다. 정신이 들었을 때 저를 꼭 껴안고 있는 윤조의 모습에 놀랐던 것도 잠시, 대리석처럼 굳은 표정에 제경은 말조차 걸지 못했다.

간신히 남은 촬영을 마치고 의상을 갈아입으러 갔을 때였다. 상태를 체크하러 온 세희에게 조심스럽게 오늘의 일에 대해 묻자 그녀는 고개를 절레절레 저었다.

"어휴, 어찌나 놀랐는지 말도 마요, 오빠. 아주 다 기절초풍을 했다니까요. 혹시 모르니까 병원엔 꼭 가 봐요."

"아, 저기 미……안."

"에이, 그게 오빠 잘못인가요? 그리고 원래 촬영 중엔 이런저런 사고 많아요. 그냥 이렇게 별일 없으면 된 거예요."

하지만 아무리 무사하다 해도, 결국 그의 말대로 제 발로 사지로 걸어 들어간 꼴이 되고 말았다. 얼마나 놀랐을까. 아니…… 얼마나 미울까.

"다들 오빠 떨어진 거 보고 딱 굳어 있는데 과연 윤조 오빠더라구요. 거기서 제일 먼저 뛰어들어선 덥석 안고 나오는데, 와……. 진짜 멋졌어요."

그리고 이어진 세희의 말에 제경은 어색하게 웃을 수밖에 없었다. 그렇게 잔뜩 위축되어선 윤조의 모습을 찾으러 나섰다.

'사과해야 해.'

목적은 그것뿐이었다. 걱정을 끼친 건 사실이었으니까. 윤조를 찾는 그녀의 발걸음이 더욱 바빠졌다. 방금 전 마쳤던 촬영에서 그의 심상치 않았던 목소리가 한없이 그녀의 뇌리를 맴돌았다.

제가 드러누워 있던 바닥은 진득하게 깔린 가짜 피의 감촉으로 불쾌했다. 감은 눈에 비쳐 드는 햇살. 아니 조명의 빛에 고개를 돌리고만 싶었을 뿐. 일순, 눈이 편해졌다. 아마도 그의 그림자가 드리워졌기 때문일 것이다.

'네가 없으면 나는…….'

바닥으로 스며들 듯 가라앉은 목소리였다. 그리고 꽤 오랜 시간 대사가 나오지 않았다.

그는 어떤 얼굴을 하고 있는 걸까. 이 꼴을 보며 뭐라고 생각하는 걸까. 실망, 분노, 경멸……. 하지만 그의 목소리는 그 어느 것에도 해당하지 않았다. 이상한 두려움에 제경의 심장이 두방망이질 쳤다.

'이제…… 모든 게 의미가 없다.'

갑자기 어디선가 고성이 들려와 흠칫 놀란 제경이 눈을 돌렸다. 그 목소리가 윤조의 목소리라는 걸 깨닫는 데는 조금 시간이 걸렸다.

당황한 사람들이 서로를 흘깃거렸다. 차마 그 자리에 끼어들진 못하고 사람들 뒤에 선 채 기다리던 제경이 곧장 돌아 나온 윤조를 발견했다.

"저기 선배……."

쪼르르 그 옆으로 다가섰지만 그는 그녀가 눈에 보이지도 않는단 것
처럼 찬바람을 일으키며 스쳐가 버렸다. 그녀의 황망한 시선이 허공을
향해 굳어 버렸다.

그렇게 처음엔 기분전환이나 하러 산책을 간 거로만 생각했다. 밤 촬
영이 이어질 예정이었으니까. 그러나 그는 한 시간이 지나도록 오지 않
았고 전화도 받지 않았다.

"윤조 씨도 이럴 때가 있네요. 사적인 성격이야 그렇다 쳐도 지금까
지 촬영 같은 건 한 번도 빼먹은 적 없잖아요."

"그러게. 큰일이네. 이런 적이 없는 사람이 그러니까 더 무섭다."

"어휴, 그 성질에 어디 가서 사고나 안 치면 다행인데."

스태프들의 걱정 어린 말이 늘었다. 게다가 얼마 후, 그의 밴마저 없
어졌다는 사실을 확인한 재준은 그제야 당황하며 그 감정을 제경에게 쏟
아부었다.

"형이 이렇게 자리 피할 사람이야? 할 말 못 할 말 대놓고 눈앞에서
다 하는 사람이 지금 잠적했어. 형 이런 적 한 번도 없었다. 적어도 내
가 함께 있었던 세월 동안은 단 한 번도. 그때랑 지금이랑 달라진 게 뭐
겠냐?"

"……."

"그래, 너야. 바로 너 때문에 형이 이상해진 거라고."

재준의 말이 비수처럼 가슴에 꽂혔다. 그 와중에도 차라리 정말로 이
모든 게 저 때문에 그런 거라면 나을 거란 생각이 들었다. 하지만 이젠
저를 봐도 웃지 않을 것 같았다. 아니, 그는 이미 그녀를 보려 하지도
않았다.

그런데도 뭘 기대하는 걸까.

"죄송해요, 형. 제가…… 제가 어떻게든 찾아올게요."

이젠 늦었을지도 모른다는 생각은 왜 하는 걸까. 왜 이제 와 눈물이 나는 거냐고.

♠   ♠   ♠

"네, 아직 배터리 충분해요. 일단 여기저기 다녀 볼게요. 혹시 저 안 들어와도 걱정은 마세요. 읍내 찜질방이라도 가서 한숨 자면 되니까."

[미안하다. 아깐 내가 말이 너무 심했어. 너도 많이 놀랐을 텐데.]

"아니에요. 신경 쓰지 마세요."

애써 밝게 이야기한 제경은 한숨을 내쉬며 전화를 끊었다. 걱정하는 기색이 역력한 재준의 말투에 기분이 더욱 가라앉았다. 아직도 윤조는 연락이 되지 않았다.

사상초유의 사태였다.

"대체 어딜 가신 거야."

그 큰 덩치의 밴이 눈에 띄지 않을 리 없다. 그렇다고 어디 논밭이나 강가에 차를 세워 두고 있을 사람처럼 보이지도 않았다. 읍내 여기저기를 샅샅이 뒤지다 지친 제경이 번화가 외부의 터미널까지 진입했다. 뉘엿뉘엿 저물어 가는 풍경을 둘러보던 제경이 문득 멀리 보이는 산을 바라봤다.

"설마……."

산의 꼭대기엔 어울리지 않게 커다란 건물 하나가 박혀 있었다. 언젠가 윤조에게 같이 가 보자고 이야기를 꺼냈던 천문과학관 건물이었다. 곧장 택시 하나를 잡아타고 천문과학관으로 향했다.

도착하자마자 바로 건물로 들어가 안내데스크로 다가선 제경이 잠시 주저했다. 의아한 직원의 시선이 그녀를 훑었다. 아무리 급해도 여기다 대놓고 '윤조 씨 왔나요?' 하고 묻기엔 미친 사람처럼 보이지 않을까 싶다. 하지만 그런 걱정은 쓸데없었다.

"윤조야, 윤조! 진짜라니까! 왜 사람 말을 안 믿어?"

"진짜야. 지금 시뮬레이터실에 혼자 있어. 어우, 진짜. 기다려 봐. 지금 나올 때 됐어. 나오면 사진 찍어서 보낼게!"

제대로 찾아왔다! 잽싸게 목소리가 들리는 곳을 향해 달리자 2층으로 오르는 계단 중간에서 한창 통화 중이던 여자들 중 한 명이 흠칫하며 그녀를 제지했다.

"잠깐만요! 지금 관람 시간 아니에요. 저녁 관람은 8시부터니까 조금 기다리세요."

"아니에요, 저 지금 누구 찾으러 온 거라서……."

급히 양해를 구한 제경이 남은 계단을 오르려는데 발소리가 들렸다.

"뭐하냐, 여기서?"

그리고 낯익은 목소리에 고개를 들자 무심히 내리깐 시선이 그녀를 향해 있었다.

그제야 밀려드는 안도감에 눈시울이 붉어지려는 찰나,

"왜 왔어."

다시금 차가운 목소리가 들렸다.

           ·

"여기서 뭐하시는 거예요?"

"그냥 와 본 건데."

"전화는 왜 꺼 두시고요?"

"촬영 중엔 당연히 꺼 놓지."

"……그런 분이 남은 촬영 다 팽개치고 여기서 뭐하시냐구요!"

"그러게."

직원들의 묘한 시선을 받으며 그 자리를 빠져나온 지도 벌써 10여 분이 흘렀다. 어둑어둑한 산책로를 따라 내려오는 사이에도 그는 차분히 묻는 말에만 답할 뿐 별달리 말은 없었다.

약간의 초조함과 긴장감이 어린 태도로 뒤쪽을 흘깃거리던 제경이 황급히 앞을 봤다. 느린 걸음으로 뒤따라 내려오는 윤조의 시선이 집요하게 그녀를 향해 있었다.

"그러는 넌 왜 왔어?"

질문이 돌아왔다. 처음 들었을 땐 가슴속이 얼어붙는 것만 같아 대답하지 못한 그 질문이 지금은 조금 다른 뉘앙스였다.

"선배님 찾으러…… 왔죠."

"왜?"

"촬영…… 해야잖아요."

"그럼 다른 사람을 보내지."

"……"

"왜 네가 왔어?"

정말 집요한 사람이었다. 대답 못 하는 걸 즐기는 걸까, 혹은 원하는 답이 있는 걸까. 어쩌면 그 둘 다일까.

"선배가 먼저 대답하세요. 왜 촬영장 빠져나오신 거예요?"

"왜 네가 왔는지 대답하면 말해 줄게."

"저 장난하는 거 아니에요."

"나도 장난하는 거 아니야."

그는 물러설 기미가 없었다. 앵무새처럼 제가 한 말을 고대로 반복하는 게 얄미워 우뚝 멈춰 선 제경이 뒤를 휙 돌아봤다.

"선배님이 안 계시니까 제가 찍을 장면이 없었어요. 그래서 제가 왔어요."

"그게 다야?"

"왜 나오셨어요? 다들 선배님 걱정하고 기다리고 있잖아요."

비겁하게 은근슬쩍 하나 더 붙이는 질문을 무시하며 처음으로 질문을 되돌렸다. 그의 입에서 쳇, 하고 혀를 차는 소리가 들린 것도 같았다. 제경의 시선이 빤히 그 얼굴을 훑었다. 이미 어둠으로 가득한 숲길에 달빛이 비쳐 든다. 멀리 보이는 도심지의 불빛만이 문명의 냄새를 풍길 뿐. 선선하게 불어오는 바람이 시간의 흐름을 알려 주는 곳에서 오롯이 오가던 두 사람의 목소리가 뚝 끊어지자 이젠 시간이 가는 것조차 느껴지지 않았다.

그렇게 얼마나 서로를 바라봤을까. 먼저 눈을 돌린 건 윤조였다.

"돌아가. 지금은 너, 별로 보고 싶지 않아."

예상하지 못한 상황은 아니었음에도 가슴이 철렁 내려앉았다. 저도 모르게 부질없는 기대를 했었던 걸까. 한때 저를 향해 보내던 그 열렬한 시선처럼. 이번에도 그가 자신을 보게 되면 용서할지도 모른다고 생각했었나 보다. 대체…… 난 얼마나 그를 우습게 안 걸까.

입술을 깨물던 제경이 처음의 목적을 상기했다. 그래, 지금은 그를 만나 제대로 사과하기 위해서 온 거다. 그를 데리고 가는 건 차후에 생각할 일이다. 하지만 사과를 해도 달라지는 건 없어. 그에게 용서를 바라진 마.

이것 역시 내 속만 편해지고픈 이기심이 될 테니까.

"잘못했어요."

"그런 소리나 듣자고 이러는 거 아닌데."

"미안해요, 선배. 제가…… 진짜 잘못했어요."

"잘못이라…… 글쎄. 네가 뭘 잘못했나. 괜히 나 혼자 날뛰고, 나 혼자 침몰한 거지."

무심하게 높낮이 없는 어조로 이어지는 말에 자조가 섞였다. 약간의 빈정거림은 저를 향한 남은 감정일지도 모른다. 그리고 또 침묵. 그리고 다시 질문.

"하나만 묻자."

"……."

"한순간이라도 나한테 진실로 대한 적 있냐?"

"……."

"내 눈앞에 있는 너 말이야. 내가 아는 네가, 정말 너냐? 아, 이건 질문이 이상해. 취소."

"……."

"참 웃기지. 그 순진해 빠진 눈으로 뻔뻔하게 내 얼굴 보면서, 잘도 그렇게 속였단 말이야. 그런데도…… 너만 좋다면 아주 잡고 흔드는 대로 신나게 놀아 줬을 병신이 바로 나란 놈이고."

마치 아무 일도 없었다는 것처럼, 그는 미소 띤 얼굴로 저런 말을 했다. 불행히도 제경에겐 대꾸할 말 따위 하나도 떠오르지 않았다. 그저 묵묵히 그의 얼굴을 바라보며 죄어 오는 목에다 마른침을 넘길 수밖에 없었다.

여전히 그녀를 향해 있는 그 특유의 진한 눈매엔 미묘한 감정이 깃들어 있었다.

"이름이 뭐야? 네 진짜 이름."

"황제경…… 본명이에요."

"진짜야? 사칭 아니고?"

제경이 작게 고개를 끄덕이자 그의 미소가 더욱 진해졌다.

"그나마 이름은 진짜네. 그럼 속인 건 성별뿐이었냐?"

"……네."

"이렇게 순순히 대답할 걸. 그땐 왜 그렇게 고집을 피웠어."

느긋한 걸음으로 그녀의 옆에 선 윤조가 손을 뻗었다. 기다란 손가락이 그녀의 입술 앞에서 지레 멈칫하더니, 그의 뒷머리로 옮겨갔다.

"그땐 미안했다."

한층 누그러진 목소리로 이번엔 그가 사과했다. 굳이 뭘 사과하는지 말하지 않았지만, 제경은 괜찮다는 듯 고개를 저었다.

"내가 왜 여기 나왔는지 궁금해?"

이번엔 고개를 끄덕이는 제경을 향해 그가 슬쩍 몸을 숙여 보였다. 그의 미소에 장난기가 배었다.

"궁금하면 500원…… 은 아니고. 글쎄. 왜 왔을까."

제경의 미간이 슬쩍 모여들자 픽 웃던 그는 제자리로 돌아갔다. 그러고는 앞장서서 내려가기 시작했다.

"깨달음. 다스림. 수행…… 음. 뭐가 좋을까."

"네……?"

"욕심을 버려 볼까 하고 왔어. 내 욕심 때문에, 내 감정이 주체가 안 돼서 가만히 있는 널 몰아넣은 것 같아서."

"……."

"웃기면 웃어."

"안 웃겨요."

고개를 저었다. 누구보다 절실히 그 마음을 이해하는 건 나니까.

"계속 후회하고 있었어. 말이 씨가 되는 건데…… 내가 어쩌자고 너한테 그런 말을 해 버린 건지. 나 정말 미쳤나 봐. 이 손으로, 이 머리로. 무슨 짓을 하고 무슨 생각을 했는지…… 진짜 입 밖으로 꺼내지도 못할 게 산더미다. 하아……."

그 마음을 이해할 수밖에 없는 건, 저도 그랬기에. 가슴이 저미듯 아프고 목이 메어 혼자서 눈물을 흘리면서도 비참하도록 현실을 되뇌며 아니라고, 안 된다고 외쳐야 했던 날들을 보냈었기에. 그렇게 가지지 못할 것에 욕심을 부리다 못해 원망하고, 그 원망을 상대에게 돌리는 그 마음. 그건 저도 똑같았으니까.

"이럴 줄 알았으면 고백도 말고, 데리고 살지도 말고, 관심도 주지 말걸……. 처음부터 널 곁에 두는 게 아니라고…… 계속 그렇게 후회하는데……."

윤조의 말이 딱 멈췄다. 걸음도 멈췄다. 셔츠의 한 부분이 뒤로 슬쩍 당겨진 걸 발견한 그가 천천히 고개를 돌렸다. 그의 어깨 옆에서 그의 옷자락을 잡고 있는 제경의 모습을 한동안 바라보던 그가 나직하게 말했다.

"경고하는데, 나 아직 정리 안 됐어. 아무리 노력해도…… 그게 안 된다."

그 말에 눈을 내리깔긴 했지만, 그녀의 손엔 더욱 힘이 들어갔다.

"나 지금 네가 여기 온 것도…… 멋대로 해석하고 있다고."

"……."

"무슨 짓 할지 모른다. 그러니까 도망가고 싶으면, 지금 가."

가라고 했으면서 눈은 여전히 그녀를 향해 있었다. 행여 눈을 떼면 사라지기라도 할까 봐. 정말 가기라도 할까 봐. 그 마음이 너무 뻔해서.

"선배, 나……."

"……열까지 센다."

애써 마지막까지 마음에 없는 소리를 내뱉어 보는 그 마음이 너무 뻔해서.

"나란 인간이 선배한테 하나도 도움 안 된다는 거 알아요. 그런데 나…… 나도 너무 욕심이 많아서……."

"하나……."

"내가 그랬죠? 죽기라도 해서, 한순간이라도 누군가의 머릿속에 남기라도 하면 좋겠다는 거……."

그래서 좋았다. 인생에 딱 한 번. 가지고 있는 모든 걸 털어서라도 꾸고 싶었던 달콤한 꿈. 덧없이 끝나 버릴 꿈이라도, 뭐라도 좋았다. 죽기라도 할 마음이면 차라리 죽을 만큼 용기를 내서 눈앞의 꿈을 잡아 보고 싶었다.

"나한텐 그게 선배예요."

"열."

단호하고 나직하게 내뱉은 그가 그녀의 어깨를 감아 당겼다. 균형을 잃은 몸이 그의 품 안으로 풀썩 떨어지며 낮은 비명이 새어 나왔다.

"아……."

동시에 뺨을 붙들고 몸을 구부린 그가 고개를 기울이며 입술을 맞물어 왔다. 급하지만 부드럽게 달래듯 무는 감촉에 이어 따뜻한 숨결이 얼굴을 덮쳤다. 하지만 그 시간은 짧았다. 금세 달아오른 손길이 그녀의 등을 쓸어내리다 급히 당겨 안은 걸 시작으로 성마르게 닫힌 입술을 깨물며 틈을 벌리던 그가 혀를 밀어 넣었다. 그녀의 목구멍에서 짧은 신음이 새어 나갔지만 그는 멈추지 않았다. 집요하고 농밀하게 각도를 바꿔가며 입술을 문지르고, 거친 혀로 입 안 구석구석을 헤집으며 빨아들였다. 그녀의 힘겨운 신음과 본능적으로 밀치는 손길을 제압하려는 그의 거친 숨소리만이 이어지길 몇 분.

한참 만에야 쪽, 소리를 내며 틈을 내준 그가 한숨을 토하듯 말했다.

"너, 이젠 도망 못 가. 평생."

11화.
노예, 호강에 잣죽 쑤다

그가 돌아왔다. 외마디 물음과 함께.

"뭐?"

그의 살벌하도록 무표정한 얼굴이 옆으로 살짝 기울었다. 그 순간 제
경의 시선이 절로 바닥으로 향했다.

"장난해?"

"자, 장난…… 이라뇨."

히익. 으르렁거리는 목소리에 심장이 쫄깃하다. 오랜만에 그의 등 뒤
로 검은 구름이 뭉게뭉게 피어오른다. 그 얼굴을 볼 수조차 없었다. 애
달프고 간절하게 사람의 정신을 쏙 빼놓을 땐 언제고…… 제길, 설마 이
게 다 연기야?

'분칠한 것들은 믿는 게 아니라더니!'

게다가 돌아온 것이 하필,

"다시 떡으로 돌아가고 싶냐?"

다정한 윤조의 그 이전 버전이라는 게 문제였다.

"그게 서, 선배……."

"이게 어디서 사람을 놀리고 있어. 기껏 둘이서 밖인 데다 밤인데, 뭐? 어딜 가?"

"하지만……."

고개를 들어 다시 설득하려는데 그의 독기 어린 눈빛에 푹 쏘이고 나니 입을 뗄 수가 없다. 하지만 이건 아니야. 갑자기 외박이라니!

"너, 전부터 묻고 싶었는데. 설마 나한테만 그래? 내 앞에선 그따위로 거짓말이나 하고 뒤에선 몰래……."

"네? 뭐, 뭐가요?"

"피임약."

잠시 무슨 말을 하는 건지 이해를 못 했다. 그러다 곧 펄쩍 뛰고 말았다.

"미, 미쳤어요? 아니에요! 그건 진짜 아니라고요!"

이 인간이 진짜! 모태솔로를 뭐로 보고 진짜!

"그럼 그건 왜 먹었어? 그런 걸 먹는 이유가 뭐야?"

어쩌면 그런 오해나 할 수가 있냐고! 그런데 또 여자의 사정을 가지고 설명하자니 미치고 팔짝 뛰고 환장하겠다!

"이건……. 그러니까 다달이 하는 그걸…… 미루는 건데……."

"아."

새빨개진 얼굴로 간신히 단어 몇 개를 올리자 윤조는 무심하게 대답했다. 알아들었다는 소린가? 그런데도 그의 표정은 영 풀리지 않았다. 미치도록 어색하고 숨 막히는 분위기에 진땀이 삘삘 났다. 어찌할 바를 몰라 쩔쩔매던 제경이 다시 말했다.

"아, 아무튼…… 돌아가요. 내일 촬영도 있고 재준이 형이 걱정하실 거예요."

이미 윤조를 찾았다는 문자를 보낸 후였다. 그러니 이대로 돌아가지 않으면 다시 걱정을 끼치게 된다. 게다가 남자 둘이서 외박이라니, 더 웃기잖아. 그렇게 이쪽은 당연한 일을 한 것뿐인데 윤조는 불같이 화를 냈다.

'이 망할 인간이. 대체 무슨 생각을 한 거야.'

괜스레 달아오르는 얼굴에 부채질을 하자 윤조는 팔짱을 끼더니 싸늘하게 노려봤다.

"절대로 그냥 안 넘어가. 오늘 빚진 거, 언제 건 다 받아 낼 거니까 각오해."

"그건 또 무슨⋯⋯."

"남자는 그런 게 있어."

"⋯⋯."

"그런 것도 모르는 놈이 무슨 남자 행세야."

비웃음 가득한 얼굴로 혀를 차던 그가 휙 몸을 돌리더니 앞장섰다. 그러다 갑자기 뒤를 돌아봤다. 금세 짓궂어진 얼굴에 왠지 모를 미소가 어려 있었다.

"하긴, 스릴을 즐기는 방법도 있지."

그러니까, 대체 뭔 소리를 하는 거냐구요!

♠　　♠　　♠

"아, 다행이다. 수고했어. 덕분에 살았다. 고마워."

재준이 한시름 놓은 얼굴로 기뻐하는 걸 보자 제경은 그제야 마음이 놓였다. 게다가 이미 시간이 늦었기에 간단히 샤워를 마치고 돌아와 무심히 방문을 열었을 뿐이었다. 언제나처럼, 자연스럽게.

―쿵.

순식간에 방문이 닫히고 휙 끌려간 몸이 문에 기대졌다. 미처 무슨 상황인지 파악도 하기 전에 양옆에 단단한 팔이 세워지고 눈앞엔 깔끔한 향을 풍기는 남자가 서 있었다.

"서……!"

"쉿."

툭 하니 그녀의 입술 위에 검지를 올린 그가 씩 웃었다. 이건 또 무슨 짓인지 생각하려는 찰나. 입술에 닿았던 손가락이 그녀의 턱을 쥐었고, 살짝 기울어진 얼굴이 불쑥 다가왔다.

"……!"

아, 이제야 알 것 같았다. 그 스릴의 뜻!

당황하며 고개를 휙 돌리자 윤조는 얼굴을 들이댄 그대로 낮게 웃었다. 그러고는 그녀의 귓가에 숨결을 불어넣었다. 짜릿한 전율이 물줄기처럼 몸을 타고 흐른다. 소스라치며 어깨를 움츠리자 그대로 그녀의 뒤통수를 감아 당긴 그가 몸을 밀착해 왔다. 꼼짝없이 문과 그 사이에 낀 제경이 힘겹게 숨을 들이마셨다.

"어때."

"……."

"차라리 밖에 있는 게 나을 뻔했지?"

밖에 있을 재준을 의식해 소리조차 지르지 못하는 그녀가 재미있는지 말끝에 웃음기가 만연하다. 놀리는 말투가 얄미워 발끈한 제경이 손을 들어 그의 가슴팍을 밀어내려 했지만 느긋하게 웃음을 터뜨린 그가 양팔을 몸에 감으며 체중을 기울였다. 다시 쿵, 소리와 함께 문에 부딪쳤다.

"흑!"

"까분다. 반항하면 더 할 거야."

"선……배, 그만……."

"아니면 키스할까?"

"선……!"

저도 모르게 목소리가 높아진 순간, 갑자기 커다란 손바닥이 얼굴을 덮쳤다. 동시에 바깥에서 발소리가 들렸다. 재준이 물이라도 마시러 나선 참일까. 아니면 볼일이 있어 이쪽으로 오는 걸까.

두근두근. 심장이 터질 것 같다.

이러다 문이라도 열면 어떡하나. 문 앞에 겹쳐 있는 꼴은 또 뭐라고 설명해! 불안한 눈빛마저도 바짝 얼어붙었지만 윤조는 비킬 마음이 없어 보였다. 태연히 웃는 얼굴로 그녀의 입을 가린 채 내려다본다. 그사이, 발소리는 주방을 향했다가 잠시 후 다시 문 앞을 스쳤다. 그리고 쿵, 소리가 들리고서야 윤조는 손을 내렸다. 그러더니 키득거리며 물었다.

"나 지금 제일 하고 싶은 게 뭐—게."

그제야 힘껏 윤조의 가슴을 밀어낸 제경이 씩씩거렸다.

"말하지 마세요. 선배는 말하는 게 다 범죄 같아. 뭔진 모르지만 분명 나쁜……."

"어쭈."

툭 내뱉은 그가 휙 덤벼들더니 그녀의 허리를 휘감아 올렸다. 짧은 비명이 터지려다 그녀의 손에 막혔다. 간신히 소리 지르는 걸 막았더니 그는 신이 난 듯 침대로 향했다.

"서, 선배! 선배!"

털썩 놓인 순간 균형을 잃고 드러누웠더니 이젠 보란 듯 위로 덮친다. 그러고는 당황하며 뻗대는 양팔을 재주 좋게 제압하는 그의 얼굴엔 힘든 기색조차 없었다.

"무, 뭐, 뭐 하, 하……."

당황한 제경이 무슨 말인지도 모를 말을 내뱉는 사이, 손가락 사이사이에 야릇한 움직임이 내려앉았다. 조금씩 지분거리던 감촉이 서서히 손가락 사이를 파고들어 지그시 손등을 거머쥐자 목구멍이 틀어막혀 말이 나오질 않았다. 그저 손깍지를 꼈을 뿐인데 심장이…… 터질 거 같아.

"뭐긴. 이제 그렇고 그런 사이인데. 그렇고 그런 짓 해야지."

"헉! 아, 아니 그게…… 이, 이러다 재준이 형이 알면……!"

"그러고 보니 그것도 기분 나쁘네. 너 은근 재준이 의식하더라? 설마 너……."

저 미심쩍은 표정이라니, 정말 미치고 팔짝 뛰겠다.

"의식하긴 누가요!"

발끈한 제경이 몸부림을 친 순간, 휙 접힌 무릎이 그대로 그의 옆구리를 강타했다. 그의 입에서 나직한 신음이 흘러나왔다. 뜻밖의 일에 당황한 제경이 완전히 경직되었다.

"아프잖아."

아, 이건 진짜 실순데. 그런데 그는 어째 아까보다 더 타오르는 눈으로 노려봤다. 꼭…… 잡아먹기라도 할 것처럼.

"이게 진짜 겁도 없이. 이 몸이 얼마짜린데…… 보상 한번 제대로 받아 봐?"

"잠깐만요, 잠깐! 선배, 으, 으앗!"

하지만 그녀의 외침은 덧없이 묻혔다. 양손이 그의 손 하나에 묶여 머리 위로 들리고 금세 거칠어진 숨결이 목에 닿은 순간 정신이 아찔해졌다.

"건드려 봤자 네가 손해야. 알았어?"

귓불을 스치며 속삭이는 목소리. 묵직하게 눌러 오는 남자의 체중. 눈을 질끈 감아 버린 제경이 고개를 한없이 옆으로 젖혔다. 아, 제발. 이건 꿈이었으면 했다. 그렇지 않으면 심장마비로 죽을 것 같으니까!

그런데 그녀의 뺨에 그가 입술을 톡, 부딪쳤다. 살랑거릴 만큼 가벼운 입맞춤이었다.

"이건 벌."

벌이라니. 가만히 실눈을 뜨며 정면을 힐끗거리자 그가 나직하게 말했다.

"이건 앞으로 잘 부탁합니다, 인사."

그러고는 입술에 쪽, 소리를 내며 키스한 그가 싱긋 웃었다.

"서, 선배……?"

다행스럽기도 영문을 알 수 없기도 한 상황. 그저 눈만 끔뻑이는 제경을 향해 키득거리던 그가 이번엔 가만히 이마를 대고 중얼거렸다.

"이 좋아한단 말 한 마디 안 해 주고 도망만 치는 못된 여자야."

"……."

"이것도 빚으로 받을 거다. 이자 팍팍 붙여서. 명심해."

그리고 그 순간 묵직하게 부푼 뭔가가 허벅지를 꾹 눌러 왔다. 저도 모르게 침을 꿀꺽 삼켰다. 대체 뭐야……. 이 남자, 언제 사채업자로 전직한 건데.

♠   ♠   ♠

소곤소곤. 설핏 잠이 깬 제경의 귓가에 나직한 남자의 목소리가 끼어들었다.

"……언제 일어나는 거야."

저도 모르게 반짝 눈을 뜨자 낯익은 벽이었다. 그리고 별로 익숙하지 못한 푹신한 감촉. 그 순간 수면부족으로 어지러운 머릿속에 몽롱한 기억이 떠올랐다. 새벽까지 그의 품에 안겨 두런두런 이야기를 하고 다시 제 뺨을 스치는 입술에 입을 맞추고……. 그렇게 잠이 들었을까.

꿈은…… 아니었던 모양이다.

"일어나, 황제경."

게다가 아까부터 이 목소리는 뭐고.

'아니, 이게 깨우려는 사람 목소리야?'

분명 단어 속엔 저를 깨우려는 의도가 있는데 저런 크기로 말을 하면 누가 일어나냐고.

"지금 눈 안 뜨면 뽀뽀할 거야. 알았지?"

한층 더 낮아진 목소리가 귓가에 닿자 제경은 무심히 뒤를 돌아봤다. 그 순간,

"헉!"

놀란 얼굴을 한 윤조가 화다닥 침대 밖으로 몸을 뺐다. 똑같이 놀란 제경이 흠칫했다.

"뭐, 뭐 하시는 거예요?"

"아, 놀래라. 인마! 갑자기 뒤돌아보고 그러면 어떡해!"

제경은 도리어 적반하장으로 화를 내는 윤조를 잠시 기막히다는 듯 바라보다 몸을 일으켜 앉았다. 무슨 짓을 하려다 걸린 건지 뻔히 아는데 어쩜 저러나……

"일찍 일어나셨네요?"

"난 언제나 똑같아. 네가 늦게 일어난 거지."

그제야 제경은 멍한 눈으로 창밖을 바라봤다. 확실히 평소보다 밝은 바깥의 풍경이 낯설다. 행여 잠결에 실수라도 할까 조마조마하며 방구석에 처박혀 잠이 들고, 누구보다 일찍 일어나 활동을 해 오지 않았던가. 이렇게 누군가가 저를 깨울 때까지 잠을 자는 날이 올 줄이야……

비록 늦게 잠이 들어 잠이 모자란 상태기도 했지만 평소 같았으면 절대 이러지 않았을 거라는 걸 잘 안다. 결국 제 긴장이 그만큼 풀어졌다는 소리고, 그만큼 마음이 편해졌단 뜻이 아니겠는가. 게다가 눈을 뜨자마자 보는 윤조의 상큼한 얼굴이라니. 정말 영화 속이나 드라마 속에서나 바랄 일이 현실이라는 게 언뜻 믿기지 않아 절로 웃음이 났다.

"잘 주무셨어요?"

"잘 자? 그래, 잠이 오든?"

그런데 저를 내려다보는 표정이 급 싸늘해졌다. 이 인간, 또 왜 이러나. 움찔한 제경이 저도 모르게 몸을 뒤로 빼자 그가 입술을 비틀며 웃었다.

"내가 옆에 있는데도 잠만 쿨쿨 잘 자더라? 설레서 밤을 꼴딱 새워도 모자랄 판에."

"헐."

그야말로 헐, 소리밖에 나오지 않았다. 우와, 시비를 걸려면 이렇게도 걸 수 있구나.

"무슨 그런 말도 안 되는 소리를…… 밤엔 자야죠!"

"밤은 새우라고 있는 거야."

원래 이런 사람인 줄은 알았지만 이만큼 억지를 부리는 데는 당해 낼 재간이 없다. 기가 막혀 입만 뻐끔거리며 바라보자 잔뜩 독이 오른 눈으로 노려보던 그가 그녀를 잡아 일으켰다.

"운동 가야지. 일어나."

"우, 운동요?"

"어차피 아침마다 하는 거잖아. 적당히 세수만 하고 나와."

그러고는 빠르게 제 말만 내뱉은 그가 휙 하니 등을 돌리고 나가 버렸다. 이상하게 삐친 기색이 역력한 태도였다. 그래, 확연히 삐쳐 있었다.

'아니, 잠잘 시간에 잔 것뿐인데 왜…….'

혹시 잠결에 무슨 실수라도 한 걸까. 하지만 마지막 기억도 별 건 없었다. 오로지 그녀의 관점에서 말이지만. 그리고 밖으로 나간 제경은 난데없이 앞마당에 등장한 자전거를 보며 우뚝 섰다.

"이게 뭐예요?"

"보면 몰라? 자전거 첨 봐?"

태연히 말하던 그가 그녀를 바라보며 자전거를 가리켰다. 이런 건 또 어디서 구해 온 건가 싶게 낡은 자전거와 함께 어쩐지 불길한 촉이 왔다. 게다가 그런 느낌은 꽤나 잘 맞는 편인 그녀가 조심스럽게 물었다.

"……이걸 왜? 아니, 이걸 타자는 건가요?"

"그럼 설마 장식해 두겠냐?"

"태워 주시는…… 거죠?"

그럴 리가 없다는 걸 알면서도 제경은 굳이 물어봤다.

"이게 꿈도 야무지네. 내가 밤새 생각해 봤는데 그냥 넘어갈려니까 억울해. 바람 쐬면서 널 어떻게 다룰지 더 고민해 봐야겠으니까 네가 몰아."

"설마 밤새…… 못 주무신……."

"시끄러워! 이게 다 너 때문이잖아!"

"왜 내가…… 그럼 그냥 앉아서 생각하세요, 아니 걸으면서 생각하셔도 될걸……."

기가 막힌 제경이 항변했지만 몇 분 후,

"출발."

그녀는 등 뒤에서 들려오는 목소리와 함께 페달을 밟아야 했다.

두 사람을 실은 자전거는 삐걱거리며 밤새 비가 내린 새벽길을 달렸다. 여전히 꾸물꾸물한 하늘 밑, 하얗게 말라 가는 시멘트 길 양옆으론 짙푸른 벼가 자라는 논과 이름 모를 작물들로 가득한 밭들이 이어졌다. 젖은 풀냄새가 시원하게 얼굴을 스친다.

"인마, 더 열심히 밟아."

"후우, 네!"

"힘드냐?"

"하아, 다, 당연하죠!"

어쩐지 야릇하게 들리는 가쁜 숨소리에 불만 가득한 목소리가 이어졌다. 제 체중보다 무거운 사람을 싣고 달리는데 당연하겠지. 그런데 퍽 신통하게 잘도 달린다. 곤란해하면서도 제 말을 거역하지 못하는 모습이 귀여워 미치겠다.

'어지간히 뭐가 씐 거지.'

그녀는 괜한 시비처럼 받아들였지만 정말 잠을 제대로 못 잔 건 사실이었다. 자고 일어나면 정말로 꿈이 돼 버릴 것 같아서. 그래서 간밤엔, 졸린 얼굴로 눈을 비비는 그녀를 보면서도 좀처럼 재울 수가 없어 자꾸 말을 걸어 댔다.

고작 몇 시간 전의 일인데. 어쩐지 애틋해진 윤조가 눈을 감았다. 선선하게 불어오는 바람을 타고 엷은 땀 냄새가 섞인 체향이 폐에 스며들자 그의 입가에 절로 미소가 떠올랐다.

"그래? 학비 정도는 본인이 아르바이트해서라도 도울 수 있는 거잖아."

"아, 그게…… 이번에 들어가는 애들이 쌍둥이라서……."

"쌍둥이? 그럼 남동생이 둘이나 있다는 거야?"

"……그 밑에 하나 더요."

"뭐 그러냐? 기분 나쁘게 남자만 줄줄이. 그래서 너도 그 꼴로 다녔던 거고?"

"꼭 상관이 없다고는…… 그리고 제가 워낙 몸 쓰는 걸 좋아하다 보니까……."

"아, 몸. 몸 쓰기라……. 좋지."

피식 웃음을 터뜨린 윤조가 연신 되뇌자 옆으로 드러누워 저를 보고 있던 제경이 꿈틀꿈틀 뒤로 물러났다. 무슨 뜻인지 눈치챈 걸까.

"아, 아무튼 그러다 보니까 목돈도 필요했고…… 그런 상황에 이런 기회가 오니까 저도 눈이 뒤집혔죠, 뭐. 게다가 형편도 형편이지만, 전 하고 싶은 대로 연기하고 대학 가고 다 했는데 동생한텐 그러지 말라는 것도 웃기잖아요."

자신의 의사지만 결국 타인의 사정에 휘둘리는 셈이었다. 정말 이 영화만 찍고, 아무도 알아주지 않는 은퇴를 했을 녀석의 짠한 미래가 눈에 보이자 어쩐지 화가 났다.

"그래서…… 이번 영화를 마지막으로 취업할 거라, 이거지? 효녀 났네."

"하지만 아버지가 고생 되게 많이 하신 건 사실이라 어쩔 수 없죠."

"뭘, 낳았으면 책임지는 게 부모가 할 일이지. 따지고 보면 태어난 사람의 의사 같은 건 몽땅 무시당한 거잖아."

"그걸 어떻게 그렇게 생각합니까? 하여간 선배님 되게 독특하신 거 아세요?"

"틀린 말은 아니지. 그런데 너 고향이 경상도라면서 사투리도 안 쓴다? 신기하네. 교정을 잘한 거야? 아니면 원래…….'

"어우, 이제 그만 물어보세요. 왜 저한테만 물어보시는데요?"

한도 끝도 없이 이어지는 질문에 학을 뗀 제경이 손을 내저었다. 피식 웃어 버린 윤조는 그녀의 목 뒤로 팔을 집어넣어 당겼다. 데구르르, 구르다시피 하며 그녀가 제 가슴과 겨드랑이 사이에 얼굴을 부딪치곤 재빨리 손을 뻗었다.

"우앗!"

"궁금한데 어떡해? 그래서 고향이 정확히 어디야?"

"그, 그보다 선배님은 다른 형제 있으세요?"

"아니. 외동인데."

"아…… 아깝다. 형이나 동생분 있었으면 엄청 미모였을 거 같은데."

"유전자는 몰빵인 거 몰라? 다 같이 잘생기긴 힘들어."

"아, 그러고 보니 그런 말 많이 들어 봤어요. 그럼 선배님은 아버님이랑 어머님, 어느 쪽을 닮으신 거예요?"

"글쎄. 반반 닮았겠지."

"뭐예요. 선배님 대답 너무 성의 없어."

슬며시 투정을 부리는 모습도 그저 귀엽기만 하니 큰일이었다. 그런데 마냥 귀엽다고 보고만 있었더니 그녀는 질문이 점점 늘어만 갔다.

"그보다 선배님이랑 레이 강 선배님은 어떻게 친해지신 거예요?"

"그냥 어쩌다 보니……."

대충 넘기려는데 바라보는 눈빛이 너무 맑다. 그 순수한 호기심을 뭉개는 것도 못 할 짓이라 윤조는 결국 순순히 대답하기 시작했다.

"알았는데, 알다시피 연예계가 좀 그렇잖아. 딱히 믿을 놈도 없고. 그런데…… 이미지 한 번 더러운 놈인데도 막상 가까이서 보니까 또 그게 아니더라고. 보통 연예인들은 나처럼 겉보기만 좋고……."

그런데 말을 잇다 보니 왠지 제 입으로 제 욕을 해 버린 격이다.

"그래서요? 레이 강 선배님은 그럼 착한 분인 거예요? 그런데 친해지려면 자주 만나야 하잖아요. 작품 같이 한 건 없지 않아요?"

게다가 제경은 뭐가 그리 궁금한지 눈을 빛내며 연이어 질문을 올려댔다. 저기다 대고 액션이 필요한 역할에서 밀린 적이 있다든가, 괜한 오기로 덤비다 스스로 출연료를 깎기도 했다든가 하는 말은 곧 죽어도 올릴 순 없었다.

"야, 재미없어. 묻지 마. 나만 물어볼 거야."

"네? 말도 안 돼!"

"너 강냉이 자식한테 왜 그렇게 관심이 많아? 말이 존경하는 거지 너 설마……."

"어우, 선배 정말!"

"딴 놈 자꾸 입에 담지 마라. 가만 안 둘 거야."

기막혀하는 제경의 모습에 윤조는 짐짓 눈을 부릅떠 보였다. 그렇게 불이 꺼진 방 안. 바깥의 가로등 불빛만이 은은히 비쳐 드는 방 안에서

302

철썩 붙어 이야기를 나누려니 점점 나른해졌다. 그녀의 내쉬는 숨결 하나마저도 기억에 남을 것처럼 시간은 느릿하게 흘러갔다.

"벌써 자?"

점차 말이 없어진다 싶었는데, 그녀는 어느새 눈을 감고 있었다. 슬쩍 뺨을 꼬집자 반짝 눈을 뜬 그녀가 눈을 비비더니 하품을 했다.

"흐음, 졸았어요."

"하여간 눈치도 없어. 밤새 할 일이 얼마나 많은데."

"네? 무, 무슨 소릴 하시는 거예요."

기겁한 제경이 잽싸게 얼굴을 떼더니 손을 내저었다. 어두운 방 안인데도 손바닥의 짙은 상흔이 눈에 들어왔다. 그 손을 낚아챈 윤조가 빤히 얼굴을 바라보자 분위기가 바뀐 걸 눈치챈 제경이 난처한 듯 어깨를 움츠렸다.

"아, 그건 이제 괜찮아요. 진짜 다 나았어요."

그 상처를 입었을 때의 일은 이미 들어 알고 있었다. 피범벅이 되어 돌아온 그녀의 의상도 봤었다. 꽤나 깊은 상처였고, 한동안 고생을 한 것도 눈으로 보지 않았던가. 누구 하나 알아주지 않았을 그녀의 힘들고 난처했을 상황들이 눈앞에 그려지는 것만 같아 가슴이 저려 왔다.

"아팠겠다."

"아프기야 아팠죠. 그런데 그날은 감독님 눈치 보느라 사실 아픈 줄도 몰랐어요."

천진하게 대답하던 그녀가 웃더니 슬그머니 잡힌 손을 빼냈다.

"그냥 욱신거리기만 하고 참을 만했던 거 같아요. 피 좀 났겠구나 하고 있는데 세희가 보고 소리 지르는 바람에 다들 알게 돼서 병원까지…… 아."

말을 잇던 제경이 뭔가 떠올린 듯 입을 벌렸다.

"그러고 보니 병원, 그거 어떻게 된 거야. 거기서 안 들켰어? 혼자 간

건 아닐 거 아냐?"

동시에 그의 입도 열렸다.

"그렇지 않아도 그때 저 병원에 데려가 준 분이 심소원 선배님이셨는데……."

"소원이? 소원이가 널 데려갔다고?"

왠지 그 순간, 제경이 시무룩한 얼굴을 했지만 그것에 대해 물을 새도 없었다. 금세 표정을 가다듬은 제경이 침착하게 말을 이었다.

"병원에 처음 가면 인적사항 기록하잖아요. 그래서 아, 이거 진짜 큰 일났다, 하고 생각했는데…… 이미 알고 계시더라구요."

"뭘?"

"그러니까…… 제가 여자라는 거요."

중요한 사실이었다. 물론 같은 여자이고, 유독 예민한 심소원이니 이상한 점을 쉽게 눈치챈 거라고 생각할 수도 있었다. 하지만 그것보다 다른 가능성에 무게가 쏠리는 건 그녀의 뒤에 버티고 있는 존재의 탓이었다.

심소원이 알고 있다면 안 감독은 100% 알고 있다. 이건 오랜 경험에서 우러난 진실이었다. 게다가 바로 전의 촬영에서 굳이 제경을 절벽에서 뛰어내리게 했다. 단순히 좋은 장면을 뽑기 위한 게 아닌 다른 이유가 있어서라는 것쯤은 쉽게 알 수 있었다. 다른 사람도 아닌 안 감독이기에.

'이놈의 영감탱이가…….'

잠시 생각에 잠긴 사이, 제경이 그의 어깨를 슬쩍 건드렸다. 왜 딴생각을 하느냐 묻는 것만 같다. 웃음을 터뜨린 윤조는 그녀의 콧등에 짧게 키스하며 물었다.

"그런데…… 너 얼굴이 왜 그래?"

"네? 제 얼굴이 왜요?"

잠시 전에 언뜻 느꼈던 침울함이 다시 그녀의 얼굴에 깃들어 있었다. 그런데도 그녀는 눈을 동그랗게 뜨곤 아무 일도 없었다는 것처럼 씩 웃어 보이더니 슬그머니 몸을 뺐다.

"이제 그만 선배님도 주무셔야죠. 너무 늦었어요."

"뭘 그렇게 일찍 자려고 난리야. 피부 생각해? 얼마나 예뻐지려고?"

"에이 씨. 놀리지 마세요. 예쁘긴 누가……."

진심으로 한 말이었는데 제경은 정말 기분이 상한 얼굴로 그를 밀쳐냈다. 그제야 뭔가 틀어졌단 사실을 깨달은 윤조가 얼른 그녀의 어깨를 감아 당겼다.

"뭐야, 왜 그래? 진짜 놀린 거 아니야."

"돼, 됐어요. 저도 주제 파악 다 하니까 그런 말 하지 마세요. 어차피 주변이 다 연예인인데…… 하다못해 심소원 선배님도 그렇게나 예쁜데. 애초에 그런 걸로 비교 못 한다는 거, 저도 아니까……."

아, 그제야 뭔가를 알 것 같았다. 존칭 없이 친근하게 심소원을 입에 올렸을 때 이미 깨달았어야 했는데…… 저 우울한 이야기를 하며 유독 소원의 이름을 언급하는 그녀의 속마음이 눈에 훤해 절로 웃음이 나왔다.

"저 너무 졸려서…… 거실 나가서 잘게요."

"뭐? 잠깐. 남들 다 들락거리는 거실에서 널 어떻게 재워?"

"하지만……."

"말도 안 되는 소리 하지 마. 당분간 이대로 살아."

"네? 안 돼요! 예전에야 몰랐으니까 그렇다 쳐도 지금은…… 나, 남녀가 유별한데……."

얼굴을 붉힌 제경이 몸을 빼려는 듯 바르작거렸다. 더 단단히 그녀를 휘감은 윤조가 툭 내뱉었다.

"겁도 없이 뛰어든 건 너야."

"아, 아무튼 지금 제 입장에선 차라리 재준이 형이 더 안전할 거 같거 든요?"

그 순간, 윤조가 멈칫하며 그녀의 얼굴을 바라봤다. 단호한 제경의 표 정에 절로 헛웃음이 튀어나왔다. 그러니까, 얘가 지금 누굴…….

"야, 나도 그런 개념은 있어! 싫다는데 억지로 덤비고 뭐 그런 놈인 줄 알아? 기다려 줄 줄도 안다고! 오늘도 참았잖아!"

"……."

"그 표정은 또 뭔데? 오빠 못 믿어?"

"네."

마치 그게 질문이냐고 말하는 듯이 그녀의 대답은 1초의 망설임도 없 었다.

"가슴에 손을 얹고 잘 생각해 보세요."

그러더니 그녀는 떡하니 손목을 붙잡아 그의 가슴팍에 대 주는 친절 함까지 보여 줬다. 그래, 그것 때문인지 빚이니 뭐니, 뭔가 이상한 소릴 하긴 한 것 같단 생각도 들었다. 그렇다 해도…… 이건 아니잖아. 못마 땅한 듯 입술을 삐죽이던 윤조가 불퉁하게 내뱉곤 휙 끌어안았다.

"알았다. 자라, 자. 손가락 하나 안 건드릴 테니까, 자라고."

내가 진짜 머리카락 하나 손대나 봐라. 털끝 하나 안 건드린다. 중얼 중얼거리며 그녀의 머리카락을 또 만지작대자 미간을 찌푸린 채 물끄러 미 바라보던 제경이 곧 샐쭉 웃었다. 그러고는 그의 몸에다 팔을 두르며 속삭였다.

"안녕히 주무세요."

"잠이 올 것 같냐?"

기억만으로도 불쾌해 툭 하니 내뱉고 말았다. 다시 생각해도 뭔 생각 인지 도통 알 수가 없다. 차라리 이 몸이 나가서 잘걸. 쿨쿨, 잠이 든 제

306

경을 품에 꼭 안은 채 욕구불만으로 활활 타는 밤을 보냈더니 지금도 허리가 뻐근한 느낌이었다.

하지만 알기나 할까. 눈으로 보며, 또 꿈이 아닌지 확인하는 마음이 어떤 건지. 그렇게 절로 피어오르는 미소를 그녀의 얼굴에 묻으며 행복하다가도 걷잡을 수 없이 닥치는 불안함에 눈을 감지 못하는 심정이 어떤 건지.

팔짱까지 끼며 느긋하게 바람을 쐬던 윤조가 픽 웃음을 터뜨렸다. 그러고는 손을 뻗어 그녀의 허리를 감았다. 그래, 이 느낌이다. 지금 손에 닿는 이 느낌이 현실이었다. 무엇 하나 거리낄 것 없이 당당할 수 있다는 게 이렇게 행복한 일일 줄은 정말 몰랐다.

"황제경."

"네?"

"제경아."

"후우, 왜요?"

뒤를 돌아볼 것처럼 얼굴을 조금 돌린 그녀의 뺨이 눈에 띈 순간,

"사랑한다, 황제경."

─끼익!

날카로운 소리와 함께 자전거와 그녀가 휘청했다. 잽싸게 붙들며 세우자 튀어나올 듯 눈을 부릅뜬 얼굴이 뒤를 돌아봤다.

"뭐, 뭐하시는 거예요, 정말!"

"뭐 인마. 사랑한다는데 뭐가 불만이야?"

"미쳐, 미쳤어 진짜! 누가 들으면 어쩌려고! 이 손도 빨리 놓으란 말이에요! 대체 왜……."

정말 화가 난 듯, 당황한 듯 연신 이어지는 제경의 외침이 안 들리는 것처럼, 큰 소리로 웃음을 터뜨린 윤조가 그녀를 당겨 안았다. 얇은 티셔츠 너머로 느껴지는 따스함과 부드러움이 제 몸에 스며드는 것만 같았다.

♠　　♠　　♠

　현장에 복귀한 윤조는 언제 그렇게 기분이 나빴었냐는 듯 쾌활한 태
도로 여기저기 인사말을 건넸다. 저런 태도가 엄청 이상하다는 걸 본인
은 깨닫지 못하는 눈치였다. 하나둘, 스쳐 가는 사람들의 얼굴에 의문이
새겨지자 결국 제경이 윤조의 옷자락을 슥 잡아당겼다.

　"왜?"

　다정하게 웃는 얼굴이 훅 다가온다. 왠지 저 사람들의 심정이 이해도
가고.

　"그, 그냥 평소처럼 하시면 안 될까요?"

　"뭘?"

　"그러니까…… 평소처럼 무표정하시고…… 가끔 눈살도 확 구겨 주
실……."

　"……."

　"것까진 없지만 뭐 아무튼요."

　"웃는 얼굴에 침 못 뱉는단 말 몰라? 현장 분위기가 예뻐야 영화도
예쁘게 나오지."

　기가 막힌 제경이 물끄러미 바라봤다. 맞는 말이지만 그것도 사람에
따라 다른 건데. 저렇게 기분 좋게 웃는 얼굴에 대고 평소처럼 카.메.라
앞에서만 웃어 주세요, 라든가 선배님이 웃으면 불길한 징조, 라든가 하
는 말을 꺼낼 수도 없고.

　"너 자꾸 그렇게 쳐다볼래?"

　"……."

　"확 먹어 버릴까 보다."

　흠칫, 시선을 내리자 태연스레 웃던 그가 앞서 걸었다.

'머, 먹긴 뭘……. 미쳤어, 진짜.'

그의 뒷모습이 그녀의 시야에 새겨졌다. 그의 등 뒤로 묘한 아우라가 풍겨 나온다. 살랑살랑 퍼지는 바람같이. 그의 웃음 속에 느껴지는 순수한 즐거움이 묘하게 간지럽다.

"윤조씨 의상 준비해 주세요."

의상팀의 스태프가 다가와 오늘의 의상을 건넸다. 익숙하게 옷을 받아 든 제경이 자리에 앉아 대기하는 윤조의 뒤에 섰다. 무슨 생각을 하는 걸까. 가만히 휴대폰을 들여다보고 있다. 그렇게 고개를 숙인 그의 넓은 어깨와 도드라진 목뼈를 가만히 눈에 담던 제경이 조심스럽게 손을 뻗었다. 그러나 만지는 것도 겁이 나, 머리카락 끝만 슬쩍 건드리고 말았다.

"간지럽다."

"먼지 묻어서 뗀 거예요."

키득거리며 대답한 제경이 나직하게 한숨을 쉬었다. 이제, 이럴 날도 얼마 남지 않았구나, 새삼 되새기는 가슴이 아프다.

"제 인생에도 이런 날이 있긴 있네요. 아마 평생 기억할 것 같아요."

이젠 어떤 일이 생겨도 추억하며 견딜 수 있을 만큼.

갑자기 그가 몸을 돌리더니 그녀의 손을 잡아 제 눈앞으로 끌어당겼다. 얼결에 그의 앞에 선 제경의 눈에 들어온 그의 얼굴이 진지하게 굳었다.

"그런 말 하지 마. 다신 못 본단 말처럼 들려."

"……."

"그리고 넌 연기 계속해야 해."

단정 짓는 그의 태도에 제경은 뭐라 할 말을 찾지 못하고 머뭇거렸다. 이미 사정 설명은 다 하지 않았던가. 하지만 윤조의 말은 단호하게 이어졌다.

"넌 연기 그만두고 살 사람이 아니야. 어떤 식으로든 무대에 올라 남의 시선을 받아야 직성이 풀리는 녀석이라고."

제경은 가만히 윤조의 얼굴을 내려다봤다. 지금껏 그런 생각은 해 본 적이 없었는데 그의 말을 듣고 막연히 생각했던 제 미래를 떠올리니 가슴이 꽉 막히는 기분이었다.

지나가는 행인이 되건 구석의 나무가 되건, 무대 위는 필연적으로 사람의 시선이 따른다. 하지만 앞으로는 달라질 것이다. 누구의 관심도 받지 못할 평범한 일상. 그리고 아마 평생 바뀌지 않을 그녀의 역할……. 평범하게, 평범하게. 시간이 흐르고, 나이가 든다.

그렇게 거창한 꿈을 꾼 것도 아니었다. 누구나 알아볼 인기인이 되고, 화려하게 스포트라이트를 받으며 역할을 고르는 존재까진 바라지도 않았다. 그저 무대에 설 수만 있으면, 카메라 앞에 설 수만 있으면 뭐든 좋았다.

"어쩔 수 없죠."

단지, 그녀에겐 그 모든 게 그렇게나 비현실적이었던 것뿐이다.

"앞으로 어떻게 해결될지도 모르는 일이고…… 당장 감독님이나 같이 고생하신 스태프들이나 연기자분들도 그렇고. 심소원 선배님이야 이미 알고 있다지만 다른 분들은 다 모르시잖아요. 나중에 얼마나 놀라실지 생각하면 잠이 안 와요. 전 그것부터 사과해야 해요."

"그건 의외로 쉽게 해결할 수도 있을 거야. 너무 걱정하지 마."

"그랬으면 좋겠어요."

배시시 웃으며 대답하던 그녀가 문득 눈썹을 찡그렸다.

"지금 생각해 보면 진짜…… 완전범죄감인데, 이거. 그죠? 아깝지 않아요?"

"웃기고 있네. 그럴 거면 이름도 갈아치우고 신분증도 위조했어야지. 영화관도 모자라 나중엔 DVD, TV로도 내내 보게 될 텐데 전 국민 중에 너 알아보는 사람 하나 없겠냐?"

"아, 그러네. 잠적한다고 끝이 아니었구나……."

제경은 씁쓸한 현실에 시무룩해져선 고개를 푹 숙였다. 그렇게 그녀
의 소박한 바람은 한낱 꿈이었음이 밝혀졌다.

"너한테 가능한 길이 있다면…… 해 볼래?"

그리고 무엇보다 비현실적인 존재가 말했다. 그와 맞잡은 손이 당겨
지고서야 제경은 자신이 그의 손을 힘껏 움켜쥐고 있단 사실을 깨달았
다. 그의 허벅다리 사이에 선 제경이 습관적으로 주변을 살피고 다시 그
를 바라봤다.

"그게…… 뭔데요?"

그렇게 숨기려야 숨길 수 없는 본심이 입 밖으로 나온 순간 그가 미
묘하게 웃었다.

♠   ♠   ♠

새벽 2시. 강가 바로 옆에 자리한 안 감독의 숙소엔 불이 꺼져 있었
지만, 바로 강물이 보이는 테라스엔 사람의 형체가 움직이고 있었다. 윤
조가 주저 없이 문을 열고 들어선 것도 그 이유에서였다.

"아, 깜짝이야. 못된 놈. 노인네 심장마비 걸리는 꼴 보고 싶냐?"

"대접받고 싶을 때만 나이드립 치지. 식상하니까 레퍼토리 좀 바꾸지?"

"어흠. 뭐, 아무튼 슬슬 올 때 됐다고 생각했다."

"왜. 뭐가 켕겨?"

"음, 그게 그렇게 되는 건가? 허헛……. 뭐 아무튼 왔으니 앉아."

적당히 권하는 대로 의자를 꺼내 앉은 윤조가 힐끔 테이블을 봤다. 조
그만 테이블 위엔 멋없는 소주병 하나와 짭짤한 감자칩 봉지 하나가 놓
여 있었다.

"아쉽게 컵이 없네. 귀찮아서 그냥 병나발 불고 있는데…… 너도 마셔 볼래?"

"됐어. 노인네랑 간접키스할 일 있나."

"푸훗, 크크큭……. 그러네?"

안 감독은 한참 킬킬거리는 동안 윤조는 가만히 강물에 시선을 던졌다. 엊그제 내린 비로 유속이 빨라진 강은 가슴속까지 서늘한 물소리를 냈다. 그 위로 반쯤 부풀어 오른 달빛이 비치는 광경은 나름 장관이었다. 이르게 찾아온 더위마저 싹 가실 만큼.

"너 그러고 있으니까 옛날 생각난다, 야."

물끄러미 그 모습을 바라보던 안 감독이 툭 내뱉었다. 그리고 7년 전, 그를 처음 만났을 때의 일이 떠오르기 시작했다.

"넌 이 순간만 사는 놈 같아."

불쑥 내뱉은 말에도 마주앉은 남자는 반응이 없었다. 보고 있는 것만으로도 탄성이 절로 나올 것처럼 잘생긴 남자였다. 아주 짧은 머리카락도 한층 성숙해진 그의 미모에 아무런 영향도 끼치지 못했다. 남들 다 간다는 연예 사병도 아닌 일반 병사로 자진 입대해 엊그제 전역했다는 남자는 그날, 어떤 말을 듣고도 무심하게 미소만 짓고 있었다.

그게 안 감독이 처음으로 사석에서 윤조를 만났던 날의 기억.

처음 그의 존재에 대해 이야기를 들었을 땐 그저 '얼굴 하나 믿고 데뷔한 놈' 하나 있구나, 라고 생각했었다. 드라마를 찍으며 화제가 되었다기에 '그래? 조만간 충무로에 인물 하나 뜨겠군.' 하고 대답한 기억이 전부였다.

그러다 함께 영화를 준비해 온 다른 감독의 파일에서 그의 자료를 발견하고 무심코 연기하는 모습을 보게 되었다. 앉은 자리에서 약 20분 분량의 드라마 편집본을 홀린 듯 보고 난 그는 곧바로 그 드라마를 구해 정주행했다. 그리고 더한 호기심을 못 이기고 주로 모델 활동을 해 온 그의 자료들을 뒤적이기 시작했다.

단순히 잘생긴 놈이 아니다, 라는 사실이 안 감독의 머릿속에 새겨지기까진 얼마 걸리지 않았다. 지적이고 차분한 모습부터 저돌적이고 섹시한 모습까지, 나이와 계층, 시간마저 넘나들듯 자유로운 표현력에 이끌려 접촉을 꾀했지만, 안타깝게도 그때 윤조는 군 입대로 세상과 단절한 상태였다.

그렇게 2년여의 시간이 흐른 후, 조용히 제대한 그가 차기작을 물색 중이라는 소식을 접했을 땐, 또 그에 대한 기대가 많이 가라앉아 있었다. 반짝 뜨려는 찰나에 입대를 했으니 다시 신인이나 다름없을 거란 전망이 지배적이었다. 마침 준비하고 있던 시나리오의 주연 자리엔 관심을 가지는 톱 배우가 둘이나 있었기에 처음엔 굵직한 조연을 염두에 두고 만나러 갔던 자리였다.

그런데 그날 처음으로 실물을 접하게 된 그는 생각했던 것과 이미지가 많이 달랐다. 단순히 방송용 이미지와 본래의 성격이 다른 거로는 설명할 수 없었기에 더 관심이 갔다.

주변에 관심이 없다거나 별다른 생각이 없어 보인다거나, 혹은 안하무인이거나. 그 부정적인 요소를 모두 가지고 있는 것 같으면서도 무엇에도 해당하지 않는 듯 이상한 느낌이었다. 마치 향수를 닦아 내고 남은 향기만 접했을 때처럼, 형체도 원인도 알 수 없는 기묘함이었다.

고작 24살의 남자였다. 그것도 한창 꿈과 희망에 부풀어 자신감으로 가득할 전역 직후이고, 외적으로도 내적으로도 부족할 게 없어 보였기에 더욱 이해할 수 없었다.

"계획도 없고, 목표도 없다. 뭐 그럴 수도 있지. 그런 걸 챙기는 게 소속사의 역할이니까. 그래서 보통은 행적이나 태도만 봐도 이놈이 뭘 하겠다, 얼마나 오래 가겠다, 하는 게 보이거든. 그런데 넌 10년 후가 어떨지, 완성된 그림이 보이지 않는다고."

말하자면 마지못해 세상을 살고 있는 느낌이었다. 꼭 얇은 실 하나에 간신히 매달려 흔들리는 풍선처럼. 그 자유롭기까지 한 표현력의 근본이 이것이라면 썩 좋은 느낌은 아니었다.

"대체 뭘 하고 싶은데. 아니, 네가 걷는 길의 끝에서 기다리는 게 뭐라고 생각하냐?"

"글쎄요."

무심히 미소 짓던 그가 소주잔을 집어 들었다.

"저도…… 생각하는 중입니다."

가벼운 미팅 겸 가진 술자리에서 그 젊은 놈은 쓰디쓴 소주를 아무렇지 않게 들이켰다. 그 자리서 결국 안 감독이 내민 건 주연용 출연 계약서였다. 그는 차분하게 사인을 했다.

그의 두 번째 영화이자 윤조를 주연으로 내세운 멜로영화 '인텐스'는 그의 상처 가득한 눈빛 하나만으로 그 해 800만의 관객을 끌어들이며 대박을 쳤다. 그 후 7년이라는 세월이 흐르는 동안 안 감독은 두 편의 작품을 더 했고, 꾸준히 윤조와의 인연을 이어 왔다. 그것은 그가 다시 윤조와 작품을 하고 싶다고 마음먹기까지의 기간이기도 했다.

"아직도 집에는 안 들어가냐?"

"집? 촬영 중인데 어딜 가?"

"윤 교수님 뵈러 가느냐 말이지."

질문의 의도를 알면서도 딴청을 부리는 태도에 대놓고 못을 박아 버리자, 윤조는 마지못해 대답하며 눈살을 찌푸렸다.

"미쳤어? 거길 왜 가."

"그래도 얼굴은 좀 보여야지."

"관심 있으면 알아서 찾아보겠지. TV만 틀면 나오는데."

"그래도 인마. 부모자식 사이가 그렇게 되나."

"내 나이가 서른이 넘었는데 집은 무슨……. 내가 사는 데가 내 집이지."

"유치한 놈. 하긴, 나이가 서른이 넘었는데 이제 가출이라고 하기도 뭐하지."

핀잔하는 말에 대꾸도 없이 다시 눈을 돌린 윤조는 담담히 강물만을 바라봤다.

사적인 면의 소통은 예전이나 지금이나 쉽진 않았다. 게다가 그는 어지간히 술을 먹여도 망가지는 법이 없었다. 처음 그와 작품을 했을 때, 그의 적나라한 내면을 보고자 시도했다 먼저 필름이 끊겼던 일은 '알콜 중'이라 불리는 안효중 인생에 처음으로 겪은 대굴욕 사건이었다.

"너 연기 많이 늘었더라."

"그래?"

"연기만 늘었지. 인성은, 쯧. 7년 동안 철 좀 들었나 했더니, 아직도 그때랑 다를 바가 없어. 성질만 갈수록 드러워지고."

"우리 감독님은 회춘하시더라고. 정신연령이."

"흐하하핫……."

"뭐 때문에 온 줄 뻔히 알면서 헛소리나 하지. 적당히 하고 해결해."

"글쎄. 무슨 이야길 하는지 통 모르겠네?"

슬쩍 발을 빼 봤지만, 그게 먹히리란 생각은 안 했다. 상대는 정확히 직구만을 던지는 놈이다.

"지금이라도 밝혀. 처음부터 알고 있었다고."

"흠, 그건 곤란하지. 별로 재미없잖아. 다들 철석같이 남자로 알고 있다가 밝혀져야 제맛 아냐?"

"귀찮으면 관둬. 내가 밝히면 돼. 인터뷰 한 번 하면 끝날 일이니까."

"그럼 아무리 윤조라도 좀 곤란해지지 않겠어?"

"그런 걸 겁냈으면 말도 안 꺼냈지."

허튼소리는 절대 하지 않는다. 그러니 이건, 단순히 저를 협박하기 위한 게 아니라 정말로 그리 마음을 먹고 통보하러 온 것. 습관처럼 턱을 쓸던 안 감독이 히죽 웃었다.

"그래도 되겠어? 주민번호 대조는 안 하긴 했지만 계약서엔 분명 남자번호가 있다고. 보통 그런 걸로 따로 조사는 안 한다는 걸 황제경이도 아는 거지. 일단 이것부터 사기에 계약위반은 깔고 들어가는데……."

예상대로 저를 바라보는 윤조의 눈빛이 차갑게 가라앉았다. 하지만 내친김에 그는 말을 더 이었다.

"두 사람, 같은 숙소에서 산다는 것도 스태프들은 다 아는 사실이고. 아무리 재준이가 있고 스태프들이 들락거린다 해도, 호기심 많은 기자들은 또 이상한 소설도 잘 쓰더라고."

"우린 남자들끼리 산 것뿐이야. 그건 이 현장의 모두가 이해하는 부분 아니야?"

"그거야 협조적 증언이 가능할 때의 이야기지."

"……."

"대중을 설득하는 건 진실이 아니야. 걔들은 그런 건 별로 궁금해하지 않거든. 무슨 뜻인지는 네가 가장 잘 알 테고."

그 순간 윤조의 눈썹이 미세하게 움직였다.

"그래, 난 협조 못 해 준단 소리야. 스태프들도 단속시킬 거고."

"난 두 번 말 안 해. 여자로서 남자 역할에 도전한 여배우 황제경. 주연배우 불화 잠적으로 영화제작 난항. 이 중에 내일 기사로 보고 싶은 거 골라."

역시 협박은 먹히지 않는다. 단호한 윤조의 말투에 안 감독은 점점 난처해졌다. 사실 배우를 상대할 때 가장 껄끄러운 점이라면 바로 이거다. 그리고 윤조는 무엇이 그를 가장 곤란하게 만들지 잘 알고 있었다. 지금껏 윤조는 그런 카드를 꺼낸 적은 없었지만, 어제의 행동으로 인해 이제 그의 행동반경에 말뿐만이 아닌 진짜 '보이콧'이 포함되었다. 안 감독의 표정이 다른 때보다 진지해졌다.

"아무튼 네놈은 골치야. 속마음을 알 수가 없으니 뭘 할지 짐작이 돼야 말이지."

"누가 할 소릴. 그렇게까지 해서 찍고 싶은 게 내 반응 연기였다? 기가 차서."

"인마, 7년이다. 7년. '인텐스' 찍고 나서 너 때문에 내가 얼마나 상처받았는지 알기나 해? 그렇게까지 기다리게 만들었으면 이 정도는 네가 이해해 줘야지."

다시금 뻔뻔해진 안 감독의 태도에 픽 웃던 윤조가 물었다.

"그래서 이제 실컷 주물렀으니 됐지?"

"오냐, 됐다."

그리고 안 감독은 결국 끊어 가던 담배를 물었다.

"그냥 기폭제라고만 생각했지…… 역린일 줄 알았나."

"나름 고맙긴 해. 앞으로 내가 어떻게 살아야 할지 제대로 알려 줘서."

"나는 밤새 소원이한테 시달리고, 걱정하느라 머리가 하얗게 세는 줄 알았구만. 이놈은 왜 이리 붕 떴어? 설마, 밤새 만리장성이라도 쌓은 거냐?"

보기 좋게 썩소를 날려 준 윤조가 말을 이었다.

"앞으로 영감이 할 일에 대해 통보 좀 하자."

확실하게 승기를 잡았다는 듯 자신감 있게 명령이다.

"제경이, 나름 영감 존경해. 그러니까 영감도 거장 코스프레 좀 해."

"하, 미치겠네. 야, 칭찬할 거면 하고, 말 거면 말아. 그게 뭐야?"

"일부러 아무 이야기 안 했어. 자기 이용한 데다 원래 인간성이 틀려 먹은 종자라고 하면 제경이가 상처받을 거 아냐. 남 미워할 줄도 모르는 앤데."

"아 나, 이놈 보게……."

"최대한 빨리 밝혀. 처음부터 알았고, 가능성을 봐서 일부러 그렇게
캐스팅한 거다. 멋진 장면 뽑은 걸로 나는 만족한다. 황제경은 좋은 배
우다. 끝. 알아들었어?"

"이젠 시나리오도 써 주네. 이참에 작가로 전직해 볼래?"

내내 토를 달며 투덜거리던 안 감독이 결국 고개를 끄덕였다. 그것을
실행하는 시기에 대해선 다소의 의견 차이가 있긴 했지만, 한 발씩 양보
해 시사회 이후로 잡았다.

"그만하면 화제몰이도 충분할 거야. 대신 나도 발 벗고 홍보 나설 테
니까."

"좋아. 그럼 그렇게 계약 완료. 나중에 말 바꾸기 없어."

안 감독의 표정에 한결 편안함이 깃들었다. 그러나 정작 해결의 실마
리를 잡아 놓은 윤조의 표정은 어두웠다. 안 감독의 시선이 의아함을 품
었다. 그런데도 말이 없던 윤조는 한참만에야 아주 어렵게 입을 열었다.

"제경이…… 여배우로서는 어떤 거 같아?"

안 감독이 쿨하게 말했다.

"나라면 안 써."

♠　　　♠　　　♠

특정한 대답을 바라고 물은 건 아니었다. 단지 그가 이해하는 것보다
이 바닥의 기준이 어렵다는 걸 되새겼을 뿐.

'상대 구하는 게 문제지. 윤조처럼 키가 너무 커 버리면 차라리 잘 맞
겠지만, 평생 둘이서 드라마하고 영화할 거야? 보통은 부담스러워해. 가
뜩이나 배우들 톱스타 병 걸려 가지고 톱스타질하는 것도 짜증나 죽겠

는데 그런 거, 또 언제 매칭하고 있어?'

이것이 현실일 뿐.

그날의 아침은 샤워를 마치고 나온 제경이 배시시 웃는 걸로 시작했다.

"커피 내려놓고 샐러드도 아까 꺼내 뒀으니까 딱 먹기 좋으실 거예요. 식사하세요."

그러고 보니 진하게 커피 향이 퍼지고 있었다.

"음, 오늘은 다른 걸 먹고 싶은데."

힐끗 주변을 살핀 윤조가 그녀의 손에서 타올을 잡아채 머리를 마구 문질렀다. 휘청, 균형을 잃은 제경이 얼결에 그의 허리를 붙들며 버티자 그의 입가에 미소가 떠올랐다. 곧바로 타올로 머리를 감싼 채 다소 진하고 길게 입술을 빨아들이곤 한참 만에야 놓아줬다.

"아…… 이게 뭐예요."

아직 물기가 남은 머리카락이 잔뜩 헝클어졌다. 하지만 그런 머리로도 제경은 샐쭉 웃어 버렸다.

"식사하라며."

"못살아. 아무튼 먼저 드세요."

"넌 어쩌고?"

"저 일단 머리 좀 말리고요. 축축하니까 더 땀나는 거 같아……."

피곤한 기색이 역력한 얼굴. 묘하게 야릇한 느낌에 픽 웃던 윤조가 은근하게 말했다.

"그 말 되게 이상하게 들린다. 그치?"

말려들긴 싫었는지 제경은 못 들은 척 몸을 돌렸다. 그냥 보낼 수야 없지. 그보다 잽싸게 윤조가 그녀의 손목을 잡아챘다.

"참, 나 궁금한 거 있어."

"뭐, 뭐가……?"

흠칫하며 주변을 살피던 제경은 그의 시선이 제 얼굴보다 조금 아래에 박혀 있단 사실을 알아채곤 똑같이 시선을 내렸다. 그러더니 흠칫하며 눈을 치켜떴다.

"너 거긴 대체 어떻게 된 거냐? 진짜…… 없어?"

"헐, 아니거든요? 그냥 겉으로만 안 보이게 조여 주는 그런 게 있어요!"

"그래? 그런다 해도 그렇게 티가 안 날 수가 있나? 만지기까지 했는데."

"티, 티가 안 나야 정상이죠! 티가 나면 들킬 거 아니에요?"

"아, 그러네. 그래서 있긴 있다고?"

빙글빙글 웃으며 묻는 태도가 맘에 들지 않는지 입술을 삐죽이던 제경이 잡힌 손목을 뿌리치며 투덜거렸다.

"하여간 누가 남자 아니랄까 봐. 미안해요, 예쁘지도 않고 왕가슴도 아니라……."

"그러게. 저도 여자라고 질투도 할 줄 알고, 우리 제경이 귀엽네?"

"질……투는 무슨. 누, 누가……."

그게 또 부끄러운 건지 말끝을 흐리던 제경이 고개를 푹 숙였다. 그러다 한참 후 기어들어 가는 말로 물었다.

"……어, 어떻게 아셨어요?"

"넌 무슨 생각하는 건지 표정에 다 드러나."

"그렇다는 말은 종종 들어요."

멋쩍은 듯 뺨을 붉히던 제경이 히죽 웃었다.

"그렇게 간도 작고 소심해 가지고 얼굴에 다 티 나는 놈이 카메라 앞에 서기만 하면 달라지니. 그것도 재능은 맞네."

"그, 그런 말도 종종 들었어요."

"허술해 빠져 가지고. 지금까지 안 들키고 산 게 용하다."

"선배랑 같이 안 살았으면 지금도 안 들켰을걸요? 괜히 선배가 낚아채 가는 바람에…… 이렇게 된 거지."

"아, 그래? 그래서 내 탓이라고?"

"아니, 뭐 딱히 그런 건⋯⋯. 아, 재준이 형은 어딜 갔나⋯⋯."

죽어도 제 탓으로 들킨 건 아니라는 투로 또 어설픈 연기 작렬이다. 왠지 그 태도가 얄미워진 윤조는 보란 듯 그녀의 손을 잡아당겨 그녀의 어깨에 턱을 얹었다.

"그러게. 나 때문에 들킨 거면 다른 영화에서 다른 놈이랑은 아주 멀쩡히 잘 살았겠다. 그치?"

그 순간 멈칫하던 제경이 진지하게 얼굴을 굳혔다. 그걸 상상하는 것만으로도 불쾌해진 그의 감정을 눈치챈 것처럼.

"그건 아니에요."

"뭐가. 너 그러고 보니 첨엔 강우빈한테 신세지려고 했었잖아."

뭔지 모르게 느껴졌던 그날의 불쾌함. 그건 지금 이 순간을 예고하는 감정이었을 것이다. 유난히 제경에게 친근하던 우빈의 모습을 다시 상기하는 기분은 그다지 유쾌하지 못했다. 제경이 고개를 저었다.

"사실 시작이야 친구들이 멋대로 원서 넣는 바람에 그렇게 되긴 했지만⋯⋯ 선배가 아니었으면 저도 이거 안 했어요."

"⋯⋯."

"말했잖아요. 선배랑 같이 연기하는 게, 제 꿈이었다고."

어쩐지 가슴이 찌잉 울렸다. 제대로 떡밥 하나를 투척해 주시는 솜씨가 제법이다. 윤조는 저도 모르게 떠오르는 웃음을 참아 냈다. 안 그런 척하면서 은근 고단수다. 아니 아무것도 모르는 주제에 제 심장을 쥐락펴락하는 게 더 문제였다.

'큰일이네. 이러다 내가 휘둘리는 거 아냐?'

괜한 걱정에 조바심이지만 알 것 같았다. 이런 게 연애라는 걸.

"그, 그보다 빨리 비켜요. 재준이 형 보면 어쩌려고 그래요? 대체 언제까지 이러실 건데요!"

“언제까지라니. 평생 그럴 건데 무슨 소리야.”

“선배!”

장난에 토라지고, 귀엽게 질투도 하고, 부끄러워하며 얼굴을 붉히다가도 결국엔 웃는다. 다시 어떤 짓을 해도 웃는 녀석이 되돌아왔다. 아마 처음부터 난, 이 웃음을 그렇게 보고 싶었던 모양이다. 그 웃음의 주인인 녀석을 사랑하는 거다.

그래서 녀석이 웃을 수 있는 일을 만들고 싶었다. 그런데 녀석은……

“너한테 가능한 길이 있다면…… 해 볼래?”

그게 뭐냐고 묻던 제경은 감정을 삼키려는 듯 무표정한 얼굴이었다. 그러나 그 눈에선 곧 눈물이 떨어진대도 전혀 이상할 것 같지 않았다.

“나한테 기대면 돼. 원한다면 뭐든 말하라고. 내가 해 줄게.”

그러니까 내 곁에 있어.

“난 네 연기 계속 보고 싶어. 내가 보고 싶다고.”

그러니까 날 놓지 마.

그러니까 제발 나한테 기대.

“당장 윤조 님한테 끼워 팔기도 가능해.”

“풋…… 무지 현실적이다, 선배.”

그녀의 눈이 웃었다. 그제야 한껏 죄어들었던 가슴팍에 공기가 스며들었다.

“원래 신인은 다 그렇게 해. 어떻게든 널 더 보게만 만들면 되는 거라고. 지금까지 넌 단순히 운이 없었을 뿐이야. 이 바닥은 원래 운과 돈이라고. 넌 실력이 있으니까 앞으로도 괜찮을 거야.”

진심이었다. 그녀의 연기라면 가능할 것 같았다. 그깟 핸디캡이야 돈이건 인기건, 어떻게든 화제만 끌어 온다면 극복할 수 있을 거로 여겼다. 어떻게든 그녀를 집어넣을 자리만 만들면 되는 거다. 하지만 제경은 미묘하게 웃으며 한숨을 쉬었다.

"흠. 그런 걸까요?"

"……."

"내 연기가 선배님이 보기에도 좋았다면 그건, 죽도록 몰입해서 그런 거예요. 정말로 지금이 마지막이라서. 말하자면 이 영화는 내 스완송인 거예요."

죽기 직전에 단 한 번. 마치 그녀의 배우 생명을 여기다 모두 걸어 버린 것처럼.

"나, 더 어려운 것도 했잖아요. 평생 못 이룰 것 같은 꿈도 내 손으로 이뤘는데."

그건, 선배랑 같이 연기하는 꿈.

"그러니 괜찮아요."

제경은 조금의 여지도 주지 않고 그의 제의를 뿌리쳤다. 이건 그녀의 마지막 자존심. 그렇게 미소 짓는 그녀의 얼굴엔 한 사람의 배우로서, 여자로서 충실히 제 역할을 하며 바른 길만 걸어왔다는 자부심이 깃들었다.

뭘까. 무엇이 그녀를 이렇게 만드는 걸까. 세상이 말하는 '힘'. 세상이 말하는 '갑'. 그 무엇에도 해당하지 않는 녀석은 마치 세상을 다 가진 것처럼 당당했다.

"너 그렇게 뛰어내리기 전에…… 왜 웃었냐? 아니, 왜 날 본 거야?"

계속 궁금했었다. 그런 내용 따윈 없었다. 하지만 안 감독은 그 장면이 좋다고 했다. 제 연기와는 별개로 그녀의 표정을 필름에 담고는 한참을 흥분해 있었던 걸 기억한다.

"그냥 제가 의석이었다면…… 내가 죽는 것보다 죽고 나서의 일이 더 걱정되었을 거 같았어요. 이기기 위한 싸움이 아니잖아요. 그런 싸움을 할 수밖에 없는 상황이니까…… 그 사람이 살아서 무사한지 확인이 되지 않고는 죽을 수가 없는 거예요."

"……."

"나한테 그런 사람은 선배니까. 그렇게 볼 수 있으면 기쁠 것 같았어요."

그 웃음의 뜻은 그랬다. 뭔가, 가슴속이 꾹 죄어들었다. 잡은 손을 올려 제 얼굴에 댔다. 그녀의 의지는 전혀 깃들지 않은 손바닥이 그가 이끄는 대로 그의 뺨을 스치고, 그의 입술에 올라왔다. 고개를 숙인 채 저를 내려다보는 제경의 눈에 얼핏 당황스러움이 깃들었다.

언제든 누구든 나타나도 이상하지 않은 장소라 신경 쓰이는 기색이 역력했다. 하지만 앞으로는 더할 것이다. 그녀가 그에 곁에 있는 한 그 누구보다 주목을 받으며, 그녀가 가진 모든 것이 알려지는 생활이 따라올 것이다.

그녀는 이런 생활을 어떻게 생각할까. 그녀는 이런 자신을 받아들일 수 있을까.

어쩌면 제 욕심이 그녀를 힘들게 하진 않을까. 그녀를 괴롭히는 건 아닐까.

온갖 두려움이 엄습했지만 윤조는 그녀의 손을 놓지 못했다.

"내 손 놓을 생각하지 마. 한 번이라도 놓았다간 정말 용서 안 할 거야."

그래서 그 말밖에 하지 못했다.

12화.
반짝반짝 작은 별

막판 일정은 무시무시했다. 기본 촬영이 14시간을 훌쩍 넘은지도 좀 됐고, 길게는 20시간. 그리고 어제는 대망의 24시간을 풀로 장식했다. 연이은 강행군에 의욕으로 가득 차 싱싱하게 눈을 빛내던 스태프들도 체력이 고갈되어 정신력으로 버티기 시작했고, 배우들은 툴툴댈 기운조차도 없이 집으로 들어오자마자 잠들고 다시 나가기를 반복했다.

"어? 오빠, 일찍 나오셨네요? 오늘은 왜 혼자예요?"

현장에 도착하자 큰 짐을 짊어진 세희가 반갑게 알은척을 했다.

"선배는 오늘 다른 스케줄 때문에 재준이 형이랑 일산 다녀오신대."

"어우, 인기스타는 그렇게 바쁜가 봐요. 우리 제경이 오빠도 이 영화 찍고 그렇게 확 뜨는 거 아니에요?"

대답 대신 환하게 웃어 준 제경이 당연하다는 듯 옆으로 다가가 짐을 뺏어 들자 세희는 넋을 잃은 듯 멍하니 바라보다 입을 벌렸다.

"왜 그래?"

"와, 요즘 오빠. 장난 아니에요."

"어? 뭐가?"

"이런 말 이상한 건 아는데, 얼굴에 확 꽃이 핀 거 같아요. 무지 예뻐지셨다니까요. 혹시 따로 무슨 관리하세요? 아니면 연애?"

"여, 연애는 무슨. 얘는 왜 이상한 소리를 해."

지레 찔끔한 제경이 다시 씩 웃어 주곤 걸음을 재촉했다. 그러나 뒤를 졸졸 따라오던 세희는 다시 종알종알 말을 이어갔다.

"그렇죠? 오빠 아직 애인 없죠? 히힛. 아무튼 이거 저만 그런 거 아니에요. 요즘 다들 오빠 얼굴만 보면 기분이 좋다고 난리들이라니까요. 이럴 때 사람들 앞에서 노래라도 한 곡 쫙— 뽑아 줘요. 기운 좀 내라고."

"나 노, 노래는 못해."

"에이, 누가 노래 듣자고 하나요? 오빠 얼굴 한 번 더 보자고 하는 거지."

"좋은 일 있어요?"

느닷없이 끼어든 목소리에 고개를 돌리자 언제 온 건지 심소원이 가볍게 입술 끝을 올려 보였다. 특유의 차가운 인상 탓에 그 미소마저도 왠지 싸늘하게 느껴지지만 제경은 이제 그것이 그녀의 전부가 아니라는 걸 잘 안다.

"아, 선배님! 푹 쉬셨어요?"

반갑게 웃으며 다가가 친근하게 말을 받은 순간 묘하게 쌩한 표정을 짓던 세희가 짐을 내려놓고 가 버렸다. 그 모습을 바라보던 소원이 코웃음을 쳤다. 아니, 그것도 왠지 그렇게 보였을 뿐이지 어쩌면 그냥 웃었던 것뿐인 것 같은데…….

"요즘 제경 씨 때문에 나 좀 미움 받는 거 알아요?"

아닌가?

눈을 휘둥그렇게 뜨며 바라보자 소원은 여전히 좀 차갑다 싶은 시선을 보내며 말을 이었다.

"왜, 왜요?"

"우리 의상팀이나 분장팀 스태프들 사이에서 제경 씨 인기가 좋더라구요. 게다가……."

잠시 말을 끊은 소원이 킥킥 웃었다. 영문을 몰라 그저 눈만 끔뻑거리자 소원은 한참 만에야 웃음을 그치곤 말을 이었다.

"윤조 씨랑 함께 있는 게 보기 좋은가 봐요. 공, 수? 무슨 황제니 노예니 그러면서 수군대는 걸 많이 봤어요."

"네?"

"그래서 처음엔 혹시 뭔가 알고 하는 말인가…… 했는데, 또 방금 같은 경우를 보면 그건 아닌 거 같고. 아무튼 요즘 여자 스태프들, 나랑 제경 씨 같이 있으면 질투 되게 심하게 하더라구요. 윤조 씨랑 있을 때보다 더."

"죄, 죄송……."

힉, 또 이렇게 민폐라니. 게다가 그쪽의 세계를 전혀 모르는 소원을 갸우뚱하게 만들었던 단어들도 걱정이다. 나중에 실체를 알고 실망할 그녀들의 원성은 또 어떡하고!

'아, 왜 일이 점점 커지는 거냐고! 어째서야!'

점차 늘어 가는 걱정거리에 머리가 지끈거리며 아파 와 절로 신음을 내뱉은 제경이 제 머리를 감싸 쥐었을 때였다.

"뭐야, 소원이 너, 무슨 짓 했어?"

등 뒤에서 느닷없이 들려오는 목소리. 그리고 따뜻한 품이 그녀의 등을 감싸 안았다.

"어머, 별꼴."

놀라며 버둥거리는 제경과 그런 그녀를 꼭 껴안은 채 키득거리는 윤조의 모습에 소원이 입술을 삐죽거렸다.

"서, 선배! 누가 보면 어쩌려고……!"

"여긴 지금 우리뿐이야. 그리고 보면 또 어때?"

"어떠냐니—! 다, 당연히 안 되는……."

"어, 빨개졌다. 이러니까 더 귀엽네."

느긋한 윤조의 목소리가 귓가를 간질이자 온몸에 으슬으슬 소름이 돋고 노곤해졌다. 이상하게 힘이 줄줄 빠지는 게 정말 감당이 힘들다. 게다가 굳이 소원의 앞에서 이러는 건 또 뭐냔 말이다.

당황스러움에 얼굴을 붉힌 채 어쩔 줄 몰라 하는 내내 그 모습을 꿋꿋하게 지켜보던 소원이 말했다.

"저기 연출부가……."

"네?"

그 순간 어디서 기운이 솟은 건지 제경이 윤조의 팔을 후다닥 풀어냈다. 그리고 소원의 시선을 따라 등 뒤를 봤는데,

"안 오는데? 너무 늦는다. 그치?"

"뭐야, 왜 이래? 선수끼리."

잔뜩 불만스러운 눈빛의 윤조가 소원을 노려보다 툭 내뱉었다.

"서, 선수라뇨?"

"안 감독한테 갔다 올게. 좀 있다 보자."

하지만 제경의 물음에도 픽 웃기만 하던 윤조는 누가 봐도 확연히 알 수 있을 만큼 다정한 태도로 그녀의 머리를 쓰다듬더니 그 이마에 입을 쪽 맞췄다. 그러고는 키득거리며 자리를 벗어났다.

"둘 다 몰래 열애 중이라 이거지."

"네?"

"미리 말해 두는데, 난 윤조랑 사귄 적 없어요. 솔직히 저런 똘기 있는 남자 누가 데려가나, 데려가는 애가 불쌍하다, 생각했었지."

"똘기……."

아무도 대놓고 못 할 말을 그녀는 스스럼없이 해 버린다. 너무 정확해서 할 말이 없다.

"뭐, 아무튼 나도 윤조한테 나름 신세진 게 있거든요. 그런 뜻에서 하는 말인데, 특별히 신경 써서 도와줄 테니까, 언제든 필요하면 말만 해요."

"네? 그건 또……."

"위장술. 두 사람 데이트할 때 내가 같이 껴서 가 준다든가, 뭐 그런 거요."

"……."

"확실하게 위장하려면 스캔들 내주는 게 확실하긴 한데…… 그건 싫을 거 같고. 나도 별로 안 내키고."

생긋 웃으며 저런 살벌한 소릴 한다. 절로 식은땀이 나는 바람에 제경은 침을 꿀꺽 삼켰다.

혹시, 이 바닥에 정상인은 없는 거야?

♠   ♠   ♠

내내 숨통이 터질 듯 달려야 했던 사람이 멈춰 서서 큰 숨을 들이마시는 건 휴식. 마땅하게 앉을 곳 하나 없이 서 있던 사람에게 제공된 간이 의자, 역시 휴식. 앉아 쉬다가도 허리가 아파 오면 눕고 싶고, 누워 있으면 눈을 감고 싶어진다.

그렇게 사람의 욕심이란 한도 끝도 없는 것.

그래서 애초에 많은 기대를 하지 않았다. 괜한 기대를 품고 그에 닿지 못한 현실에 좌절하고 싶지 않았으니까.

그런데 눈앞의 미끼는 너무나도 크다. 너무나도 크고, 아름답고 맛있어 보여 손을 뻗지 않을 수 없게 만드는 무시무시한 존재였다. 그다지 짧지 않았던 27년의 세월. 그다지 어리석지도 않았고, 지혜롭지도 않았던 그 평범함 속에서 그를 알았을 땐, 그저 TV화면에 비치는 그의 얼굴만 봐도 그날 하루는 웃을 수 있던 시절이었다.

"하아."

"어디 밥상 앞에서 한숨이야?"

맞은편에 앉아 있던 윤조가 짐짓 인상을 쓰며 핀잔을 주기 전까진.

정갈한 시골 반찬이 가득한 밥상 앞에 젓가락을 든 채 앉아 있는 윤조를 보니 이것이 정말 현실인지 문득 의아해졌다.

"선배."

"응?"

"누울 자리 보고 다리 뻗는다는 말…… 아시죠?"

"지금 나 놀려?"

"……."

"갑자기 무슨 엉뚱한 소리야. 왜, 체했냐?"

"아, 아뇨. 그냥…… 생각나서요."

제 상황에 대한 자조가 섞인 질문이었지만 오랜만에 기분이 아주 더러워 보이는 윤조의 목소리를 들으니 온갖 잡생각이 증발하는 기분이었다.

"그런데 선배는 왜 그러세요?"

"내가 뭘?"

"아니, 음…… 뭔가 기분이 좀 안 좋으신 거 같아서요."

그 말에 윤조는 픽 웃을 뿐 긍정도 부정도 하지 않았다. 그리고 그녀는 그의 밥이 별로 줄지 않았음을 발견했다.

"어? 거의 안 드셨네요? 입맛에 안 맞으세요? 반찬도 좋은데…… 딱 건강식이잖아요."

현미가 섞인 잡곡밥에 연한 된장국. 고기볶음과 밭에서 갓 뜯어 온 듯한 쌈채소. 그리고 각종 나물이 보는 것만으로도 몸이 깨끗해질 것 같은 밥상이었다. 다시 윤조를 바라보는 제경의 시선엔 의아함이 깃들었다.

오늘은 간만에 촬영이 일찍 끝났고, 두 사람은 오후 4시쯤 숙소로 돌아왔다. 마침 일이 생겼다며 재준은 서울에 갔고 윤조는 심심하다며 그녀에게 산책을 제안했다. 멀리 갈 것도 없이 그저 인적이 드문 곳이라면 다 좋았기에 평소처럼 강변을 돌았고, 이후엔 마을 뒷산의 대나무 숲이라도 올라가 볼 생각으로 걸음을 옮겼다.

그런데 마을 어귀에 도착하자 저만치서 제경을 향해 손을 흔드는 사람이 있었다. 언젠가 제경이 일을 돕던 그 할머니였다.

'오늘 고기 반찬이라고 밥 먹고 가래요.'

혼자 사신 지 오래인 데다 귀마저 잘 안 들리는 분이라는 설명에 차마 무시할 순 없었는지 윤조는 고개를 끄덕였다. 그렇게 TV도 없는 방안에 들어가 앉아 있길 약 30여 분. 할머니는 정말로 상다리가 부러질 듯 밥상을 차려 줬다.

해맑게 웃던 제경이 마침 눈에 들어온 오이 조각을 건넸다. 그가 아침 식사로 먹어 온 음식들은 신선한 샐러드가 대부분이었으니 싱그러운 냄새를 풍기는 오이도 좋아하리라는 계산이었다. 그런데 그 순간, 윤조는 움찔하며 몸을 뒤로 뺐다. 거의 눈에 띄지 않을 정도의 움직임이었지만 제경을 놀라게 하기엔 충분했다.

"헐, 설마…… 선배 오이 못 드시는 거예요?"

"……시끄러워. 못 먹는 게 아니고 안 먹는 거야."

"그거나, 그거나…… 아무튼 정말 맛있는데 드셔 보세요. 봐요."

말을 마친 제경이 곧장 오이를 아삭, 깨물었다. 특유의 향과 물기가 입 안에 감돌자 저도 모르게 미소가 떠올랐다.

"하여간 못 먹는 게 없어. 그러니까 뱀술 같은 것도 마시고 멀쩡하지."

"윽! 그 얘긴 왜 또!"

"그리고 미리 말해 두는데 난 오이, 풋고추, 콩나물 이런 거 아주 싫어해."

"헐."

그야말로 기함할 소리다.

"우와, 어떻게 콩나물을 안 드실 수가 있어요? 진짜예요?"

"기분 나쁘잖아. 콩이면 콩이고 나물이면 나물이지."

"대박. 그런 이유로……. 그것보다 날마다 밥상에 올라오는 걸 싫어하시면 어떡해요? 대한민국 사람 맞아요?"

"왜, 네가 평생 밥 해 주려고?"

대수롭지 않다는 듯 툭 하니 내뱉은 말끝에 웃음기가 어렸다. 말문이 막힌 제경이 그저 눈만 끔뻑이며 바라보자 그의 입가가 확연히 솟아올랐다.

"그…… 그보다 그렇게 너무 남기시면……."

"먹긴 먹을 거야. 그러니까 대답부터 해."

정말 약아빠졌다. 당황한 모습을 보인 순간 상황은 그대로 역전. 이젠 곤란해하는 걸 즐기는 경지라고밖에 할 말이 없었다. 달아오른 얼굴로 그의 시선을 피하던 제경은 속이 바짝 타는 느낌에 남은 오이 조각을 마저 입에 넣어 버렸다.

"진짜 잘 먹네. 맛있어?"

"네? 네. 물도 많고 싱싱해요. 그리고 남기면 좀 그렇잖아요. 할머니께서 되게 신경 써 주신 거 같은데……."

"흠."

아까보단 기분이 풀린 얼굴로 피식 웃던 그가 풋고추를 집어 들었다. 그렇게 잠시 손에 든 걸 바라보던 그가 그녀를 힐끗 바라봤다.

"자, 아 해 봐."

"네?"

"내가 안 먹으면 너라도 먹어야지. 아, 하라니까."

"아니 그럼 제가…… 웃!"

뭔가 말을 하려고 달싹이는 입술 사이에다 그가 손에 든 걸 밀어 넣었다. 그 느닷없는 행동에 얼떨떨해하면서도 제경은 습관적으로 아삭아삭 깨물고 있었다. 그 과정을 빤히 바라보던 윤조가 결국 웃음을 터뜨렸다.

"왜, 왜요? 왜 웃으시는데요?"

"글쎄. 나도 모르겠다."

그렇게 대답하는 그의 표정이 미묘하게 야릇한 느낌이면 혼자 음란마귀가 낀 걸까.

하지만 혼자만 당할 순 없지. 이번엔 제경이 오이 조각을 집어 들었다.

"선배, 이거 다 드시면 뽀뽀해 드릴게요."

"어쭈."

"제가 밥도 해 드릴게요."

"하, 너 지금 그딴 걸로 나 회유하려 들어? 이제 멋대로 휘두르겠다 이거야? 많이 컸다, 너. 어?"

정말 기분 나쁘다는 얼굴로 갈구는 기색이 역력한 윤조였지만 제경은 굽히지 않았다. 당장 웃음이라도 터질 것 같은 얼굴로 가만히 바라보자 잠시 후, 그는 어쩔 수 없다는 듯이 그녀의 손에서 오이를 건네받았다. 그러고는 한 입 깨문다. 내내 투덜거리며.

빵 터진 제경이 한참을 웃었다. 사랑하는 관계에선 좀 더 좋아하는 쪽이 질 수밖에 없다는 건 진리. 하지만 그런 제경의 모습을 보며 흐뭇해하는 시선이 있음을 그녀는 알지 못했다.

"잘 먹었습니다, 할머니."

"이잉, 그랴. 또 밥 묵고 싶으믄 와. 알았제?"

그렇게 돌아서는 제경과 윤조의 손에 할머니는 한사코 용돈을 쥐여 줬다. 꼬깃꼬깃한 만 원짜리 하나씩을 받아 든 두 사람이 서로를 마주 봤다. 먼저 대답한 건 윤조였다.

"고맙습니다."

다시 숙소를 향해 걷는 제경의 발걸음이 이상하게 무거웠다.

"자식들이 다 외지에 살아서 일 년에 한 번도 올까 말까 하신대요."

"그렇군. 할아버지는?"

"5년쯤 전에…… 돌아가셨대나 봐요."

"흠."

윤조의 대답은 짧았다. 하기야 그가 남의 일에 그리 크게 관심을 보인 적이 있기나 했던가. 그래서 그 돈을 받아 든 게 차라리 의외스럽지 않았다. 괜히 말을 더 섞으며 실랑이를 하는 것보다 깔끔하게 받아 들고 돌아서는 게 훨씬 그다웠다.

"외로우신 건가."

그래서 이어지는 말에 조금 놀랐을 뿐이었다.

"가족도 없고…… 찾아오는 이도 없고."

나직하게 이어지는 그의 목소리와 함께 그녀의 손목을 스치던 감촉이 이내 정체를 드러내며 단단히 붙잡았다.

"다음에 또 밥 먹으러 오자."

그리고 윤조는 당연하다는 듯 다음을 기약했다. 어느새 굳게 붙잡힌 제 손을 내려다보곤 다시 그의 얼굴을 바라보는 제경의 얼굴에 그의 따뜻한 시선이 내려앉았다. 어쩐지 뭉근하게 가슴속에 뭔가가 퍼져 나갔다. 비누거품 같기도 하고, 따뜻한 수프 같기도 한…….

"그나저나 비가 오려나."

"네?"

그러고 보니 묘하게 공기가 축축하다. 하늘을 올려다보자 해가 질 시간과 딱 겹치며 몰려든 구름이 낮게 깔려 있었다. 제경은 금방이라도 쏟아질 것 같은 하늘을 보며 자연스럽게 그의 손을 맞잡았다.

"빨리……."

그렇게 막 재촉하려던 순간, 툭. 그녀의 이마에 물방울 하나가 떨어졌다.

♠　　♠　　♠

비는 순식간에 거세졌다. 겨우 5분 거리를 뛰었는데도 집에 들어왔을 땐 이미 머리끝부터 발끝까지 흠뻑 젖은 후였다. 제대로 물에 빠진 생쥐 꼴이다. 서로 먼저 씻으라며 양보를 하다 먼저 씻지 않으면 같이 씻을 거라는 윤조의 말에 잽싸게 욕실로 들어선 제경이 방금 갈아입어야 했던 조끼를 내려다봤다. 이것마저 빨아 버리면 이젠 입을 게 없었다.

물끄러미 거울을 바라보자 조명 탓에 한층 창백해 보이는 살갗과 움츠린 어깨 아래의 조그만 언덕이 눈에 들어왔다.

"흠……."

제경의 얼굴이 무심히 굳었다.

윤조가 샤워를 하는 동안 제경은 소파 위에 무릎을 세우고 웅크려 앉았다. 줄곧 답답하게 죄어 있던 몸이 오늘은 자유를 찾았지만 이상하게 편하지가 않다. 묘한 긴장으로 굳은 채 TV에 하염없이 시선을 고정했다.

"거기서 뭐해?"

그리고 윤조가 등장했다. 저도 모르게 발끝이 모여들었다.

"아, 지, 지난주에 이걸 안 봐서……."

타올로 머리카락을 문지르던 윤조가 태연히 그녀의 옆에 앉았다. 그러더니 의아한 얼굴로 그녀를 바라봤다.

"그래? 너 무모한도전 좋아했었나?"

아니, 사실은 이게 그 프로였다는 것조차 몰랐다. 바짝 긴장한 입술이 딱 붙어 떨어지질 않았다.

"편하게 있지 왜 그렇게 웅크리고 있어?"

"네? 아니에요. 지, 지금도 무지 편해요!"

흐음, 하고 뭔가 미심쩍은 숨소리가 들렸다. 못 들은 척 TV에 시선을 고정하는데 그가 있는 쪽의 몸이 따끔따끔, 저릿저릿 난리가 났다.

"그렇게 겁먹고 있으면 내가 뭐가 되냐?"

"네? 거, 겁은 누가요. 그냥 어색해서 그러지."

"내내 멀쩡히 잘 살아 놓고 이제 와서 왜?"

그거야 그렇지만 어색한 건 어색한 거다. 또다시 재준이 없는 밤을 보낼 생각을 하니 이상하게 소름이 돋는다. 제 팔을 부비며 딴청을 부리던 제경은 문득 뭔가를 떠올리고 불쑥 물었다.

"참. 지금 비 되게 많이 오는데…… 선배, 괜찮으세요?"

"뭐가?"

아뿔싸. 너무 긴장해서 잊고 있었다. 분명 재준은 입 밖으로 꺼내지 말아 달라 그랬는데. 흠칫하며 입을 가렸지만 그 뻔한 경로를 그가 모를 리 없다.

"재준이한테 들었어?"

"……네."

"그럼 그땐…… 이미 알고 있었던 거냐?"

아마도 그에게 연기 지도를 받았던 아침의 일을 말하는 거겠지. 괜한 오해는 받고 싶지 않았기에 제경은 크게 고개를 내저었다. 그의 미소가 한층 부드러워졌다.

"그냥 나쁘진 않아. 뭔가가 자꾸 눈앞을 알짱거려서 그런지, 거기에 신경이 다 쓰여서."

"아, 알짱…… 요?"

"그렇잖아. 요상한 짓이나 하는 것도 모자라 이젠 하지 말라는 거나 골라서 하고. 사람 속이나 뒤집고. 그래 놓고 도망이나 치고. 이건 신경을 써 달라는 건지, 쓰지 말아 달라는 건지."

"쳇, 그래요. 저 고집 세고 사람 되게 귀찮게 해요. 미안하네요."

마치 귀찮은 강아지라도 대하는 말투에 제경이 입술을 삐죽였다. 그 모습을 빤히 바라보던 윤조가 웃음을 터뜨렸다. 그러고는 그녀를 향해 반대편 손을 내밀었다. 그 순간 움찔 옆으로 물러나는 걸 못 본 걸까.

"잡아."

아무것도 거리낄 게 없다는 듯, 아주 자연스러운 태도였다. 그리고 무엇보다 강렬한 유혹이었다. 이끌리듯 손을 움직였으면서도 막상 그의 손이 닿을 거리가 되자 제경은 저도 모르게 머뭇거렸다. 뭔가 넘치기 직전의 긴장감이 그녀의 주변을 감싸고 있었다. 그러나 그런 망설임은 제 손목을 잡아채는 손길에 의해 순식간에 산화되었다.

"어, 자, 잠깐만요!"

곧장 그의 허벅지 사이에 떨어지며 그 품에 안겨 든 순간, 짙은 라벤더 향이 물씬 풍겨 났다. 야릇한 생각을 품었다가도 뇌가 맑아져야 할 것 같은 이 향기! 그런데 미치겠다. 이런 향기를 풍기는 주제에 이 남자는 왜 이렇게 섹시한 거야.

탄탄한 가슴팍의 느낌도 버거운데 간신히 눈을 뜨니 제 관자놀이가 선명하게 불거진 쇄골에 정착해 있다. 도로 눈을 감아 버렸다. 아, 이건 감당할 수가 없는 거다!

"왜 이렇게 얼었어?"

게다가 그는 너무 어려운 질문을 했다. 뭐라고 대답해? 그쪽이 너무 섹시해서요?

"그, 그게……."

대답도 못 하고 웅얼거리자 그의 나직한 웃음소리가 몸을 타고 전해졌다. 이어 웅크리듯 그녀의 몸을 감은 그가 고개를 숙였다. 한층 가까워진 숨결이 뺨을 스치자 제경은 더욱더 몸을 움츠리고 말았다.

"보는 사람도 없고 우리 둘뿐인데 뭐가 그리 겁나?"

"하, 하지만……."

"연인들은 다 이렇게 하는 거잖아. 어차피 그렇게 어색하고 불편할 거면 이게 나아."

"말도 안 돼. 어떻게 이게, 윽……."

"괜찮아. 괜찮으니까 그냥 있어."

달래듯 등을 쓸어내리는 손길이 겁먹은 짐승을 다루는 것처럼 다정하다. 그리고 맞닿은 몸에서 느껴지는 낯선 두근거림. 그것이 제 심장이 아닌, 그의 심장 소리라는 걸 알게 된 건 얼마 지나지 않아서였다. 조심스럽게 눈을 들자 그제야 팔을 조금 푼 그가 한 손으로 그녀의 뺨을 만지작거렸다.

"부끄럼 타기는."

속삭이는 입술이 한없이 가깝다.

"그러는 선배님도…… 심장 무지 뛰는데요."

"응. 나도 무섭거든."

의외의 말에 제경이 눈을 휘둥그렇게 떴다.

"선배님도 무서운 게 있어요?"

"그럼. 당연히 있지."

호기심으로 가득한 제경의 시선에 윤조는 곧 진지한 얼굴이 되었다.

"웃는 얼굴로 속마음을 숨기는 건 너무 쉽잖아. 무슨 생각을 하는지, 괜찮은 건지. 그 속마음까진 알 수 없는 법이니까."

"……."

"지금도 이렇게 네가 날 보고 있는데, 사실은 거부하고 싶다거나, 도망치고 싶을까 봐…… 겁나."

만인에게 사랑받는 자리에 있으면서도, 자신의 모든 걸 까발리지 않는다. 그건 불특정 다수에게 공개될 수밖에 없는 자의 최소한의 방어선이었던 건지도 모른다. 아니, 믿고 의지했던 친구의 마음마저 알 수 없었다는 사실에 대한, 그의 남은 감정이었는지도 모른다.

그럼에도 그녀와의 관계에선 그는 언제나 먼저 손을 내밀어 왔다. 절대로 가망 없을 상황이었을 때도, 그는 몇 번이고 다가와 정면으로 부딪쳐 왔다. 그만큼 간절하고 간곡하게 저를 원했던 거라 생각하는 건 어리석은 여자의 자만일까.

"그러니까. 우리 같이 겁내면서 시작해 보자고."

비루하고 모자랐던 인생에, 느닷없이 이런 큰 선물을 받아도 괜찮은 걸까.

"이 기회에 대스타님 안아 보는 것도 좋잖아."

"서, 선배……."

그런데 이야기는 왜 그쪽으로 수렴하는 거냐! 심장이 철렁한 제경이 그를 밀쳐내려 했지만 그보다 빠르게 윤조가 그녀를 붙잡으며 매달렸다.

"난 이미 네 거니까…… 그렇게 거절하지 마."

서로의 시선이 얽히고 시간이 멈춘다.

"제발."

비겁해, 하고 싶었던 말이 흐릿한 의식으로 침잠했다. 가끔 그는 미치도록 감싸고 싶게 만드는 얼굴을 했다. 그런 얼굴로 바라보면 어쩔 수 없잖아. 그런 얼굴로 그런 말을 하면…….

뭔가 할 새도 없이 얼어붙은 그녀의 입술 위로 그의 입술이 툭 떨어졌다. 그녀의 심장도 툭 떨어졌다. 온 신경이 맞닿은 입술에 집중돼 있다. 벌어진 입술이 천천히 그녀의 위아래 입술을 오가며 머금었다. 그 부드러운 감촉에 심장이 울렁거리고 온몸이 저릿저릿해 견딜 수가 없었다. 목구멍이 틀어막혀 말 대신 이상한 숨소리만 튀어나오자 슬쩍 입술을 뗀 윤조가 낮게 웃었다.

"그때…… 너랑 같이 별 보고 싶었어."

"네?"

"할머니도…… 다시 뵈러 가고. 별도 보러 오자. 밥도 같이 먹고 잠도 같이 자고…….''

그리고 뜬금없이 이어지는 말들의 의미는 뭘까.

"다 같이 해. 전부 다…… 나랑 하자."

보채듯 입술을 마주 대며 속삭이던 그가 다시 입술을 맞물어 왔다. 이번엔 슬쩍 이를 드러내 입술을 깨물어 벌리게 만들더니 집요하게 입술 사이를 파고들어 여린 살결을 샅샅이 핥고 휘저어 댔다. 금세 달아오른 숨결이 섞이고 불편한 호흡 사이로 누구의 것인지 모를 신음이 흘러나왔다.

"하아…… 선배."

"……쉿. 괜찮아, 제경아. 조금만."

달래듯 이름을 부르고 입을 맞추는 그의 몸에선 라벤더와 섞인 나른한 체향이 풍겨 왔다. 모든 신경이 곤두서 정신이 사납다. 낯설기 그지없는 감촉에 자꾸만 발가락이 움츠러들었다. 하지만 기분 좋다. 이 믿기지 않는 현실이 점점 몽롱해지는 머릿속에서 꿈과 섞여 혼란스러워지기 시작했다.

꿈. 그래. 꿈이다. 짧은 여름밤의 꿈. 꿈같은 사람과 꿈같은 일을 벌이는, 그런 꿈.

그래서 반쯤은 무의식적이었다. 열에 들뜬 몸은 이미 제 몸 같지가 않았다. 생각의 순환보다 빠른 몸의 반응이었던 걸까. 그의 목에 팔을 감은 것조차 가슴속 가득 뭔가가 차오르는 느낌 이후에야 알았다.

"너도…… 원하는 거지?"

나른하게 잠긴 목소리가 속삭였다. 혼란스러운 머릿속에 무엇보다 뚜렷한 말. 원하다. 원하고, 바라다. 이것은 그 무엇보다 단순하고 순수한 욕심. 그를 원하는 마음이었다. 다시금 가쁜 숨을 내쉰 제경이 파르르 떨리는 눈꺼풀을 간신히 들어 올렸다.

그래, 꿈이다. 꿈. 꿈처럼 생각하면 뭘 못 할까.

"……네."

기다렸다는 듯이 티셔츠 밑으로 쑥 들어간 손이 그대로 걷어 올리기 시작했다. 무의식이 점령한 몸은 본능적으로 그의 침입을 저지하려 했다. 하지만 윤조는 끊임없이 입술을 포개고 묵묵히 등허리를 쓰다듬다 곧 움츠러든 팔의 안쪽을 파고들었다. 그러고는 멈칫했다. 그의 입술이 조금 멀어졌다. 간신히 눈을 뜬 제경의 앞에 놀란 얼굴이 있었다. 조금 당황한 제경이 물었다.

"왜, 왜요……."

"뭔가…… 다른데."

낮게 중얼거리던 윤조가 그녀의 몸을 훌쩍 당겨 똑바로 앉혔다. 그러더니 의문을 가질 새도 없이 티셔츠를 붙잡은 그대로 뒤집듯 벗겨 냈다.

"엄맛!"

놀란 제경이 가슴께를 가리며 몸을 돌렸다. 하지만 윤조의 움직임이 그보다 빨랐다. 순식간에 양 손목을 붙들린 채 소파 위로 처박히고 그가 허리에 올라탄 순간, 숨이 멎는 줄 알았다. 언젠가는 이러리라 생각은 했고, 오늘이 그날이 될 거란 사실에 의의는 없었다. 어쩌면 그 조끼를 다시 입지 않은 건 이럴 각오가 되어 있어서라고…… 그렇게 생각했으면서도 작은 가슴이 그의 눈앞에 봉긋하게 모습을 드러나는 이 상황은 생각했던 것보다 떨리고 무서웠다. 한참 만에야 간신히 숨을 내쉬자 창백한 얼굴을 본 그가 빙그레 웃었다. 왠지 그 웃음이 비웃음처럼 느껴진 건 자격지심이겠지.

"자, 작다고 했잖……."

재빨리 손을 뿌리친 제경이 등을 돌리려다 금세 몸을 감아 오는 온기에 주춤했다. 어정쩡하게 옆으로 누운 그녀의 위로 단단히 겹쳐진 몸이. 그리고 이어지는 목소리가 등을 타고 바로 전해지고 있었다.

"예뻐, 제경아. 너무 예쁜데…… 뭐라고 어떻게 설명을 해야 할지 모르겠어."

놀람과 짜릿함을 오가는 전율. 제 몸을 휘감은 팔이 좀 더 조여지고 그의 입술이 그녀의 어깨를 가볍게 물더니 천천히 목덜미로 이동했다.

"흐윽, 서, 선배!"

그사이 그녀의 얼굴을 쓰다듬던 손이 그녀의 턱을 붙잡아 옆으로 돌렸다. 그 상태로 그녀의 입술을 한동안 탐하던 그가 자연스럽게 그녀를 돌려 눕혔다.

다시 자잘한 키스가 이어졌다. 흐릿한 눈으로도 제경은 열심히 그를 바라보려 애썼다. 얼굴 곳곳에 입을 맞추면 눈을 감았다가도 다시 눈을 뜨는 순간, 그의 시선은 어김없이 그녀의 눈동자를 향해 있다. 예쁘다, 정말 예뻐. 생전 들어 본 적도 없는 말인데 그의 입에서 흔하디흔한 말처럼, 호흡처럼 내뱉어졌다. 맨 살갗을 스치는 느낌이 아슬아슬해 온몸에 자잘한 떨림이 이어졌다. 저도 모르게 터질 것 같은 신음을 악무는 사이 그의 손길은 천천히 그녀의 손으로, 그리고 그 손이 가려 놓은 가슴까지 이동했다.

"아!"

그의 커다란 손이 말랑한 살덩이를 한 움큼 쥔 순간 제경은 저도 모르게 신음을 흘려 버렸다. 그런 그녀의 반응에 만족한 듯 그가 웃음을 터뜨렸다. 주물주물, 제 것인 양 멋대로 주무르고 쓰다듬던 그의 손아귀에 점점 더 힘이 들어갔다.

"귀엽네. 감촉 좋고."

"으읏, 서, 선배…… 아, 아파요."

그녀의 투정에도 그는 그 감촉을 느끼는 것에 온 신경을 쏟았다. 이어 다른 팔로 그녀를 끌어안은 채 점점 입술을 그녀의 목으로 옮겼다. 이어 가쁜 숨이 오가느라 쉴 새 없이 오르락내리락하는 가슴 위로 내려와 바르르 떨리는 살결을 한 입 가득 빨아들이고 정점을 입 안에서 굴린 순간, 그녀의 입에서도 새된 비명이 튀어나왔다. 그사이에도 유독 한 손은 젖가슴을 잡고 애무하는 게 마치 나름의 보상심리인 것만 같았다.

"아! 선배, 선배 잠시만……!"

견디다 못한 제경이 다시 몸을 돌려 버리자 윤조는 끈질기게 따라붙으며 그녀의 온몸에 키스를 퍼부었다. 결국 엎드리며 등을 내보이고 나서야 그의 집요한 애무가 멈췄다. 웃음을 터뜨린 윤조는 그녀의 불거진 견갑골에 입을 맞추며 속삭였다.

"너 이러면 곤란해. 난 가슴보다 뒤태를 좋아하거든."

"네에?"

"정확히 말하자면 허리, 골반 라인 쪽으로."

"으, 으앗!"

"지금 대놓고 유혹하지?"

말을 마친 그가 그녀의 배 아래에 손을 넣고 버클을 툭 풀더니 그대로 속옷과 함께 쑥 내려 버렸다. 준비할 새도 없이 알몸이 되어 버린 제경이 기겁하며 몸을 웅크린 사이 재빨리 윗옷을 벗어 던진 윤조는 그녀의 허벅지를 잡아당겨 엎드리게 하더니 그대로 몸을 겹쳐 왔다.

"부, 불이라도 좀 꺼 줘요, 선배!"

"좀 더 간절하게 부탁해 봐."

"선배, 선배 제발……."

그리고 목덜미에 그의 숨결이 닿은 순간, 정말로 눈앞이 아득해졌다.

그사이에 부드럽게 가슴을 매만지던 손에도 천천히 힘이 들어갔다. 조금 아플 만큼 움켜쥐었다가 슬그머니 정점을 잡아 비튼 순간 내내 참던 신음이 흘러나왔다.

"아! 선……배."

등을 훑던 입술과 손길은 서서히 그녀의 옆구리와 골반으로 옮겨 갔다. 가느다란 허리를 눌렀다가 탄탄하게 자리 잡은 엉덩이를 쥐며 그 감촉을 만끽하는 동안 뽀얀 피부 곳곳에 그의 흔적들이 새겨지고 있었다.

"이, 이상해요, 너무."

온몸을 빨갛게 물들인 채 어쩔 줄 몰라 하면서도 제경은 그를 거부하진 않았다. 천천히 돌아누운 그녀가 조심스럽게 그를 끌어안았다. 그렇게 무리하며 받아들이려 애를 쓰는 그녀의 태도에 윤조는 극한의 행복을 맛보고 있었다.

"나도 그래."

"게다가…… 낯이 익어요."

잔뜩 얼굴을 붉힌 그녀가 난처한 표정을 지었다. 남은 옷을 벗어 던진 그가 말뜻을 알아채고 피식 웃음을 머금더니 그녀의 위에 엎드리며 속삭였다.

"뭐, 임포? 발기불능? 아님……."

"윽! 그만 해요. 지금도 민망하다구요, 그건."

"천막?"

갑자기 제경이 눈을 휘둥그렇게 떴다.

"그, 그건 꿈에서 말한 건데 어떻게……."

"꿈은 개뿔. 어디서 남의 물건을 가지고 텐트니 천막이니……."

"으, 아니, 그…… 으읍!"

비명을 지르려던 입이 틀어막혔다. 다시 길고도 깊게 입을 맞춘 윤조는 천천히 그녀의 다리 사이에 자리를 잡았다. 동시에 최대치로 발기한 남성이 당당히 그녀의 숲에 맞닿았다. 그 순간 제경이 움찔하며 무릎을 구부렸지만 이미 체중으로 누르기 시작한 상황을 벗어나긴 힘들었다. 그리고 그의 손이 천천히 그녀의 허벅지 안쪽으로 이동했다.

"하아, 하아."

안쓰럽게 불편한 호흡을 내뱉던 제경이 본능적으로 그의 팔을 움켜쥐었다. 이미 흥분으로 부푼 돌기가 그의 손끝에 잡히고 비벼지자 절로 허리가 뒤틀리고 신음 소리가 새어 나왔다. 처음 느껴 보는 감촉에 놀라 말이 나오질 않았다.

"으윽…… 으음. 선……배, 아……."

"괜찮아. 이건 덜 아프게 하는 거니까……. 너무 긴장하지 말고."

"마, 많이 아픈…… 거예요? 흑."

절로 한숨이 나오는 말에 윤조는 허탈하게 웃어 버렸다.

"응. 좀 아플 거야. 아마."

이미 흥분할 대로 흥분해 빳빳하게 선 제 분신을 생각하니 좀, 이라고 대답한 게 윤조는 지극히 마음에 걸렸지만 어쩔 수 없었다. 이미 이 상황은 수습 불가능. 조심스럽게 손가락을 움직이던 윤조는 이윽고 맑은 액이 흘러나온 입구를 건드렸다. 움찔, 제경의 허리가 바짝 긴장했지만 윤조는 거기서 멈추지 않고 조금 더 깊은 곳으로 손가락을 밀어 넣었다.

"흐으."

묘한 감각에 신음하던 제경은 가쁘게 숨을 내쉬었다. 고통보다, 낯선 이물질의 느낌과 제 몸속 깊은 곳까지 파고들도록 허락한 존재가 있다는 사실을 깨닫는 건 무엇보다 큰 충격으로 다가왔다.

"괜찮아. 천천히 힘 빼고."

당황으로 물든 제경의 눈을 본 그가 다시 입을 맞추며 서서히 달래기 시작했다. 그녀는 그 와중에도 힘겹게 대답하고 고개를 끄덕인다. 그 순간, 가슴속 어딘가가 저릿했다.

'사랑해. 사랑하니까…… 널 사랑해서…….'

직설적인 말로도 다 표현할 수 없는 이 마음을 어떻게 전해야 할까. 고민조차 해 본 적 없고, 제 인생에 찾아올 거란 생각도 해 본 적 없는 일이 이렇게 눈앞에 다가오는 순간은 불안했다. 제가 정말 약점을 잡아 밀어붙인 건 아닌지. 혹은 자신의 위치로 찍어 누른 건 아닌지…… 그저 사랑해서 갖고 싶었다고. 사랑해서 그녀가 어떤 사람이라도 포기할 수가 없었다고…… 그걸 그녀가 알아줬으면 했다. 정말 순수한, 오로지 감정 에 대한 욕심이었다. 눈으로 볼 수 없기에 그저 확인받고 싶은 불안함이 었다.

"사랑한다, 제경아."

"하아……."

"너도…… 나 사랑하는 거 맞지?"

치졸하고 유치할 만큼 강요하고 싶은 마음이었다. 정말 이 상황에도 그녀를 쥐어짜 내듯 덤빌 수밖에 없는 저 자신이 싫어질 만큼.

"……네."

그녀가 대답했다.

"말해 줘, 사랑한다고."

확인받고 싶었다. 그렇게 행여 듣지 못할까 봐 불안한 마음을 헤아린 걸까. 그녀가 작게 웃었다.

"저도 사랑해요. 정말…… 사랑해요, 선배."

가느다란 팔이 그의 등을 가로지르며 감겼다. 그렇게 그녀가 그를 품 은 순간 단단히 자리를 잡은 윤조가 그녀의 무릎을 붙잡아 벌렸다. 뭔가 가 서서히 밀고 들어왔다.

"으흑!"

최대치로 발기한 남성은 한눈에 봐도 버겁도록 굵었고, 단단한 감촉 이었다. 제 몸에 들어온다는 상상만으로도 아픈 느낌이었는데, 이건 생각했던 것보다 더 아프다. 아니, 상상조차 해 본 적이 없는 고통이었다.

"흐으, 아! 선배……."

"조금만, 아, 제길…… 좁아."

허리를 뒤틀며 어쩔 줄 몰라 하는 제경을 꼭 껴안은 그는 일단 반쯤 넣은 상태로 멈춰야 했다. 그러고는 다시 굳어 가는 그녀의 몸을 애무하기 시작했다.

"하아, 하아……."

제경은 눈물까지 맺힌 얼굴로 곧 넘어갈 듯 힘겹게 숨을 이어 갔다. 보고 있자니 가슴이 아려 와 도무지 더 진행할 수가 없었다. 차라리 이쪽이 터져 죽고 말지. 이러다 애 하나 잡겠다 싶어 힘겹게 몸을 일으키려던 순간, 그녀가 그의 팔을 붙잡았다. 그리고 그의 놀란 시선 앞에서 고개를 저었다.

"나, 괜찮아요. 못 참을 정돈…… 아니니까. 나 진짜 튼튼해요. 알잖아요, 선배."

뜻밖에도 그렇게 대꾸하던 제경은 기운이 다 빠진 손으로 그의 등에 손을 올리곤 끌어안으려 했다. 그러더니 배시시 웃어 보였다.

"계속해요. 나…… 선배 가지고 싶어."

그 순간, 윤조는 뭐라 설명하기 힘든 얼굴을 했다. 그의 자제력이 무너졌다. 마침내, 깊은 곳까지 모조리 자신을 밀어 넣은 그가 잠시간 그 여운을 만끽하더니 느릿하게 진퇴를 반복했다.

"으음……."

잠긴 목소리로 나른한 신음을 내뱉은 그가 그 끝에 한 말이 무엇인지 듣지 못했다. 그저 어느 순간 허리 짓이 그의 흥분한 상태만큼이나 거칠어졌고, 제경은 쓸려 나가는 아픔에 앙다문 잇새로 흘러 나가려는 비명을 간신히 참아 냈다.

하지만 고통은 의외로 길지 않았다. 아니, 정말로 참을 만했다. 그저 그 묵직한 이물감이 견디기 힘들고, 아까의 고통으로 그만 제정신으로 돌아와 버린 머릿속이 아쉬웠을 뿐.

차라리 다행이었다. 꿈이 아니란 걸 알 수 있어서. 욕망으로 새까맣게 물든 저 시선이 줄곧 저만을 바라보고 있는 현실이 너무나 생생해서. 그가 그녀를 죽도록 원하고 있다는 사실을 너무나도 절실히 알 수가 있어서……

"아, 제경아. 제경……아."

끊임없이 입을 맞추고 시선을 맞추던 그가 그녀의 감정에 호응하듯 더욱 격렬히 허리를 움직였다. 쉴 새 없이 치고 들어오는 감각에 아랫배의 어딘가가 바짝 조여들기 시작했다.

"하아, 선배. 윤조…… 선배……."

절로 몸이 비틀리고 신음이 흘러나와 참을 수가 없었다. 저도 모르게 필사적이 되어 그의 팔을 붙잡고 이를 악물자 낮게 웃던 윤조가 그녀의 입술을 슬쩍 깨물었다.

"그래, 계속 불러 봐. 더 애원해."

"아윽. 흑! 선배 아……."

"아…… 미치겠다. 제경아. 네 목소리…… 정말 좋다. 그렇게 흐느끼는 거…… 너무 좋아."

막바지에 달한 다급함이 고스란히 실린 움직임으로 몇 번이고 파묻던 그가 거칠게 그녀의 머리카락을 휘어잡았다.

"흑!"

아찔한 고통과 함께 그녀가 고개를 젖힌 순간 하얗게 드러난 목에 그의 입술이 닿았다. 거친 혀가 핥고 지난 자리에 이를 드러내고, 맹렬히 빨아들인 순간 억눌려 있던 신음이 비명처럼 터져 나왔다.

"아아! 아흑…… 서, 선배……."

"젠장."

낮게 욕설을 내뱉은 그가 돌연 상체를 일으켜 양손으로 그녀의 발목을 잡아 올렸다. 그 상태로 퍽퍽, 소리가 나도록 받아 오자 제경은 눈앞이 아찔해졌다. 적나라한 삽입 과정이 그의 눈앞에 펼쳐질 거란 걸 알면서도 아무것도 할 수가 없었다. 헐떡이며 제 머리에 닿기 시작한 팔걸이를 붙든 채 밀려 가지 않도록 버티는 게 최선이었다.

"아, 그, 그만⋯⋯ 제발 그만, 아!"

견디지 못한 제경이 정신없이 고개를 흔들었지만 윤조는 움직임을 전혀 늦추지 않았다. 허리가 뒤틀리고 그녀의 목구멍에선 절로 우는소리가 났다. 그렇게 절박함이 가득한 몸짓으로 맹렬히 덤벼들던 그가 멈칫하더니 그녀의 무릎을 접어 위로 눌렀다.

새로이 밀고 들어오는 감각에 짧은 비명이 새어 나왔다. 둥그렇게 처박힌 몸 위로 그의 체중이 실리고 다시 한 번 깊게 파고드는 느낌이 너무 적나라하다. 그에 적응할 새도 없이 점점 급하게 몰아치는 그의 행위에 고통과 함께 낯선 느낌이 닥치기 시작했다.

"흐윽, 아아⋯⋯ 흑. 으흑."

견딜 수가 없어 흐느꼈다. 그런데도 멈추길 바라는 건 아니었다. 머릿속이 아찔해 더 이상의 생각조차 떠올릴 수가 없는데도 제경은 애타게 붙잡으며 버텼다.

"제경아."

한계에 달한 듯 굳은 목소리가 그녀를 불렀다. 그 순간 좀 더 묵직해진 감각이 몸 안 어디선가 깨어났다. 힘겹게 눈을 들어 그의 얼굴을 바라봤다. 그리고 그녀의 입가에 희미한 웃음기가 떠올랐다. 어디에서도, 누구에게도 보인 적 없었을 그의 가장 원초적이고 본능적인 모습이었다. 욕망과 쾌락으로 범벅된 채 무서우리만치 검게 물든 눈동자에선 숨이 막힐 듯한 열기가 피어올랐다. 그리고 짧게 빠졌다 단번에 뿌리까지 묻어 오는 그의 몸짓에서 이성은 찾을 수가 없었다.

"아, 아파!"

결국 크게 소리를 지르며 제 머리를 감싸고서야 간신히 그녀를 끌어안으며 몸짓을 늦춘 그가 그녀의 입술을 길게 빨아들이곤 짧게 웃었다.

"너무 좋다, 제경아."

그러고도 한참을 더 성마르게 움직이던 그는 기진맥진해진 그녀의 목에서 쉰 목소리가 흘러나오고서야 거친 숨과 함께 그녀의 다리 사이에다 뜨거운 액을 쏟아 냈다. 그렇게 잠시간 움찔거리며 사정을 마친 그는 스러지듯 몸을 포개 왔다. 그녀의 뺨에 가쁜 숨이 닿았다.

"사랑한다. 제경아."

저도요. 그 간단한 말을 내뱉지 못했다. 자꾸 눈앞이 흐려지고 목이 메었다.

아…… 대체 언제부터였을까. 언제부터 이렇게, 생각하는 것만으로도 가슴이 먹먹하도록 그를 사랑하게 된 걸까. 그의 말 한마디에 눈물이 나도록 행복하게 된 걸까.

이불을 걷어 낸 윤조가 제 품 안에서 곤히 잠들어 있던 제경을 슬쩍 흔들었다. 잠이 깬 건지 눈을 감은 채 눈살을 찌푸리던 그녀가 뒤척이며 그를 향해 모로 누웠다. 창문으로 비쳐 드는 빛에 뽀얀 어깨가 빛을 낸다. 그리고 윤조는 저도 모르게 마른침을 꿀꺽 삼키고 말았다. 가녀린 어깨 아래로 조그맣고 봉긋한 가슴이 모여 있었다. 불끈거리는 남성을 견제하며 이를 악물던 윤조가 다시 그녀를 불렀다.

"아침이야. 일어나야지."

"으응…… 선배. 조금만 더요…… 조금만……."

그런데 아이처럼 칭얼거리던 제경이 그의 가슴팍에 얼굴을 묻으며 안겨 왔다. 도리질을 치자 부드러운 머리카락이 몸을 스친다. 그 감촉에 소리 없이 웃던 윤조가 낮게 속삭였다.

"어디서 어리광이야. 자꾸 그러면 덮친다."

"으……. 또요? 흐잉……."

"뭐야, 그 표정은."

"우웅, 아니에요. 에헤헤…… 선배애—"

하룻밤 새 부쩍 애교가 늘어난 제경이 열심히 부비적거리는 걸 보고 있으려니 만사 다 젖혀 놓고 하루 종일 물고 빨고 싶단 생각이 굴뚝같다. 그렇지 않아도 예뻐 죽겠는데 예쁜 짓만 더 해.

웃음을 터뜨린 윤조가 곧장 입술을 내려 보드랍고 말랑한 입술을 품자 그녀는 나직하게 신음을 흘리더니 헤실헤실 웃어댔다.

"웃어? 귀여워 죽겠는데 웃어?"

가만 둘 수가 없었다. 손가락을 세워 건반을 두드리듯 등을 건들이자 제경이 몸을 뒤틀며 더욱 크게 웃음을 터뜨렸다.

"아하하…… 꺅! 간지러워, 흐하하하……. 선배 그만, 그만요!"

"다른 놈 앞에서 웃었단 봐라. 재준이 앞에서도 웃지 마. 알았어?"

"뭐야. 바아보— 선배 바보 같아요."

"하, 이게 어디서 하늘 같은 선배한테."

"꺄하하핫!"

비명을 지르며 웃던 제경이 결국 몸을 데굴데굴 굴려 저만치 도망가 버렸다. 그리고는 꾸물꾸물 이불을 뒤집어쓰고선 다시 졸린 눈으로 하품을 했다.

"흐…… 선배. 저 5분만 더 자면 안 돼요?"

"안 돼. 이제 그만 일어나."

"히잉……."

온통 갈라진 목소리로 또 칭얼거리던 제경이 잠시 가만히 있었다. 나직하게 웃던 윤조가 천천히 몸을 일으켜 다가가자 고른 숨소리만 들린다. 밤새 괴롭힌 탓에 제대로 탈진한 건지 제경은 그 짧은 시간에도 잠이 들어 버릴 기세다.

"그렇게 힘들었어?"

그녀의 얼굴이 보이도록 엎드린 윤조가 길게 내려앉은 속눈썹을 보며 중얼거렸다. 슬쩍 손끝을 댔다가 천천히 이마를 쓸고, 슬며시 그녀의 머리카락을 쥐어 봤다. 그녀가 반짝 눈을 뜨고 바라봤음 싶었다. 그러나 그런 일은 없다. 아쉬움에 시무룩해진 그가 고개를 떨궜다.

"난 너무 좋았는데."

"……변태."

잠이 덜 깬 목소리가 대꾸하자 그의 입가에 미소가 떠올랐다. 정말 지금껏 느껴 본 적이 없었던 강한 쾌감이었다. 사랑하는 사람과의 교류는 그가 생각했던 것 이상으로 황홀했고, 짜릿했다. 그 덕에 두 번이고 세 번이고, 너른 소파를 지나 거실 바닥에서 한참을 또 뒹굴다 끝내는 침대까지 데려와 밤새도록 그녀를 놓아주지 못하고 말았으니, 그야말로 황제 경성애자로서의 면모를 제대로 보이긴 했다. 그녀의 마른 어깨와 쇄골 근처의 붉은 얼룩들을 보며 변태라는 말을 굳이 부정하고 싶진 않았다.

"그 변태 놈 알몸을 얼굴색 하나 안 변하고 보고 있던 게 누구더라."

갑자기 제경이 눈을 반짝 떴다.

"거기다 생판 처음 보는 남자 거기를……."

"우, 우악!"

후다닥 손을 뻗은 제경이 그의 입을 가로막았다.

"그, 그그, 그건 실수……."

밤새도록 알몸을 맞댄 채 헐떡인 주제에 뭐가 저리 부끄럽다는 걸까.

윤조의 미소가 얄궂어졌다. 곧장 그녀의 손목을 잡고 허리를 감아 몸을 굴리자 그녀의 놀란 눈이 그를 내려다봤다.

"거기다 첫날에 그렇게 술 먹고 떡이 돼선 멋대로 고백이나 하고."

"네, 네?"

"거 봐. 기억도 못 할 줄 알았어."

"무슨 소릴 하시는 거예요?"

"사내자식 데려다 재웠더니 나쁜 놈이라고 욕을 하질 않나, 좋아했다고 고백을 하질 않나. 그때부터 너, 나 무지 좋아했나 봐? 구박 좀 받았다고 그리 섭섭했어?"

"우악! 우악!"

"게다가 뭐? 존경한다고 당당히 고백할 땐 언제고 나중엔 레이 강도 존경한대. 와, 지조 없어라……."

"하, 하지 마세요 진짜!"

이젠 숫제 제 몸에 올라탄 제경이 그의 가슴팍에 주먹을 내지르기 시작했다. 그대로 당해주기엔 주먹도 꽤 아프고 포즈도 야릇하다. 게다가 그녀의 엉덩이를 찌르며 거세게 반응하기 시작한 분신이 슬슬 위험수위에 도달했다.

"너, 그러다 다친다."

이를 악물며 중얼거린 윤조가 재빨리 그 손을 붙잡으며 몸을 일으켰다. 나긋한 몸이 안겨 들었다. 가슴 가득 차오르는 이 뿌듯함. 가장 가지고 싶었던 것을 손에 넣었다는 희열이 잔잔히 스며드는 것도 잠시, 갑자기 표정을 굳힌 윤조가 이불을 잡아 올려 제경을 감쌌다.

"……젠장."

"왜요?"

제경의 의아한 시선이 그의 얼굴에 닿은 순간,

"형! 형, 지금!"

낯익은 목소리와 함께 문이 벌컥 열렸다.

♠   ♠   ♠

재준이 서울에 도착했을 때는 이미 12시가 다 되어 가는 시간이었다. 밤새 고속도로를 달리는 것도 이제 익숙할 법하건만 피곤에 찌든 얼굴만큼은 숨기기가 쉽지 않았다.

"너도 나이 들어서 그래."

뿔테 안경을 코끝에 걸친 현주가 혀를 차며 말했다. 루시드드림의 직원들은 대부분 퇴근을 했지만 현주의 사무실은 여전히 환하게 불이 켜져 있었다.

"그러게. 앞자리 바뀌는 거엔 당할 수가 없다니까."

그 말끝에는 누나에겐 한 번 더 훅 갈 날이 얼마 남지 않았어, 라는 의도가 깃들어 있었지만 현주는 가뿐히 씹어 버렸다. 그렇게 회심의 공격을 공중에 날린 재준이 투덜거리며 물었다.

"그나저나 무슨 일이야? 겸사겸사 오기야 왔는데, 이렇게 갑자기 부를 만한 일이 있어?"

"오닐 감독한테 연락 왔어."

"푹!"

커피 잔을 입술에 대던 재준이 황급히 뱉어냈다.

"뭐? 진짜? 어떻게 됐는데? 뭐래? 아니, 왜 전화로는 말 안 했어? 어?"

"그렇게 물어보면 어떻게 대답해? 다 말해 줄 테니까 입 좀 다물고 있어!"

기어이 한 소리 듣고서야 수그러든 재준이 긴장으로 말라가는 입술을 축였다. 하지만 이거야말로 사건 중에 대 사건이었다. 알렌 오닐. 작년 말 4편이 개봉되며 5편의 제작 이야기가 솔솔 풍겨 나고 있는 헐리웃의 유명 히어로 물 '이터널어스'의 감독이자 제작자다. 이미 전작의 주연배우들과 다시 계약을 맺고 사전작업에 들어갔다는 소식과 더불어 새로운 등장인물이자 주인공과 대립각을 세울 인물로 동아시아권 배우를 물색 중이라는 소식이 전해진 게 몇 개월 전. 그리고 알렌오닐 측에서 윤조의 자료를 요청해 온 게 얼마 전의 일이다.

"최대한 빠른 시일 내에 직접 만났으면 한대. 그쪽에선 지금 윤조가 영화 촬영 중인 것도 알고 있더라고. 완전히 확정된 건 아니지만 제일 유력해. 오닐 감독은 거의 마음을 굳힌 상태고 투자자들이나 관계자들 설득하는 게 남았는데 거기서도 무난히 넘어갈 것 같다는 전망이고."

"허……."

"그러니까 이번 미팅으로 계약까지 성사시킬 수 있단 말이야. 사실 중국이나 일본 시장이 아무리 크다 해도 요즘 영화계는 한국 시장 반응에 민감하잖아. 한국에서 선 개봉하고 추이 판단하는 케이스도 종종 있고. 아무튼 뭐로 판단해도 이번엔 진짜 될 거야."

처음 물망에 올랐던 배우 중 나름 인지도가 있고 13억 중국인의 버프를 받을 중화권 배우가 유력했기에 섭섭하지만 마음을 비웠다. 대신 알렌 오닐이 윤조에게 꽤 흥미가 있었다는 것만으로 나중을 기약하는 정도였는데 이런 소식이 들릴 줄이야!

"영화 촬영 끝날 때까진 극비사항이야. 윤조한테도 말하지 마. 혹시 모를 일을 대비해서니까. 그래서 일부러 전화로는 이야기 안 한 거고. 여기 스케줄표 확인해. 홍보 일정이랑 안 겹치게 출국 날짜 잡아 뒀어. 그리고 윤조, 요즘 별일 없지?"

그 순간 왠지 재준은 심장이 철렁했다.

"……어, 응."

"어째 요즘 좀 들떠 있는 거 같기도 하고, 좀 예민하기도 하고. 연예 중계석 건도 그래. 평소엔 관심도 안 주고 대충 넘겼을 애가 왜 그런 건지…… 그쪽에서 알아서 딜 넣어 줬으니 망정이지, 그거 그대로 나갔으면 이번 진상쇼 건이랑 합쳐져서 아주 볼만했을 거야."

"촬영 중이잖아. 이럴 때 스케줄 잡는 거 싫어하는데 오죽했겠어. 그리고 그 이희선이란 여자도 말 이상하게 했어. 어차피 예전부터 그래 왔는데 새삼스럽게."

"그렇지?"

하지만 현주가 누군가. 고등학생일 무렵의 윤조부터 지금의 윤조까지 케어하고 보살펴 온 존재, 그 찜찜함이 남은 얼굴로 마지못해 수긍하는 현주를 보고 있자니 입 안이 바짝바짝 마른다.

별일이…… 없지가 않아, 누나.

현주가 이상하다는 얼굴로 바라봤다.

"뭐야, 왜 그래?"

이 이상한 낌새를 현주에게 말해야 하나, 어떻게든 제 선에서 막아야 하나. 물론 결론은 빨랐다. 둘 중 하나는 죽어야 끝나는 일이 될지도 모르는데, 절대 말 못 해!

"저기 윤조 형, 말이야. 옛날엔 어땠어? 고등학교 때나 대학 다닐 때. 역시…… 여자들한테 인기 많았겠지?"

"말도 마. 고딩 때 가출했었다는 거 알지? 그때 우리 집에 한 몇 개월 살면서 아주 가관도 아니었어. 어디서 그냥 똥파리같은 계집애들이 몰려들어 가지고 아주 진을 치고 버티는데 징글징글했다. 경찰은 불러도 애들이라고 잡아가지도 않지. 내가 손수 몇을 골로 보내 버리고 나니 좀 잠잠해지긴 했는데……."

이야기만 들어도 벌써 눈으로 본거 같다. 마른침이 꼴깍 넘어간다.

"윤조 형은 걔네들 어떻게 생각했어?"

"뭐가?"

"아니……. 여자애들이잖아. 좋다고 따라다니는데 그중에 예쁜 애도 있었을 텐데, 잠깐 사귀거나 뭐 그런 일은 없었나?"

"흠."

뭔가 떠올리는 듯 현주가 손가락 하나를 이마에 짚었다. 생각은 짧았다.

"없어."

"없어? 진짜 없어?"

"뭐, 내가 일일이 다 감시하고 다니진 않았으니 자세한 건 모르지. 짧게 사귀거나 욕구야 풀었겠지. 남자니까. 그런데 적어도 내 기억으론 주변에 소개시키거나 몇 개월 이상 만나거나 하는 사람은 없었어."

"아니면…… 혹시 남자한테 뭐 관심이 있다거나……."

"남자? 걔가 웃겠네. 그리고 그게 가능했으면……."

현주의 말은 더 이어지지 못했다. 그리고 재준은 말을 잘못 꺼냈단 사실을 깨달았다.

그래, 길게 생각할 거 없다. 이상한 건 이상한 거다. 그 이후의 이야기는 저와 함께한 시절이기에 굳이 들을 필요도 없다. 확실한 건 제가 곁에 있었을 때도 윤조는 누군가와 연락을 지속한 적이 없었다. 누군가에게 이유없이 친절하거나 관심을 보인 적도 없었다. 그 많은 스캔들이 공염불로 끝난 것도 다 그런 이유에서다.

그런 윤조가 누군가를 눈에 담았다. 별 이유 없이 남을 괴롭히는 게 아니라 건드리고 반응을 기다린다. 그래. 그냥 그의 주변에 저처럼 이해관계가 아닌 존재가 함께 있으니, 조금은 다른 반응이 나올 수도 있다고, 생각하려 했다. 사실 저 자신이 봐도 그 나이답지 않게 순수한 제경이 귀엽긴 했으니까. 그냥 친구처럼 인간적인 호감이 생긴 거겠지, 그러니 둘 사이에 흐르는 묘한 기류는 단순히 제경이 너무 곱상하니까 그렇게 보이는 것뿐이겠지…….

……는 개뿔!

'너 이거 알아? 얘 웃을 때 입 아래쪽으로 보조개 쏙 들어가거든. 그게 진짜 귀엽다니까. 보통 보조개 들어가는 거면 이렇게 볼이 쏙 들어가잖아.'

확연한 위화감. 당사자가 없는 곳에서도 이야기를 꺼냈다. 언제나 그 생각만 했던 것처럼. 그리고 언제였던가. 아침에 눈을 떠 밖으로 나오니 두 사람이 자전거를 타고 함께 놀고 있었다. 열심히 페달을 밟는 제경의 뒤에서 아주 즐거운 얼굴로 웃는 윤조의 얼굴이 너무 행복해 보여, 첨엔 멍하니 그 광경을 바라봤다. 이내 들려오는 웃음소리는 왜 그리 시원하고 맑았던가. 저도 모르게 같이 웃어 버렸다. 철부지 소년들 같았던 그 모습이 아직도 눈에 선하다. 그리고 저를 발견한 제경의 맑게 웃는 그 얼굴이……

'아, 형! 일어나셨어요?'

이상하게 예뻐 보여 철렁했었다. 재준이 자리에서 벌떡 일어섰다.

"나 내려가 볼게. 형 짐 챙길 거 있으니까 일단 거기 들렀다가 바로 내려갈 거야."

"뭐? 내일 에이전시 만나기로 했단 말이야. 그리고 하루 정도 자리에 없다고 무슨 일 나는 것도 아니잖아. 아니, 그건 그렇다 치고 너 그렇게 운전하고 다니다가 사고라도 나면 어떡하려고 그래?"

"아니, 나 정말 뭐 잊은 게 있어서. 아주 급해. 조금 자고 갈 거니까 걱정 말고."

"대체 뭐야, 그게?"

황당하다는 듯 묻는 현주를 뒤로한 채 재준은 부랴부랴 차를 몰았다. 그사이 현주의 연락을 받고 올라오기 전에 당부하던 윤조의 말이 떠올랐다.

'제경이…… 우리 소속사 지원받게 하면 어떨까 싶은데. 계약은 차후에 하더라도 미리 언질은 줘야지. 일단 현주 누나한테 말이라도 해 줘. 회사 입장에서도 걔 뜨기 전에 잡는 게 나을 테니까.'

처음 들었을 땐 그냥 지나가는 말로 생각했었는데 또다시 언급하는 이유는 뭘까.

'급할 거 없으니까 일 보고 느긋하게 와. 길조심하고.'

게다가 이어진 말이라니. 평소와 다를 바 없이, 별 뜻 없고 영혼 없는 빈말이라 생각하려고 하는데 이 찝찝함은 대체 뭐 때문일까.

그 순간 그의 머릿속에 떠오른 건 제경의 손목에 감겨 있던 윤조의 시계였다. 마치 시계 줄로 손목을 조이듯, 녀석을 잡아매 두고 싶은 윤조의 의지로 보였다면 이상한 건가?

'사실 윤 선배님이랑 연기해 보는 게…… 제 꿈이었어요.'

'저기…… 형. 윤 선배님. 비 오는 날에…… 조금 이상하지 않아요?'

게다가 윤조를 동경하고 걱정하는 제경의 모습이 유난히 애틋해 보였다면 이상한 건가?

"이상해."

제 입이 제 의지를 무시하며 정답을 뱉었다. 그러고는 충격과 공포의 외침이 이어졌다.

"으아아아! 아냐! 내가 이상하다고! 내가! 내가 미친 게 분명해! 절대 그럴 리가 없어!"

그래. 그럴 리가 없다. 그럴 리가 없었다. 그래서는 안 됐다.

그래…… 그럴 리 없는데…….

"일찍 왔네."

별로 놀란 기색도 없는지 윤조는 무심하게 내뱉었다. 이미 거실에 미처 치우지 못한 옷가지가 널려 있는 걸 보고 온 후였다. 그런 그가 나체로 등을 보인 채 뭔가를 이불에 덮어씌워 감싸고……. 번쩍 정신을 차린 재준은 그대로 뒤로 물러나와 문을 닫았다. 손잡이를 잡고 있는 손이 덜덜 떨린다. 뭐지, 방금 뭘 본 거야…….

분명 그의 주변에 여자란 없었다. 그건 그 자신이 맹세한다. 심소원과 사이가 가깝긴 했지만 소원은 안 감독과 몇 년째 열애 중이다. 그럼 대체 언제 어디서 여자를 조달했단 말인가. 아니, 차라리 그랬으면 좋겠다.

더욱 끔찍한 상상이 그의 머릿속에 자리 잡는 건 1초도 걸리지 않았다.

아까부터…… 제경의 모습이 보이지 않았으니까.

♠　　♠　　♠

재준의 반응은 극과 극을 달렸다. 분노했다가 좌절했다가, 다시 분노했다가.

두 사람이 함께 방을 나왔을 때 터져 나온 재준의 분노는 곧, 남자와 열애라는 사실로 인해 좌절로 이어졌다. 영혼이 박탈당한 얼굴로 어젯밤 두 사람이 뒹굴었던 소파에 주저앉은 것도 잠시.

"얘, 여자다."

이어진 윤조의 담담한 고백에 미친 사람을 보는 듯한 시선이 이어졌다. 가느다란 눈이 더 커질 수가 없을 만큼 커졌다. 그 상태로 굳어 있던 재준이 다시 분노를 폭발시키기까진 약 3초.

"뭐라고요? 이게 어딜 봐서 여자……! 저게, 저게 아무리 봐도 남자인데! 대체 어딜……."

서슴없이 제 자존심을 난도질하는 재준의 말에 제경은 눈물을 삼켰다.

"하, 이걸 어떻게 보여 줄 수도 없고……. 어쩌지?"

"보여 주긴 뭘, 뭘 보여 줘요!"

기막힌 윤조의 말에 제경이 소리를 버럭 질렀다.

"그건 그런가? 아무튼 봐. 여자라니까. 내가 밤새 확인도 다 했어. 확실해."

그 이상한 뉘앙스에 새파랗게 질린 재준이 딱 굳었다. 아니, 이미 현장의 상황으로 짐작은 가능하고도 남았지만 대놓고 말을 하는 데는 정말 당할 재간이 없었으리라. 게다가,

"서, 선배! 무슨 소리를 하시는 거예요!"

원샷 투 킬. 똑같이 굳어 있던 제경이 먼저 소리를 질렀다.

"뭐 어때? 요샌 열애설에도 많이 관대하다고. 상대가 남자 아닌 게 어디야. 다행이잖아."

대체 언제부터 윤조라는 사람이 저렇게 긍정의 아이콘이 되었나.

아아, 그랬다. 어차피 해결할 사람은 따로 있는 거다. 지금껏 윤조의 행동패턴들이 눈앞에서 착실하게 재생되는 현상. 이것이 바로 주마등일 것이다.

"너…… 제경이 너……. 내가 전에도 그렇게 이야기했는데 어떻게 네가 나한테……."

"그만해."

싸늘하게 굳은 윤조가 재준의 말을 끊어 냈다. 거기서 더 말을 잇지 못한 재준이 황당하다는 얼굴로 윤조를 바라봤다.

"형!"

"너 지금 누구한테 그런 태도야?"

"……."

그제야 본능적으로 뭔가 깨달은 재준은 잔뜩 굳은 채 입을 다물었다.

그렇다. 엊그제까지 주워 온 강아지 취급을 받으며 제 동정을 받던 사내놈이 이젠…….

"함부로 다루면 죽어. 앞으로 말조심해."

형수님이 된 거다!

13화.
노예, 별을 따다

 남은 회차가 줄어들수록 촬영장이 들뜨기 시작했다. 올해의 기대작답
게, 촬영이 끝나간다는 소식은 발 빠르게 영화판을 휩쓸었고, 소식을 접
한 영화 관련 잡지와 각종 단체들의 관계자들이 들락거리기 시작하자 다
들 좀처럼 집중이 힘든 기색이었다.
 어느 날은 느닷없이 안 감독의 건의로 포스터 촬영이 진행됐다. 예정
에 없었던 추가 촬영은 뜻밖에 제경을 중심으로 한 내용이었다. 언젠가
그녀가 뛰어내려야 했던 절벽 위에서 크레인까지 동원한 촬영이 진행되
자 부리나케 달려온 윤조가 안 감독의 옆에서 눈을 부라렸다.
 "야, 안 시켜, 안 시킨다고. 걱정 마."
 안 감독의 핀잔 어린 말에 여기저기서 웃음소리가 터져 나왔다.
 "황제경! 황제경 너 거기, 거기 딱 서 봐!"
 촬영감독의 작품 욕심도 상당했다. 어째선지 유독 제경의 사진을 찍
기에 집착하며 틈만 나면 그녀에게 카메라를 들이대곤 했다. 그러나 촬

영감독의 작품 욕심은 일주일 만에 제작부에게 적발되어 계정 압수와 사진을 삭제당하는 것으로 마무리되었고, 그 후로 그의 별명은 뱀술에서 첩자가 되었다.

"이건 홍보야, 홍보. 결백하다고 난!"

"네, 네. 비밀병기 다 까발리시고. 아주 홍보되고 좋겠네요."

윤경호가 무심히 지껄인 말을 시작으로 장난스러운 다툼과 웃음소리가 이어졌다. 그 떠들썩한 현장을 보다 못한 안 감독이 결국 한 소리 내뱉었다.

"이야, 끝나 간다고 아주 난장판이구나! 정신 못 차려?"

하지만 그의 외침은 공허하게 현장을 울렸다.

그리고 7월의 어느 날. 오후 2시.

"컷!"

안 감독의 우렁찬 목소리가 촬영장에 퍼져 나갔다.

"수고하셨습니다!"

"와! 끝났다!"

"우오오! 종파티 하러 갑시다, 갑시다아—"

여기저기서 환호성이 터졌다. 길다면 길고 짧다면 짧은 3개월의 시간이 마무리되는 순간이었다. 물론 모든 과정이 끝나는 것은 아니었다. 아직 서울 근교에서 이어질 촬영분이 남았고, 2차 포스터 촬영과 함께 재촬영이 필요한 장면이 나올 수도 있고 후시녹음 파트도 있다. 후반 작업도 그 기간이 얼마나 걸릴지 알 수가 없었다.

그러나 착실하게 주변을 정리하는 스태프들의 행동에 활기가 깃들었다. 곧장 달려 나와 서로를 얼싸안으며 즐거워하는 배우들도. 그리고 그 사람들의 중심에서 마지막 촬영을 마친 그의 얼굴에도…….

"진짜 수고했어요, 형."

제일 먼저 그의 곁으로 뛰어든 재준이 호들갑을 떠는 동안 제경은 조금 떨어진 곳에서 멈춰 섰다. 이미 그녀를 발견한 윤조가 미소를 짓는다. 뭔가 말을 해야 하는데 이상하게 가슴이 꽉 막혀 입만 벙긋거린 순간, 누군가가 그녀의 어깨를 두드렸다.

"수고했어요, 제경 씨."

심소원이었다. 여전히 아무 말도 하지 않는 제경에게 소원은 이해한다는 듯 부드럽게 웃어 보이곤 언니부대에 둘러싸여 사라졌다.

"오빠! 오빠! 진짜 수고했어요!"

세희의 목소리를 시작으로 몇몇 스태프들이 제경의 곁에 다가와 어깨를 두드려 댔다. 수고했어, 다음에 또 같이 작품 해. 유명해졌다고 모른 척하면 안 돼. 진심 어린 애정과 타박 성 말들이 쏟아지고 다정한 손길들이 그녀의 머리와 몸 여기저기를 툭툭 때려 댔다. 그렇게 한차례 폭풍이 지나고 난 후,

"수고했다, 황제경."

반대쪽에서 들려온 목소리와 함께 뭔가가 그녀의 머리카락을 휘젓고 사라졌다. 서둘러 고개를 돌리자 이미 다른 스태프들과 함께 저만치 걸어가는 강우빈의 모습이 보였다.

"뭐야, 저 자식. 지금 어디다 손을 대는 거야?"

그리고 이번엔 심장이 덜컥 움직이는 목소리. 어느새 코앞까지 다가온 윤조가 그녀의 팔을 붙들곤 강우빈의 뒷모습을 쏘아보고 있었다. 갑자기 말문이 트인 제경이 잽싸게 윤조의 앞을 가로막았다.

"선배, 정말……."

"내가 저 자식이랑 친하게 지내지 말랬지?"

그 덕에 요즘 사이가 소원해져, 사적인 대화를 나누는 게 꽤 오랜만이란 걸 이 사람은 전혀 염두에도 없나 보다. 제경이 눈을 가늘게 떴다.

"어쭈, 눈 똑바로 안 떠?"

이 남자 정말 어쩌면 좋을까. 그 곤란한 마음을 아는지 모르는지, 윤

조는 여전히 그녀의 팔을 붙든 채였다. 바쁘게 오가며 말을 던지는 사람들 속에서 그녀 외엔 아무것도 보이지 않는다는 듯이.

"그렇게 세상 다 끝난 거 같단 얼굴 하지 마."

그리고 담담한 목소리가 이어졌다.

"네?"

그 외마디 질문에 대한 답은 없었다. 도포 자락이 그녀의 곁을 스치고 그의 손가락이 마지막에 뺨을 툭 건드리는 것을 끝으로 윤조는 자리를 떴다. 끝났다는 것에 대한 감격보다 모든 걸 잃어버린 듯한 허전함이 그녀의 가슴을 아프게 한다는 걸 그는 알던 모양이다.

'이걸로 끝난 거 아니야.'

아마도 그 말을 하고 싶었을 거다. 마치 들은 것처럼 그의 목소리가 귓가에 맴돌았다.

장마가 진 하늘에선 곧 비가 쏟아질 것처럼 구름이 잔뜩 끼었다. 이른 더위가 기승을 부렸던 봄이 어느덧 끝나고, 진짜 여름의 시작이었다. 그렇게 세상은 끝없이 돌고 돌 뿐이라는 걸 그녀는 알고 있다. 무언가의 시작은 무언가의 끝.

"수고하셨어요, 선배."

지금은 그녀의 꿈같은 계절이 끝났을 뿐이다.

♠   ♠   ♠

대학가의 원룸촌에도 여름은 왔다. 처음 두근거리는 마음으로 집을 나섰을 땐 제법 쌀쌀해서 점퍼 하나를 껴입어야 했는데 지금은 반팔 티셔츠의 소매마저도 거추장스러워졌다. 이어지는 장마로 눅눅해진 날씨 탓일까. 언덕길을 오르는 제경의 얼굴에 땀이 흘러내렸다.

"제경아!"

문을 열자마자 이미 연락을 받고 기다리고 있던 혜미와 민수가 그녀를 반겼다. 오랜만에 돌아와서인지 아주 낯선 느낌이었다. 촬영은 끝났어? 언제 개봉하는 거야? 넌 홍보활동 안 해? 이제 유명해지는 건가? 등등. 가볍게 할 수 있는 질문들이 이어지다 곧 잠잠해졌다.

　"난 할 만큼 했으니까 괜찮아."

　잠시간의 침묵 후, 이어진 제경의 대답은 짧았다.

　"그보다 혜미 너, 룸메는 구했어?"

　"몰라, 난 혼자 살 거야."

　서운한 듯 퉁명스럽게 내뱉었지만 혜미는 익숙하게 그녀의 손을 잡아 끌었다. 그사이 짐을 받아 든 민수가 뒤따라 방에 들어왔다. 이미 식사 준비가 된 방 안에서 제경은 멈칫했다. 지난 5년을 살아온 원룸. 셋이서 함께 라면 하나와 햇반 하나로 한 끼를 버티기도 했던 곳엔 웬일로 삼겹살과 불판, 소주가 준비되어 있었다.

　"이건……."

　"야, 축하 파티해야지! 제경이 첫 영화 데뷔인데~"

　눈을 휘둥그레 뜨는 제경의 앞에서 두 사람은 신이 난 듯 소리를 질렀다. 그제야 조금 어두웠던 제경의 표정에 웃음기가 맺혔다.

　배부르게 먹고 마시고 떠든 지도 몇 시간. 다 먹은 불판을 치운 제경은 설거지를 하는 혜미를 도왔다. 남은 소주와 과자 부스러기를 놓고 앉은 민수를 흘깃거리던 혜미가 은근히 얼굴을 들이댔다. 아까부터 뭔가를 궁금해하는 눈치였다.

　"왜 그렇게 봐?"

　"너 있잖아. 안 본 사이에 되게 여성스러워졌다?"

　"무슨……."

　"뭐 성격이야 원래 그랬지만. 지금은 완전 여자 같다니까. 같이 다녀도 이젠 애인으로 안 보이겠어."

"그, 그건 그사이 머리가 길어서…… 그럴 거야, 아마."

슬쩍 얼굴을 붉힌 제경이 애꿎은 머리카락만 만지작거리자 혜미의 눈이 더욱 가늘어졌다. 그러더니 피식 웃음을 터뜨렸다.

"뭐, 아무튼. 너의 윤조 님이랑 3개월이나 같이 살았잖아. 부럽다 진짜."

문득 깨달은 제경이 멈칫했다.

"그러네. 3개월이었구나……."

3개월…… 그 시간이 이토록 빨리 흐를 줄은 몰랐다. 바로 어제까지 곁에 있었던 그가 옆에 없다는 사실이 믿기지 않았다. 아니, 그 사람이 곁에 있었다는 사실이 이젠 더 와 닿지 않았다. 그와 손을 잡고 숙소를 나섰던 몇 시간 전의 일도. 서울에 도착해 가까운 역 앞에 내려 주고 마지못해 돌아서던 모습도 벌써 가물거리기 시작했다.

"꿈이라도 꿨나 봐."

그런 아쉬운 감상도 잠시, 제경의 짐을 뒤져 보던 민수가 낯익은 검은 상자를 꺼내더니 소리를 질렀다.

"우와, 제경아! 이거 뭐냐? 진짜 샤넬?"

"뭐? 뭐야, 진짜네? 헉, 뭐지? 이건 처음 보는 옷인데? 오, 발망? 발망이야, 이거?"

"헐, 야, 이거 어디서 났어? 혹시 무슨 협찬 받고 그런 거야?"

신이 난 두 사람이 그녀의 짐을 헤집어 놓고 꺼내 드는 건 그의 흔적들.

"이거 내다 팔면 한 달 생활비는 나오나? 응?"

"대체 이게 얼마야. 우와……."

그리고 이어지는 지극히 현실적인 발언들.

물끄러미 그 광경을 지켜보던 제경이 웃음을 터뜨렸다. 이상하게 웃음이 멈추질 않았다. 꿈과 현실. 그 피부에 와 닿는 극명한 차이. 한순간 선계에 올라갔다 도끼자루 썩는 줄 몰랐던 나무꾼의 처지가 된 듯 허망해 웃음밖에 나오질 않았다.

"뭐야, 제경이 너 왜 그래?"

"무슨 애가 울면서 웃냐? 뭐가 그렇게 웃겨? 어?"

놀란 듯 바라보는 두 사람의 말에 그제야 제 눈에 눈물이 맺혔다는 사실을 깨달았다.

'제 인생에도 이런 날이 있긴 있네요. 아마 평생 기억할 것 같아요.'

분명 제 입으로 했던 말인데. 그 행복했던 순간들을 기억하며, 그 추억을 되새기며 살 수 있을 줄 알았는데…… 하루도 안 되어 그가 보고 싶다. 보고 싶어서 미칠 것만 같았다. 이렇게 누군가를 원망해선 안 된다고, 다 예상했고, 각오했던 일이 아니었냐고. 그렇게 스스로를 타일러도 눈앞에 떠오르는 건 그의 얼굴, 생각나는 건 재준이 깨우쳐 준 현실뿐이었다.

바쁜 촬영 일정 속에서도 윤조는 그녀를 되도록 혼자 두지 않으려 했다. 겉으로 보기엔 언제나처럼 상전과 노비, 혹은 사이좋은 선후배. 그 이상 이하도 아닌 모습이었다. 어쩌면 누군가는 두 사람의 관계를 조금 미묘하게 봤을진 모르지만, 각별한 형제애처럼 잘 포장이 된 두 사람의 모습은 그저 촬영장의 훈훈한 일화를 담당할 뿐이었다.

대신에 여자 스태프들의 표적이 된 것만은 왠지 막을 수가 없었는데, 촬영 중간 쉬는 시간이나 준비 단계에서 함께 있는 모습이 포착되기라도 할라치면 묘한 환호와 함께 셔터 터지는 소리가 들리곤 했다. 그렇게 남의 눈에 띄어 가면서까지 그가 저를 곁에 두는 이유는 무엇일까. 그의 막연한 두려움이 뭔지 제경은 이미 알고 있었다.

"잠깐 이야기 좀 하자."

그리고 결국 그 시간이 왔다. 돌아보는 그녀의 눈앞에 재준이 서 있었다.

"대체 무슨 생각이냐?"

사람들이 잘 오지 않는 한적한 구석 자리에서 입을 연 재준의 목소리는 더없이 차가웠다. 내내 친형처럼 살가웠던 그의 태도가 한순간에 바뀌었다는 건 그의 배신감이 그만큼 크다는 소리겠지. 머뭇거리던 그녀의 입에서 나온 건 결국 사과였다.

"죄송……해요."

그러고선 한동안 서먹해서 말이 없었다. 그러나 좀 더 절박한 용건이 있었던 재준이 결국 먼저 입을 열었다.

"너, 이터널어스라고 들어 봤냐?"

그녀도 익숙하게 들어온 영화의 제목. 제경의 눈동자가 미세히 흔들렸다. 그리고 며칠 전, 현주와 나눈 이야기가 고스란히 제경에게로 옮겨 갔다.

"그럼……."

"그래. 이번에 이 영화 개봉하는 대로 형, 미국 갈 거야. 거기서 바로 계약하게 되면 촬영 시작하게 될 거고. 그럼 한국에는 거의 못 오겠지. 그게 일 년이 될 수도 있고 더 길어질 수도 있어."

이야기를 듣던 제경의 안색이 점점 창백해졌다.

"대체 어쩌자고 이 와중에 이런 짓을 해. 나중에 무슨 일이 생길지 앞뒤 가늠도 안 돼? 막말로 형은 문제없어. 그냥 떠나면 끝이야. 그런데 넌 아니잖아. 결국 남아서 상처받고 망가지는 건 너뿐이라고."

그의 말 한 마디 한 마디가 칼처럼 박혀 들고 생살을 헤집어 숨을 쉴 수조차 없었다. 언젠가 올 것이라고는 예상했던 일이 좀 더 현실적으로 와 닿았다.

'유효기간은 그가 나를 떠날 때까지.'

언제나 그 마음은 변함없었다. 때론 몰아치듯 감정을 요구하는 그의 태도가 힘겨울 때도 있지만 이것도 다 한때일 거다. 그가 나를 원하지 않게 되면 망설임 없이 물러서야지. 언제나 그렇게 다짐하고 또 다짐했는데도 그걸 생각할 때마다 가슴 한쪽은 항상 뭔가가 얹힌 것 같았다.

이 아픈 느낌. 이 감정.

그 불안함마저 사라지길 바라는 건 욕심이라 생각했다. 어차피 어떻게든 세상에 나가게 되면 그는 지금 이상으로 바빠질 것이고, 자연스럽게 곁을 떠나게 될 거니까.

"……생각보다 빠르네요."

그래. 단지 그뿐이다. 어차피 헤어질 인연이 빨리 왔을 뿐.

끝까지 함께 하고…… 뭐 그런 걸 생각하는 건, 처음부터 아니었으니까.

"대체 왜 받아 준 거야? 이렇게 헤어지면 너도 힘들잖아."

반드시 헤어질 거라 단정 짓는 재준의 말이 전혀 섭섭하게 들리지 않았다. 그리고 이건 너무 어려운 질문이었다. 저 자신도 알 수 없는 걸 어떻게 설명해야 할까. 머뭇거리던 제경은 잠시 후, 허탈하게 웃으며 말했다.

"그냥, 그런 거 있잖아요. 어차피 함께 있을 시간도 적은데 까짓 거 원하는 대로 해 주지 뭐…… 그런 심리?"

♠　　♠　　♠

기상청도 맞추지 못하는 날씨라지만 장마라는 건 대비가 쉽다. 편의점 앞에 선 제경이 우르르 쏟아지기 시작한 비를 보며 주섬주섬 가방을 열었다. 그리고 막 우산을 꺼내 들자 꺄, 하고 웃음소리가 들렸다.

"어, 윤조다."

그리고 흠칫.

낯선 여자들의 목소리에 제경은 곧장 옆을 돌아봤다가 곧 실소했다. 그럴 리 없다는 걸 알면서도 버릇처럼 흠칫거리는 제 모습이 우스웠다. 오늘은 어떤 얼굴일까. 오늘은 또 어떤 트집을 잡고, 어떻게 비위를 맞춰야 할까. 당연하다는 듯 고민하던 날은 이제 없었고, 윤조의 모습은 언제나처럼 아주 쉽게 볼 수 있었다.

"어우, 진짜 섹시하다."

"하…… 한 번만 안겨 봤음 소원이 없겠다. 참, 나 며칠 전에 현대백화점 갔다가 저거 립스틱 샀거든?"

"어, 진짜? 지금 바른 거야?"

"아니, 오늘 바르긴 아까워서 다른 거. 야, 근데 현대 거기 매장녀 진짜……."

여자들의 대화가 도란도란 이어지고 제경은 잠시 그 자리에 서 있다 우산을 폈다. 편의점 옆은 휴대폰 매장이었고 그녀가 흘깃 뒤를 돌아봤을 땐 매장 앞에 디스플레이된 TV에 그의 마지막 미소가 떠 있었다. 언젠가 촬영장면을 지켜봤던 바로 그 광고였다. 어쩐지 이상한 기분이었다.

그러고 보니 오늘은 며칠이더라. 그렇게 이틀, 그리고 삼 일, 닷새, 엿새……. 그리고 2주라는 시간이 지났다. 그는 어지간히 바쁜 모양이었다.

"어쩌면 전화 한 통 없어."

중얼거리는 그녀의 입가에 허탈한 웃음이 맺혔다. 혜미와 만나기로 한 종각역을 향해 걷는 동안에도 비는 계속해서 내렸다. 어쩔 수 없이 또 생각이 나고 마는, 그런 날씨였다. 좀처럼 그치지 않는 비를 보며 그는 지금쯤 어떤 표정을 짓고 있을까.

"어, 제경아. 어때, 접수는 했어?"

4번 출구 안에서 그녀를 기다리던 혜미가 방긋 웃었다.

"응. 그런데 여긴 왜 온라인접수를 안 받아? 되게 까다롭네."

"야, 나름 잘나가는 제약회사잖아. 비싸지."

하지만 고졸과 주부도 가능하다고 쓰여 있던 사무보조 공고를 떠올린 순간 제경은 조금 더 비참해졌다. 그만큼 비루했던 연봉. 그나마 근무시간이 짧다는 것과 주 5일이라는 것 때문에 이력서를 들고 찾아갔는데, 담당자라는 사람은 그녀의 머리끝부터 발끝까지 훑어보더니 별로 반갑지 않다는 말투로 서류만 놓고 돌아가라 했다.

아쉽게도 제 경력과 전공으로 가능한 일이란 거의 없었다. 사실 고향으로 돌아가도 할 일이 없는 건 마찬가지였고. 사무보조는 물론이고 경호업체, 하다못해 판매직까지. 그녀가 이력서를 넣은 곳은 벌써 20여 군데를 넘어섰지만 그중 면접까지 온 연락은 단 한 건도 없었다는 게 문제였다.

"그러게 성규랑 인규 아르바이트 계속하게 하지 그랬어. 남자애들은 일도 좀 해 가면서 땀 빼면 좋지. 용돈 정도는 자기들이 벌어도 될걸."

"곧 수능 100일인데 마지막엔 좀 집중하게 해 줘야."

"그렇다고 네 돈 있는 거까지 다 탈탈 털어 줄 건 또 뭐야. 학원을 줄이게 하든가."

제 일처럼 그녀의 처지를 안쓰러워하는 혜미의 말에 제경은 그저 소리 없이 웃었다.

"아니면 차라리 그 샤넬 운동화랑 옷들만 내다 팔아도 몇 달 치 학원비는 나오겠네."

"그건 안 돼."

저도 모르게 손을 내저었다. 그 모습을 본 혜미가 눈살을 찌푸렸다.

"에휴…… 그럴 거면 입고 신고나 다니든가. 신주단지 모시듯이 모셔 놓고 뭐하자는 거야. 바보같이."

물론 혜미의 답답함도 이해는 한다. 줄곧 함께 쪼들리며 살아온 인생.

서로의 처지를 위로하며 미래를 꿈꾸던 사이가 아닌가. 그런데 그것만큼은 내려놓을 수 없었다. 왠지 그것마저 제 손에서 사라져 버리면 정말이 모든 게 꿈이 되어 버릴까 봐. 저도 모르게 품고 있던 어떤 기대마저 송두리째 사라질까 봐. 그렇게 무너질까 겁이 났다.

사실은 딱 한 번, 전화를 걸었던 적이 있었다. 3일째 되던 날이었다. 그가 바쁘지 않고 잠이 들지도 않았을 것 같았던 밤 11시. 저장된 번호를 몇 번이나 확인하고 떨리는 손으로 통화 버튼을 눌렀다. 그리고 약 몇 초간, 떨리는 심장을 억누르며 그의 목소리가 들리길 기다렸다. 그 짧은 시간이 어마어마하게 길었다.

[고객님이 통화 중이어서⋯⋯.]

그런데 이상했다. 분명 통화대기음이 떴는데⋯⋯. 아주 긴 시간은 아니었더라도 그의 목소리가 들리는 상상을 다섯 번도, 여섯 번도 했을 시간인데, 느닷없이 들리는 말은 당황스러웠다.

'어, 그거 배터리 뽑으면 그렇게 들려.'

그리고 무심한 혜미의 답변을 들으며 제경은 그래? 하고 웃고 말았다.

어쩌면 그는 이제 더 이상 만나고 싶지 않은 건지도 몰라. 그렇게 마음 한켠에 떠오르기 시작한 생각이 점점 진해져 온 시기였다. 각오했던 순간은 그렇게 생각보다 빨리 눈앞에 찾아왔지만, 그녀는 이상하게 가라앉아 있었다.

"아무튼 이제 연기도 못 하는 거, 취업이라도 잘돼서 우리 맛있는 거나 실컷 먹고 그렇게 살자. 뭐 먹지? 파스타 먹을래?"

웃으며 말하던 혜미가 그녀의 손을 잡아끌었다. 왠지 그런 그녀의 말이 격려처럼 들리기도 하고, 포기하라는 악마의 속삭임처럼 들리기도 했던 그런 날이었다. 마침 호출음이 들려 멈칫한 제경이 휴대폰을 꺼내 들었다. 문자가 도착해 있었다. 당연히 광고 문자겠지, 하고 생각했다. 그런데……

　—윤조 : 어딜 가? 불어 터진 떡같이 비는 쫄딱 맞고.

　그 이름을 봤을 때부터, 멋대로 떠올린 어떤 기대감.

　"뭐야? 혹시 면접 연락이라도 왔어?"

　혜미의 말에 뭐라 답하기도 전에 곧이어 두 번째 메시지가 도착했다.

　—윤조 : 뭐해. 확인했으면 뒤돌아.

　분명 있을 리 없는 일이란 걸 안다. 상식적으로 이렇게 갑자기, 아무런 연락도 없이 서울 한복판의 어딘가에서, 누군가와 우연히 마주치는 일 따위 있을 리 없잖아. 게다가 죽도록 비를 싫어하는 사람이 이렇게 비가 오는 날, 이렇게 느닷없이 연락을 하는 일 따윈…….

　"유, 윤조……!"

　"윤조다, 윤조!"

　"꺄악—! 윤조 오빠!"

　갑자기 밀려드는 소음. 모두의 시선과 발걸음이 그녀의 뒤쪽을 향해 있었다.

　아니, 사실은 기대했었다. 언젠가 영화처럼, 드라마처럼 그가 다시 그녀의 인생에 끼어드는 날이 오기를. 그가 선물한 물건들을 차마 처분하지 못하고 바라보는 마음엔 분명 그런 바람이 있었다.

　"선……배?"

　간신히 돌아선 그녀의 눈앞에 휴대폰을 든 윤조가 서 있었다. 놀란 혜미가 두 사람을 번갈아 바라볼 때까지 제경은 꼼짝도 할 수 없었다.

　"세상에…… 지, 진짜…… 윤조? 마, 맞죠?"

　휘둥그레진 눈으로 묻는 혜미의 말이 들리지 않는 듯, 코앞까지 다가선 윤조가 제경을 바라보며 미소 지었다. 어딘지 모르게 심술궂은 얼굴로. 그 비를 맞고서.

　"잘 살았냐?"

그렇게 불쑥 내뱉었다.

여느 때와 같았던 평범한 날이었다. 앞으로 달라질 것도 없으리라 생각했던 일상이 그의 말 한마디에 송두리째 뒤집혔다. 끊임없이 비가 내리는 날. 그녀가 멍하니 들고 있던 휴대폰에도 조그만 물방울이 튀었다. 그렇게 빛을 내던 화면 위에서 그의 문자가 느릿하게 점멸한 순간, 그녀는 우산 바깥으로 끌려 나갔다.

"서, 선배 여긴 어떻게……."

"입 다물어."

그 마지막 순간에도 어쩔 수 없이 주변을 의식하며 굳는 그녀를 책망하듯, 붙잡은 손에 힘이 실렸다.

"내 거 찾아갑니다."

그의 시선이 마지막으로 혜미를 향했다.

거침없는 통보였다.

빌어먹게 눈에 띄는 그의 차에 올랐을 때도, 짐승 같은 배기음과 함께 그대로 차가 출발했을 때도 그는 말이 없었다. 이상하게 화가 잔뜩 나선 거칠게 도로를 달리던 그가 도착한 곳은 언젠가 한 번 온 적이 있는 그의 집이었다.

우습게도 그때 제경은 그런 생각을 했다. 이렇게 길 한복판에서 윤조의 손에 이끌려 가도 누구 하나 두 사람의 사이를 의심하진 않는구나. 괜한 소문에 휘말려 그가 곤란해지는 일은 없어 다행이구나.

"웃어?"

생각에서 벗어난 건 그의 날 선 목소리가 들린 탓이었다.

영문을 알 수 없어 그저 멍하니 바라봤다.

"지금 웃음이 나와?"

"……."

"그렇게 혼자 지내니까 편하든?"

"……."

"어쩌면 전화 한 통을 안 할 수가 있는지, 궁금해서 그래."

도무지 이해할 수 없는 말. 이건 적반하장이 아닌가.

"선배도…… 연락 안 하셨잖아요."

"그래, 정말 죽도록 바빠서 눈 붙일 시간도 모자라서…… 못 했어. 갑자기 미국에 가는 바람에. 계약 문제 때문에…… 미리 연락 못 한 건 미안해. 그건 내가 잘못했어. 그래도…… 네가 이러는 건 아니지 않냐?"

그의 눈가에 짙게 머문 그늘을 보며 그 말이 거짓이 아니란 건 이해했지만, 억지였다. 말도 안 되는 억지. 게다가 분명 전화를 걸었을 땐…….

'아.'

그 순간, 제경은 뭔가 깨닫고 말았다.

"너도 바쁠 수 있으니 그러려니 했어. 처음 이틀이야, 정리할 것도 있고 뭐 그랬겠지. 그런데 그다음은?"

"……."

"그래서 네가 언제까지 이러나 보자, 하고 오기로라도 기다려 봤지. 언제쯤 연락이 오나. 언제쯤 찾아오나. 그런데 끝까지 전화 한 번 안 오더라. 그게 2주다. 와, 너 어쩌면 이러냐. 언제까지 나만…… 이래야 해?"

내내 전화 한 통, 문자 한 통도 없었기에 당연히 그가 피하고 싶어 하는 거로만 생각했었다. 하지만 전화를 걸었었다고 말을 해도 달라질 건 없을 것이다. 그를 더 가까이에서 지켜 줄 사람은 재준이고, 재준은 이미 저를 적으로 판단했다. 전화를 걸었었다고, 오해였다고 말을 뱉어 봤자 그의 주변을 혼란스럽게만 만들지도 모른다.

"왜, 이제 안 보고도 살 수 있을 거 같았어?"

하지만 이어진 짧은 웃음이 아파 보여서. 그렇게 쌓아 갔을 분노가 너무 생생해서.

"그렇게 놔 버리게?"

차마 손을 뻗을 수가 없었다. 이것도 그의 말대로니까. 어쩔 수 없다
는 말로. 처음부터 꿈이지 않았냐고 생각하며 버틴 건 사실이니까.

그리고 아직도 지금의 상황을 어떻게 정리해야 할지, 그녀는 알 수가
없었다. 정체된 생각들이 딱 굳어 아무 말도 할 수가 없었다.

"끝까지 변명도 없고, 사과도 없지?"

문득 그의 눈빛에 어린 감정이 변했다. 저도 모르게 주춤, 물러나 버
린 그 순간,

"누가 이기나 볼까?"

그의 비릿한 미소가 와락 덮쳐 왔다.

창밖엔 여전히 비가 왔다. 투둑투둑. 굵은 물방울이 맺히고 떨어지는
소리가 꿈처럼 몽롱해지더니 점차 아른거렸다. 그 아래서 남녀는 잔뜩
달아오른 숨을 나누며 뒤엉켰다.

"아……. 아아!"

그녀의 입에서 비명 같은 신음이 새어 나왔다. 벌어진 다리를 밀어붙
인 채 격렬히 자신을 파묻던 윤조가 그제야 속도를 늦췄다.

"아파요……."

"자업자득이야."

툭 내뱉은 윤조는 이미 기진맥진해 가쁘게 숨을 몰아쉬는 몸을 붙잡
아 일으켰다. 맞물린 채 일으켜진 제경이 당황한 듯 달아오른 얼굴을 그
의 어깨에 묻었다.

"선배……."

"그대로 움직여 봐."

"선배 제발……."

"움직여."

어쩔 줄을 몰라 하면서도 제경은 시키는 대로 몸을 움직였다. 그 어설픈 몸짓에도 오로지 그녀라는 이유만으로, 다시 그녀의 속에 깊게 파고들기 시작한 남성이 아우성을 쳤다. 움찔거리는 허리를 주저앉듯 당겨 안은 윤조가 그녀의 가슴에 얼굴을 묻으며 거친 숨을 토했다.

"더, 더 빨리……."

"아윽, 선배 으흑, 흑……."

곧 울 것 같은 목소리에 윤조의 흥분이 더욱 커졌다. 더운 숨을 뱉으며 말랑한 가슴에 입술을 비비다 입을 벌려 한껏 빨아들이던 윤조가 성급하게 그녀의 머리채를 휘어잡았다. 짧은 비명과 함께 목과 쇄골이 그의 눈앞에 드러났다.

"네 탓이야."

"으윽……. 흑……."

"네가 안 와서…… 그래서 이런 거야. 다 네 탓이라고. 황제경."

그대로 부숴 버릴 작정인 양 그는 눈에 보이는 곳을 닥치는 대로 핥고 빨아들이다 이를 드러낸다. 찌릿한 아픔과 함께 묘한 쾌감에 까무러칠 지경이다.

"선배…… 선배……."

힘겹게 그를 부른 순간, 그대로 뒷머리를 당긴 그가 그녀의 입술을 물어뜯었다. 열린 입술 사이로 곧장 파고든 혀가 난폭하게 그녀의 혀를 잡아챘다. 흐느낌 같은 신음이 계속되었다. 흐르는 땀이 천천히 그녀의 가슴골을 흘러내려갔다.

"내가 분명 용서 안 한다고 했는데……!"

연신 으르렁거리며 타박하던 윤조가 절박하게 그녀를 끌어안았다. 허리를 움직이고 엉덩이를 들썩일 때마다 빈틈없이 맞물린 곳에서 금방이라도 뭔가가 터져 나올 것만 같다. 그런데도 부족했다. 뭔가 더 있어야 할 것처럼 가슴이 허전해 견딜 수가 없었다.

그래서일까. 힘겹게 헐떡이는 와중에도 작은 한숨이 새어 나갔다. 그 순간, 손 안 가득 그녀의 엉덩이를 움켜쥔 윤조가 허리를 쳐올리기 시작했다.

"아……! 읏, 자, 잠깐!"

매트리스의 소음이 커지고 더 견디지 못한 제경이 몸을 점점 뒤로 젖혔다. 겹친 몸이 그대로 쓰러졌다. 다시 체중이 실리며 파고드는 힘이 강해지자 제경의 비명이 더욱 커졌다. 끝이라도 볼 듯 악착같이 밀어붙이며 격렬히 자신을 담그던 그는 한참 만에야 애액으로 번들거리는 남성을 쑥 빼내며 말했다.

"엎드려."

고양이처럼 팔을 움츠리고 엎드린 제경이 베개에다 가쁜 호흡을 흘렸다. 커다란 손이 허리를 붙잡고 훤히 드러난 엉덩이에 그의 아랫배가 부딪쳐 둔탁한 소음을 낸다. 찔러 오는 순간 아랫배 속을 꽉 채운 기묘한 감각이 등골을 타고 번지듯 짜릿해졌다. 멍한 머리 탓일까. 괴롭기도 하고 흥분이 되기도 한 지금의 상황이 이상하게 현실감이 없었다.

"으음……."

"다리…… 쭉 뻗고…… 벌려 봐."

강하게 진퇴를 반복하던 그가 움직임을 늦추더니 허벅지를 뒤로 당기며 속삭였다. 기운 없는 다리가 서서히 미끄러지고 느슨해진 허리가 시트에 닿았다. 그렇게 삽입이 얕아지자 그가 밀어붙이듯 받아 왔다.

"아아!"

관통하는 느낌에 비명을 지르며 몸을 젖히자 그대로 턱을 당긴 그가 귓불을 깨물었다. 이어 신음 섞인 거친 숨결이 귓속을 파고들었다.

"좋아. 예쁘다."

아까보다는 한결 다정해진 말투로. 그러나 뚜렷한 쾌락이 깃든 음성으로 속삭이던 그가 그녀의 양 손등 위를 감싸며 손가락을 움직였다. 천천히 손가락 사이로 엉켜들며 꾹 죄어 온다. 마치 그녀를 향한 소유욕을 과시하듯. 그대로 굳건히 팔을 세운 그가 하염없이 밀어붙여 왔다.

"으응, 선배…… 선……배……."

이상한 안도감이었다. 한없이 그의 품에 안기고, 그의 숨결을 맞으면서도 불안했던 마음이 그의 다정한 목소리 한 번에 사르륵 녹아내린다. 어쩔 수 없이, 그렇게 되고 만다.

여기저기 멋대로 처박힌 옷가지와 잔뜩 구겨진 시트, 그리고 얼룩진 분비물로 침실은 엉망이었다. 그 속에서 제경은 까무룩 잠이 들었었다.

"씻어야지."

나직한 목소리가 그녀를 깨웠다. 아직도 뜨거운 체온이 그녀를 덮고 있었다.

"비켜 주셔야죠."

그제야 아쉬운 듯 느릿하게 몸을 떼는 남자와 눈이 마주쳤다. 그 입가에 걸린 미소가 왠지 후련해 보여 헛웃음이 났다. 격렬했던 두 번의 섹스로 쌓인 욕구와 분노를 몽땅 풀어냈으니 제대로 현자 타임이 발동했겠지.

"운동 제대로 했네요."

아직도 온몸이 욱신거리는 기분에 툭 내뱉자 그의 미소가 진해졌다. 슬그머니 그녀의 이마에 올라온 손이 땀에 젖은 머리칼을 정리하자 제경은 움찔 고개를 움직였다.

"땀……. 땀 많이 났어요. 더러우니까……."

"더럽긴 뭐가."

도리어 입술을 대던 윤조가 이내 거친 혀로 스윽 핥아 내곤 키득거렸다.

"맛있기만 한데."

"선배―"

잽싸게 그를 뿌리친 제경이 덜덜 떨리는 손으로 저만치 떨어진 속옷을 집어 들었지만 입을 수 없었다. 순식간에 낚아채인 속옷은 침대 저만치 놓인 소파 위에 툭 떨어졌다. 망연한 시선이 그의 얼굴로 향했다가 그만 헛웃음을 터뜨렸다.

　"웃지 마라. 사람 이 지경을 만들고 재밌냐?"

　"선배야말로…… 이 지경 만들고 좋으세요?"

　가볍게 투정을 부리자 이번엔 웃음을 터뜨린 윤조가 그녀의 손을 잡아 일으켰다. 휘청거리다 푹 안겨 들자 훌쩍 안아 든 그가 쪽, 하고 입을 맞췄다.

　"그러게 누가 그렇게 예쁘게 굴래?"

　그러고는 느긋하게 침실을 나섰다. 포근하게 감싸 오는 체온 속에서 제경은 몰래 떠오르는 미소를 삼켰다.

　어둑어둑했던 침실과는 달리 욕실은 지나치게 환했다. 잔뜩 수그러든 채 욕조에서 빼꼼이 내다보는 그녀의 눈앞에 당당히 샤워쇼를 하는 윤조의 모습이 보였다. 어지간한 드라마의 연출로도 보기 힘든 명장면이었다. 특히…….

　"뭘 그렇게 봐?"

　이번엔 윤조의 시선이 그녀의 몸을 훑었다. 욕조 밖으로 드러난 어깨와 목선을 훑는 시선이 꽤나 노골적이라 제경은 흠칫하며 눈을 내리깔았다.

　"이제…… 안 해요."

　"하여간 안 그런 척, 아닌 척. 빤히 쳐다볼 땐 언제고."

　"제, 제가 어, 어어 언제……."

　기어들어 가는 목소리로 부정하던 제경이 몸을 웅크려 턱까지 물에 담그자, 유쾌한 웃음소리가 들렸다.

　"이리 와. 씻자."

"먼저 나가시면…… 제가 알아서 씻을 거예요."

"착하지. 빨리."

이젠 숫제 강아지를 부르는 모양새다. 잔뜩 눈살을 찌푸린 채 바라봤더니 그는 태연히 다가와 그녀를 잡아 일으켰다. 찰박거리며 넘친 물이 그의 발등에 쏟아졌다.

—쏴아.

다시 쏟아지는 물줄기 속에서 제경은 그의 품에 꼭 밀착되었다. 육중하게 그녀의 배를 눌러 오는 감각. 몸의 바깥만을 따라 흐르는 물길……. 대체 이건 뭐하자는 걸까.

"선배."

"응."

"씻는 거…… 아니었어요?"

"그러게."

이유가 없는 행동이었다. 아니 이유라면 단지 이 순간, 그가 그렇게 하고 싶었을 뿐. 충동적이고 즉흥적이기만 한 태도……. 그런 적이 몇 번 있었다. 그리고 그렇게 대답하는 순간의 그는 아무런 꾸밈도 없이, 누구에게도 보이지 않았을 얼굴로. 정말로 아무것도 이해하지 못하겠다는 얼굴로. 그렇게 대답을 하곤 했다.

"선배 이럴 때 참…… 이상해요. 내가 알던 선배가 아닌 거 같아."

손을 들어 올린 제경은 물기가 뚝뚝 떨어지는 얼굴을 가만히 쓸어 봤다. 나른한 미소가 그의 입가에 걸렸다.

"날 이렇게 만드는 건 너뿐이라고."

그런 말을 내뱉는 순간에도 같은 표정이었다. 단지 이 순간, 그렇게 말하고 싶었기에. 생각을 거치지 않고 오로지 있는 그대로를 말하는 이 얼굴이…… 좋다.

"너 강냉이 명함 버렸어, 안 버렸어?"

그러다 느닷없는 질문에 그녀의 손이 멈칫했다. 멀뚱히 바라보는 그녀를 향해 픽 웃어 보이던 그가 천천히 제 얼굴에 닿은 손을 붙잡았다.

"연락이 안 오는 건 둘째 치고…… 갑자기 그 생각이 확 나니까 견딜 수가 있어야 말이지. 혹시 네가 그거 들고 그 자식 찾아갔을까 봐, 정말 공무원인지 뭔지 하겠다고 사라졌을까 봐. 덕분에 서울 바닥에서 너 하나 찾겠다고 별 쌩 쇼를 다 하고……."

씁쓸하게 웃던 그가 다시 그녀의 얼굴을 빤히 바라봤다. 차분하고 진지한 눈빛에선 조금의 장난기도 찾을 수 없었다.

"아주 천하의 병신을 만들어 놨어. 네가."

"……음. 그 말투는 못 고치는 걸까요?"

"더 노력해 봐."

"어떻게요?"

"좀 더 책임감을 가져 보라고. 어른의 기본 소양은 책임감이잖아."

그리고 도무지 알 수 없는 소릴 했다.

"그게 무슨……."

"언제까지 그렇게 도망만 다닐 거야."

금세 수그러든 제경이 입술을 깨물었다.

"왜 내 앞에서 그런 얼굴을 해?"

"……."

"두려워? 겁나?"

"제가…… 뭘요?"

그렇게 되물으면서도 이상하게 굳어 가는 자신을 알 수 있었다. 그와 입을 맞추고, 그의 품에 안겨 신음하다가도 그 환희의 시간이 지나고 나면 스멀스멀 밀려드는 불안함.

그와 연락이 닿지 않았던 2주. 정리했다고 생각했는데 도리어 비워도, 비워도 끝이 없다는 걸 알아 버렸다. 이렇게 그가 자신의 인생에서 발을 빼면 그 끝도 없는 그리움 속에서 죽도록 괴로워하리란 걸…… 알아 버렸다.

어차피 하나밖에 없는 길인데, 그 길을 걸으면서도 언젠가 끊어질 것을 두려워하고 괴로워한다. 두려워하면서도 비우지 못해 한없이 제자리다. 그렇게 생각이 길어지고 망설임은 커져 갔다. 여기서 그만두는 것과 그 길의 끝에서 버림받는 것. 어느 쪽이 더 괴로울까. 지레 겁을 먹고 떨어지는 것과 절대적일 수 없는 타인의 감정에 기대 관계를 지속하는 것 중 어떤 게 더 미련한 걸까.

어느 쪽이건 그게 두렵지 않으면 말이 안 되잖아.

"그럼 여기서 난 어떻게…… 대체 내가 어떡해야…… 어떡해야 하는데요…… 난……."

북받치는 감정을 잘라 준 건 그의 목소리였다.

"그대로, 사실대로만 이야기해."

그의 손이 그녀의 턱을 잡아 올렸다. 이미 흐트러진 표정을 어찌할 새도 없이, 그와 눈이 마주쳤다. 처음과 똑같은 얼굴로. 그 누구보다 빛나는 그가 그녀의 눈앞에 있었다.

"네 감정. 네 생각 말이야……. 넌 지금 어때. 뭘 원해?"

선배…….

"네가 바라는 게 뭐야?"

선배의 곁에…….

"말해 봐. 너한테 제일 소중한 게 뭐야?"

"선……배님이요."

그 순간, 그의 입가에 미소가 맺혔다.

"그럼 제대로 가져. 넌 그럴 자격 있어."

스르륵, 그녀의 가슴을 죄던 뭔가가 풀려 나갔다. 세상 그 어떤 말보다 듣고 싶었던 말. 무엇보다 이해받고 싶었던 단 하나…….

"사랑해요…… 선배."

한참 만에야 간신히 내뱉은 순간, 봇물처럼 밀려드는 감정이 주체가 되지 않았다. 눈가를 적시며 흐르던 그녀의 감정이 천천히 그의 손끝으로 스며들었다.

"하아. 내가 이렇게 죽도록 매달려서 얻은 사람이란 거 누가 알기나 하냐고. 조만간 대국민 설명회라도 하든가 해야지."

한 방울마저도 아깝다는 듯 정성스레 주워 담는 그의 미소가 행복해 보였다. 짐짓 투덜거리는 그 말끝에도 그녀를 향한 애정이 느껴져 다시 울컥 눈물이 쏟아졌다. 하지만 제경은 잠시 생각해야 했다.

"아뇨. 하지 마세요. 욕먹다 못해 저 혼자 우주가 망할 때까지 살 거 같단 말이에요."

울먹이는 그녀의 목소리. 그리고 한결 밝아진 그의 웃음소리가 물소리와 함께 흩어졌다.

그렇게 그의 품에 얼굴을 묻은 채, 제경은 그를 끌어안았다.

그렇게 그녀의 품에 커다란 별이 떨어졌다.

어두운 사무실에 불이 탁 켜졌다. 먼저 들어선 현주가 한숨을 폭 쉬었다. 서울에서 김서방 찾는다는 게 어떤 건지 여실히 깨달았던 날이다. 뒤따라 들어온 재준의 얼굴에도 어둠이 내렸다.

"뭐, 대충은 짐작했던 일이야."

툭 하니 내뱉은 현주의 말에 재준은 대꾸할 말을 찾지 못했다.

"다만 상대가…… 그 사람일 줄은 몰랐지. 맞지? 예전에 저기 복도에서 서성이고 있던 남자……. 아니, 그 사람이 여자였다는 거잖아."

"미리 말 못 해서 미안해, 누나."

점점 더 수그러든 재준이 한숨을 쉬었다. 나름의 노력이었다. 제 선에서 제경에게 경각심만 불러일으키면 어떻게든 해결될 줄 알았다. 그리고 제경의 전화가 걸려 왔을 때 윤조의 전화기는 제 손에 있었다. 이 모든 걸 스스로 정당하다 위안할 수 있었던 건, 바로 그 우연 탓이었다. 하지만 결과는 오늘의 일로 이어졌다.

갑자기 튀어 온 윤조는 놀라는 현주의 얼굴 앞에서 당당히 제경과의 열애 사실을 발설한 것도 모자라 서울 시내의 심부름센터를 몽땅 소집할 기세였다. 그렇게 제경의 위치를 확인한 순간 그는 두 번 확인할 것도 없이 뛰쳐나가 버렸다.

하지만 재준은 그런 윤조의 태도보다 줄곧 마음에 걸려 온 게 있었다. 제 말에 상처를 받고, 제 손에 의해 절망을 경험했을 녀석. 두 번 다시 걸려 오지 않은 전화로 그녀가 받았을 상처가 어떤 건지는 충분히 짐작하고도 남았다. 송아지처럼 순하기만 하던 녀석의 눈빛을 생각하니 제 가슴이 서걱거렸다.

"나 진짜…… 인간 실격인 거 같아."

"너야 당연한 일 한 거지. 문제는 윤조야. 네가 배터리 뺀 것도 다 알았을 텐데 널 족치지 않는 걸 보면 관대해진 건지, 아니면 다른 데다 정신을 쓰고 싶지도 않을 정돈지……."

아마도…… 후자겠지.

"아무튼 황제경이라……. 자료 좀 모아 봐. 쓸모 있나 검토 좀 하게."

재준은 말없이 고개를 끄덕였다. 지금쯤 윤조가 제경의 곁에서, 그녀를 꼭 붙잡고 있길 바라며.

♠　　♠　　♠

가장 빠른 변화는 티저 홈페이지가 개장된 일이었다. 그리고 얼마 전

기술 시사회 때 처음으로 티저 예고편이 발표되었다. 이어지는 소식들이 점점 끝을 알린다. 아니, 이제 그녀가 할 일은 다 끝난 거나 다름없었다.

시간은 빠르게 흘렀다.

이제 본격적으로 헬게이트가 열렸을 홍보, 마케팅 부서의 비명이 들리는 것만 같았다. 티저에선 멀리서 찍은 풀샷으로만 공개했던 의석은, 제작발표회를 통해 제대로 실체를 드러냈다. 간간이 소문으로만 접했던 곱상한 외모의 비밀무기가 공개되자 기자들의 호기심 어린 시선이 화면에 고정되었고, 손은 연신 움직이며 뭔가를 기록해갔다.

그리고 어느 날, 이른 아침부터 요란하고 묵직한 배기음이 원룸촌을 가득 메웠다. 그 시끄러운 소리에 창문을 벌컥 연 혜미가 그 자리에서 굳어 버렸다. 뒤이어 찾아온 민수도 할 말을 잃어버리긴 마찬가지였다.

"선배, 아침부터 이게 무슨……."

"아, 여기 있네."

기막혀하는 제경의 말에도 그는 끄떡없었다.

"미쳐 내가. 선배, 진짜 집요한 거 아시죠?"

"시끄러워. 나중에라도 갑자기 생각나서 찾아가면 어떡해. 내가 가지고 있는 게 낫다고."

마음껏 그녀의 소지품을 뒤지다 결국 찾아낸 명함을 든 윤조가 그제야 미소를 올렸다.

방 한구석에 얼어붙은 두 사람이 멍하니 그 꼴을 지켜봤다. 완벽하게 슈트를 빼입은 윤조가 바로 코앞에 있다. 세 명이 앉아 라면을 끓여 먹기도 벅찼던 8평의 원룸이 미어터질 기세다. 그 풍기는 아우라에 질식해 숨도 못 쉴 것 같은데 그 와중에도 제경은 고개까지 저어 가며 핀잔을 날려 댔다.

"그렇다고 이렇게 남의 집에 막 들어와서 그러는 거 실례잖아요."

"뭐가? 내 여자 집에 내 맘대로 못 들어와? 그런 게 어딨어? 아무튼 너 또 숨기만 해. 확 목줄 달아서 집에다 묶어 둘 테니까.”

“그건 범죄구요. 선배⋯⋯.”

짐짓 한숨을 토해 놓는데도 윤조는 그저 예뻐 죽겠다는 듯 그녀를 빤히 바라봤다. 그러고는 거침없이 그녀의 머리를 당겨 입을 맞췄다.

“헉!”

동시에 숨을 들이켜는 소리가 났다.

“어우, 선배! 지금 보는 사람도 있는데⋯⋯!”

“쉿. 아침부터 떠들면 안 되지. 가자.”

유유히 웃던 윤조가 보란 듯 제경의 허리를 끌어당겼다. 그리고 집을 나서기 직전에야 잊고 있었다는 듯 혜미와 민수에게 시선을 보냈다.

“참, 앞으로 이 녀석, 감시 잘 부탁합니다.”

오늘은 기자들과 VIP, 그리고 스태프와 기타 관계자들을 초청한 첫 공개시사회가 열리는 날이었다. 그러나 제경은 언젠가 그와 함께 들어섰던 그 편집샵에 들어서며 고개를 갸웃거렸다. 왜 자신이 지금 이곳에서 그의 손에 붙들려 있는지 알 수가 없었다.

“선배, 이러다 늦겠어요.”

“기다려 봐.”

느긋하게 대답하던 윤조가 미니멀한 검은 드레스를 집어 들었다. 제대로 돈지랄의 진수를 보여 줄 참인지 샵은 직원조차도 없이 아주 말끔히 비어 있었다.

“자, 갈아입자.”

그런데 오늘은 그의 모습이 이상했다. 자못 능글맞은 태도로 다가선 그에게 이끌려 걷는 중에도, 좁은 피팅룸에 들어서자 훌렁 따라 들어와 그녀에게 바짝 붙어 섰을 때도.

“으음⋯⋯.”

결국 제 입술을 덮으며 나른한 신음성을 뽑아냈을 때도 알 수 있었다. 그 미묘하게 들뜬 얼굴에 소기의 목적을 달성한 듯 뿌듯한 미소가 배었다.

"뭐하시는……."

가볍게 숨을 몰아쉰 제경이 그의 가슴팍을 밀쳐 냈지만 윤조는 그녀를 휘감은 팔에 더욱 힘을 주며 껴안았다. 그리고 작게 속삭였다.

"오늘은 세상 최고로 예쁘게 하고 가자."

"음, 들어 보셨죠? 미션 임파서블이라고."

싱긋 웃던 그가 엄지로 그녀의 아랫입술을 쓸며 말했다.

"내 남자 사용법, 첫 번째. 눈앞에 있는 남자의 말을 의심하지 않는다."

"흠, 그 영화가 그런 내용이었어요?"

"두 번째. 몰라도 일단은 믿고 맡긴다."

미심쩍은 듯 그녀가 눈썹을 찡그리자 그의 얼굴에 짓궂은 미소가 떠올랐다.

"아마도 결과는 그 남자가 얼마나 멋지냐에 따라 비례할 것이다."

"……대박."

하지만 그 자신감 넘치는 말만큼이나 그의 패션 감각은 이미 알려질 대로 알려진 매력 중 하나였다. 그 감각을 십분 발휘한 그의 손에 옷차림이 바뀌고, 어디선가 꺼내 온 8cm굽의 샌들까지 신게 되었다. 뿌듯한 시선이 그녀를 내려다봤다.

"봤지? 네가 힐 신고도 올려다보는 남자. 세상에 이런 완벽남이 어디 있어?"

"풋……."

환한 웃음이 머문 얼굴에 그의 시선이 내려앉았다. 기다란 손가락이 그 시선의 흔적을 따라 흘렀다. 천천히 헝클어진 머리를 다듬고, 조금 길어진 머리카락을 귀에 걸어 주는 손길이 점점 느려지며 야릇함을 품었다. 그 짧은 시간에도 그는 행여 놓칠세라 한순간이라도 눈에 담지 않으면 숨조차 쉬지 못할 사람처럼 그렇게 바라봤다.

"왜 그렇게……."

집요한 시선에 눈을 내리깔며 물었지만 뒷말은 이어지지 못했다. 다시 맞닿은 입술이 이번엔 좀 더 깊게 파고들어 왔다. 그가 허리를 당기자 휘청한 몸이 피팅룸의 한쪽에 퉁, 소리를 내며 부딪쳤다. 나직한 비명이 흘러나왔지만 그의 움직임은 거침없었다. 점점 몰아붙이듯 입술을 삼키던 그가 그녀의 무릎 사이에 제 허벅지를 밀어 넣었다. 그리고 어느 순간 그녀의 한쪽 허벅지를 당겨 올렸다. 밀려 올라간 미니드레스의 벌어진 슬릿 사이로 매끄럽게 드러난 다리가 그의 몸에 스르륵 감기자 그의 입술에서 나직한 탄성이 새어 나왔다.

"미치겠다."

이어지는 키스에 바짝 밀착된 몸이 조금씩 달아오른다. 점점 올라가는 밑단 아래로 그의 손이 파고들었다. 목덜미로 쏟아지는 숨결을 받으며 아찔해진 정신을 간신히 수습한 제경이 먼저 바르작거리며 그를 밀쳐 냈다.

"선배…… 이제 그만……."

그제야 멈칫한 그가 나직하게 한숨을 쉬었다.

"아, 그래. 이러다 진짜 사고 치겠다."

짙은 흥분으로 가라앉은 숨결이 잠시간 그녀의 귓가를 맴돌다 힘겹게 멀어졌다. 여전히 열기로 가득한 눈을 보며 샐쭉 웃어 버리자 그는 고개를 절레절레 젓더니 조심스럽게 그녀의 옷매무새를 다듬었다.

"농담 아냐. 예뻐서 감당이 안 된다고."

이어 멋쩍은 웃음소리가 잔잔히 퍼졌다.

"손 내밀어 봐."

그리고 이어진 말. 뭘까. 의아함 가득한 시선이 빤히 바라보기만 할 뿐 말을 듣진 않았지만 윤조는 더 재촉하지 않았다. 그대로 손을 뻗어 그녀의 왼손을 잡아챈 윤조가 손목에 뭔가를 얹었다. 차가운 금속의 감촉. 간신히 그것의 정체가 뭔지 알았을 땐 이미 그가 버클을 딱 채운 후였다.

"이건……."

"진작 말했어야 했는데 좀 늦었다."

그 순간, 제경은 이상하게 두근거리는 가슴을 억누르며 그를 바라봤다. 귀가 먹먹해 잘 듣지 못할까 봐 겁이 날 지경이었다. 마치, 그 마음을 알아챈 것처럼 그가 그녀의 허리를 당겨 안았다.

"나 앞으로는 너를 위해 살 거고, 너를 중심으로 행동할 거야."

그의 품 안에서, 그의 목소리가 천천히 귓가에 내려앉았다.

"넌 이대로 내 옆에, 내 집에. 아니, 내 인생에 주인공으로 남으면 돼."

그렇게나 단호하게, 그녀의 미래를 결정했다.

"네가 뭘 불안해하는지 알아. 그런데 그런 일은 없어. 약속해. 앞으로 내 남은 인생, 남은 시간은 다 네 거야."

그 말에 이렇게나 행복해지는 자신을 이해할 수 없었다. 그럼에도 주체할 수 없이 뛰는 심장이 버거워 눈물이 났다. 입술을 꾹 깨문 채 고이는 눈물을 애써 삭이던 제경이 잠시 후, 손목에 감긴 시계를 보며 어색하게 웃었다.

"그래도…… 집값은 싫어요."

"……이건 그 정돈 아니야."

이런 무드 없는 여자. 낮게 중얼거리며 입술을 비틀던 윤조가 천천히 얼굴을 내렸다. 이마에, 눈꺼풀에, 그리고 입술에. 톡톡, 도장이라도 찍듯 입을 맞추다 마지막엔 그녀를 안은 팔에 더욱 힘을 주며 속삭였다.

"오늘. 어떤 일이 생겨도 나만 믿어."

어두컴컴한 상영관에서 윤조는 당연하다는 듯 그녀의 옆자리에 앉았다.

"우리의 첫 영화관 데이트를 이렇게 하네. 멋지다, 그치?"

뭐라 해야 할지 몰라 제경은 그저 멍하니 화면만을 바라봤다. 저 화면
에서, 자신의 모습이 나올 거라 생각하니 줄곧 이어진 잔 떨림이 좀처럼
주체가 되지 않았다.

그런 그녀의 손을 가만히 잡아 준 윤조가 낮게 웃었다.

"다 이해하니까, 아무 말 안 해도 돼."

그리고 130분이란 시간 동안 제경은 꿈을 꿨다. 익숙한 풍경이 그녀
의 눈앞에서 그녀의 기억을 따라 재생되고 있었다. 그녀가 연기한 의석
은 영화 속에서 완전히 새로운 생명을 부여받아 그 세상 속을 살아갔다.

어느 순간부터 영화의 중심이 옮겨 갔다. 이야기는 의석의 시점을 통
해 진행되었다. 유혁을 위기에 빠뜨리려는 이정호의 앞에서 자신의 앞날
을 걸고 잠시간의 갈등과 고뇌를 보이다 마침내, 결심을 하기까지. 디테
일한 감정의 움직임이 생생히 그려져 있었다.

이어지는 강렬하고 화려한 액션과 반전에 반전을 거듭하는 스토리 전
개. 그리고 점차 고조되어 가는 유혁과 의석의 감정은, 오로지 유혁의
곁을 지키던 의석이 죽음을 맞이하는 순간 절정을 이뤘다. 꺼지기 직전
의 불꽃처럼, 가장 화려한 순간 미소를 지으며 산화한 의석과 그의 죽음
앞에서, 마치 영혼이 죽어 버린 듯 스러져 가는 유혁의 얼굴이 한동안
화면을 가득 메웠다.

상영이 끝나고 나서도 현장은 그 생생한 감정의 폭풍에 휩쓸려 묘하
게 숙연한 분위기였다. 모두가 충격을 받은 얼굴이었다. 누가 봐도 영화
의 주인공은 유혁과 의석. 그 두 사람이었다.

[주연배우 윤조 씨와 심소원 씨. 그리고 안효중 감독님이 함께 자리하
셨습니다.]

어느덧 분위기를 수습한 사회자가 입을 열었고, 주연배우를 호명하자
그가 자리에서 일어섰다. 그제야 우렁찬 박수와 함께 엄청난 플래시 세

례가 쏟아졌다. 무대 인사가 시작되었다.

그렇게 제경은 조명과 플래시의 화려한 빛으로 걸어 들어가는 윤조를 멍하니 바라봤다.

그녀가 바라온 것, 그녀가 꿈꿔 온 그 이상의 결과가 모두의 앞에 공개되었고, 고스란히 모두의 뇌리에 박혔다. 앞으로 얼마나 더 많은 사람이 볼지는 미지수다. 다만, 웅성거리는 사람들 사이에서 제경은 제 이름을 똑똑히 들었다. 대단하네, 누굴까, 제법이다, 신인 같지가 않네. 그 호기심 어린 말이 오가는 현장 속에서 그녀는 묵묵히 고개를 숙여야 했다.

저를 인정하는 목소리가 기쁜 반면에 초조해지는 마음은 감출 수 없었다. 그 연기가 인정받을수록, 여자로서의 황제경이 설 자리는 사라진다. 그 아이러니한 상황 속에서 그녀는 웃을 수밖에 없었다. 모두가 저 자신인데. 남자였어도, 여자였어도 모두가 제가 한 연기인데. 제가 했던 노력의 결실인데…….

눈을 들자 모두의 시선이 향한 무대에 그가 서 있었다. 조명 속 세상은 여전히 빛이 났다. 이젠 관객으로서 그의 모습을 눈에 담을 것이다. 그의 숨겨진 연인이자 팬으로서.

지금도 충분히…… 행복하니까. 여기서 더 욕심을 부리면 벌을 받을지도 모르니까.

그런데…….

[우리 비밀무기 황제경 씨도 지금 이 자리에 있습니다.]

갑작스러운 말에 제경이 흠칫했다. 어느 틈에 안 감독이 마이크를 들고 있었다.

[거기, 가운데 그 자리. 황제경이 일어나 봐.]

그리고 안 감독은 정확히 그녀의 자리를 지목했다. 마치 처음부터 알고 있었다는 듯 태연하게. 어느새 저를 향하기 시작한 카메라와 함께 수군거리는 목소리가 커졌다. 뻔히 남자 역할을 해치운 배우라 소개한 사람이 오늘은 누가 봐도 여자라고밖에 하지 못할 모습을 한 채 앉아 있었다. 똑같이 당황한 제경의 시선이 무대 위의 윤조를 향했다. 그런데…….

저를 뻔히 바라보던 윤조가 고개를 끄덕였다. 그 입가에 어린 미소.

'오늘. 어떤 일이 생겨도 나만 믿어.'

그의 손에 이끌려 꾸며졌을 때, 그가 했던 말이 그제야 머릿속에 떠올랐다.

—암행어사. 화려한 외모와 파격적 이슈를 이용. 그 상업적 면모의 끝을 보다.

—거부할 수 없는 윤조의 매력. 흥행보증수표로서의 면모를 유감없이 발휘.

—남장여자. 신인 여배우의 놀라운 연기. 뒤통수가 얼얼한 영화.

—한 인간의 아픔과 성장을 그린 수작. 그러나 두 마리 토끼를 잡긴 힘들었다.

—무모한 시도. 다소 애매하고 의도를 알 수 없는 연출.

전문기자들과 평론가들의 평가는 호평과 혹평이 엇갈렸다. 확실한 건 수많은 사람들의 입에서 언급이 되기 시작했다는 것이다. 그것이 칭찬의 말이건 욕이건 많은 사람의 관심을 끌어낸 건 사실이었다.

그리고…… 제경은 여전히 얼떨떨한 기분이었다.

—천부적 재능을 가진 여배우. 그 중성적 매력이 폭발하는 현장.

—천재 안효중의 선택. 전대미문의 연출로 영화계를 뒤엎다. 그 중심엔 황제경이 있다.

—의석의 황제경. 신들린 액션연기로 화제 집중.

이어지는 뉴스들의 목록을 훑던 제경의 머리 위로 뭔가가 닿았다. 그대로 눈을 치켜뜨자 잡지책의 모서리가 보였다.

"우왓!"

동시에 제경의 비명이 이어졌다. 후다닥 머리에 있는 잡지를 집어 내리자 웃음소리가 들렸다. 그녀의 얼굴이 빨갛게 물들었다.

"뭘 그렇게 부끄러워해?"

"버, 벌써 나왔네요."

멋쩍게 웃는 그녀의 눈앞에 윤조가 있었다. 얼마 전, 한 잡지사에서 제 모습을 싣고 싶다는 연락을 받아 처음으로 화보를 찍게 되었다. 이름 있는 메이저 영화잡지로, 한창 화제가 된 영화 암행어사에 관련한 이야기를 실으며 윤조가 아닌, 그녀의 얼굴을 메인과 표지에 실었다. 윤조가 건넨 잡지의 표지엔 자연스럽게 웃고 있는 그녀의 모습이 실려 있었다.

그렇게 영화가 개봉한 지도 어느덧 2주가 넘었다. 빠르게 역대 영화 기록들을 갈아치우며 어느덧 천만 관객의 고지가 눈앞에 있는 상황이었다. 그 엄청난 관객의 대부분이 그녀를 궁금해했고, 그녀와 윤조의 미묘한 감정 연기에 몰입했다. 그렇게 대중 앞에 그녀의 존재가 자연스럽게 새겨지기 시작했다.

"기분이 어때?"

어느새 마주앉은 윤조가 툭 하니 물어왔다. 노트북과 커피 두 잔쯤 올려놓으면 꽉 찰 작은 테이블을 사이에 둔 채, 보란 듯 의자를 당겨 앉은 그가 얼굴을 바짝 들이댔다. 이곳은 루시드드림의 휴게실. 다른 직원들이 지나며 흘깃거리는 것 따윈 보이지 않는 모양이다.

"모르겠어요. 그냥 다행이랄까."

그 말대로였다. 의외로 가장 걱정했던 순간은 그렇게 허무하게 넘어갔다. 그렇게 그녀의 정체가 공개된 날은 그저 놀람과 경탄 어린 목소리만 이어졌다. 오히려 멍해진 제경이 안 감독의 흐뭇한 얼굴을 보며 대체 언제부터, 어떻게 알았던 걸까, 하고 생각했을 뿐. 그리고 나중에 윤조에게서 심소원이 사실은 안 감독과 오랜 연인 사이라는 말을 듣고서야 모든 일의 전말을 이해하게 되었다.

"아니, 이런 행운이 찾아오기도 하는구나……."

"……."

"이런 꿈같은 일이 있을 수가 있구나."

그리고 뭔가가 벅차오른다. 그 벅참이 그녀의 얼굴에 고스란히 드러나 어느덧 맑은 웃음이 되었다. 그 과정을 빠짐없이 지켜보던 그가 손을 움직여 테이블 위에 있던 그녀의 손에 올렸다. 자연스럽게 그 손을 맞잡은 제경이 손깍지를 꼈다.

"나, 진짜 불가능한 일을 다 이뤘네요."

"그러게."

"대단하죠?"

그가 웃었다. 그 웃음 뒤에 숨겨진 뿌듯함이 맞잡은 손을 타고 사르륵 전해져 온다. 그녀 몰래 준비했을 다정한 배려. 그는 언제나 그래 왔다.

그래서 이제는 안다. 제가 잡고 있는 이 손이 이제는 그녀의 미래가 될 것이고, 그녀의 모든 것이란 걸. 지금부터는 제가 그걸 보여 줘야 할 때란 걸.

상이라도 바라는 듯 버티고 있는 얼굴에 쪽 하고 입을 맞춘 제경이 맑게 웃었다. 그 잔잔한 웃음소리가 휴게실 바깥까지 흘러나갔다. 늦더위가 남은 계절. 여전히 진득거리는 도심 속의 한 공간이지만, 짧게 입맞춤을 나누며 소곤거리는 두 사람의 감정엔 상큼한 바람이 불고 있었다.

에필로그

—영화배우 Y씨. 영화 제작 기간 동안 신인 여배우와 동거 발각.

제경은 무표정한 얼굴로 휴대폰을 들여다봤다. 홀로 시간이 멈춘 듯 아무것도 할 수 없었다. 그러나 세상은 이미 감당하지 못할 속도로 달리고 있었다.

개봉 이후로 약 2개월이라는 시간이 흘렀다. 히트를 친 암행어사의 열기도 어느 정도 수그러든 시점이었다. 그사이 제경은 루시드드림과 계약을 맺었다.

그러나 반짝 관심을 받으며 한동안 떠들썩하게 이슈가 된 것치곤 차기작에 대한 섭외는 무섭도록 들어오지 않았다. 그나마 몇몇 예능에서 연락이 오긴 했지만, 별 인지도가 없는 프로그램이거나 게스트를 망가뜨리는 컨셉이 맘에 들지 않는다는 이유로 불쾌해하는 윤조의 태도 탓에 흐지부지 없는 이야기가 되었다.

"그런 데 나와서 이미지 소비하느니 외국어나 배워 둬."

물론 뜬금없이 물에 빠져야 한다든가, 야심한 밤에나 방영될 프로그램이 크게 마음에 든 건 아니었지만, 지금 이쪽이 찬밥 더운밥 가릴 처지냐 말이다…….

'목구멍이 포도청이구만.'

현주의 의견도 얼핏 윤조의 말과 뜻을 같이하는 걸로 보였다.

"고급화 신비주의 전략이지. 뭐, 나쁘진 않아. 쓸데없이 몸값 낮춰 가며 아무 데나 굽실거리느니 그런 이미지로 CF 따내고 그럴듯한 작품 기다리는 거야."

하지만 고작 작품 하나를 했을 뿐인 신인에게 신비주의라니. 그런 건 이름 석 자만 말해도 '아, 걔?' 소리가 나올 인간들에게나 필요한 전략이 아닌가.

물론 겉으로 드러나는 이유만이 전부가 아님을 안다. 현주에게 제경의 존재란 한마디로 표현하자면 계륵. 그녀 자체의 상품 가치보단 단지 그녀의 뒤에 있을 윤조를 의식했고, 그를 제어할 수 있는 존재로 생각하는 기색이 역력했다.

게다가 윤조의 심리는 한층 복잡했다. 배우가 다른 사람들의 눈앞에서 공연을 하는 건 당연했고, 그녀가 재능을 발휘할 수 있도록 돕고는 싶으나…… 그러기 위해선 불특정 다수의 눈앞에 그녀를 내놓아야만 한다는 게 꺼림칙한 눈치였다.

"……보여 주기 싫어. 그냥 가둬 버리고 싶어."

바쁜 일과 중에 간혹 스쳐 지날 때도, 진하게 애정을 나눈 후에도, 그의 열기 가득한 시선 끝에 어린 진심이 이따금씩 그의 입 밖으로 튀어나오곤 했다. 그 마음을 알기에 고집을 피울 순 없었다. 결국 루시드드림의 지원을 받으며 소소한 스케줄을 진행하고 이런저런 공부를 시작한 것이 한 달하고도 며칠째다.

그 외의 일이라면 시사회 때 그녀의 모습이 기사로 뿌려지며 시크한 패션과 늘씬한 몸매로 화제가 되었다거나, 그로 인해 한 패션브랜드의 CF를 촬영했다거나, 패션 관련 커뮤니티에서 이름이 오르내리는 존재가 되었다거나…… 결과적으론 상당히 어긋난 행보를 보이고 있다는 것 정도였다.

그런데…….

[야! 난리 났어! 지금 기자들이 우리 집은 또 어떻게 알고 와서……. 아무튼 지금 들어오지 마! 오면 안 돼!]

수화기 너머로 혜미의 다급한 목소리가 들려왔다. 여느 때처럼 스케줄을 해치우고 집에 돌아가는 길이었다. 사람으로 가득한 버스 안에서 심상치 않은 통화 내용에 당황한 제경이 그제야 주변을 돌아봤다. 분명히 저를 향해 있던 시선 몇 개가 휙, 돌아갔다.

물론 누구나 저를 알아보고 좋아하는 게 아니란 건 안다. 보통 이렇게 길을 나서도 저를 알아보는 사람을 만나는 건 열에 서넛 정도. 그러나 저렇듯 노골적인 적의는 지난 2개월 동안 처음 겪는 일이었다. 도리어 그 행동의 주인공이 그녀에게 다소 호의적인 반응을 보였던 여자들이라는 건 더 충격이었다.

"어머, 진짜 뻔뻔하다. 어쩜…….."

"웬일이야. 진짜 그런 거야? 어쩐지 신인이 너무……."

그리고 수군거림이 이어졌다. 제경은 곧장 다음 정거장에서 내릴 수밖에 없었다.

호사다마라고 했던가. 세상의 법칙상, 좋은 일의 끝엔 언제고 대형 사건이 하나쯤 터지게 마련이었다. 특히, 원래 재수가 없던 인간에게 이어지는 행운이란 폭풍전야와도 같은 것.

─하반기 최고 기대작에 때아닌 구설수가 번졌습니다. 주연배우인 Y씨가 촬영 기간 내내 신인 여배우와 동거를 해 왔다는 소식이 발각되며 큰

충격을 주고 있는데요, 대한민국 최고의 꽃미남이란 수식어와 걸맞게 그동안 수많은 스캔들과 스폰설에도 굳건했던 Y씨는 현재 해명하지 못할 증거가 네티즌 사이에 돌며…….

기사 전문을 읽어 내리던 제경의 눈동자가 흔들렸다. 땅바닥이 꺼지는 듯한 절망감이 덮치자 다리에 힘이 들어가지 않았다. 온몸이 떨리고 어지러운 와중에도 그녀는 중얼거렸다.

"선배……. 선배가……."

그나마 그녀를 정신 차리게 만드는 건, 오로지 윤조에 대한 걱정뿐이었다.

♠　　♠　　♠

그렇게 사건은 누구도 예상하지 못한 곳에서 시작되었다.

"팬카페에서 올라온 영상이야. 메이킹 영상이랑 언론 인터뷰 내용 이런 걸 누가 편집해서 올렸는데 문제는……."

현주의 말이 아니라도 제경은 알 수 있었었다. 노트북 화면에 보이는 낯익은 현관과 주방, 나무로 된 바닥재 위에 놓인 소파…… 그리움으로 뭉클해진 사이 우연히 돌아간 카메라는 잠시 전, 윤조가 자신의 방이라고 소개한 방문 근처를 스치며 제경이 그 방에 들어서는 모습까지 고스란히 잡아 버렸다. 그리고 윤조의 모습으로 옮겨 갔다.

[그래도 좋은 선배시네요. 후배의 사정까지 챙겨 주시고.]

[한배에 탄 식구나 마찬가지니까요. 아끼는 후배입니다.]

제경은 그 뒤에 이어진 말이 있었다는 걸 안다. 촬영 날엔 거의 비어 있고 겨우 눈이나 붙이러 오는 곳이다. 현장의 숙소는 대부분 개방되어 있어 아무나 불시에 찾아오곤 한다. 특히 감독님이 술병이라도 들고 오는 날이면 난리가 난다……. 하지만 그 말들은 모두 편집되어 있었다.

그 의혹이 인터넷의 어지간한 커뮤니티를 휩쓸기까진 영상이 뜬 지 3시간도 걸리지 않았다. 그야말로 전광석화와 같은 속도로 소문은 퍼져 나갔다. 덩달아 인기검색어의 1위부터 10위까지 몽땅 관련 검색어로 뒤범벅이 되었다.

윤조, 동거, 암행어사. 그리고 여배우 황제경으로.

"문제는 윤조가 안 감독이랑 사적으로 친분이 있다는 거야."

의외로 현주의 음성은 차분했다. 제경은 멍한 눈을 들어 그녀를 바라봤다.

그 길거리에서 멍하니 서 있는 사이 빠르게 연락이 닿은 재준이 그녀를 찾으러 왔었다. 그리고 인근 호텔에 피신한 지도 약 3시간. 현주가 바쁜 걸음으로 나타난 건 그 이후였다.

"그게…… 왜요?"

알 수 없는 말이었다. 또 자신이 모르는 뭔가가 있는 걸까. 대답을 한 건 재준이었다.

"쉽게 설명하자면 윤조 형이 상납을 받고, 널 이 배역에 찔러 넣었다고……."

"……."

"그래, 말이 안 되는 일인 거 나도 알아. 그런데도 그런 말이 돌아. 지금까지 형이 스캔들은 많았지만 실체가 확인된 건 없었잖아. 사생활 관련된 이야기도 없었고. 그렇게 뒤를 못 캤던 게 결국 이런 식으로…… 연결되지 않았겠냐는…… 추측인데……."

그가 뒷말을 잇지 않아도 알 수 있을 것 같았다. 조건과 조건의 만남. 떳떳하지 못했기에 숨기는 게 쉬웠다. 그래서 도리어 아무런 소문이 없었다는 뜻이다. 결국 그렇게 그는 성을 사 버린 사람이 된 것이고, 저는 성을 팔아먹은 사람이 되어 있었다.

"기가 막히지? 이게 진실이건 가짜건 상관없어. 한 치의 오차도 없이 해명하지 못하면 그냥 끝이라고. 기자고 네티즌이고 지금 물어뜯고 싶어서 안달이 났으니까."

상황은 생각했던 것보다 더욱 심각하게 틀어져 있었다. 제경의 얼어붙은 시선이 제 손목에 천천히 내려앉았다. 언젠가 그가 감아 준 시계가 눈에 들어왔다. 그의 모든 시간을 주겠다던 말이 귓가를 맴돌았다.

"물론 시간 지나면 이런 거야 점차 덮을 수는 있어."

가만히 그녀의 얼굴을 주시하던 현주가 천천히 입을 열었다. 하지만 바쁘게 돌아가는 시곗바늘에 비해, 체감으로 느끼는 시간은 느리기만 했다. 뭔가가 그녀의 목을 조른다. 가장 사랑하는 사람이, 저로 인해 망가지는 과정이 눈앞에 여실히 그려지고 있었다.

"문제는 대중의 반응이지. 겉으로야 잘난 사람한테 열광하지만 정말로 원하는 건 그 잘난 사람의 몰락이라서. 그런 사람이 추락하는 게 더 즐겁고 짜릿하고, 불쌍하거든."

어디선가 들어 본 적이 있는 말. 언젠가 윤조의 입에서 나왔던 이야기였다. 기본적으로 사람을 믿지 않는다는 그의 태도와 현주의 사상은 묘하게 닮아 있었다.

"사실 꿋꿋하게 반응 안 보이고 제 할 일만 해 버리면 결국 지쳐 나가떨어지는 건 그쪽이야. 그래도 그 낙인은 평생 남겠지. 윤조라는 이름엔 죽을 때까지 상납이니 뭐니 하는 꼬리표가 붙을 거라고."

그녀의 별. 그녀가 사랑한 꿈이 그렇게 빛을 잃고 더럽혀진 채 짓밟히게 될 것이다. 그녀로 인해. 그녀의 욕심으로 인해…….

"이 상황이 수습되든 안 되든, 윤조는 미국 가야 해. 알지?"

제경은 묵묵히 고개를 끄덕였다. 이미 미국 굴지의 에이전시와 계약을 체결했고, 그들의 중재로 이터널어스의 출연 계약서에 도장을 찍은 지도 어언 한 달이 지나 있었다. 그가 미국으로 갈 날이 얼마 남지 않았단 사실이 새삼 가슴에 와 박혔다.

"거기서 영화 찍고 최대한 성공하길 바라야지. 그 진흙탕을 덮어야 하니까. 아주 험난한 길이 될 거야."

제경은 그저 묵묵히 그녀가 하는 이야기를 들으며 점차 처져 가는 몸을 추슬렀다. 잔뜩 헝클어진 머리론 아무것도 생각할 수 없었지만, 단한 가지는 이해할 수 있었다.

"제가…… 뭘 하면 될까요?"

그렇게 묻는 제경의 눈은 조용히 빛을 잃었다.

♠   ♠   ♠

"빌어먹을, 자유민주주의 국가에서 이게 말이나 돼? 어디서 납치 감금이야?"

"닥쳐! 넌 나한테 계약된 몸이야. 계약서 다시 보여 줄까? 네가 사고 칠 경우, 그 수습하는 건 전부 내 권한이라는 거 다시 읊어 줘?"

"위약금 얼마야? 일시불로 당장 줄 테니까 계약 깨지?"

쿨하다 못해 을씨년스러운 대사들이 오갔다.

"다른 건 몰라도 네가 그런 식으로 나오는 건 나도 그냥은 두고 보기 힘들지. 네 말 한마디에 어떤 사람에게 어떤 피드백이 닥칠지, 생각하고 말해. 이 상황에서 너희를 건져 낼 사람은 나뿐이야. 알아들었어? 얌전히 미국 갈 준비나 해."

그제야 윤조가 입을 다물었다. 아마도 제경의 안위를 들먹이는 말이었다. 이미 경호원들에게 붙잡힌 채 아무것도 할 수 없는 윤조의 눈앞에서 현주는 싸늘하게 웃어 보였다. 절대로 물러설 수 없다는 듯 강한 태도였다.

소식을 처음 접한 건 현주의 사무실에서였다. 제경을 찾겠다며 튀어나가려는 순간, 다섯이나 되는 경호원들이 들이닥쳤다. 그 자리에서 휴대폰을 빼앗기고 집은 인터넷 회선도 회수당했다.

'해결할 때까지 꼼짝하지 마! 제일 문제는 네 입방정이니까!'

그렇게 납치당하듯 집으로 끌려 들어온 후, 그대로 감금되어 현재는 두 명의 경호원이 그의 주변을 삼엄하게 감시 중이었다. 게다가 그의 빌라 앞은 이미 기자들이 진을 치고 앉았다. 이곳을 무사히 빠져나가도 저 기자들에게 압사당하고도 남을 것이다.

이 와중에 제경의 위치를 알 수조차 없으니 미칠 지경이었다. 지금 상황으로는 도무지 연락을 할 방도가 없었다.

"……젠장."

윤조의 굳은 얼굴은 하염없이 TV를 향했다.

[노코멘트하겠습니다. 중요한 건 작품으로만 봐 주세요.]

TV 속 안 감독의 모습은 매우 초췌해 보였다. 주연배우들의 스캔들에 휩쓸리는 바람에 개봉한 영화가 구설수에 오르는 최악의 상황에 처한 듯 보였다. 하지만 윤조는 언뜻언뜻 안 감독의 얼굴에서 웃음을 봤다.

국민배우 윤조의 추문. 그 여파는 어마어마했다.

유행이 빠르게 바뀌는 세상이다. 그런 와중에 이미 개봉 두 달이라는 시간이 흐른 영화는 슬슬 극장에서도 내릴 때고, 웬만한 떡밥으론 이야깃거리조차 되지 못했다. 슬슬 질려 나가떨어질 시기이기도 했다.

그런 와중에 이런 대형 사건이 터졌다. 분명 안 감독에겐 대형 호재겠지.

다시 인터넷이나 TV에선 연일 '암행어사'라는 이름과 윤조의 이름이 오르내렸고, 그의 팬클럽에서마저도 해명하지 못하면 등을 돌리겠다는 소식을 전해 왔다. 그야말로 대역죄인이 되어 전 국민의 입에 오르내리는 실정이었다. 그 와중에 암행어사는 다시 찾는 사람이 늘어 상영 기간이 연장되는 웃지 못할 상황이 연출되었다.

[작품 자체는 나무랄 데 없다고 생각합니다. 모두가 고생해서 찍기도

했구요. 하지만 다음 작품에서 어떤 배우가 같이 일을 해 줄지가 문제죠. 예고 없이 주연이 조연처럼 되어 버리는 경우가 흔한 게 아니니까.]

오늘도 한 방송사의 연예프로그램에서 관련 인터뷰가 방송중이었다. 누구의 입에서 나온 건지 알 수 없는 익명의 인터뷰지만 윤조는 그것이 강우빈일 거라 믿어 의심치 않았다.

[그럼 배우 황제경 씨에 대해 해 주실 말은 없는 건가요?]

[음, 글쎄요. 현장의 이야기니 마구 전달하기엔 조심스럽지만, 사실 알려진대로 연기로는 나무랄 데가 없는 배우고 인간적으로도 괜찮은…….]

마치 먹잇감을 발견한 하이에나 떼처럼 몰려들어 그녀를 파고들었다. 잠시간 이슈가 되었던 때보다 더 심했다. 그녀가 졸업을 했던 학교, 그녀가 공연을 해 왔던 극단. 그곳에서 그녀가 맡아 온 역할까지 샅샅이 까발려지고 있었다. 그렇게 발가벗겨진 채 대중 앞에 서서 돌을 맞고 있었다. 무명배우의 턱없는 욕심과 실수. 영화제작환경의 잘못된 계약 관행. 표준절차가 없기에 가능했던 이야기…….

그래도 다행이었다. 지금까지 제경의 모습이 화면에 잡히진 않았으니까. 제가 이렇게 아무 힘도 쓰지 못하는 동안, 그녀는 현주에 의해 안전하게 보호받고 있으리라. 그래, 적어도 현주와 재준이 제 심장과 다름없는 사람을 내버려 두진 않을 테니까.

그가 할 일은 하루라도 빨리 이 상황을 타개할 방책을 생각하는 것. 하루라도 빨리 그녀의 억울함을 벗겨 내는 것이었다.

[통화 연결해 보겠습니다. 당사자인 황제경 씨가 저희 CBN연예뉴스와 독점으로…….]

그런데 TV 앞을 벗어나려는 그의 귓가에 익숙한 이름이 들렸다.

[안녕하세요. 이번에 의석 역할을 연기했던 황제경이라고 합니다.]

설마. 아닐 거라고, 누군가가 조작한 방송일지도 모른다고 생각하려

해도······.

[심려를 끼쳐 드려 죄송합니다. 돌고 있는 소문에 대한 오해를 풀어 드리기 위해서 나왔습니다.]

녀석 특유의 느리지만 차분한 말투는 그 목소리의 주인공이 누구인지 강제로 각인시키는 것만 같았다. 어느새 TV 앞에 선 윤조는 임시로 보이는 '통화 중' 화면을 바라봤다.

[나중에 메이킹 영상을 확인해 보시면 아시겠지만, 숙소에선 언제나 매니저 형과 함께였고, 개방이 되어 있는 공간이라 사실 누구나 들락거릴 수 있는 구조예요. 그곳에서 전 처음부터 끝까지 남자로 있었습니다.]

[그럼, 그렇게 불거진 의혹은 전부 사실이 아니란 말씀인가요?]

[네. 제가 윤조 씨를 비롯한 주변 사람들을 속이고 시작했고, 마지막까지 속였습니다. 사실 얼마나 이 역할을 소화할 수 있을지, 제 자신을 시험해 보고 싶었습니다.]

저 녀석이 지금 무슨 소리를 하는 건지 알 수가 없었다. 끝까지 속이다니.

[그럼 사적인 감정이나 다른 목적은 정말 없었던 건가요?]

저런 어이없는 질문에도 어째서······.

[없습니다. 모두 제가 이용한 것뿐입니다. 그러니 저와 윤조 씨 사이엔 정말······.]

"뭐야······."

[······아무 일도 없었습니다.]

"뭐하는 거냐고!"

─와장창!

조그만 스툴이 그의 손에 들려 그대로 TV에 꽂혀 들며 요란한 소리를 냈다.

"윤조 씨!"

406

눈앞에 보이는 세상이 분노로 아른거렸다. 어째서 그런 말을 하는 건지. 어째서 저런 말을 하게 만드는 건지.

"이러고도 내가 가만있길 바라면 오산이야, 김현주."

싸늘한 어조로 중얼거린 순간, 어느새 달려온 경호원들이 그의 어깨를 붙잡았다. 여차하면 힘으로 누르라고 했을 것이다. 하지만 윤조의 시선은 날카롭게 남자들의 모습을 훑었다. 이어 이끄는 대로 움직이는 척하던 윤조가 한 남자의 다리를 걸었다.

"어!"

남자가 휘청한 사이 주머니를 털어 휴대폰을 뺏어 든 윤조가 씩 웃었다.

"좀 빌립시다."

♠　　♠　　♠

"공개연애가 아닌 게 천만다행이지. 잘 생각했어. 그럼 부탁할게."

아무것도 강요하지 않았다는 듯 가볍게 내뱉은 현주가 스르륵 자리를 벗어났다. 재준은 멍하니 제경의 모습을 바라봤다. 언뜻 평온해 보이는 얼굴 아래에 하얗게 뼈마디가 튀어나오도록 쥔 주먹이 눈에 들어왔다.

"제경……."

"형. 아…… 맞다. 이제 형이라고 하면 안 되는구나. 꼭 잊어 먹어요. 미안해요."

"그게 무슨 이상한 소리야."

섭섭함을 느낄 상황도 아니고, 정작 제경을 내치려 했던 건 저 자신임에도 재준은 어쩐지 섭섭해졌다. 그사이에도 멋쩍은 듯 웃던 제경이 고개를 꾸벅 숙였다.

"진짜 김 실장님 말씀대로네요."

"……."

"난 정말 왜 이 모양인지 모르겠어요."

"네가……."

어디가 어때서, 하고 싶은 말이 속으로 삼켜졌다. 이 상황에서 그런 위로가 도움이 되지 않으리란 걸 잘 안다. 꼭 그 마음을 아는 것처럼 제경이 배시시 웃었다.

"그냥 이건 다 제 마음이 약해서 그런 거예요. 좀만 더 독했으면, 좀만 경각심을 가졌더라면 일이 이 지경이 되기 전에 진작……."

"……."

"늦어서 죄송해요, 실장님. 제가 할 수 있는 일이 있었는데 제가 바보라서…… 눈치를 못 챘어요. 진작 이렇게 할걸…… 그랬으면 선배는……."

제경은 진심으로 후회하고 있었다. 완전히 기가 죽어선 마지막까지 철저하지 못했던 자신의 행동을 반성하며 괴로워하고 있었다.

그리고 다음 날, 제경은 침착하게 전화 인터뷰를 시도했다. 평소처럼 담담하고 얌전한 목소리가 그렇게 방송을 탔고, 그 작전은 성공했다. 어떤 말을 해도 진실처럼 들리는 그녀의 말투와 태도 덕분에 꼬박 나흘 동안 전국을 떠들썩하게 만들었던 사건은 약간의 의혹만을 남긴 채, 그렇게 일단락되는 듯했다.

하지만 재준은 이상하게 기분이 울적했다. 묘한 회의감에 온몸이 축처졌다.

세상을 다 얻은 것처럼 행복해하던 윤조의 모습이 아른거렸다. 비가올 때마다 그를 옥죄던 끔찍한 기억이. 지난 몇 년간 그 무엇으로도 지울 수 없었던 상처는 그녀가 그의 곁에 있음으로 아물었고 기적처럼 사라져 갔다.

그러나 세상은 두 사람이 함께 하는 걸 바라지 않는 모양이었다. 이제 제경이 없는 윤조의 모습은 상상하기조차 두려운데, 이렇게 억지로 둘

사이를 갈라놓는 게 과연 누구를 위한 일일까.

정작 당사자들은 그 일로 인해 얻는 게 무엇이란 말인가…….

제경의 집 앞에 도착한 재준이 차를 세웠다. 다행히 카메라가 눈에 띄진 않았다. 그렇게 차에서 내린 제경은 배시시 웃으며 이젠 괜찮을 거라고 그를 격려했다. 그렇게 제 집을 향해 걷는 제경의 뒷모습을 바라보며 재준은 줄곧 갈등했다.

그리고 다음 날, 루시드드림으로 돌아간 재준은 현주의 홀가분한 얼굴을 한참 바라보며 고민했다. 여기저기 관련 기사를 올리고 윤조의 출국 관련 준비로 바쁜 현주를 둔 채 건물을 나선 건 정오가 조금 지나서였다.

윤조의 밴 넘버는 이미 기자들 사이에 노출이 되어 있기에 어쩔 수 없이 먼 건물에 차를 세우고 건물 근처로 접근하는데, 이상하게 낯이 익은 구형 프라이드가 보였다.

"어우! 저길 어떻게 들어가지? 미치겠네."

"우리 제경이 어떡해. 우리 제경이만 불쌍하게 됐잖아. 아우 씨. 연예인이면 다야? 어떻게 숨어 가지고 연락 한 번 안 해. 좋다고 따라다닐 땐 언제고. 나쁜 새끼."

그리고 두 남녀가 투덜거리는 걸 들은 재준이 멈칫했다.

♠　　♠　　♠

"나한테 빚진 거 같아."

[그냥 도와 달라고 하지?]

수화기 너머로 들려오는 말이 얄밉기 그지없다.

"하, 미안하다며. 고멘하다며! 네가 네 입으로 말한 거잖아. 제대로 해."

[싫은데? 미안하다고 했으면 됐지. 뭘 더 바래.]

울컥 치솟았던 감정을 누르며 내뱉는 윤조의 말에도 레이는 지극히 시큰둥했다. 평소엔 눈치도 더럽게 빠른 자식이 이럴 때만 모르는 건지, 모르는 척하는 건지.

"에이 씨! 얘기 들었잖아, 너도! 젠장, 알았어. 부탁하자. 나 좀 도와줘."

결국 굴욕감을 누르고 부탁했다. 지금은 싸울 때가 아니다.

[어떻게? 나라고 별수 있어?]

"너 사고 치기 전문이잖아! 약이건 폭행이건, 아님 뭐 도박을 하건. 아, 너 지금까지 여자 소문 없었지? 그래, 그걸로 하자!"

[요즘 너무 힘들지? 잘 아는 병원 있는데 소개해 줄 테니까 상담이나 받아 봐.]

"아오! 진짜 나 지금 농담할 기분 아니라고! 넌 어차피 더 망가질 것도 없잖아! 과감하게 좀 질러 보라니까!"

[시간 지나면 그 정도는 잠잠해져. 걱정하지 말고 그냥 내버려 둬.]

뻔히 알면서 지껄이는 소리들이었다. 그래, 차라리 저렇게 대수롭지 않다는 식으로 나와 주면 차라리 고맙다. 사고 치기 전문가가 하는 말이니 그 말이 맞을 것이다. 가볍게 한숨을 내쉰 윤조는 잠겨 있는 방문을 흘깃 바라보고 창가로 갔다. 커튼을 슬쩍 걷고 바라본 바깥의 풍경은 그야말로 가관이었다. 저 빌어먹을 파리 떼 놈들!

"그게 문제가 아니야. 지금 제경이 찾으러 나가야 하는데 집 앞이 아주 득시글해! 아주 일주일이고 한 달이고 버틸 기세라고. 그러니까 부탁하자. 뭐 하나만 터뜨려 봐, 제발!"

경호원 두 명쯤 뿌리치는 건 간단했다. 그러나 저 인파를 뚫고 나가는 건 아무래도 불가능해 보였다. 어떻게든 시선만 끌어 숫자만 줄여 줘도 될 텐데, 레이는 이렇다 저렇다 말도 없이 전화를 끊어 버렸다.

"이 빌어먹을 강냉이 자식! 인생에 도움이 안 돼!"

들고 있던 명함을 내팽개친 윤조가 솟구치는 분노를 삼켰다. 디지털

치매가 만연한 세상. 그에겐 더 도움 받을 곳도, 기억나는 연락처도 없었다. 그때, 철컥 소리를 내며 문이 열렸다. 윤조는 뻔뻔스럽게 화를 냈다.

"뭡니까? 열쇠는 대체 어디서……."

"형……."

하지만 뜻밖에도 들어선 사람은 재준이었다.

"아아아악—!"

그리고 재준의 비명이 터져 나왔다.

"너! 네가 있으면서 어떻게 그런 인터뷰를 시켜? 엉? 이 빌어먹을 자식이 멋대로 제경이 전화 끊어 버린 것도 모른 척하고 넘겨줬더니 그렇게 사고를 쳐? 어떻게 죽여 줄까?"

"아악! 혀, 형! 형 잠깐만요! 잠깐!"

그의 화난 정도가 어느 수준인지 여실히 보여 주는 비명 소리에 거실에서 기다리던 두 사람의 안색도 덩달아 창백해졌다.

"으아악! 혀, 형! 손님, 손님 왔어요! 손님!"

"손님?"

그제야 재준의 비명이 멈추고 윤조가 방문을 열었다.

"어, 제경이 친구 1, 2……."

분명 이름을 들은 기억이 있으나 중요하지 않다. 얼굴이나 기억하는 게 다행이었다. 곧바로 질문이 이어졌다.

"제경이 지금 어딨어요?"

"그게 저희도…… 지금 연락이 안 돼서요."

혜미가 나서서 입을 열었다. 윤조의 표정이 싹 굳었다.

"연락이…… 안 되다니. 같이 있는 거 아니었습니까?"

"아니에요, 형. 어제까진 호텔에 나랑 같이……."

불쑥 말을 꺼내던 재준은 느닷없이 쏘아보는 세 개의 시선에 당황하며 손을 내저었다.

"아니, 그런 뜻이 아니고! 숨겨 주고 있었다고 나도!"

"그런데 없어졌다니 무슨 뜻이야!"

"그, 그게…… 집에 같이 있었는데 제가 찬거릴 사려고 잠깐 나갔다 온 사이에 없어졌거든요. 몇 시간이 지나도 안 와서 전화를 걸었더니 전화를 안 받아요."

심상치 않은 혜미의 말에 윤조는 거칠게 제 머리카락을 휘저었다.

"혹시 고향 내려간 거 아니야? 연락은 해 봤습니까?"

"그게 집에 전화해 보긴 했는데…… 딱히 오늘 내려온단 말은 없었대요. 이상하게 예감이 안 좋아서…… 지금까지 제경이 이런 적 한 번도 없었단 말이에요!"

"어딜 가든 말하고 다니는 애예요. 절대 남 걱정시키고 그럴 애가 아닌데……."

혜미와 민수의 목소리가 울먹거리기 시작했다. 윤조는 그 자리에서 곧장 재준의 전화기를 가로채 제경에게 전화를 걸어 봤다. 역시, 받지 않는다. 전원이 꺼져 있다는 소리가 귓속을 울렸다.

"젠장……!"

거칠게 전화기를 제 주머니에 집어넣은 윤조가 재준을 싸늘하게 노려봤다.

"지금부터 나 제경이 찾으러 간다. 너 방해하고 싶으면 지금 말해. 죽여 놓고 갈 테니까."

재준이 고개를 절레절레 저었다. 그의 살벌한 표정이 아니라도 지금은 방해할 생각이 없었다. 하지만 모두의 협조가 있다 해도 윤조가 이곳을 빠져나가는 건 쉽지 않아 보였다. 현주가 경호원 둘만 상주시키는 것도 다 이유가 있어서였다. 다시 바깥을 내다본 윤조의 이마가 슬쩍 구겨졌다.

그때였다.

"저쪽 기자들이 빠지고 있는데요? 무슨 일 터졌나 봐요."

혜미의 다급한 목소리가 들려왔다. 그녀의 말대로 몇몇 기자들이 황급히 자리를 빠져나가는 게 보였다.

"형! 저 좋은 생각 있어요."

그리고 재준이 의기양양하게 말했다.

"농담이죠?"

민수가 하얗게 질린 얼굴로 물었다.

"내가 그렇게 한가해 보여?"

싸늘한 윤조의 물음에 민수는 고개를 절레절레 저었다. 그의 손에는 윤조의 마세라티 키가 쥐여 있었다. 혜미의 안색도 창백해졌다.

"잘 들어. 너희 두 사람이 먼저 그걸 타고 나가. 바로 시선을 끌면 그 다음에 내가……."

끝까지 설명하지 않아도 알 것 같았다. 윤조의 손에 들린 낡은 키홀더가 오늘따라 끝장나게 초라하다. 민수는 침을 꿀꺽 삼켰다. 마세라티를 모는 자신의 모습도, 1년 전에 샀지만 94년에 생산된 프라이드 베타를 모는 윤조의 모습도 전혀 상상이 가질 않았다.

내내 숙덕거리는 네 사람을 저 멀리서 경호원 두 사람이 묘한 눈길로 바라봤다.

"자, 그럼…… 간다."

윤조의 나직한 목소리를 끝으로 네 사람의 시선이 경호원에게 향했다.

"달려, 달려요!"

경호원의 옷자락을 필사적으로 움켜쥔 재준이 고래고래 소리를 질렀다. 그사이 문을 박차고 나온 세 사람은 급히 엘리베이터를 향해 달렸다. 다행히 복도까지 올라와 버티고 있는 기자는 대여섯 명뿐. 갑작스러운 윤조의 출현에 놀라며 카메라를 들이대던 기자의 코앞에 윤조가 불쑥 나타났다.

—퍽!

"악! 내 카메라!"

"어이쿠, 실수."

실수인 것치곤 손이 너무 정확히 카메라를 낚아채 던졌다. 그가 저만치 날아간 카메라를 보며 좌절하는 사이, 윤조는 다음 장애물로 달렸다.

"비켜!"

그야말로 살벌하기 짝이 없는 눈매와 앞서 봉변을 당한 기자를 보고 나니 덤빌 엄두가 나지 않았던지 순순히 뒤로 물러났다. 그사이 엘리베이터로 뛰어든 세 사람은 한시름 돌리며 지하 주차장에 도착했다. 소식을 들었는지 지하로 뛰어 내려온 기자들이 눈에 띈다. 그리고 윤조는 민수에게 흘깃 눈길을 줬다.

"똑바로 해."

그 말이 무슨 뜻인지는 알리라. 사고라도 냈다간 갈아 마셔 버릴 기세다. 민수는 하늘이 무너지는 기분을 맛보며 윤조의 마세라티에 올랐다.

—부우웅—! 끼익!

"윤조다! 윤조, 차야!"

"카메라, 카메라 빨리!"

그대로 낚여 간 기자들이 줄줄이 그 뒤를 따랐다.

멀리서 그 모습을 지켜보던 윤조는 유유히 민수의 프라이드가 있는 곳을 향해 걸었다. 그리고 우뚝 멈춰 섰다.

알기나 할까. 누구보다 잘난 맛에 살고, 누구보다 드높은 프라이드를 자랑하는 그가 지금 이 순간, 인생 최고로 험난한 여정에 올랐다는 사실을.

"하아……. 내 프라이드는 누가 책임져. 젠장!"

도리어 이 동네에선 그 무엇보다 눈에 띄는 차량일 테지만, 그 프라이드를 운전하는 사람이 윤조라는 사실을 매치하는 건 그 누구도 쉽지 않을 것이다. 아니, 딱 한 명 있었다. 지하주차장을 나서려는 그가 출입증을 제시하려는 순간 창문을 두드리는 사람이.

창문을 내리자 현주의 서늘한 미소가 눈에 들어왔다.

"네가 가 봤자 부처님 손바닥이지."

"쳇. 귀신같이 알아채기는……."

조금 떨어진 공원 앞에 임시 주차한 프라이드 안은 두 사람이 내뿜는 한기로 냉동고를 방불케 했다.

"볼만하다. 무슨 난리니 이게?"

"제경이가 없어졌다잖아. 전화도 안 받고."

"그거야 배터리가 떨어졌겠지. 아니, 다 큰 애가 사라졌다고 그 꼴을 하면서까지 찾으러 다녀? 기가 막혀서……."

"더한 짓도 해."

당당히 운전대에 팔을 걸친 윤조가 현주를 흘깃 노려보며 말했다.

"날 가둬 놓고, 그렇게 제경이 혼자 덮어쓰게 만들었다, 이거지? 이거 약속이 틀리지 않아?"

"그게 최선이잖아. 난 할 일을 한 것뿐이야. 이미 동거까지 한 게 다 들통 났는데 넌 몰랐다고 잡아떼는 게 낫지, 그럼 거기서 열애라도 한다고 인정할 거야?"

"정확히 사실만 이야기하게 했어도 충분하다고 생각 안 해? 정.확.한 사.실."

윤조의 눈빛이 점차 살기를 품었지만 현주는 냉정했다.

"어차피 지금은 늦었어. 여기서 네가 인정하면 네가 아무리 진심이었다고 해도, 이미 넌 걔를 버렸다는 이미지까지 얻게 된단 말이지. 가뜩이나 스캔들로 그쪽으론 소문도 안 좋은 주제에 진짜로 바닥까지 추락하고 싶어?"

"내가 무서운 건 그딴 게 아니야. 내 몸뚱이나 팔아먹고 이성으로서의 매력에나 기대려고 마음먹었으면 나도 편하게 갔지."

말뜻을 알아챈 건지 현주가 눈살을 찌푸렸다. 그 끊임없는 유혹들을 눈 하나 깜짝하지 않고 쳐 낸 건 현주도 마찬가지였다.

"그런 거 싫잖아. 나도 싫어. 지훈이도…… 이러는 거 원하진 않을 거고."

그리고 그 순간, 현주의 단호한 표정이 무너졌다.

"대중한테 성적인 매력이나 어필하면서 유사연애대상으로, 아이돌처럼 인기 유지하는 거나, 나한테 호감 가진 지훈이를 죽도록 굴려서 일거리 얻어 낸 거나…… 다를 게 뭐야."

"……."

"한 실장 새끼가 한 말이 현실이 돼 버리잖아."

언제나 하고 싶었던 말이다. 현주는 돌아오지 못할 감정을 품은 채, 아픈 소리를 들어가며 홀로 힘들어했던 동생을 두고 봐야만 했다. 그래서 더 보란 듯이 윤조를 성공시키고 싶었을 것이다. 그저 윤조는 원래 잘난 놈이었을 뿐이고, 지훈은 맡은 일을 열심히 했기에 경쟁에서 이겨 온 것뿐이라고……. 이것이 단순히 사적인 감정으로 해 온 일이 아니었음을. 무엇보다 윤조의 가능성을 믿고 그것에 인생을 올인한 김지훈이 프로였음을 증명하고 싶었을 것이다.

"나 그런 거 없이도 이 자리 유지해. 내 노력으로, 연기로 유지할 거야. 지훈이가 사람 제대로 본 거라고. 노력할 사람한테 노력해 온 거, 앞으로도 쭉 내가 증명할 거야."

"……."

"그러니까 용서해."

"용서 못 해! 내가…… 아니 우리 지훈이가 널 어떻게……!"

"그래, 알아. 내가 그걸 왜 몰라."

지금껏 배우로서, 연예인으로서 최고의 자리에 있기 위해 노력한 건 자신의 의지보다 먼저 가 버린 친구에 대한 죄책감이 컸다. 그렇게 붙잡고 또 붙잡으며 저 자신의 삶도 간신히 지탱해 왔다. 하지만 이제부턴 아니다. 아무 목적도 없이 그저 과거에 대한 생각만으로 막연히 현재를 살아가던 그는, 이제 없다.

"섭섭해도 참아 줘. 어떡해. 난 이제야 뭘 하고 살아야 할지 알았는데."

"……"

"난 그 녀석이 없으면 안 돼. 그 녀석이 있어야 내가 앞으로 가. 그냥…… 그 녀석이 내 곁에만 있으면 좋겠어. 나도 행복하고 싶어. 그러니까……"

그 순간, 벌컥 문을 연 현주가 밖으로 나갔다.

"망할 새끼 그러다 확 차여라. 나도 몰라 이제!"

그리고 쾅 소리와 함께 문이 닫혔다. 얼굴 가득 웃음기를 담은 윤조가 스르륵, 창을 열었다. 이어 평소처럼 오만하고 여유로운 목소리가 흘러나왔다.

"무슨 소리야. 누나는 나 못 버리잖아. 어떻게든 이 사건도 해결해 줄 거면서."

"나쁜 새끼!"

"혹시 차이고 오면 술이나 사 줘. 그럴 일은 없겠지만."

"닥쳐, 이 새끼야!"

현주의 고함 소리를 끝으로 낡은 프라이드는 힘겹게 출발했다. 그 뒤에서 현주가 다시 소리를 질렀다.

"병신같이! 그렇다고 그 차를 그냥 타고 가면 어떡해! 누가 알아보면 어쩌려고!"

♠   ♠   ♠

[오빠라고 불렀죠, 당연히. 성실하고 잘 웃고 다녀서 현장에선 인기도 많았어요. 분위기메이커라고 해야 하나. 제경 오빠, 아니 이제 언니인가? 꺄하하, 되게 어색해. 나 세희야. 지금 잘 있죠? 연락하고 싶은데……]

[윤조 씨랑 유독 가까이 지내긴 했어요. 남, 녀 사이가 아니라도 역할상 그렇게 친해지는 케이스가 많거든요. 게다가 그 정도로 붙어 다니면 남녀 사이엔 안 그런 사람도 정분이 나긴 하죠. 그런데 정말 여자였다니……. 상상도 못 했죠. 그런 쪽으로 어필할 사람 절대 아니었어요.]

[황제경이 대단한 배우야. 너무 자연스럽게 소심해서 진짜로 다들 깜빡 넘어갔다니까. 연기가 연기처럼 안 보이는 게 진짜 연기라더니, 허허……. 계집애 같은 남자 놈이라고만 생각했지, 진짜 계집애일 거라고 누가 생각해. 얼굴이 새하얗게 바래 가지고 뱀술 마시던 거 생각하면 난 아직도 웃겨.]

[제가 배우분들 많이 가르쳐 봤지만 그만한 액션 소화 가능한 배우, 남녀를 통틀어도 별로 없습니다. 이대로 묻히기엔 너무 아까운 인재예요. 진심으로 아깝습니다.]

현장의 이야기를 실명을 걸고 내놓는 경우가 잘 없는 스태프들이지만, 제경을 위해서라는 말에는 기꺼이 인터뷰 파일을 보내 왔다. 하나하나 모은 영상을 편집하는 재준의 얼굴에 미소가 떠올랐다. 누구 하나 제경을 원망하고 미워하는 사람이 없다. 그저 안타까워하는 기색이 역력한 말투들이었다.

"이럴 때 평소 인성이 어땠는지 다 드러나는 거죠."

흐뭇하게 중얼거리던 재준이 이번엔 사진들을 클릭했다. 그가 틈틈이 찍어 놓았던 사진과 촬영감독, 메이킹 기사로부터 받은 사진들이 모니터

418

에 한 장 한 장 펼쳐졌다.

언젠가 크게 다쳐 피범벅이 된 손을 치료하는 장면. 의석의 분장을 마친 상태로 장난스러운 포즈를 취하는 모습. 볼에 간식을 잔뜩 넣고 스태프들 사이에서 눈을 휘둥그레 뜬 표정. 닭을 보고 기겁하는 얼굴. 실수를 저질러 윤조에게 혼이 나는 장면…….

"진짜 즐거워 보이네."

바로 어제 있었던 일들처럼 생생한 기억이 펼쳐진다. 그리고 마지막으로 멈춘 화면엔 자전거 위에서 페달을 밟으며 인상을 찌푸린 제경과 긴 다리로 바닥을 짚고 있는 윤조의 모습이 있었다. 그 장난기 가득한 얼굴이라니 절로 웃음이 터졌다. 화면 밖으로 맑은 웃음소리가 튀어나올 것처럼 생생한 장면이었다. 한참 동안 시선을 고정하던 재준이 나직하게 말했다.

"이렇게 예쁜 커플인데 좀 봐주자고요."

그렇게 모인 자료는 착실히 정리되어 메일로 전송되었다.

♠　　♠　　♠

"제길. 좀 달려라."

액셀러레이터를 힘껏 밟아도 이놈의 프라이드는 좀처럼 속도가 붙질 않았다. 윙— 하고 헛도는 느낌과 함께 또 한 차량이 그의 앞으로 끼어들었고, 그는 또 한 번 프라이드가 상했다.

"빌어먹을!"

초조하고 급한 마음은 몽땅 무시당했다. 그저 느긋한 프라이드의 속도에 애가 탔다.

'하, 침착하자. 침착해.'

이제부터 어디에 있는지도 모를 그녀를 무작정 찾아 헤맬 때였다.

처음엔 제경의 고향을 찾아볼 예정이었다. 그녀도 일이 끝나면 고향에 돌아갈 거라는 식의 이야기를 한 적이 있었다. 하지만 얼마 안 가 윤조는 생각을 바꿨다. 아직 끝난 게 아닌데, 아무래도 그곳까지 내려가 있을 것 같진 않았다.

그런 계획을 짰을 때의 제경은 분명 지금과 같은 기분은 아니었을 것이다. 이렇게 큰 이슈가 될 거란 생각은 못 했을 거고, 하고 싶은 일을 다 해치웠다는 홀가분함만을 가진 채 고향에 돌아가 무난한 삶을 살길 꿈꿨을 것이다.

그런데 지금은 뭔가.

제 욕심으로 그녀를 연예계에 묶어 뒀으면서, 정작 그녀를 독점하고픈 욕망에 성공을 가로막는 건 저 자신이었다. 그녀는 그 사실을 알면서도 불만을 말하지 않았다. 언제나 웃으며 그를 바라봤고, 그를 기다렸다.

언제나 제 생각대로 밀어붙였고, 그의 고집대로만 해 왔지 정작 그녀의 본심이 뭔지는 헤아리려 하지 않았다. 그저 곁에 두고, 입 맞추고 사랑한다는 말로 그녀를 속박하려 했고, 그녀는 이제 뭐가 문제인지 알았을지도 모른다.

그래서…… 이젠 정말 떠나 버릴지도.

'아니야, 그럴 리가 없어.'

윤조는 고개를 세차게 저으며 생각을 날려 보냈다. 적어도 제 앞에서 환하게 웃는 그 얼굴이 거짓이라고 생각하고 싶지 않았다. 정말 제 곁에서 행복하지 않다면 그런 얼굴로 웃을 수가 없었다. 그렇게 솔직하고 감정을 드러내는 녀석이, 그럴 리가 없었다.

그러나 그 어디에도 그녀가 있을 만한 곳은 없었다. 애초에 성실히 주변만을 맴도는 제경이 서울 시내에 접점이 있는 곳이라곤 손에 꼽을 정도다. 최근 다니기 시작했다는 영어학원. 그리고 가끔 산책을 한다는 공원……. 천천히 이동하던 프라이드는 결국 그녀의 집으로 들어가는 골목 어귀에 멈췄다.

사람들이 하나, 둘 흘깃거리다 지나쳐 갔지만, 그의 정체를 알아보는 것 같지는 않았다. 아니, 이런 자리에 이런 차에 앉아 있는 사람이 윤조일 거라곤 생각지도 않는 눈치였다.

그렇게 그 자리에서 얼마나 기다린 걸까.

뒤쪽 골목 입구에 하늘색 차량이 등장했다. 반짝반짝 빛이 나는 소형차, 레이. 왠지 운전 솜씨가 아주 엉망이었다. 간신히 꺾이는 골목에 진입한 레이는 또 뿔뿔거리며 기어 와선 프라이드의 옆에 딱 멈췄다. 그 순간, 뭔가를 발견한 윤조가 차창을 열었다.

"민수 너 여기서 뭐……."

동시에 레이의 운전석 쪽에서 들려오던 목소리가 딱 끊어졌다.

"선배?"

제경이었다.

"여긴 대체 어쩐…… 아니, 선배가 왜 민수 차를……."

조수석의 문을 벌컥 열고 들어가 앉자 도리어 놀란 듯 제경이 눈을 깜빡이며 바라봤다. 그 모습에 기가 찼다.

"너야말로 지금…… 전화도 안 받고 뭐하는 건데?"

"네에? 어라? 진짜네."

그제야 제 주머니를 뒤적여 휴대폰을 꺼낸 녀석이 당황한 눈을 들었다.

"전화기가 왜 꺼졌죠?"

"그걸 나한테 물어?"

"아니, 분명 충전을 했는데…… 어쩐지 이상하게 조용하다 했죠."

정말 몰랐다는 듯 곤란한 얼굴이다. 갑자기 기운이 쭉 빠졌다. 대체…… 저런 녀석을 두고 난 뭘 한 건가. 그대로 시트에 푹 기대앉은 윤조가 어이없는 신음을 흘렸다. 기가 차서 웃음도 안 나왔다.

"뭐야, 너. 그런 인터뷰까지 하고…… 대체 지금……."

"아, 그거요? 그거야…… 이대로 갔다간 김 대표님께도 민폐고……
김 실장님 보기도 민망하고 그러다 보니까……."

이 멍청한 붕어 같은 게 현주의 협박에 깜빡 넘어갔을 거라 생각은
했지만 이 지경일 줄은 몰랐다.

"저기, 전 그거 진심 아니에요. 아시잖아요. 원래 비밀 연애니까…….
어차피 선배님 당분간 다른 계획도 없으신 거 같고…… 이 와중에 열애
설로 터지면, 그러니까……."

주절주절 이어지는 말에 정신이 혼미할 지경이었다. 남은 정말 큰일
이라도 난 줄 알고 바짝바짝 타는 심정으로 찾아다녔는데, 이 녀석은 아
무 일도 없었다는 듯 평온한 일상을 보냈단 소리다.

"그건 그렇고 너 대체, 어디서 뭐하다 이제 온 거야?"

"네? 저 원래 이 시간에 들어오는데……. 선배 스케줄 하시는 동안
저 다른 스케줄 없으면 그냥 학원 갔다 오고, 극단 들를 때도 있고. 아,
거기서 가끔 밥 먹고 올 때도 있구요."

"……."

"이번에 피터팬 공연한다는데 피터팬 역할해 볼 생각 있냐고 묻길래
하고 싶다고 했는데…… 아, 맞다. 이거 혹시 허락 받아야 해요?"

심지어 아주 진지하게 묻는다.

"그보다…… 선배는 어떻게 나오신 거예요?"

결국 웃어 버렸다. 낮은 웃음소리가 한동안 주변을 맴도는 사이 제경
의 의아한 시선이 내내 그를 향해 있었다. 뭐가 그리 우스운지 궁금하단
기색이 역력했다.

"하…… 진짜 너 때문에 내가 미치겠다."

"제가 뭘요? 선배 또 무슨 사고 치셨어요? 아니면……."

"시끄러워!"

이를 갈며 내뱉자 제경은 찔끔 몸을 움츠렸다. 정말 최악의 날이다. 아무리 저 친구라는 놈들이 유난을 떨어 댔다 해도 그 말에 낚여 그 소동을 일으키고, 저 빌어먹을 프라이드를 타고 서울 시내를 활보하다니. 아, 할 수만 있다면 그 과정을 몽땅 인생에서 지워 버리고 싶었다. 이게 다 누구 때문인데!

그런데 막상 또 멀뚱거리며 눈알만 굴리는 꼴을 보니 마음이 약해진다.

"이리 와."

"……괜찮으세요?"

윤조는 대답 대신 손을 내밀었다. 그제야 헤실헤실 웃던 제경이 그 손을 붙잡으며 조수석으로 건너왔다. 그러다 머리를 콩 부딪치곤 인상을 썼다.

"아얏, 좀 좁네요. 선배가 앉기엔 작긴 해요, 이거."

"그러고 보니 이 차는 뭐야?"

"샀어요."

"뭐?"

의외의 대답에 도리어 놀란 윤조가 되묻자 어느덧 그의 무릎에 올라앉은 제경이 그의 목을 껴안으며 웃음을 터뜨렸다.

"저한테 주는…… 벌이요."

그리고 영문 모를 소릴 했다. 그 마음을 안다는 듯 제경은 그의 어깨에 머리를 얹은 채 천천히 말을 이어 갔다.

"제가 욕심이 너무 많아서요. 선배랑 연기하는 꿈도 이뤘고, 하고 싶은 대로 실컷 연기하고. 생각지도 못하게 연예계 생활까지 하게 되었으면 감사해야 하는데…… 이상하게 자꾸 욕심이 나서. 그거 땜에 벌 받았나 봐요."

"……."

"예전에 비하면 엄청나게 발전한 건데 이상하게 욕심이 자꾸 생기고 회의감도 들고, 그랬어요. 저 건방지죠? 꼭 영화나 드라마에만 나와야 한다는 법은 없는데…… 그래서 이젠 뭐든 열심히 할려구요. 빚내서 산 거니까, 그 빚 갚을 때까지 그냥 열심히. 할 수 있는 건 다 할 거예요."

왠지 가슴속이 크게 일렁였다. 어쩌면 이토록 열심일 수 있을까. 한 번쯤은 저를 원망할 법도 한데. 사람인 이상 커 가는 욕심에 취약할 수도 있는 건데……. 그녀는 언제나 스스로를 제어하고 마음을 다잡아 결국 웃는 얼굴을 보였다.

"그렇다고 왜 하필 레이야. 기분 나쁘게."

짐짓 퉁명스레 내뱉는 건,

"아…… 그러네요. 저 이건 생각지도 못했어요. 그냥 요즘 여자들이 이걸 많이 탄대서 그냥 귀여워서 골랐죠."

또 키득거리며 웃어 대는 그 얼굴이 보고 싶어서. 그 웃음소리가 제 곁에 머물러 있다는 걸 확인하고 싶어서다. 윤조는 천천히 그녀의 허리에 손을 둘렀다. 바짝 밀착된 몸에서 작은 고동이 울린다. 이 감각을 느끼지 못하면 이제 살 수가 없었다. 줄곧 허전하게 비어 있던 공간을 꽉 채우고도 남아, 이젠 흘러넘치는 감정을 주체할 수조차 없었다.

오늘은 그걸 절실히 깨달은 날이었다. 비가 내려도, 눈이 내려도 아무것도 생각나지 않을 만큼 온 마음이 그녀로 가득 차 있다는 걸.

♠　　♠　　♠

약 5년 만에 세상에 나온 면허증의 위력은 엄청났다.

"야, 좌회전 신호잖아. 들어가야지!"

"으, 으엑? 엑?"

아, 가슴이 먹먹하고 손발이 저려 온다는 게 뭔지 알 것 같은 이 느낌! 어떻게 목적지까지 온 건지조차 알 수가 없었다. 운전석의 문을 열고 땅바닥에 발을 짚고서야 제경은 길게 한숨을 내쉬었다.

"뭐야, 너 대체 집까진 어떻게 온 거냐?"

'그건 내가 묻고 싶어요.'

바짝 긴장했던 몸에서 꼭 쥐가 날 것처럼 통증이 밀려 왔지만 제경은 애써 웃기만 했다. 그 꼴을 바라보던 윤조가 헛웃음을 터뜨렸다. 처음엔 한심한 기색이 가득했던 표정이었지만 손을 내밀고, 그녀가 그 손을 붙잡은 이후로는 그의 미소가 살가워졌다.

제경은 가까운 백화점의 지하 주차장에 차를 세웠다. 엘리베이터를 향해 느릿하게 걷는 동안 조금 불안한 눈을 들어 주변을 둘러봤다. 멀리 보이는 몇몇 사람들의 시선이 흘깃 이쪽을 향하자 제경은 저도 모르게 그와 맞잡은 손을 바라보고 말았다.

"왜 그래?"

"저기…… 이렇게 다녀도 괜찮아요? 아무 사이도 아니라고 해 버렸는데……."

"이제부터 아무 사이라고 하면 되지. 뭘 걱정해."

"그게 말이 안……."

"꼼지락거리지 마라. 놓으면 뽀뽀해 버릴 테니까."

억지다. 억지도 이런 개억지가 없는데, 심지어 언뜻 들어선 뭐가 이익이고 손해인지 계산도 힘든 협박을 들고 나왔다.

'아냐, 이건 다 손핸데?'

난처해진 제경이 고개를 푹 숙여 버렸다. 그렇게 수군거리는 눈길을 받으며 도착한 곳은 5층의 가전제품 매장이었다. 당당히 TV를 파는 곳에 발길을 들인 그가 자못 신중하게 진열된 상품을 둘러봤다. 그 옆에서 바짝 움츠린 제경이 속삭였다.

"선배, 지금 뭐하시는 거예요? 여긴 갑자기 왜 오셨어요?"

"뭐하긴. TV 사러 왔지. 집에 TV 부서졌어."

"헐! 왜요?"

"왜긴 왜야. 너 때문이지. 아무튼 맘에 드는 거 골라 봐. 어차피 같이 볼 거."

"서, 선배!"

기겁한 제경이 그의 입을 가리려는 게 도리어 묘한 포즈가 되었다. 바짝 들러붙은 채 남자의 입을 가리고 선 모습은 절대적으로 미묘한 포즈일 테니까!

"저, 괜찮으시면 제가 추천해 드려도 될까요?"

후다닥 물러난 순간, 한 직원이 묘하게 웃으며 다가왔다. 어느덧 주변엔 그들을 주시하는 눈과 수군거림이 늘어갔다. 게다가 쓸데없이 친절한 그녀는 유독 큰 목소리로 말을 이어 갔다.

"여기 이 모델은 주로 신혼부부들이 많이 사시는 건데……."

도무지 무슨 생각인지 알 수가 없었다. 아니, 그 심리야 뻔했다. 단단히 뒤틀린 그는 아주 대놓고 열애설이란 불길을 피어 올릴 셈이었다. 그런데 왜 이런 중요한 일을 현주에게 한 마디 상의조차 하지 않는 건지 그걸 알 수가 없었다. 벌써부터 그녀의 사자후가 들려오고, 만만치 않은 윤조의 매서운 눈초리가 맞부딪칠 걸 생각하니 오금이 저릴 지경이었다.

무엇보다 제가 거짓말을 해 버린 셈이 되는 거다. 아니, 어쩌면 저보다 더 곤란해질 사람은 그 자신임에도 그런 것 따윈 전혀 염두에도 없는 것처럼 그는 아주 작정을 한 태도였다.

이제 그녀의 어깨에 팔을 두르기까지 했다. 누가 봐도, 대충 봐도 연인의 데이트. 혹은 결혼을 앞둔 사람의 혼수 준비가 따로 없다. 그 와중에 도착한 곳은 가구매장이었으니까.

"선배 대체 이제 어쩌시려고……."

"어쩌긴. 물건 잘 장만해서 잘 살아야지."

"제발 그만하시면 안 될까요?"

자꾸만 헷갈리게 된다. 잘 장만해서 잘 산다는 말이 그 혼자만을 뜻하는 건지, '너도 같이'라는 말을 포함하는 건지. 자꾸 후자로 마음이 기우는 건 또 이 망할 욕심 탓일 거다.

게다가 왜 여기선 킹사이즈 침대를 찾고 있는 거냐고!

"네 거 사 주려고."

"저 침대 있어요. 그리고 이건 너무 크단 말이에요! 제 방에 들어가지도 않아요!"

"누가 네 방에 넣겠대? 그리고 나 작은 침대 불편해서 싫어. 예전에 숙소 침대는 작아서 힘들었잖아."

"무, 무슨 소리를 하시는 거예요! 제 거 사신다더니……."

"그래, 네 거 산다니까."

무슨 사오정도 아니고 엉뚱하기 그지없는 대답인데 그 대답을 듣는 제 얼굴은 왜 빨개지는지. 이상하게 빤히 바라보며 입매를 늘려 웃는 그의 능청맞음에 왜 이리 가슴이 뛰는 건지. 자꾸 그 말들을 이상하게 해석하려 드는 제 머리가 나쁜 거다. 이 머리에 음란마귀가 낀 거다!

애써 아니라고 부정하는 그녀의 손을 붙잡고, 슬그머니 어깨에다 제 머릴 기대는 이 남자. 보는 눈이 몇 개인데 이젠 아주 허리에 손을 감아 당기며 관자놀이에 입술을 댄다.

"이 멍청아. 이젠 눈치 좀 채라. 꼭 말로 해야 알아?"

그리고 속삭이는 말.

"같이 살자."

"……."

"이제 다른 방법은 없어. 이 구설수를 아름답게 끝낼 방법은 우리가 결혼하는 거뿐이야."

그리고 윤조는 태연히 결혼이란 말을 내뱉었다. 그 순간, 멍하니 그의
얼굴을 바라보던 제경이 그 자리서 굳었다.

"괜찮아?"

장난기가 싹 가신 얼굴로 묻는 그의 말투는 지극히 진지했다. 가쁜 숨
을 몰아쉰 제경이 힘들게 고개를 끄덕였다.

"그렇게…… 놀랄 말이었나?"

그 자신을 향한 듯 자조 섞인 질문이었다. 눈앞에 보이는 얼굴에도 약
간의 실망감, 그리고 난처함이 깃들어 있었다. 왠지 그 표정에 가슴이
먹먹해진 제경은 얼른 고개를 젓고 어색하게 입가를 늘렸다.

"아니에요. 그런 게 아니라 그냥……. 네, 놀라긴 했어요. 그런데 선
배님이 생각하는 그런 놀람은 아니에요. 그냥……."

애써 기분 상하지 않게 설명하려는 제경의 태도에 윤조는 그제야 입
가에 미소를 머금었다. 그러고는 조심스럽게 손을 뻗어 그녀의 머리카락
을 매만졌다.

"처음부터 이랬어야 했는데 이번에도 늦은 거 같다. 난 대체 뭘 하고
사는 건지 모르겠어. 항상 최우선으로 생각할 게 너인데. 이젠 내 인생
에 너밖에 없다고 하면서도 결국 이 지경을 만들어서 미안해."

"선배."

"이러는 것도 결국 내 욕심인 거…… 알아."

제경은 열심히 고개를 저었다. 그러고는 단호하게 굳은 시선을 올려
그를 바라봤다. 그렇게 저를 바라보며 안달하는 남자의 얼굴 이곳저곳을
보다, 마지막엔 짙게 가라앉은 눈동자로 시선을 고정했다.

"알잖아요. 전 언제나 괜찮아요."

그렇게 대꾸한 제경이 언제나처럼 밝게 웃었다. 그 웃음 위에 살포시
그의 입술이 내려앉았다.

428

♠ ♠ ♠

"네, 그래요. 몇 번을 말해야 알아들어요? 동거는 아니라니까요—"

현주의 나른한 목소리가 사무실에 울렸다. 이제 어지간히 이골이 난 듯 지루함이 가득한 얼굴이었다. 기다란 다리를 책상 위로 뻗은 모습이 숫제 드러누울 기세다.

"일단은 호적 정리만 할 생각이고, 윤조가 미국 갔다 오면 바로 결혼식할 거니까, 그때 선물이나 들고 와요."

그리고 10분 전에 했던 이야기가 또 그녀의 입에서 흘러나왔다. 그리고 쾅! 소리와 함께 수화기가 놓였다.

"아오! 지겨워! 똑같은 말을 얼마나 반복해야 해! 이미 기사로도 냈고 인터뷰도 끝냈는데 왜 같은 걸 물어보고 또 물어보고 그러냐고! 이것들이 단체로 난독증이 걸렸나, 대체 왜 이래!"

"뭐, 새삼스럽게 왜 그러세요. 언제는 안 이랬나."

재준이 피식 웃으며 대꾸한 순간, 또 벨이 울렸다.

"이번엔 네가 받아! 별 놈 아니면 연결하지 말랬는데 왜 자꾸 연결하고 난리야. 이 빌어먹을 것들, 이것들부터 모가지를 쳐 버리든가 해야지!"

"네, 알겠습니다."

"아악! 악! 정말 윤조 이 새끼 땜에 내가 늙는다, 늙어—! 아악!"

한동안 현주의 절규가 이어졌다.

SNS위력은 그야말로 어마어마했다.

—헐! 여기 윤조랑 황제경 등장! SH백화점 지하1층!

—와, 실물 쩐다. 사귀나 봄. 둘 다 포스 대박. 얼굴이 CD만 함.

—엘리베이터 등장요. 헉, 잘생겼어!

─TV 사러 왔는데 윤조랑 황제경 둘이 딱 붙어 있음.

윤조와 제경이 레이에서 함께 내린 순간부터 그 두 사람의 행적은 주변 사람들에 의해 샅샅이 중계되었다. 두 사람의 생생한 표정과 목격담. 그리고 직원이라 주장하는 사람들의 현장 이야기들은 순식간에 인터넷을 뒤덮었다. 심지어 가구매장에서 거리낌 없이 행해진 두 사람의 키스신마저 생중계로 뜨며 전국을 충격과 공포에 몰아넣었다.

대히트를 친 영화의 주인공이자 어마어마한 구설수의 주인공이 이젠 열애설이라니. 덕분에 며칠 동안 두 사람의 이름은 줄곧 검색어에 오르내리는 중이었다.

그뿐만이 아니었다. 어느 틈에 두 사람의 촬영장 이야기와 생생한 증언들이 기사화되어 실렸다. 거기다 루시드드림 측의 열애 인정 발표마저 뜨며, 더는 빼도 박도 못 할 상황에 직면했다는 전망과 함께 현주는 각종 항의 전화와 질문에 꼬박 며칠을 시달려야 했다.

"네, 맞습니다. 두 사람 촬영 중에 정 쌓은 건 맞는데……."

느긋한 표정으로 대답하던 재준이 결국 웃음을 터뜨렸다. 아무리 생각해도 이 얼토당토 않는 내용을 납득시키기란 쉬운 일이 아닌 것 같았다.

"푸훗!"

"뭐야? 왜 웃는데?"

"아니, 생각해 봐요, 누나. 너무 억지잖아요."

"시끄러워. 우기면 다 돼!"

현주의 전략은 그러했다. 자신이 생각해도 기가 찰 일이지만, 그 얼토당토 않는 말에 집중하다 보면 사람들은 그 말의 의미를 파악하느라 머리를 굴려 댈 테고, 여기저기 의견 충돌로 인해 말이 많아진다. 화제는 그렇게 자연스럽게 넘어가기 마련이었다.

"두고 봐. 당분간은 이 말만 유행할테니까."

현주의 자신만만한 표정을 보며 재준은 노트북 화면으로 눈을 돌렸다. 마침 기사 제목 하나가 눈에 띄었다.

—함께 살면서 연애는 했는데, 동거는 하지 않았습니다.

그야말로 명언이었다.

작가 후기

　세 번째 이야기 노예, 별을 따다. 중독을 끝내며 제대로 남장여주를 써 보자, 하고 시작한 이야기인데 모 사이트에 처음 올렸을 때가 딱 1년 전 이맘때네요. 정확히는 작년 7월(-_-) 그간 총 세 번의 내용 수정(막 판엔 류도하 작가님의 오프닝 해프닝 엔딩과 크로스 작업)을 거치고 그 나마도 막판에 내용의 50%는 뒤엎느라 정신없었던 기억밖에…….(연재 분과 또 달라요)

　느려 터진 속도로 류도하 작가님을 따라잡지 못해 미처 하지 못한 이 야기가 많았습니다. 바뀐 이야기도 많고……. 우스개로 같은 날 나왔으 면 좋겠다, 했는데 결국 한 달의 텀을 두고 나온 게 참 아쉽습니다. 아 무튼 제경이와 윤조의 이야기는 이제 아쉽지만 이렇게 끝맺겠습니다.

　언제나 응원하고 까 주는 정 작가! 조만간 다시 만나세~ 그리고 우리 그녀의 서재 식구들! 후기 넣을 데가 없대요! 흑흑 사랑해요ㅠㅠ 주 팀장 님! 느려 터진 나무늘보 기다리느라 고생하셨어요! K님! 표지 너무 이뻐 요! 읽어 주시는 모든 분! 언제나 Good day! 아아…… 자리가 모자라.

Scarlet

스칼렛

Scarlet

스칼렛